Katherine Pancol wurde 1954 in Casablanca geboren und lebt seit ihrem fünften Lebensjahr in Frankreich. Nach ihrem Literaturstudium arbeitete sie als Lehrerin, Journalistin und Autorin. Ihr beispielloser Aufstieg zum »Phänomen Pancol« begann 2006 mit dem Erscheinen des ersten Bandes der Joséphine-Trilogie »Die gelben Augen der Krokodile«, der auch erfolgreich verfilmt worden ist. Auch ihre »Muchachas«-Romane stürmten die Bestsellerlisten in Frankreich. Katherine Pancol lebt in Paris.

Außerdem von Katherine Pancol lieferbar:

Die gelben Augen der Krokodile, Roman
Der langsame Walzer der Schildkröten, Roman
Montags sind die Eichhörnchen traurig, Roman
Kopfüber ins Leben – Band 2 der Muchachas-Trilogie, Roman
Nur ein Schritt zum Glück –
Band 3 der Muchachas-Trilogie, Roman

Katherine Pancol

Tanz in den Tag

Roman

Aus dem Französischen
von Nathalie Lemmens

PENGUIN VERLAG

Die Originalausgabe erschien 2015 unter dem Titel
»Muchachas« im Verlag Albin Michel, Paris.

FSC
www.fsc.org
MIX
Papier aus verantwortungsvollen Quellen
FSC® C014496

Verlagsgruppe Random House FSC® N001967

PENGUIN VERLAG

2. Auflage 2017

Umschlag: Cornelia Niere, München,
nach einem Entwurf von www.buerosued.de, München
Umschlagmotiv: © www.buerosued.de, München
Satz: Uhl + Massopust, Aalen
Druck und Bindung: GGP Media GmbH, Pößneck
Printed in Germany
ISBN 978-3-328-10126-0
www.penguin-verlag.de

Dieses Buch ist auch als E-Book erhältlich.

Für Sylvie Genevoix

»Just das ist der rechte Geist des Aufruhrs,
das Glück zu fordern hier auf Erden.«

IBSEN

Was sind die Leute doch hässlich!«, entfährt es Hortense seufzend, während sie das Fernglas auf ihrer Nasenspitze nachjustiert. »Kein Wunder, dass ich so erfolgreich bin …«

In anisgrüner Strickjacke, roter Straight-fit-Jeans und mit Ballerinas von Arlequin an den Füßen sitzt sie im Fenstererker des Wohnzimmers und beobachtet das Kommen und Gehen draußen auf der Straße.

»Sie sind fett und faltig und farblos, sie frösteln und flennen, sie flattern vorbei wie frustrierte Flundern …«

Gary liegt auf dem Bett, er hat Kopfhörer auf den Ohren und schlägt mit seinen großen Füßen den Takt. Eine Socke schwarz, die andere rot. Eins, zwei, drei, vier, Viertelpause, fünf, sechs, sieben, acht, ganze Pause, Triole, Achtelpause, neun, zehn.

»Oder sie sind Weichtiere«, fährt Hortense fort, »biegen sich nach links, biegen sich nach rechts, lange, grämliche, ziellose, umherirrende Fasern.«

Gary streckt sich. Gähnt. Rauft sich das Haar. Das zitronengelbe Hemd von Brooks Brothers rutscht ihm aus der alten Cordhose. Er nimmt die Kopfhörer ab, und sein Blick fällt auf Hortense, die hinreißende Hexe mit der kleinen, neugierigen Nase und dem langen kastanienbraunen Haar, das so gut nach Kiehl's Kräutershampoo duftet, das sie zweimal pro Woche benutzt. Sie verbietet ihm, es sich auszuleihen – »Hast du eine Ahnung, wie teuer das ist?« – und versteckt es unter einem Waschlappen in der Dusche oder hinter dem Toilettensitz. Aber früher oder später findet Gary es doch immer. *C* oder

Cis?, fragt er sich stirnrunzelnd. Er schlägt die Partitur auf, um nachzusehen.

»Alle tragen Braun, Grau, Schwarz. Keine roten Knöpfe, keinen grünen Schal! Stühle sind das, Gary, Stühle. Ein Heer von Stühlen, die zitternd auf den Hintern ihres Chefs warten. Soll ich dir was sagen? Diese Leute tragen Trauer. Diese Leute haben alle Hoffnung verloren. Sie laufen die Straße entlang, weil man ihnen gesagt hat, sie sollen morgens früh aufstehen, den Zug oder die U-Bahn nehmen, ins Büro fahren und immer schön nicken vor dem gelackten Schönling, der sich als ihr Herr und Meister aufspielt. Aber ich will kein Stuhl sein!«

»Hast du keinen Hunger?«, fragt Gary, klappt die Partitur wieder zu und murmelt: »*Cis*, ja, das ist es, *Cis*, *E*, *D*, *F*, *B*, *C*.«

»Ich will kein Stuhl sein, ich will der Eiffelturm sein. Ich will ein Kleidungsstück entwerfen, das die Silhouette schmal und lang macht, das sie bis in den Himmel hinaufreichen lässt. ›Schlichtheit ist die höchste Form der Vollendung.‹ Das wird mein Motto.«

»Das hat Leonardo da Vinci schon lange vor dir gesagt.«

»Bist du sicher?«, fragt sie verwundert und klopft mit dem Fuß gegen den unteren Teil der Holzverkleidung, auf der sie sitzt.

»Ich habe es dir gestern Abend selbst ins Ohr geflüstert. Hast du das vergessen?«

»Pech für ihn! Ich klaue ihm den Spruch. Jetzt bin ich an der Reihe, Gary. Ich will weder Journalistin noch Pressesprecherin oder bescheidene Fließbanddesignerin sein. Ich will entwerfen, kreieren … der Welt meinen Stempel aufdrücken.«

Sie macht eine Pause. Beugt sich nach vorn, als hätte sie unten auf der Straße ein elegantes Exemplar erspäht, und richtet sich enttäuscht wieder auf.

»Um in diesem Beruf Erfolg zu haben, muss man total irre sein. Eine Feldflasche mit Koks dabeihaben, Pluderhosen tragen, einen Muff aus Zebrafell und neonfarbene Stulpen … Aber ich bin nicht irre.«

»Hast du keinen Hunger?«, fragt Gary erneut und stützt sich in nachdenklicher Pose auf den Ellbogen.

Vor seinem geistigen Auge ist gerade das Café in der Neuen Galerie an der Fifth Avenue aufgetaucht. Das Café Sabarsky. Er mag die gediegene Atmosphäre dort, die holzvertäfelten Wände, die runden Marmortische und den alten schwarzen Yamaha-Flügel, der sich in einer Ecke langweilt. Das Entziffern der Partitur hat seinen Appetit geweckt. Er hat Hunger.

»Hunger?«, antwortet Hortense zerstreut, als habe er sie gefragt, ob sie nicht einen ozeanischen Gelbhaubenkakadu adoptieren wolle.

»Ich sterbe vor Hunger, ich will Schlagsahne auf karamellisiertem Apfelkuchen. Ich will ins Café Sabarsky. Da ist es kuschelig, da ist es gemütlich, da duftet es süß, da gibt es jede Menge leckeren Kuchen, weißhaarige alte Leute, hübsche Nippsachen, Teller mit Silberrand und brave Kinder, die gerade sitzen, ohne herumzuschreien.«

Hortense zuckt mit den Achseln.

»Ich habe Talent, ich bin brillant, ich habe einen Abschluss von Saint Martins, ich habe mir bei Gap und anderswo die Sporen verdient. Mir fehlen nur das nötige Geld und die richtigen Beziehungen … ein reicher Ehemann. Ich habe keinen reichen Ehemann. Ich will einen reichen Ehemann.«

Ihr Blick streift durch den Raum, als verstecke er sich unter dem Bett oder einer Kommode.

»Soll ich den Apfelkuchen nehmen oder doch lieber die Schwarzwälder Kirschtorte? Ich kann mich nicht entscheiden.«

»Du könntest die Kronjuwelen verkaufen …«

»Und eine heiße Schokolade. Mit einem Berg Sahne darauf.«

»Ich gehe zu deiner Großmutter.«

»Großmutter ist sehr knauserig.«

»Ich setze ihr eine Pistole an die silbergrauen Schläfen.«

»Eine schöne, cremige heiße Schokolade mit Schlagsahne und

ein Stück Schwarzwälder Kirschtorte. Eine fette Schokoladentorte mit Sahne und Kirschen. Hol deinen Mantel.«

Hortense gehorcht. Wenn Gary Hunger hat, kann ihn nichts und niemand umstimmen. Sie wirft einen letzten Blick auf die rollende Schneiderpuppe, an der das Modell eines Kleids festgesteckt ist. Drei Wochen Arbeit. Ein raffiniertes Plissee, das sich von der Taille aus auffächert und auf Kniehöhe allmählich ausläuft. Ein eng anliegendes, schmales Oberteil, kaschierte, umspielte, geheimnisvolle Hüften. Schlichtheit ist die höchste Form der Vollendung. Göttlich!

»Wie findest du mein neues Modell?«

»Ich weiß es noch nicht.«

Mit klopfendem Herzen wartet sie auf sein Urteil. Er ist ihr erstes Publikum. Der, dem sie gefallen will. An dem sie ihre Waffen schärft. Sie lernen gemeinsam, sie wachsen gemeinsam, sie überrascht ihn, er überrascht sie, niemals werden sie einander überdrüssig. Wenn sie besitzergreifend eine Hand auf seine Schulter legt, schüttelt er sie mit einem leichten Ruck ab und warnt sie mit einem Blick: So nicht, Hortense! So nicht! Lass mir genug Luft zum Atmen. Und wenn er zu dicht an sie herantritt, während sie eine Idee aufs Papier bannt, stößt sie ihn knurrend zurück. Okay, sagt er dann, schon verstanden, ich komme später wieder. Sie machen sich keine Sorgen, abends finden sie sich in ihrem großen Bett wieder, wo ihre Haut unter glühenden Liebkosungen entflammt, die sie so lange auszudehnen wissen, bis einer von ihnen um Gnade fleht. Gary gewinnt jedes Mal, Hortense ist ungeduldig und gierig. Mit niemandem sonst könnte ich so leben. Sein Klavier lässt meine Modelle fließen, die Klänge von Schubert, Bach und Mozart verleihen meinen Zeichnungen Rhythmus und Großzügigkeit.

Sie wartet darauf, dass er die exakten Begriffe findet. Er wählt seine Worte immer mit Bedacht, nimmt niemals eines für das andere. Er sagt »Zwischenfall«, »widriger Umstand«, »Ärgernis«, »unvorhergesehenes Ereignis«, je nach Bedeutung der Situation. Er bringt ihr bei, ihre Gedanken zu vertiefen. Moment … Moment … unterbricht er sie, wenn sie zu schnell voranstürmt und eine Geschichte schludrig erzählt. Neulich hat sie nach dem Arbeiten lange nachgedacht, und da ist ihr eine Definition der Liebe eingefallen, die ihnen so angegossen passt wie der Handschuh eines großen Designers. Liebe, hat sie verkündet, während er sich einen Kaffee machte, das ist, wenn zwei Menschen, die einander lieben, beschließen zusammenzuleben, obwohl sie auch sehr gut jeder für sich leben könnten. Das ist unsere Geschichte.

Sie hat wohlig geseufzt, er hat sie gepackt, und zusammen sind sie auf das große, durchgesessene Sofa gerollt, das als Grenze zwischen ihren beiden Reichen dient: der Musik und dem Modedesign. Der Haute Couture, korrigiert Hortense mit gerümpfter Nase.

»Oder soll ich …«, sagt Gary.

»Oder soll ich den Rock ein bisschen kürzen?«

»Oder soll ich … doch lieber eine Zitronenschnitte nehmen? Die ist so schön rund und köstlich, und nicht so sauer, dass die Zitrone die Zähne angreifen würde. Ich kann mich nicht entscheiden … Was würdest du nehmen?«

»Nichts«, versetzt sie schneidend, sie ist verletzt. »Ich werde dir beim Essen zusehen und mir Gedanken über mein Plissee machen. Vielleicht sollte ich die Taille ein Stückchen hochsetzen … Oder auch nicht.«

»Das sagst du jedes Mal, und dann bestellst du doch Berge von Kuchen und putzt sie bis zum letzten Krümel weg. Du kratzt deinen Teller leer, du sprichst mit vollem Mund, du bist so was von eklig, Hortense Cortès.«

»Das liegt daran, dass ich beschlossen habe, nicht zuzunehmen. Reine Strategie. Ich bin stärker als die Kalorien. Alle Mädchen auf der ganzen Welt zittern vor ihnen, aber ich verachte sie. Darum sind sie beleidigt und meiden mich.«

»Zieh deinen Mantel an, im Park ist es windig. Wir gehen zu Fuß, das macht uns wieder munter.«

»Maxime Simoens hatte mit dreiundzwanzig schon sein eigenes Modehaus…«

»Nimm deine Handschuhe, deinen Schal und deine Mütze. Vergiss dein Kleid und die Nadeln. Mein Bauch befiehlt, gehorche, Weib!«

Gegen den Wind ankämpfend gehen sie durch den Park, und Hortense hakt sich bei Gary unter. Er macht große Schritte, sie trippelt neben ihm her. Er grübelt stirnrunzelnd über einen Akkord nach, den er nicht zu fassen bekommt. Sie versetzt eine Nadel an der rollenden Schneiderpuppe. Er macht Jagd auf den Sechzehntelakkord, sie zweifelt an ihrem Faltenwurf. So schweifen sie durch ihre Gedanken, ignorieren die Jogger um sie herum, die Eichhörnchen, die Grasflächen und die Hügel, die Frisbeespieler, die Brezel- und Würstchenverkäufer, die Rutschen und die Fußbälle. Es ist Winter, der Park ist braun und kahl. Er sieht nicht mehr aus wie auf den Postkarten für die Touristen.

Die Bäume wiegen sich hin und her, die Zweige beben, der Wind pfeift und rötet ihre Nasen, sie können nichts sehen. Nur Hortense redet laut vor sich hin. Als wollte sie diesen eigenartigen Krampf in ihrem Bauch bannen, der sie lähmt und nach unten zieht. Jeden Morgen erwacht sie mit diesem Krampf im Bauch. Sie kann ihn nicht benennen, weiß nicht, wie sie ihn beschreiben soll. Ein Knoten, der sie entzweischneidet und sie mit dumpfer Angst erfüllt. Was, wenn ihr Leben ihr entglitte? Bislang hat sie wie in einem rasanten Farbfilm gelebt, doch seit einiger Zeit kämpft sie sich durch ein deprimierendes Grau. Was, wenn sie ihre Chance verpasst? Bald ist sie alt. Dreiundzwanzig, das ist der Anfang vom Ende, Zelltod, Verfall der Neuronen, so steht es in allen Biologiebüchern. Die Zeit ist nicht länger ihr Freund, das ist ihr inzwischen klar geworden. Sie weiß nicht mehr, in welche Richtung sie sich wenden soll. Und nicht mehr lange, dann sind ihre Ersparnisse aufgebraucht. Sie dreht eine Haarsträhne zusammen, beugt sich vor, ohne Garys Arm loszulassen, schnappt sich einen dürren, trockenen Zweig vom Boden, hebt mit einer Hand ihr Haar an, steckt den Zweig hinein, schlingt es zu einem majestätischen Knoten und nimmt mit freier Stirn und dem langen, grazilen Hals einer Königin ihre Gedanken wieder auf. Den Schein wahren. Nur ja nicht den Eindruck erwecken, sie würde zaudern. Den Knoten in ihrem Bauch ignorieren. Handeln. Aktivität bezwingt die Angst. Sie hat ihr Schicksal schon immer selbst in die Hand genommen.

»Oder … ich ändere alles. Ich plissiere das Oberteil und lasse den Rock glatt. Einen Bleistiftrock, ein Oberteil mit eingearbeiteten Cups und eine mit drei kleinen Perlenknöpfen besetzte Drapierung, um die Taille zu betonen. Was hältst du davon?«

Er hört nur die letzten Worte, und sie missfallen ihm. Hinkende Enten, die durch seinen Traum watscheln. Flecken auf dem Traum. Dissonante Noten. Er hasst Dissonanz.

»Könntest du mir vielleicht antworten!«

»Hortense, bitte, ich bin auf der Suche nach einer Note … einer kleinen entscheidenden Note, die alle anderen nach sich ziehen wird. Sie ist da, ganz in der Nähe, ich habe sie fast erwischt. Warte, bis ich sie eingefangen habe, und dann höre ich dir zu, versprochen.«

»Die Krise wirft gerade alles über den Haufen, verstehst du? Die Verkaufszahlen sinken, während die Steuern auf Textilprodukte immer weiter steigen. Das wissen die Modemarken, deshalb konzentrieren sie sich auf ihre sicheren Werte, ihre Tradition, ihr Image. Ich muss mich da einschleichen und mir einen Platz erobern, bevor es zu spät ist. Sonst bin ich ein Niemand, und mir bleibt nichts anderes übrig, als für den Rest meines Lebens Säume zu nähen.«

Sie verstärkt ihren Griff um seinen Arm, um ihn zu sich zurückzuholen, zu ihrem Problem, zu dem Knoten in ihrem Bauch, der zu einem Knoten in ihrer Kehle wird.

»Es gibt im Leben doch auch noch andere Dinge als deine Musik!«, schreit sie ihn an. »Rede mit mir, Gary, rede mit mir.«

Sie beugt sich zu ihm hinüber, und der Duft seines Eau de Toilette schlägt ihr ins Gesicht, vermischt mit dem Wollgeruch seines kurzen, dunkelblauen Mantels. Wie lange schleppt er diesen alten Mantel schon mit sich herum? Er weigert sich, einen neuen zu kaufen. Sie kennt ihn schon seit Ewigkeiten. Er trägt den Abdruck ihres Arms am rechten Ärmel. An der Stelle ist der Wollstoff ein wenig verfilzt. Das hat mein Arm gemacht, das ist mein Stempel. Sie hängt sich an ihn, schüttelt ihn, er macht sich los, sie packt ihn erneut.

»Ich muss innovativ sein, kreativ sein. Das ist das einzige Heilmittel gegen die Krise. Nur Kreativität kann den Markt wieder in Schwung bringen. Und es gibt niemanden, der mir dabei hilft. Ich fühle mich allein, so allein …«

Er sieht sie nicht an. Er geht einfach weiter, auf der Jagd nach der letzten Note. *E, G, A, H, C, Cis* … der Traum ist zerstoben. Die Note ist fort. Er ballt die Fäuste, presst die Kiefer zusammen. Wirft mit einer ruckhaften Kopfbewegung das Schalende zurück, das über seine Nase geweht wurde. Zieht am Ärmel seines alten Mantels. Zieht noch einmal. Grübelt mit aller Macht. Zorn rauscht in seinem Inneren wie der Wind in den Bäumen. Er ärgert sich maßlos. Fast wäre es ihm eingefallen, er war so kurz davor! Nicht aufregen, sagt er sich, nicht aufregen, ich habe immer noch die ersten Noten. In der beruhigenden Wärme des Cafés kommt der Akkord bestimmt wieder.

Das Café ist sein Refugium. Dort hat er den ersten Satz seines ersten Klavierkonzerts komponiert. Während er in die Sahne auf seiner heißen Schokolade pustete. Indem er mit seinem Bleistift hastig die Noten aufschrieb, die sich in seinem Kopf drängten. Er hat sein Notizbuch immer in der Tasche. Und einen kleinen Bleistift mit weicher Spitze, der über das Papier fliegt.

»Das ist dir also egal«, lässt Hortense nicht locker, »du hörst mich überhaupt nicht, du hörst mir nicht zu, was bin ich denn eigentlich für dich? Ein Möbelstück? Ein wertloses Stück Nippes? Eine lockere Glühbirne?«

Sie lässt Garys Arm los. Geht einen großen Schritt zur Seite. Hält den Kopf in den Wind. Spürt erneut den Krampf, der ihren Bauch zusammenzieht. Sie wird sich nicht kleinkriegen lassen. Weder von dem Krampf noch von Garys Gleichgültigkeit. Dann macht sie eben allein weiter. Im Leben ist man ja sowieso immer allein. Schreib dir das hinter die Ohren und vergiss es nie wieder. Allein, allein, allein. Ja, schon, aber was mache ich denn, so ganz allein? Ein Junge rennt keuchend hinter einem Ball her auf sie zu. Sie versetzt dem Ball einen Tritt, sodass er in die entgegengesetzte Richtung davonfliegt. Der Junge schreit auf und bricht in Tränen aus. Geschieht dir recht, knurrt sie mit zusammengebissenen Zähnen. Dann läufst du eben noch einmal hinter ihm her, davon geht die Welt nicht unter! Du hast zwei Füße und zwei Beine!

Der Junge hört auf zu weinen und sieht sie erstaunt an.

»Warum weinst du?«, fragt er und schlägt die Ohrenklappen seiner Mütze herunter, mit der er aussieht wie ein kanadischer Trapper.

»Ich weine nicht. Hau ab.«

»Du bist gemein! Du bist gemein und hässlich! Du hast ein vertrocknetes Stück Holz in den Haaren. Das ist hässlich.«

Sie zuckt mit den Achseln und wischt sich mit dem Ärmel über die Augen. Dreht sich zu Gary um und will ihn anschnauzen. Er hat ein Taxi herangewinkt und steigt ein, ohne auf sie zu warten.

»Gary!«, schreit sie und spürt, wie ihr erneut die Tränen kommen. Sie drängt sie mit den Handschuhen zurück und schreit noch einmal: »Gary!«

Sie läuft auf das Auto zu. Er schließt die Tür. Lässt die Scheibe herunter und ruft ihr, während das Taxi bereits losfährt, zu: »Tut mir leid, meine Liebe, ich brauche Ruhe und Ausgeglichenheit. Ich überlasse dich deinen Plissees. Zufußgehen ist das beste Mittel, um wieder einen klaren Kopf zu bekommen.«

Hortense schaut den roten Lichtern des davonfahrenden Taxis

nach. Er lässt sie einfach im Park stehen. Er wagt es, sie einfach im Park stehen zu lassen. Für wen hält der sich? Glaubt er etwa, bloß weil er attraktiv, charmant und nonchalant ist, flögen ihm alle Herzen zu? Pff… Seine Hose ist zu kurz, und seine Socken sind zu groß. Und seine Füße sind auch zu groß. Seine Haare zu schwarz. Und seine Zähne zu weiß.

Sie bleibt einen Moment mit hängenden Armen und laufender Nase stehen. Dann atmet sie tief durch. Schlägt den Kragen hoch, um sich vor dem Wind zu schützen. Bemerkt den Jungen, der sie noch immer beobachtet, und schneidet ihm eine Grimasse. Langsam wendet er sich ab, doch bevor er losläuft, um seinen Ball zu holen, ruft er ihr noch zu: »Siehst du, du bist hässlich! Er hat dich stehen lassen wie einen Sack Kartoffeln.«

Und rennt davon.

Zu dieser nachmittäglichen Stunde ist das Café Sabarsky menschenleer. Die schönen, reichen Berufsehefrauen machen nach dem Mittagessen einen Einkaufsbummel, die alten Herren halten ein Mittagsschläfchen, die Kinder sitzen brav in der Schule, und alle anderen wurden durch den eisigen Wind abgeschreckt. Gary setzt sich an einen runden weißen Marmortisch und legt sein Notizbuch und den kleinen Bleistift mit der weichen Spitze vor sich hin. Der Kellner in schwarzer Weste und einer langen weißen Schürze bringt ihm die Karte und schickt sich an, wieder zu gehen, damit er in Ruhe auswählen kann.

»Die brauche ich nicht«, sagt Gary ungeduldig. »Ich weiß, was ich will. Eine schöne cremige heiße Schokolade mit Schlagsahne und ein Stück Schwarzwälder Kirschtorte.«

Und meine Ruhe! Ruhe und Stille, um sie mit Noten auszufüllen. Gott, kann Hortense nervtötend sein! Zieht er sie etwa an den Haaren, wenn sie sich mit einer Skizze herumplagt? Küsst er ihren Hals, selbst wenn er nichts lieber täte als das? Wenn ihr gebeugter Nacken nach einem Kuss, ja einem Biss verlangt? Nein. Er tritt zurück und betrachtet sie. Wartet, bis sie sich umdreht, ihn bemerkt, sich daran erinnert, dass es ihn gibt. Weißt du noch, wie ich heiße?, fragt er, lächelnd auf dem Sofa sitzend. Ich bin dein Lieblingslover. Hortense richtet sich auf. Ihre vollen, schön geschwungenen Lippen verziehen sich zu einem träumerischen Lächeln. Ihre Augen werden zu Karamell. Gary, Gary Ward, ja, das sagt mir etwas … Er würde am liebsten in ihre Lippen beißen, aber er beherrscht sich, sie ist noch in ihrer Zeichnung gefangen. Er wird warten, bis sie wieder auf die Erde zurückgekehrt ist und sich ihm ergibt. Niemals in ihrer Reichweite bleiben. Sie verschlingt alles. Aufmerksam und hingebungsvoll in der Nacht, rebellisch am Tag. Wo war ich mit meinen Gedanken, bevor ich ins Taxi gesprungen bin? Ich war wütend, weil ich meine Noten aus den Augen verloren hatte. Sie werden schon wiederkommen. Angelockt von den duftig weißen Tischdecken, von den holzvertäfelten Wänden, dem unter den Schuhen knarzenden Fußboden. Der Geist des alten Doktor Freud streift zwischen den Malakofftorten, den Bergen von Schlagsahne, den Obstkuchen, den Biskuitrollen, dem Baisergebäck und den Kuchen mit weißer Zuckerglasur umher und hält nach einem Patienten Ausschau, den er auf seine Couch legen könnte. Ich bin kein Patient, Doktor Freud, ich lebe in gutem Einvernehmen mit mir selbst. Ich gefalle mir, ich mache mich weder größer noch kleiner, als ich bin, und vergleiche mich mit niemandem sonst. Mein Glück ist simpel: Ich bin ich. Ich habe einen Vater begraben, der mich schon bei meiner Geburt vergessen hatte, aber mir zur Wiedergutmachung ein Schloss in Schottland hinterlassen hat. Ich weiß noch nicht, was ich damit machen werde. Großmutter hat ein Team von Handwerkern abkommandiert, die die Mauern und das Dach instand setzen. Sie kann es nicht mit ansehen, wenn jahrhundertealte Schlösser verfallen. Mein Vater war ein heruntergekommener, einsamer Mensch. Und ständig betrunken. Ja, es stimmt, dass er seinen Tod selbst herbeigeführt hat. Soll ich mich deswegen schuldig fühlen, Sigmund? Ich glaube nicht. Wir sind uns nur ein einziges Mal begegnet, an einem Nachmittag. Das ist nicht viel, um eine Beziehung zu knüpfen. Woran erkennt ein Kind seinen Vater? Einen Vater, den es niemals kennengelernt hat? Was meine Mutter betrifft … Ich bin bei ihr aufgewachsen. Sie war meine einzige Gesellschaft. Mein Norden, mein Kompass. Sie hat mir immer wieder gesagt, wie wunderbar ich sei. Dass es nicht schlimm sei, wenn ich nicht wisse, was eins plus eins ergibt oder wo die Neuen Hebriden liegen. Aber wenn ich ihr gegenüber frech wurde, gab es einen Tritt in den Hintern und ab in mein Zimmer. Sie hat mir beigebracht, Frauen zu beschützen und mit einer Gabel Mayonnaise zu schlagen. Doch irgendwann mussten sich unsere Wege trennen. Das hat wehgetan. Es war sogar der Grund, warum ich nach New York geflohen bin: Ich habe sie mit meinem Klavierlehrer im Bett erwischt. Mittlerweile verbindet uns ein zärtliches Band. Sie bedrängt mich nie, liebt mich aus der Ferne, denn sie lebt in London. Sie lachen? Sie glauben mir nicht? Auch gut. Lassen Sie mich zufrieden.

Am hinteren Ende des Raums befindet sich ein schwarzer Holztresen. Kaffeeautomaten, dampfende Milch und Kännchen mit heißem Kakao und Kaffee reihen sich auf der Zinkoberfläche aneinander. Dahinter erkennt Gary ein Mädchen aus seiner Schule. Sie ist im gleichen Jahrgang wie er. Wahrscheinlich arbeitet sie als Kellnerin, um ihr Studium zu finanzieren. Wie heißt sie noch gleich? Ein unmöglicher Vorname. Der Name einer griechischen Nymphe für eine dürre Bohnenstange mit Spitzmausgesicht. Mager, blass, unsicher, das spärliche schwarze Haar straff nach hinten gezogen und zu einem dünnen Zopf geflochten, große abstehende Ohren und eine vorspringende Nase über einer spitzen, mit Milchzähnchen gespickten Nagetierschnauze. Ein Name in antikem Röckchen. Athene, Aphrodite, Persephone? Nein, das war es nicht.

Das Irritierende in diesem Gesicht sind die Augen, große schwarze Augen, die aus ihren Höhlen quellen und an ein wachsames Tier erinnern. Sie sieht aus wie eine alte Jungfer aus einem

Roman von Jane Austen. So eine, die nie heiratet und den Tee in ihrem Zimmer trinkt, während ihre Nichten und Neffen im Salon schwatzen. Auch wenn sie noch zu jung ist, um eine alte Jungfer zu sein. Bei näherem Hinsehen erkennt man in diesen unansehnlichen Zügen eine freundliche Gleichgültigkeit. Als wollte sie sagen: Schauen Sie mich nicht an, ich bin gar nicht da. Und als mache ihr das überhaupt nichts aus. Oder: Lassen Sie es gut sein, ich bin anderweitig beschäftigt. Ja, das ist es, denkt Gary, dieses Mädchen ist hässlich, und trotzdem setzt sie einen höflich vor die Tür. Sie trägt sicher einen langen braunen, bis zum Hals zugeknöpften Mantel und halbhohe Gummistiefel. Jetzt erinnere ich mich an sie …

Einmal pro Woche spielen die Studenten der Juilliard School vor ihren Kommilitonen. Auf der Suche nach künftigen Talenten mischen sich auch Agenten und Profimusiker heimlich unter das Publikum. Man erkennt sie daran, dass sie laut reden und Lärm machen. An diesem Abend spielte sie den ersten Satz aus Tschaikowskys Violinkonzert mit Klavierbegleitung. Sie hatte den ganzen Saal in ihren Bann geschlagen. Kein Stühlerücken, kein Husten, alle hielten den Atem an und folgten dem Lied des Bogens, den Blick unverwandt auf die griechische Nymphe mit dem Spitzmausgesicht gerichtet. Und als der Bogen in seinem Aufwärtsstreben plötzlich innehielt und das atemlose Publikum auf dem Höhepunkt einer Phrase in Erwartung der nächsten Woge, die es mit sich fortreißen würde, gefangen hielt, da hatte Gary sie plötzlich schön gefunden, außergewöhnlich und anrührend. Rosafarbene, goldene, kobaltblaue und butterblumengelbe Sprenkel flirrten wie magnetisch aufgeladene glitzernde Feilspäne um ihr Gesicht. Ein schillernder Heiligenschein aus Licht. Ein Ausdruck unermesslichen Glücks erstrahlte auf ihren Zügen. Mit der Geige unter dem Kinn hatte sich das hässliche Mädchen in eine anmutige Ikone verwandelt, mit rosigen Wangen, bebenden Nasenflügeln, beinahe schmerzlich angespannten schwarzen Brauen und Mundwinkeln, die wie unter dem Einfluss einer ungestümen Freude leise zuckten. Ihr Spiel machte die Zuschauer sprachlos. Verwandelte sie in ohnmächtige, stumme Zwerge, die zusammengesunken auf ihren Stühlen kauerten.

Er war verwirrt gewesen. Hatte den Impuls unterdrückt, aufzustehen, zu ihr nach vorn zu gehen und sie auf den Mund zu küssen. Von ihrer Farbe zu kosten. Sie zärtlich zu lieben und zu beschützen. Denn er wusste, sobald das Lied der Geige verstummen und Stille einsetzen würde, wäre sie wieder so hässlich wie zuvor. Eine enthauptete Statue. Er wollte sie weiter schweben lassen, getragen durch die Anmut ihrer flüchtigen Schönheit. Wollte ein Magier sein und den himmlischen Gesang der Geige andauern lassen.

Der Auftritt der griechischen Nymphe an jenem Abend war ein voller Erfolg gewesen. Alle waren aufgesprungen, um ihr zu applaudieren. Der sollte man lieber mit geschlossenen Augen zuhören, hatte ein Student hinter Gary gelästert, nachdem die Geige verstummt war und sie sich zitternd, ein wenig krumm und mit roten Flecken an Hals und Dekolleté, verbeugte. Er hatte sich umgedreht und dem Kerl einen mörderischen Blick zugeworfen. So ein Arschloch! Zu schade, dass es keine Duelle mehr gibt, ich hätte ihn auf der Stelle herausgefordert! So ein blondes Babygesicht mit riesigen blauen Augen, das sich beim Sprechen auf seine Taschen klopfte. Die personifizierte Werbung für Säuglingsnahrung. Was hatte dieser ungehobelte Kerl dort zu suchen? Er war ihrer nicht wert. Calypso! Sie hieß Calypso. Die Odysseus liebte. »Ihn allein hielt die unsterbliche Nymphe, die hehre Göttin Kalypso, in der gewölbten Grotte, und wünschte sich ihn zum Gemahle.« Die Tochter des Atlas, die Odysseus sieben Jahre lang auf ihrer Insel gefangen hielt, ihn schließlich widerstrebend gehen ließ und ihm half, sein Floß zu bauen. So beginnt die *Odyssee*. See … C … *C! C, C. E, G, A, H, C, Cis … D, F, A, Gis*. Das ist es! Gary greift nach seinem Bleistift und schreibt die Noten nieder. Der Stift fliegt, er hört die Noten, fängt sie ein, ordnet sie, halbe Noten, Viertel, Ganze, Achtel, Sechzehntel. Glücklich, bezaubert, erlöst. Er weilt nicht mehr auf Erden, sondern schwingt sich in die Lüfte auf, einen großen Sack Noten in den Armen, die er auf die Notenlinien streut. Seine Hand kommt nicht hinterher. Zu langsam blättern die Seiten des Notizbuches um. Endlich hat er die Melodie zu fassen bekommen, die in seinem Kopf herumspukte. Sie stürmt los, flüchtet, gerät außer sich, er rennt hinterher. Fängt sie wieder ein, greift nach ihr, bannt sie aufs Papier. Sie wehrt sich, macht Anstalten zu fliehen, doch er wirft sie zu Boden und packt sie bei den Schultern, dass sie sich nicht mehr rühren kann. Außer Atem lässt er erschöpft den Bleistift sinken. Am liebsten würde er aufspringen und den Kellner in der schwarzen Weste küssen, der ihm seine heiße Schokolade und das unter einem Berg von Sahne begrabene Stück Schokoladentorte mit einer Kirsche darauf bringt. Gierig macht er sich über den Kuchen und die Sahnehaube des Kakaos her, vertilgt den einen, verschlingt die andere. Dreimal mit der Gabel zugestochen, schon ist der Teller blank geputzt, die Tasse leer, und ein weißer Schnurrbart rahmt sein Lächeln ein.

Wie ist das Leben doch schön und prall und rund! Welche Glückseligkeit in dieser Flut von Noten, die dem Himmel entspringt oder, besser gesagt, der Odyssee. Welch überschäumende Freude und Hörnerschall! Ich brauche einen Mund, den ich küssen kann, ein Ohr, dem ich davon erzählen kann, Augen, die dem wirbelnden Lauf der Noten folgen. Hortense! Wo ist Hortense? Was treibt sie bloß? Warum ist sie nicht hier? Sie müsste längst da sein. Müsste die Tür des Cafés geöffnet haben, auf dem schwarzen Stuhl sitzen. Außer sich vor Wut, aber da. Sie waren schon fast am Ziel, als er sie im Park zurückgelassen hat. Sie ist sicher noch sauer und trampelt zornig auf den Laubhaufen herum. Meine Güte! Ich wäre an ihrer Stelle genauso wütend!

Er lehnt sich auf seinem Stuhl zurück und lacht bei dem Gedanken. Er sucht das Handy in seiner Tasche, findet es nicht, ich muss es zu Hause gelassen haben. Er vergisst es ständig. Er mag dieses Band nicht, das ihn ungefragt mit der Welt verknüpft. *What a drag!* Es lebt sich angenehmer ohne Leine um den Hals.

Das Mädchen mit dem Nymphennamen hat ihn lachen hören.

Sie steht hinter der Theke und mustert ihn erstaunt. Im Sitzen deutet er die Verneigung eines glücklichen Mannes an. Sie lächelt ihn an, und in diesem Lächeln erstrahlt eine unermessliche Anmut. Eine sanfte Vertrautheit. Mechanisch trocknet sie eine Tasse ab. Vielleicht hat sie ihn im Schutz der Kaffeeautomaten heimlich beobachtet. Hat sich seine umherschweifenden Gedanken zu eigen gemacht und heimlich gebetet, er möge seine Noten finden. Und die ganzen Noten, die Halben, die Viertel und die Achtel haben sich in das kleine schwarze Notizbuch ergossen. Ca-lyp-so, flüstert er langsam vor sich hin. Die hehre Nymphe. Sie errötet und senkt den Kopf. Nimmt das Kompliment entgegen wie einen Lorbeerkranz.

Alles an diesem Mädchen ist rätselhaft, denkt Gary, sie hat keinen Körper, keine Füße, nur flüchtig berührt sie die Erde. Eine Frau ohne Knochen mit zwei Flügeln auf dem Rücken. Sie richtet sich wieder auf und sieht ihn erneut an. Gedankenverloren trocknet sie mit langsamen, behutsamen Bewegungen noch immer dieselbe Tasse ab. Ihr Blick wendet sich nicht von seinen Augen. *C, E, G, A, H, C, Cis*, singt er die einzelnen Noten vor sich hin. Sein rechter Zeigefinger schlägt den Takt, und sie folgt ihm mit dem Spültuch. Tritt hinter dem Tresen von einem Fuß auf den anderen. *D, F, A, Gis*, wiederholt sie stumm. Ihr Mund bewegt sich, doch kein Laut kommt über ihre Lippen. Sie singt die Melodie in ihrem Kopf. Er hört ihr zu, er hört sich selbst. Es erscheint ihm seltsam und vollkommen natürlich zugleich, dass sie auf diese Weise quer durch das ganze Café miteinander reden. Er will diese unbändige Freude mit ihr teilen, will ihr diese Freude schenken, die ihn erfüllt, die aus ihm heraussprudelt und von der er nicht so recht weiß, was er damit machen soll. Plötzlich durchdrungen von einem Glück, das kein Dollar kaufen, keine Frau aufwiegen kann. Er ist der Herrscher des Olymps, und Zeus soll sich bloß in Acht nehmen.

Mit einem Satz springt er auf und geht an den Tresen. Lehnt sich mit einem Ellbogen darauf, schaut sie an und verkündet: »Ich bin so glücklich, ich habe endlich die Noten gefunden, nach denen ich seit heute Morgen gesucht habe. Was heißt seit heute Morgen? Seit mindestens einer Woche. Wenn du wüsstest, wie schwer ich mich getan habe …« Sie sagt nichts, sie fragt nicht nach, sie hört ihm zu. Ihre weit geöffneten Augen saugen seine Worte auf. Sie hat sehr schöne Augen, er könnte ihre Farbe nicht beschreiben. Schwarz sind sie, schimmern wie Silber, Quecksilber und Blei, beinahe flüssig weiten sie sich, hüllen ihn ein. Er taucht ein in ihren Blick. Sie hört ihm zu, als lasse jedes seiner Worte wundervolle Noten erklingen. Als beschwöre er mit ihnen den Atem des Feuers herauf, den Lärm der Sturzbäche, die über die Steine fließen, das schläfrige Raunen der Algen in den Weihern. Sie lauscht so aufmerksam, dass er am liebsten auf sie zutreten und seine Stirn an die ihre lehnen möchte.

Und dann hört er auf zu reden.

Sie schließt die Augen.

Sie bleiben still.

Der Kellner legt die Rechnung auf den Tresen. Er hat wohl geglaubt, er wolle gehen, ohne zu bezahlen. Gary nimmt sie in die Hand. Kehrt an seinen Tisch zurück, steckt seinen kleinen Bleistift und sein Notizbuch ein, legt zwei Zehndollarscheine hin, nickt der Nymphe Calypso zu und verlässt das Café Sabarsky mit dem Gefühl, dass er einen perfekten Moment erlebt hat, so perfekt, dass es ihm beinahe Angst macht.

Calypso stellt die Tasse ab. Nimmt eine neue. Und beginnt sie mechanisch abzutrocknen.

Die Bürgersteige der Stadt sind grau, und der Himmel ist beinahe weiß. Die Gebäude sehen aus wie in den Asphalt gerammte Eiswürfel. Es wird bald schneien. Ein tüchtiger Sturm wird die Stadt erstarren lassen. Die Passanten werden vor Schreck leise aufschreien, die Taxis gedämpft vorübergleiten. Der frische Schnee wird knistern wie dünne Waffeln, ehe er sich in ein Planschbecken verwandelt. Ein ganz gewöhnlicher Januar. Das Licht schwindet, und der Abend senkt sich auf den Park herab. Die Stadt ist zu einem Schwarz-Weiß-Film geworden.

Er regt mich auf! Er regt mich auf! Hortense wartet, bis die Ampel für die Autos auf Rot springt, und überquert die Straße. Sie hebt den Kopf: 79th Street und Fifth Avenue. Für wen hält der sich eigentlich? Für wen hält der sich? Unaufhörlich hallt die Frage in ihrem Kopf wider, legt sich über das Bild des ins Taxi steigenden Gary. Tut mir leid, meine Liebe … Die Worte drehen sich im Kreis, schrill wie eine misstönende Geige, es macht sie verrückt. Also wirklich, für wen hält der sich?

»Für den Enkel der Queen«, flüstert eine spöttische Stimme ihr zu. »Kein Wunder, in seinen Adern fließt blaues Blut, hochnäsiges Blut. Du bist doch nur eine kleine Zofe, eine dahergelaufene Bürgerliche, die er bespringt, wenn ihm gerade der Sinn danach steht.«

»Das stimmt nicht! Ich bin seine Geliebte, die Frau seines Lebens.«

Sie bleibt stehen und betrachtet sich prüfend im Schaufenster eines Antiquitätenhändlers. Dreht sich langsam um sich selbst. Lange Beine, schmale Taille, der Hals schön frei in diesem Mantel, den sie auf dem Flohmarkt an der Columbus Avenue gefunden hat, dichtes, golden schimmerndes Haar, milchweiße Haut und ein so schön gezeichneter Mund, dass sie sich am liebsten selbst küssen würde. Du bist perfekt, sagt sie zu ihrem Spiegelbild, elegant, apart, außergewöhnlich, atemberaubend. Sie wirft sich eine Kusshand zu, wendet sich beruhigt von dem Schaufenster ab und geht weiter. Für wen hält der sich? Na? Jetzt sitzt er sicher im Café Sabarsky und kritzelt Noten in sein Heft. Er hat nicht einmal angerufen. Machen wir uns nichts vor: Er hat mich vergessen. Und sein Hemdkragen sitzt schief. Immer.

Seit drei Jahren wohnen wir mittlerweile zusammen in dem komfortablen Apartment, das Elena Karkhova uns zur Verfügung stellt.

Elena Karkhova kann nicht ohne den Klang eines Klaviers in ihrem großen Haus an der 66th Street, Ecke Columbus Avenue leben. Jedes Jahr bittet sie deshalb die Juilliard School, ihr Studenten zu schicken, lässt sie vorspielen und behält den besten von ihnen für ihre Privatkonzerte. Im Gegenzug darf er kostenlos ein ganzes Stockwerk in ihrem noblen Stadthaus bewohnen. So hat sie Gary kennengelernt. Er hat ihr das *Andantino* aus einer Schubert-Sonate in A-Dur vorgespielt. Sie hat die Augen zusammengekniffen, sich geräuspert und genickt: Der ist es. Keinerlei Verpflichtungen, abgesehen davon, im Sommer bei weit offenem Fenster und im Winter bei geöffneter Kaminklappe zu spielen. Sie wohnt im zweiten und dritten Stock, Gary und Hortense im ersten. Ein schönes Haus aus hellem Naturstein und roten Backsteinen, mit einer breiten Freitreppe zur Straße hin, ganz in der Nähe der ABC-Studios. Die Wohnung ist groß, mit hohen Spitzbogenfenstern, runden Fenstererkern, dunklen Holzdecken, Dielenböden, Kaminen, Himmelbetten, Sofas, Sesseln, Fußbänkchen, dicken Teppichen und grünen Farnbüschen in silbernen Blumenschalen. Zwei Badezimmer, zwei Ankleidezimmer. Eine Küche mit Fayencekacheln, ein alter schwarzer gusseiserner Herd.

Und jeden Morgen eine Putzfrau.

Elena Karkhova kommt nie zu ihnen herunter. In einen Kaschmirschal gehüllt, liegt sie in einem alten Kaminsessel, der früher ihrem Vater gehört hat, und lauscht Garys Spiel. In einem großen Samowar zieht heißer Tee. Die Klavierklänge steigen zu ihr empor, und sie schließt die Augen.

Manchmal geht Gary hoch und leistet ihr Gesellschaft. Er

mag diese Frau. Er findet sie originell, großzügig, ungewöhnlich, kultiviert. Und immer noch sehr schön! Ihr großes Vermögen birgt Rätsel, die er irgendwann zu lösen hofft. Eines Tages wird sie den Schleier lüften und mir ihre Geschichten erzählen … und an dem Tag werde ich für alles belohnt. Bis dahin schenkt sie ihm Pralinen mit Kirschwasser, arabische Mandelhörnchen und Lokum, nennt ihn »Chérrie« mit rollendem R und drückt mit ihren langen, edelsteinberingten Fingern seinen Arm.

Hortense mag Elena Karkhova nicht. Sie trägt zu viel Rouge, zu viel Lippenstift, zu viel blauen Lidschatten.

Wenn Gary auf Tournee geht oder in London Shirley und seine Großmutter besucht, verlangt Elena Karkhova Postkarten, Mitbringsel und Fotos von den Gemächern, den Fluren und den Rasenflächen des Buckingham Palace.

»Sie ist bestimmt in ihn verliebt«, ertönt die leise Stimme in Hortenses Kopf erneut.

»Pfft … Die ist doch mindestens neunzig!«

»Mag sein… aber Libido ist keine Frage des Alters.«

»Wo denkst du hin! Die ist verhutzelt und verschrumpelt. Sie sieht aus wie ein zerknitterter Lampenschirm.«

»Sie ist eine schöne Frau, sie hat Stil. Ich mag alte Frauen, sie sind reizvoller als die jungen Dinger. Glatte Haut verrät einem nichts, der Finger gleitet über sie hinweg, aber Falten bergen tausend Wunder. Sie sind wahre Schatzinseln.«

»Sie ist so alt, man könnte meinen, eine Hexe …«, flüstert Hortense. »Eines Tages wird sie Gary die Haut abziehen und sein Blut trinken.«

Während ich immer noch frisch und knackig bin, ich bezaubere ihn, überrasche ihn, erweiche ihn, ich umklammere ihn mit meinen Schenkeln, wickle ihn um den Finger und … Die spöttische Stimme bricht in Gelächter aus. Nicht immer, gibt sie zu und lässt den stolzen Kopf sinken. Niemand wickelt Gary um den Finger. Niemand dreht ihn durch den Fleischwolf als fades Futter für ein verliebtes Herz. Dieser Mann ist unberechenbar. Und dann ist da noch seine Musik wie ein weit geöffnetes Fenster. Er kann jederzeit hinausspringen. Fliehen. Wie lautet noch mal der Satz, den er ständig wiederholt? »*Perhaps the world's second worst crime is boredom. The first is being a bore.*«* Piff, paff, puff, *I'm not a bore!***

Sie zögert einen Moment. Soll sie zur 86th Street hochgehen, wo Gary im Café Sabarsky sitzt, und ihm Tassen und Untertassen an den Kopf werfen oder lieber die Madison Avenue hinabschlendern und sich die Schaufenster der Luxuskaufhäuser anschauen?

Piff, paff, puff… die Entscheidung steht: Es wird der Schaufensterbummel auf der Madison. Sie will sich anschauen, was die anderen machen, um sie nicht zu imitieren. Entwerfen, überarbeiten, nicht lockerlassen. Meine Kleider sollen die Frau verwandeln, sie sanft und feminin wirken lassen, sie sollen den Körper vervollkommnen, wie durch Zauberhand die Silhouette verfeinern, Röllchen verschwinden lassen und die Beine strecken. Ich will ein Kleidungsstück entwerfen, das so bequem ist wie ein Schlafanzug und so schick wie ein Kleid von Yves Saint-Laurent. Dann werden sich die Leute um meine Modelle reißen und…

Er hat mich einfach im Park stehen lassen. Wenn ich wenigstens meine beste Freundin anrufen und meine Wut bei ihr rauslassen könnte. Aber ich habe keine Freundin. Nur Bekannte. Mädchen, bei denen ich nach Ideen fische.

»Doch… natürlich hast du einen Freund«, sagt die leise Stimme, die in ihrem Kopf knistert wie ein altes Transistorradio.

Hortense erstarrt, all ihre Sinne sind geschärft. Kann es sein, dass…? Um diese Uhrzeit? Aber nein! Er schläft sicher längst. Sie sucht in ihrer Handtasche nach dem Handy, kratzt sich die Finger auf, findet es, hält es ans Ohr, hört nichts und tippt:

* »Das vielleicht zweitschlimmste Verbrechen auf Erden ist die Langeweile. Das schlimmste aber ist, ein Langweiler zu sein.« (Cecil Beaton)

** »Ich bin keine Langweilerin!«

»Schläfst du?« Die Antwort kommt sofort: »Nein.« »Rufst du mich an?« »5 Minuten.«

Sie stürmt ins Carlyle und bestellt einen großen Kaffee. Das gedämpfte Licht der weißen Lampenschirme beruhigt sie. Ich sollte mir die Nase nachpudern, bei der Kälte sieht sie mittlerweile garantiert aus wie ein Radieschen. Wo ist meine Puderdose, mein kleines blaues Zauberdöschen?

An den Wänden hängen gerahmte Fotografien von Jazzmusikern und ein großes Poster mit dem Sternenbanner von Jasper Johns, *Three Flags*. Unter diesem Bild haben sie sich nach ihrem ersten Streit in New York wieder versöhnt. Das war im MoMA. Sie weiß nicht mehr genau, weshalb sie sich gestritten hatten. Ach, doch ... Sie waren die 53rd Street entlanggegangen. Gary erklärte ihr gerade, wie die Gemälde ihn zu Melodien inspirierten. Die Bilder singen und tanzen. Vor allem Matisse, ein wahres Feuerwerk der Farben, die als Noten in meinem Kopf explodieren. Er nannte ihr noch weitere Beispiele. Sie sah ihn an, hörte ihm zu.

Dann hatte ihr Handy geklingelt, und sie hatte sich von ihm abgewandt, um ranzugehen. Und hatte ihn aus den Augen verloren. Er hasste es, von einem Handy unterbrochen zu werden. Er sagte, das sei unhöflich, ungezogen, ja geradezu ungehobelt. Das ist so, als würde sich ein Dritter einfach zwischen uns drängen und mit mir reden, ohne dich zu beachten. Dann wärst du auch beleidigt und würdest die Flucht ergreifen. Und ich würde dir zustimmen. Also war er einfach weitergegangen. Ruhig und ohne Eile, wozu sich beeilen, wenn man sich im Recht weiß? Ohne einen Blick zurück. Ohne langsamer zu werden, damit sie ihn wieder einholen könnte. Sie traute ihren Augen nicht. Sah, wie seine hochgewachsene Gestalt immer kleiner wurde, sich nach rechts wandte, das Museum betrat. Er brauchte nicht an der Kasse anzustehen, er hatte eine Dauerkarte, und die Hände in den Taschen vergraben, passierte er das Drehkreuz. »Ich ruf dich zurück«, sagte sie zu Frank Cook, der immer weiter redete, und legte auf. Lief hinter Gary her. Gar nicht so leicht auf siebeneinhalb Zentimeter hohen Absätzen, mit einer großen Umhängetasche voller Unterlagen und in einem Bleistiftrock. Ein dicker, glatzköpfiger Mann schaute ihr nach. Er wartete darauf, dass sie auf die Nase fiel. Hatte der nichts Besseres zu tun? Komisch, wie viele Leute darauf warten, dass ich auf die Nase falle. Ich wirke offenbar nicht besonders sympathisch. Begehrenswert, ja, aber nicht sympathisch. Mein Aussehen missfällt den Frauen, die selbst nicht attraktiv sind, und die Männer macht es verrückt. Verrückt und manchmal auch aggressiv.

Sie rannte auf ihren hohen Hacken zum Museum, gab ihre Sachen an der Garderobe ab, reihte sich in die Schlange ein, um ihre Eintrittskarte zu kaufen. Und stürmte zu den Rolltreppen, die in den dritten Stock hinaufführten.

Dort fand sie ihn wieder.

Im großen Saal mit der Dauerausstellung. Sie entdeckte seinen alten dunkelblauen Kurzmantel vor dem Gemälde von Jasper Johns. Warf sich gegen seinen Rücken. Er drehte sich um und schoss ihr mit einer Armbrust mitten ins Herz. Ein eisiger Blick, der fragte: Worum geht's?

Was fällt dem denn ein?, fragte sie sich. Normalerweise bin ich diejenige, die mit Messern wirft.

Er ignorierte sie und ging zum nächsten Gemälde weiter. Noch ein Jasper Johns, *Target*. Und dann ging alles rasend schnell. Zerfiel innerhalb von drei Sekunden in seine Einzelteile. Erst kam die Angst. Was, wenn er genug von mir hat? Plötzlich leuchteten tausend Sterne vor ihr auf, und die tausend Sterne drehten sich, kreisten vor ihren Augen, sie bekam keine Luft mehr. Und gleich darauf die Panik, wie ein tiefer Sumpf, in dem sie versank. Bis sie nicht mehr atmen konnte, bis sie hektisch nach Luft schnappte wie ein Goldfisch auf einem Bügelbrett. Und schließlich die Erkenntnis: Sie war verliebt. Richtig verliebt. Schlimmer noch: Sie liebte ihn.

Sie war erledigt.

Sie ließ sich auf die schwarzlederne Sitzbank vor dem Sternenbanner fallen, strich langsam, ganz langsam über das Leder und suchte Zuflucht bei einem Material, das sie kannte und das sie beruhigte. Und dann hatte sie gemurmelt: »Warum hast du mir nicht gesagt, dass ich in dich verliebt bin?«

Er hatte laut aufgelacht, hatte die Arme ausgebreitet, sie an sich gezogen und erklärt: »Hortense Cortès, Sie sind wirklich einzigartig!« Wenn er gerührt war, nannte er sie Hortense Cortès und siezte sie. Sie hatte ihn gegen die Wade getreten, und sie hatten sich geküsst.

Das war vor zwei Jahren gewesen, vor dem Gemälde von Jasper Johns.

Sie würde es niemals vergessen, denn an diesem Tag hatte sie begriffen, dass sie in der Falle saß.

Ihr Handy beginnt auf der weißen Tischdecke zu vibrieren.

»Hortense?«

»Junior! Schläfst du noch nicht?«

»Ich war kurz vorm Einschlafen, als ich deine Nachricht bekommen habe … Ich musste mir etwas einfallen lassen, meine Eltern waren noch auf. Ich habe mich ins Wohnzimmer geschlichen.«

Im Wohnzimmer von Josiane und Marcel Grobz steht das Telefon, von dem aus man kostenlos auf der anderen Seite des Atlantiks anrufen kann.

»Die Stimme in meinem Kopf vorhin, warst du das?«

»Ja, es hat ganz schön lange gedauert, bis du mich empfangen hast!«

»Ich bin wütend. Gary hat mich einfach im Park stehen lassen. Und wenn ich wütend bin, höre ich dich nicht richtig. Ganz abgesehen davon, dass ich noch immer nicht kapiere, wie das Ganze überhaupt funktioniert.«

»Das habe ich dir schon hundertmal erklärt. Ich visualisiere den hinteren Bereich deines Gyrus temporalis superior …«

»Meines was?«

»Das ist der Teil des Gehirns, wo Laute in Phoneme umgewandelt werden. Ich stelle mich auf diese Phoneme ein, sie schwingen und …«

»Ich verstehe kein Wort!«

»Das ist wie beim Radio, Fernsehen oder Telefon. Es geht um Wellen. Du sendest Wellen aus, Hortense, und ich stelle mich auf ihre Frequenz ein.«

»Du weißt, dass ich es nicht mag, wenn du ohne Vorwarnung in meinen Kopf kommst.«

»Aber ich habe dich doch vorgewarnt! Ich melde mich jedes Mal an! Du hast mich nur nicht gehört, weil vor lauter Wut dein ganzes Netz gerauscht hat. Aber wenn du die Ohren gespitzt hättest …«

»Dann weißt du also schon alles?«

»Ach, das sind doch nur leere Worte! Mittlerweile ist er schon wieder bester Laune und auf dem Heimweg. Er wird sich ans Klavier setzen und nicht merken, wie die Zeit vergeht. Wenn er Hunger bekommt, wird er den Kopf heben und dich überall suchen.«

»Er beachtet mich gar nicht mehr. Ich bin ein Wasserhahn. Ein Federbett. Ein Salzstreuer. Ich weiß nicht mehr, was ich tun soll. Und außerdem … habe ich Panikattacken. Ich kann nicht mehr atmen, ich ersticke, ich schwelle an, ich bekomme keine Luft mehr. Ich fürchte mich vor dem Abgrund.«

»Das ist doch ganz normal, meine Schöne, du streifst deine alte Haut ab, du beginnst, auf eigenen Beinen zu stehen. Das kann ganz schön einschüchternd sein.«

Junior hat recht.

Aber wie wird man zum aufgehenden Stern am Firmament der Haute Couture?

Ihr fehlt eine Trittleiter.

Sie versauerte in ihrem New Yorker Büro. Natürlich wurde sie gut bezahlt, sehr gut sogar, aber sie langweilte sich. Von allen Seiten hörte sie, in ihrem Alter sei das eine un-ver-hoff-te Gelegenheit.

Sie jedoch hörte nur »hoff-nungs-los«.

Um sie zu halten, hatte Frank ihr angeboten, zweimal pro Jahr eine sogenannte »Kapselkollektionen« zu entwerfen. Vier von ihr kreierte Modelle, die vor den Augen der Weltpresse über den Laufsteg geschwebt waren. Vier Modelle, die die Kundinnen ihnen aus den Läden gerissen hatten. Alles in nicht einmal zwei Wochen ausverkauft. Ein Abendkleid, ein Mantel, ein Hosenanzug und eine Caprihose mit passendem Bandeau-Top.

»Na, lässt du die Produktion jetzt richtig anlaufen? Überschwemmen wir den Markt?«, hatte sie Frank voller Euphorie gefragt.

»Nein, meine Liebe, das ist eine Kapselkollektion, und wie der Name schon sagt, handelt es sich dabei um kurzlebige Modelle, die in begrenzter Stückzahl hergestellt werden und im Handumdrehen auch wieder verschwunden sind … wenn sie Erfolg haben. Ein Kapselmodell soll das Verlangen der Kundin wecken und nicht das ganze Jahr über im Handel sein. Sie sieht es, sie will es, sie kauft es. Weil sie weiß, dass es morgen schon nicht mehr da ist. Bei H&M machen sie es genauso, du brauchst dich nur zu informieren.«

Mit einer wegwerfenden Geste hatte er ihr zu verstehen gegeben: Staub, alles bloß Staub, das ist unser Schicksal, *amen*.

Diese Geste hatte ihr nicht gefallen.

»Du weißt, dass ich Talent habe, und unterstützt mich trotzdem nicht.«

»Du hast Talent, und das beute ich aus, ohne dich in irgendeiner Form einzuschränken. Du machst hier, was du willst, Hortense. Was erwartest du denn noch?«

»Dass du mir hilfst, mein eigenes Label zu gründen. Für dich und deinen Konzern ist das doch ein Klacks.«

»Ich soll dein Investor werden?«

Sie hatte sich auf die Kante seines Schreibtischs gesetzt und ihm in die Augen gesehen.

»Ja.«

»Und was bekomme ich dafür?«

»Mein immenses Talent. Und eine Beteiligung. Aber über die Höhe müssen wir noch reden.«

»Ist das alles?«

»Damit tue ich dir schon einen Gefallen.«

»Täusch dich nicht, Hortense, Leute wie dich gibt es zuhauf. In New York, Paris, London oder sonstwo. Talentierte, ehrgeizige Jungen und Mädchen. Ich brauche mich nur zu bücken, um …«

»Aber ich bin nicht wie die anderen. Ich bin absolut einzigartig.«

»Du hast meine Frage nicht beantwortet … Was bekomme ich dafür?«

»Weil ich sie nicht beantworten will.«

»Tja dann … erwarte auch nichts von mir.«

Er wandte sich wieder den Unterlagen auf seinem Schreibtisch zu, um ihr zu bedeuten, dass die Audienz beendet war.

»Man muss sich nach oben vögeln, was?«, fragte sie und drehte die zahlreichen Armreifen an ihrem rechten Handgelenk. Selbst bei Armreifen kannte ihre Fantasie keine Grenzen.

»Jetzt wirst du vulgär …«

»Ich rede vielleicht vulgär, aber ich denke nicht vulgär, das ist der Unterschied zwischen uns beiden.«

»Noch ein Unterschied: Du brauchst mich, nicht umgekehrt!«

»Da bin ich mir nicht so sicher … Denk doch mal nach. Alles, was ich entwerfe, verkauft sich wie verrückt. Ich habe die Zahlen, Frank, mir brauchst du keine Märchen zu erzählen.«

Verblüfft starrte er sie an und wiederholte: »Du hast die Verkaufszahlen? Wer hat dir die gegeben?«

»Ich habe sie, und ich kann sie lesen. Mir machst du nichts vor. Ihr habt mit mir gutes Geld verdient. Während meine Modelle mir selbst keinen Cent eingebracht haben. Nicht einen einzigen! Ihr braucht mich, ihr seid ein alter Konzern, dem die Puste ausgeht, ich bin ein frisches Talent, ich sprühe vor Ideen, ich schufte bis zum Umfallen. Und was bekomme ich dafür? Nichts. Ich habe die Nase voll.«

»Ich habe dich nach New York geholt. Ich habe dir einen Job gegeben. Und ein sehr gutes Gehalt.«

»Weil du dabei auf deine Kosten gekommen bist. Und außerdem war es nicht dein Geld, sondern das des Konzerns.«

»Ich habe dich behandelt wie eine Königin. Ich habe dir die Stadt gezeigt, bin überall mit dir herumgelaufen. Und du hast dich nicht ein einziges Mal dafür bedankt!«

»Wieso hätte ich mich bei dir bedanken sollen? New York ist für die Modebranche nicht der Nabel der Welt. Paris oder London sind tausendmal interessanter, das weißt du genau. Ich habe nichts zu gewinnen, wenn ich hierbleibe. Es sei denn, du lässt mich gewähren, unterstützt mich, finanzierst mich ... Ansonsten ...«

»Ansonsten?«

»Kündige ich. Und das ist keine leere Drohung. Ich halte es hier nicht mehr länger aus, ich verschimmele in diesem Laden. Bald wachsen mir noch Pilze zwischen den Zehen. Ich habe etwas Besseres verdient.«

Er spielte mit der Aktenhülle vor ihm, knickte eine Ecke um, drückte sie flach, strich mit dem Fingernagel darüber. Er zögerte. Sie wusste, was er dachte: Feuere ich sie gleich, oder warte ich noch ein bisschen? Ich habe zwei Kollektionen in Vorbereitung. Dieses Mädchen hat ein Wahnsinnstalent, aber sie ist zu ehrgeizig. Und der Konzern hat nicht genug Geld. Früher oder später werde ich sie gehen lassen müssen.

Sie erkannte ihre Niederlage in seinen Augen.

Sie wollte nicht, dass er sie feuerte. Von einem Misserfolg würde sie sich erholen, von einer Demütigung nicht.

»Okay«, hatte sie hinzugefügt, »ich nehme dir die Entscheidung ab. Ich kündige.«

»Das wirst du bereuen!«

»Im Gegenteil, ich erzwinge mein Glück. Ich lebe im Hier und Jetzt. Ich werde auch ohne dich Erfolg haben.«

»Du wirst baden gehen! Und dann wirst du mich anflehen, dich wieder einzustellen. Aber dann brauchst du mir deinen Lebenslauf auch nicht mehr zu schicken!«

Sie hatte sein Büro verlassen und die Tür hinter sich zugeknallt.

Zu aufgewühlt, um klar denken zu können.

Der Kaffee ist beinahe kalt. Sie hebt die Hand und bestellt einen neuen. Das wird sie ein Vermögen kosten, aber es ist ihr egal. Erst muss sie ihre Selbstachtung wieder ein bisschen aufpäppeln.

»Mach dir nichts draus«, sagt Junior. »Deine Entwürfe sind fantastisch, du bist begabt, Hortense, sehr begabt, du wirst schon etwas anderes finden.«

»Ja, aber wann? Wann? Mitten in der Krise ... Kennst du viele Investoren, die auf mich setzen werden?«

»Du darfst nicht an dir zweifeln. Denk jeden Abend beim Einschlafen an deine erste Modenschau. Lass deine Modelle über den Laufsteg schweben, wähle die passende Musik aus, beantworte die Fragen der Journalisten, spul den Film immer wieder in deinem Kopf ab, und irgendwann wird dein Traum Wirklichkeit werden, glaub mir ... Es wird ein grandioser Erfolg.«

Sie wollte ihm so gerne glauben.

»Hab Vertrauen!«

»Früher konnte ich das gut ...«

»Das kannst du immer noch. Komm schon! Reiß dich zusammen. Es gibt eine Party im Prada-Store an der 57th Street. Geh hin. Beeil dich. Lass dich da sehen.«

»Ich habe keine Einladung, und hast du gesehen, was ich anhabe? Die lassen mich da nie rein!«

»Doch. Und du wirst jemanden treffen. Eine Frau.«

»Eine Frau?«

»Sie wird deine gute Fee sein.«

»Ach, Junior ... wenn das doch nur wahr sein könnte! Ich bin bereit, hart zu arbeiten, weißt du. Aber ich will kein Stuhl werden.«

»Du wirst niemals ein Stuhl sein.«

»Nachts habe ich Albträume, ich bin ein Stuhl in einem großen Konzertsaal zwischen Hunderten anderer Stühle. Und nichts, hörst du, nichts unterscheidet mich von den anderen Stühlen. Und dann setzt sich plötzlich ein dicker Hintern auf mich, und ich wache schreiend auf!«

»Du wirst niemals ein Stuhl sein, Hortense«, wiederholt er mehrmals, und sie beruhigt sich allmählich. Der Angstknoten lockert sich und lässt wieder Luft durch ihre Kehle. Sie atmet auf. Junior hat ihr den Kopf wieder zurechtgerückt. Überall, wo er vorbeikommt, beginnt das Glück zu sprießen. Dieser Junge hat den grünen Daumen.

»Und sonst, wie läuft's bei euch? Ist bei Marcel und Josiane alles in Ordnung?«

»Vater wird alt, aber er hat immer noch einen gesegneten Appetit. Mutter arbeitet wieder als seine Sekretärin, sie will ihn nicht allein lassen. Und ich teile meine Zeit zwischen meinem Unterricht und Casamia auf. Ich habe viel zu tun. Nicht nur in der Modebranche verändert sich alles. Man muss die Augen offenhalten und stets wachsam sein. Die Tage sind lang, ich schlafe nicht viel. Darum kann ich auch nicht immer mit den Gedanken bei dir sein.«

»Und sonst?«

»Sonst nichts. Deine Mutter und Zoé waren am Sonntag zum Mittagessen hier ...«

»Geht es Zoé gut?«

»Ja. Aber für deine Mutter ist es schwer. Sie hetzt zwischen Paris und London hin und her.«

»Ich weiß. Wir telefonieren ab und zu. Aber ich verstehe sie nicht. Das ist nichts Neues, schon klar. Ich werde jedenfalls nie Kinder haben!«

»Das ist ja auch kein Leben, so als Kind. Mit sechs Jahren hat man keine große Zukunft. Keiner nimmt einen ernst. Ich merke genau, dass ich störe, wenn ich Vater zu den Verwaltungsratssitzungen begleite.«

»Manchmal fühle ich mich so alt …«

»Hör auf, Trübsal zu blasen. Wenn alles ruhig und fad wäre, würdest du dich langweilen. Niemand erinnert sich am Ende seines Lebens an die Nächte, in denen er gut geschlafen hat.«

Hortense lacht.

»*I love you* sehr, Junior.«

»Eines Tages wirst du nur noch *I love you* sagen, und dann heiraten wir.«

Hortense lacht noch lauter.

»Du gibst wohl nie auf, was?«

»Beim Einschlafen träume ich davon, wie wir beide vor dem Bürgermeister stehen und du Ja sagst.«

»Konzentriere dich lieber auf meine Karriere.«

»Ich tue nichts anderes!«

»Sehr gut, mach weiter so. Und du glaubst im Ernst, ich sollte zu der Prada-Party gehen? Die werden mich nicht an der Tür abblitzen lassen? Das würde ich nicht verkraften.«

»Vertrau mir.«

»Okay, Chef!«

Hortense legt auf, bezahlt ihre beiden Tassen Kaffee und verlässt das Carlyle. Schüttelt ihr Haar, um ihm mehr Volumen zu verleihen und ihre düsteren Gedanken zu verscheuchen.

Beschließt, zur 57th Street zu laufen.

Fängt den Blick eines Mädchens auf, das an der Bushaltestelle wartet. Oh! Die sieht ja aus wie eine Ratte auf Stelzen! Selten ein so hässliches Mädchen gesehen. Die Ärmste! Das Leben ist hart, so hart.

Und wenn man dann auch noch hässlich ist …

Die goße Uhr im Café Sabarsky hat sechs geschlagen. Sechs gleichmäßige, dumpfe Schläge wie von einem kraftvollen Gong. Im Umkleideraum zieht Calypso ihre weiße Schürze und die schwarzen Schuhe aus, schlüpft in einen warmen, bis zum Kinn zugeknöpften braunen Mantel und dicke froschgrüne Gummistiefel. Wickelt den breiten weißen Schal viermal um den Mantelkragen, zieht ihre Wollhandschuhe an. Dann verabschiedet sie sich von Karl, ihrem Chef, und Gustav, dem Kellner, und geht, leise vor sich hin singend, hinaus. Seit sechs Tagen arbeitet sie im Café Sabarsky. Sie mag die ruhige, gediegene Atmosphäre, den großen dunklen, viereckigen Raum, das beruhigende Halbdunkel, in dem sie sich verkriecht. Die Gäste geben großzügig Trinkgeld, das die Angestellten untereinander aufteilen, wobei sie mit angefeuchteten Fingern die Dollarscheine zählen. Manchmal bedient sie auch, aber meistens arbeitet sie hinter dem Tresen. Das ist angenehmer. Während ihre Hände beschäftigt sind, lässt sie ihre Gedanken schweifen. Sie schließt die Augen ein wenig, richtet die Spitze des Bogens aus, klemmt die Geige unters Kinn, betont einen Akzent. Sie hat einen ganzen Katalog von Wachträumen und fliegt davon.

Heute ist sie nicht davongeflogen.

Heute hat Gary Ward mit ihr geredet.

Sie muss ein Stück zu Fuß gehen. In ihrer Brust hat sich zu viel Glück angesammelt, als dass sie sich in den Bus setzen könnte. Sie wird die Madison Avenue hinunterspazieren, jenes lange Lichterband, wo der Luxus funkelt, und ihren Bus später nehmen.

Gary Ward ist auf sie zugekommen, hat einen Ellbogen auf den Tresen gelegt und ihr in die Augen geschaut. Und sie ist nicht rot geworden! Sie hat nicht gestottert. Sie hat nicht geschwitzt. Vielleicht hat sie die Tasse aus Wiener Porzellan ein bisschen zu fest abgetrocknet, sodass Baumwollfasern am Silberrand haften geblieben sind, aber er hat nichts davon bemerkt.

Sie hat gelernt, nicht rot zu werden.

Sie holt Luft, einen langen, tiefen Zug, sie stellt sich ein schönes, distanziertes, gleichgültiges Mädchen vor. Sie atmet das wunderschöne Mädchen ein und das schwitzende Mädchen mit dem spitzen Mausgesicht aus. Und es funktioniert! Zwar nur für ein paar Minuten, aber das genügt, um die Flecken fernzuhalten, die auf ihrem Hals und ihrem Dekolleté auftauchen, sobald sie nervös wird. Alles Blut zieht sich aus ihrem Gesicht zurück und ballt sich in dunkelroten Placken am Halsansatz und auf ihrer Brust. Das ist sehr peinlich. Das Schwierigste ist, weiter in den Bauch zu atmen, während sie einen Blick erwidert oder ein Gespräch führt.

Alle Mädchen auf der Juilliard School sind in Gary Ward verliebt. Es heißt, er sei halb Schotte, halb Engländer und habe eine wunderschöne französische Freundin, die in der Modebranche arbeitet. Man sieht sie abends zusammen im Café Luxembourg. Sie bestellen französischen Rotwein und halten Händchen. Es heißt auch, er habe einen grünen Cadillac Eldorado Biarritz mit orangefarbenen Heckflossen, den er in einer Garage unterstelle und nur am Wochenende fahre. Mit seiner schönen Freundin fährt er raus in die Hamptons. Sie tanzen neben dem Pool oder grillen Marshmallows im Kamin.

Angeblich soll Elena Karkhova ganz vernarrt in ihn sein. Sie wolle ihm ihr prächtiges Stadthaus vererben, heißt es. Elena Karkhova ist eine exzentrische Milliardärin. Jedes Jahr sucht sie sich einen jungen Pianisten aus, der sie mit seinem Spiel betören soll. Vor drei Jahren war Gary Ward der glückliche Gewinner, und seitdem hat sie seinen Vertrag immer wieder verlängert.

Man erzählt so viele Geschichten über Gary Ward. Manche davon sind wahr, andere nicht, aber sie alle sind schön.

Er geht durch die Flure der Schule, ohne zu bemerken, wie sich die Mädchen nach ihm umdrehen und hinter seinem Rücken die Köpfe zusammenstecken. Er trägt immer denselben Kurzmantel, eine alte, abgewetzte Cordhose, bunte Hemden von Brooks Brothers, eine Wollmütze und Wollhandschuhe. Er redet nicht viel. Sein Lächeln lässt sich nicht so ohne Weiteres hervorlocken. Es ist ein echtes, tief empfundenes Lächeln. Kein mechanisches Lächeln oder ein Lächeln, das sagt, seht her, wie schön und klug ich bin, na los, bewundert meine Grübchen. Und die Mädchen in der Schule schmelzen dahin.

Als er vorhin auf sie zukam, fühlte sie sich, als hätte sie eine kleine Stupsnase und gerade Zähne, als habe sie ein buntes Tuch um die Hüften gebunden, trinke Kokosmilch und spaziere zwischen violetten und rosafarbenen Fischen über den weißen Sand. Ihre Ohren begannen zu dröhnen, das Blut zog sich in einem mächtigen Schwall zurück und ließ den Strand und die Boote bei Ebbe zurück. Normalerweise spaziert sie im Wickeltuch über den weißen Sandstrand, wenn sie die Geige unter ihre Wange klemmt.

Normalerweise ist sie für Jungs unsichtbar. Sie treten ihr auf die Füße, ohne sich dafür zu entschuldigen, sie reden über die Mädchen an der Schule, während sie danebensteht, und erzählen einander Dinge, von denen sie Flecken und Pickel bekommt. Oder sie sprechen über Musik und Technik, um anzugeben.

Aber eine gute Technik allein reicht nicht aus, um Musik zu machen, sie muss im Kopf und im Herzen erklingen. Doch dazu bräuchte man erst einmal ein Herz … Und diese Jungen haben alle das gleiche Herz. Das Basismodell ohne Sonderausstattung.

Wusste er das, dieser lange Schlacks, der hinter ihrem Rücken eine Kanalratte nachgeäfft hatte? Sie hatte sein Spiegelbild in einer Scheibe gesehen. Sie hatte die Fingerkuppen mit den kleinen, harten Schwielen in ihre Handfläche gedrückt und keine Miene verzogen.

Sie weiß, dass sie wie eine Ratte aussieht. Nicht nötig, ihr das auch noch jedes Mal unter die Nase zu reiben. Bloß dass Ratten immer in Rudeln auftauchen. Sie ist allein. Sie gehört zu keiner Clique. Wenn sie nicht in der Schule ist, verkriecht sie sich zu Hause, übt stundenlang im Keller oder arbeitet im Café Sabarsky.

Sie würde so gern ihre Karosserie verändern, wie ihr Onkel

das immer macht, der als Kfz-Mechaniker in Miami arbeitet. Er verwandelt alte Autos in kleine, farbenfrohe Rennwagen. Wenn sie seine Werkstatt wieder verlassen, sehen sie aus wie bunte Lutscher.

Heute hat Gary Ward mit ihr geredet. Gary Ward hat ihr etwas anvertraut. Gary Ward kannte ihren Namen. Gary Wards Augen haben gefunkelt, als er sie ansah.

Sie wird nie wieder eine Kanalratte sein. Von nun an ist sie Calypso, die »Wunderschöne«.

Heute Abend wird sie sich Hühnchen mit Ananas machen. Sie wird jeden Bissen davon genießen, sie wird die Augen halb schließen und von den Konzerten träumen, die sie irgendwann zusammen geben werden. Vielleicht gehen sie sogar gemeinsam auf Tournee ... Sie will ihr Glück in die Länge ziehen. Wenn man sich Mühe gibt, kann man das Glück sehr lange andauern lassen. Sie wird die *Kreutzersonate* üben. Und das Glück wird anschwellen zu einem dicken, prall gefüllten Luftballon.

Sie sammelt kleine Glücksmomente.

Gary Ward, der sich auf dem Tresen des Café Sabarsky abstützt, ist ein riesengroßer Glücksmoment.

Das Herz klopft ihr bis in die Ohren. Sie versucht, nicht zu lächeln, um nicht albern auszusehen. Sie presst die Lippen aufeinander, aber sie schafft es nicht. Ein Lächeln zu unterdrücken ist das Schwierigste auf der Welt.

Und dann beginnt sie zu lachen.

Am liebsten würde sie vor sich hin schreien, den Hotelpagen küssen, der gerade nach einem Taxi pfeift.

Vor dem Carlyle gesellt sie sich zu den Wartenden an der Bushaltestelle. Sie wohnt in einem kleinen Zimmer mitten in Harlem, oben im Norden der Stadt, 110th Street, Ecke Madison. Früher war dort das puerto-ricanische Viertel, wovon immer noch kleine Gärten, Lauben, mit bunten Blumengirlanden geschmückte Hütten, künstliche Höhlen und Gartenzwerge zeugen. Fast hat man das Gefühl, auf einer sonnigen Insel zu sein.

Wenn man die Augen halb zukneift. Mister G. vermietet ihr das Zimmer für ein paar Dollar, weil er mit ihrem Großvater befreundet ist. Früher haben sie zusammen in einem Orchester gespielt. Sie sind überall aufgetreten, in Philadelphia, San Francisco, Miami. Im Gegenzug bügelt sie ein wenig für ihn und geht samstagmorgens einkaufen. Sie hat eine kleine Elektroheizung, ein altes Modell, bei dem man Münzen in einen Schlitz einwirft. Darum braucht sie immer Kleingeld.

Mister G. behauptet, er sei der Cousin des großen Duke Ellington. Er war fünfundzwanzig, als der Duke starb. Er sagt, der Keller, in dem sie übt, sei das ehemalige Studio des Duke. Fats Waller und Sidney Bechet hätten dort herumgehangen. Mister G. ist sehr elegant. Genau wie der Duke. Er trägt Krokolederschuhe, eine Sonnenbrille, eine Goldkette und einen großen Filzhut. Er schlendert die Straße entlang und wartet darauf, dass ihn jemand auf ein Glas einlädt. Manchmal kommt er betrunken nach Hause, manchmal hat er seine Schlüssel vergessen, manchmal brüllt er herum. Aber er hat sie nie geschlagen.

Calypso betrachtet die Lichter des Carlyle Hotel, das weiße Vordach mit der kupfernen Zierleiste aus ziselierten Königskronen, die Buchsbaumkugeln zu beiden Seiten des Eingangs. Unter dem Vordach bemerkt sie ein wunderschönes Mädchen. Es blickt zum Himmel auf, schüttelt den Kopf, und sein langes, volles Haar leuchtet auf. Das weiße Licht des Vordachs spiegelt sich in den goldschimmernden Strähnen und entzündet darin kleine Feuer. Dann wirft das Mädchen sein Haar mit einer simplen Kopfbewegung zurück. Mit der Autorität einer Frau, die weiß, dass sie sich auf jeden einzelnen Körperteil verlassen kann. Dass ihr jeder einzelne Körperteil blind gehorcht.

Ihr Blick gleitet über Calypso hinweg und löscht sie aus.

Calypso sieht ihr bezaubert nach. Wie es wohl ist, so schön zu sein? Ist man jedes Mal überrascht, wenn man in den Spiegel schaut? Oder gewöhnt man sich daran? Findet man sich manchmal hässlich? Und hat man auch Träume, die nicht in Erfüllung gehen?

Der M2er-Bus hält neben dem Bürgersteig. Calypso reiht sich in die Schlange ein und steigt ein. Sie umklammert ihre Metro-Card. Steckt sie in den Schlitz. Wird von hinten angerempelt, sie geht nicht schnell genug weiter.

Sie entschuldigt sich lächelnd. Es tut ihr leid, wirklich.

Heute hat Gary Ward seinen Ellbogen auf den Tresen gelegt und mit ihr geredet.

Vor dem Prada-Store bemüht sich Hortense, ihre Atmung wieder unter Kontrolle zu bekommen. Zum ersten Mal in ihrem Leben ist sie am Eingang abgewiesen worden. Was ist denn nur los? Am liebsten würde sie einfach alles hinschmeißen und weglaufen. Ich bin eine weiße Form mit einem gestrichelten Umriss. Kein Wunder, dass sie mich abwimmeln! Man darf nie mit gesenktem Kopf vor die Türwächter treten. Man muss auf dem Triumphwagen vorfahren, mit Ben Hurs Peitsche zwischen den Zähnen. Wie, ich habe keine Einladung? Fragen Sie meinen Assistenten, er kommt gleich hinter mir. Arrogant. Kleines Einmaleins, Grundlagen, Tonleitern für eine Anfängerin.

Warum funktioniert dann nicht alles wie gewohnt?

Die Männer vom Sicherheitsdienst mit ihrem kantigen Kinn haben sie kurz prüfend gemustert. Schwindler erkennen sie auf den ersten Blick. Daran, dass sie wie zitternde Bettler dastehen. Und es genügt ein Wink mit ihrem Kinn, damit die Bettler unter gestammelten Entschuldigungen den Rückzug antreten.

Sie kennt das Spiel in- und auswendig, und niemals, niemals hat sie eine Partie verloren.

Am liebsten würde sie sich so schnell wie möglich davonmachen. Aber diese Genugtuung gönnt sie den Zerberussen nicht, und so geht sie langsam rückwärts, ohne den Blick zu senken. Innerlich schimpfend. Du weißt doch genau, wie das geht. Piff, du setzt eine entschlossene Miene auf, paff, du gehst mit großen Schritten auf sie zu, puff, du fegst die Wachhunde mit ihrem rasierten Schädel zur Seite, piff, paff, puff, du rauschst an ihnen vorbei und bist drin. Das hast du doch schon hundertmal gemacht!

Aber nicht heute Abend. Die Luft ist raus. Sie haben mich angesehen wie den Kothaufen eines französischen Pudels.

Vor dem Prada-Store herrscht großer Andrang. Die Leute umarmen einander unter schrillen Rufen. Treten einen Schritt zurück, um zu sehen, wie die anderen angezogen sind. Wedeln mit der kostbaren geprägten Einladung, schwenken sie wie eine Auszeichnung, die sie vom gemeinen Volk abhebt. Sie haben weiß gebleichtes Haar, tragen Lederjacken und Sonnenbrillen. Oder kurze Prada-Kleider und strenge Anzüge. Sie beäugen sich gegenseitig, um sich zu vergewissern, dass niemand ähnlich gekleidet ist wie sie. Die Schaulustigen machen sich einen Spaß daraus, die Berühmtheiten zu erkennen. Namen machen die Runde, gefolgt von Fragezeichen. Sarah Jessica Parker? Hugh Grant? Ashton Kutcher? Katie Holmes? Katy Perry? Madonna? Die Handys filmen, die Autogrammjäger strecken ächzend ihre Notizbücher vor und sabbern vor Freude angesichts der wertvollen Trophäe. Die reinsten Nacktschnecken.

Ich bin keine Nacktschnecke.

Ich bin nicht der Kothaufen eines französischen Pudels.

Ich bin Hortense Cortès, und ich werde auf diese Party kommen!

Er hat mich im Park stehen lassen, na und? Dafür wird er teuer bezahlen, das ist alles. Ich begehe doch deswegen nicht Harakiri. Piff, paff, puff, ich fange noch mal von vorn an. Ich drehe mich um, gehe bis zur nächsten Straßenecke, pudere mir die Nase, verändere mein Lächeln, meinen Gang, meinen Blick, mache kehrt, zücke die Waffe und durchbreche arrogant und hochmütig den Wall der Sicherheitsleute.

Sie geht bis zur Ecke der 57th Street und bleibt vor dem Louis-Vuitton-Laden stehen. Tag und Nacht flackern vor den Schaufenstern die Blitzlichter. Aus der ganzen Welt kommen die

Leute, um sie zu fotografieren. Und der Hotdog-Verkäufer verkauft seine Würstchen zum doppelten Preis. Sie schüttelt ihr Haar, trägt Lipgloss auf, zieht eine Augenbraue hoch, schiebt die Mantelärmel zurück, steckt die Hände in die Taschen, klemmt ihre Handtasche auf der Schulter fest, schert aus, schwingt die Hüften nach links und rechts, macht kehrt und prallt gegen … Elena Karkhova.

»Hortense! Was machen Sie denn hier?«, ruft Elena und fuchtelt mit den Armen.

»Nichts. Ich war gerade auf dem Heimweg.«

»Gehen Sie nicht zu der Prada-Party? Anscheinend zeigen sie dort die Werke dieses italienischen Künstlers, Sie wissen schon, dieses Bildhauers, der Fotos von den Augen seiner Mutter auf armlose antike Frauenstatuen klebt … Das ist der letzte Schrei!«

Sie spricht so laut, als wäre sie stocktaub. Hortense weicht einen Schritt zur Seite, um Abstand zwischen ihnen zu schaffen, nein, nein, ich kenne diese Frau nicht, ich weiß nicht, warum sie mit mir redet, sie ist verwirrt, sie hat nicht mehr alle Sinne beisammen … Sie versucht sie auf die Seite zu ziehen, um im Schatten unterzutauchen. Auf keinen Fall darf sie jemand zusammen sehen! Sie würde nie wieder auf irgendeine Party kommen. Wäre für den Rest ihres Lebens von den Listen der Pressesprecher gestrichen. Als Gesellschafterin einer alten Irren gebrandmarkt.

Heute Abend hat sich Elena wieder einmal selbst übertroffen. Bunte Perlenstränge ergießen sich über ihr Plastron, sie hat ihr Haar zu zwei schütteren, rotbraunen Tollen frisiert, einen orangefarbenen Nerz über ihre Schultern geworfen und trägt rosa Stiefel mit Plateausohlen. Ihr Mund ist großflächig mit roter Paste verschmiert, ihre Lider sind mit glitzerndem Blau zugekleistert, und zwei orangefarbene Punkte markieren ihre Jochbeine, für den Fall, dass sie ihre Wangen suchen sollte.

Obwohl Hortense sie von der Menschenmenge und dem

Prada-Store wegzuziehen versucht, drängt Elena Karkhova beharrlich zu den Absperrungen und den Sicherheitsleuten zurück.

»Haben Sie eine Einladung, Hortense?«, fragt sie, und ihre Augen funkeln wie die eines jungen Mädchens, das fest entschlossen ist, Unsinn anzustellen.

»Äh … nein, ich habe sie im Büro liegen lassen.«

»Na, dann kommen Sie! Sie gehen als meine Begleitung …«

Sie stößt sie mit dem Ellbogen an und zieht sie mit sich.

»Aber ich wollte gerade nach Hause. Gary wartet auf mich und …«

»Wir bleiben nicht lange. Ein Gläschen Champagner, ein Lachshäppchen, ein Blick auf diese fürchterlichen Statuen, und dann suchen wir das Weite, kommen Sie!«

»Nein, wirklich nicht, bitte, ich …«

Ich darf sie nicht beleidigen. Diese verrückte Alte wäre imstande, uns mit dem Stock aus dem Haus zu jagen. Und das war's dann mit meinem Prinzessinnendasein, meinem Atelier, Garys Flügel und unserem Bett, so groß wie ein Ozeandampfer. Zurück in das Leben einer mittellosen Studentin. Und das kommt nicht infrage. Ich brauche den Luxus zum Atmen, Zeichnen, Entwerfen, Lieben, Lachen. Zum Schlafen. Um mir die Zähne zu putzen.

»Na gut, ich komme mit.«

Hortense folgt ihr, wobei sie ihr Gesicht sorgfältig hinter ihrem Schal verbirgt, um nicht erkannt zu werden. Vor der Boutique und den Security-Männern angekommen, tritt sie zur Seite und lässt Elena vorgehen. Sie will sich schon heimlich davonmachen, als sie plötzlich ein kleines Perlenhandtäschchen bemerkt, das an Elenas Arm baumelt. Elena beugt sich vor, öffnet es, kramt darin herum, zieht eine zweimal gefaltete Einladungskarte heraus, faltet sie auf und schwenkt sie vor der Nase der Wachleute, die sich nicht nur vor ihr verneigen und sie auffordern hereinzukommen, sondern dabei auch noch schützend den muskulösen Arm um sie legen.

»Wenn Sie so freundlich wären … Miuccia Prada erwartet Sie im ersten Stock. Sollen wir Ihnen den Weg zeigen?«

»Ich gehöre zu ihr! Ich gehöre zu ihr!«, kreischt Hortense und krallt sich an Elenas Nerz. »Wir sind zusammen gekommen, ich begleite sie!«

»Ich möchte nur nicht, dass ihr etwas zustößt, hier sind so viele Leute«, sagt der rasierte Schädel mit einem Mal honigsüß.

Hortense bemüht sich, ruhig zu bleiben, doch sie kann den Blick nicht von Elena abwenden, die ihren orangefarbenen Nerz auf die Garderobentheke wirft, ihr schütteres Haar aufklopft, um ihm ein bisschen Volumen zu verleihen, eine zusätzliche Schicht Rot auf ihre Lippen spachtelt und einen Mann anlächelt, der vorbeikommt und sich zu ihr vorbeugt, um sie zu küssen. *Hi, Tom! So nice to see you, I was happy to chat with you last night.** Mit weit aufgerissenen Augen beobachtet Hortense, wie der Mann Elena küsst und leise auf sie einredet. Sie brummt vor sich hin. Er scheint auf ihre Zustimmung zu hoffen, die sie ihm schließlich mit einem langsamen Nicken erteilt. Dann trennen sich die beiden Freunde mit dem Versprechen, sich kommende Woche bei Isabella zu treffen. Ich träume, sagt sich Hortense, gleich wache ich auf. Wer ist diese Frau? Ich habe mir nie die Zeit genommen, mit ihr zu reden, ich weigere mich, Gary zu begleiten, wenn er zu ihr hinaufgeht. Böser Fehler.

Elena dreht sich zu ihr um.

»Sollen wir uns jetzt diese verflixten Statuen anschauen? Ich möchte nicht dumm sterben … Was ist denn los? Sie sehen ja aus, als hätten Sie ein Gespenst gesehen.«

Die Boutique wird von weißen Neonröhren erleuchtet, langen funkelnden Lichtstreifen an den Wänden. Die riesigen Statuen

* »Hallo, Tom! Schön, dich zu sehen. Es hat mich sehr gefreut, gestern Abend ein wenig mit dir zu plaudern.«

sind in fünf Metern Abstand zueinander aufgestellt, Statuen von armlosen Göttinnen oder jungen Hirten mit Köchern voller Pfeile. Kellner in weißen Jacketts bewegen sich mit Tabletts voller Champagnerkelche durch die Menge. Die Gäste drängen sich zu Füßen der Statuen und lassen sich fotografieren. Sie verziehen das Gesicht zu einem Lächeln, tragen grobe Schuhe oder geschnürte Stiefel und eng anliegende Jeans oder bauschige Röcke. Ein Mann läuft im Kilt herum, seine nackten Füße stecken in gelben Mokassins. Die Köpfe sind kahl rasiert oder von wirren Mähnen bedeckt, die Münder bleich, die Augen rot gerändert. Sie reden laut und versuchen, die Aufmerksamkeit auf sich zu ziehen …

»Meine Güte, sind diese Leute gewöhnlich!«, sagt Elena seufzend.

»Sagen Sie, der Mann, der da vorhin an der Garderobe mit Ihnen gesprochen hat, das war doch …«

Hortense kommt nicht dazu, ihren Satz zu beenden, denn eine Frau, die Anna Wintour unfassbar ähnlich sieht, kommt auf sie zu, legt eine Hand auf Elenas Schulter, küsst sie und fragt leise: »Wie geht es Ihnen, Elena? Haben Sie etwas von unserem lieben Karl gehört? Wir haben letzte Woche zusammen im Pierre gegessen, und er war bestens aufgelegt. Er hat es sehr bedauert, dass Sie nicht dabei waren.«

»Ich war in Cuernavaca, um meine alten Knochen zu trocknen. In meinem Alter muss man sie der Sonne aussetzen, Anna, sonst zerbröseln sie!«

Diese Frau, die Anna Wintour so unfassbar ähnlich sieht, ist Anna Wintour, und der Mann an der Garderobe war Tom Ford.

Und ich bin eine blöde Nuss, denkt Hortense.

»Ach, Sie sind einfach köstlich, Elena! Sie werden Ihren Sinn für Humor auch nie verlieren.«

»Das ist das einzige Mittel gegen Falten, das mir noch bleibt, meine Liebe. Kennen Sie eigentlich schon meine junge Begleiterin, Hortense Cortès?«

Stella hört den Wecker und öffnet ein Auge. Mickys Arme zeigen zehn nach sieben. Sie streckt ein Bein unter der Decke hervor. Stellt einen Fuß auf den Boden. Kalt, sehr kalt. Der noch warme Fuß hinterlässt einen Abdruck, der schnell wieder verschwindet. Sie sieht ihre Socken auf der Heizung. Ihr weißes T-Shirt. Ihre lange amerikanische Farmerunterhose. Die orangefarbene XXL-Latzhose, die rosa Fleecejacke, den dicken dunkelblauen Pullover. Alles am Vorabend schon zurechtgelegt. Bereit zum Anziehen. Das ist der Moment des Tages, vor dem sie sich fürchtet. Es ist kalt, es ist dunkel, es hat geschneit, Eisblumen bedecken die Fensterscheiben, das große Scheunentor klappert. Ich muss Georges bitten, es zu reparieren, irgendwann fällt es noch ab. Ein Esel schreit. Das muss Grizzly sein, er erschrickt beim geringsten Laut. Sie hat ihn eines Nachts aus einem Wanderzirkus gestohlen. Er war an einem Pflock festgebunden, abgemagert bis auf die Knochen, hatte breite Narben, stellenweise lag das Fleisch bloß, wo das Fell mit einem Schweißbrenner versengt worden war, und sein rechtes Ohr hing herunter wie eine verwelkte Tulpe.

Mit einem Hüftschwung gleitet sie aus dem Bett. Rennt zum Heizkörper, schnappt sich T-Shirt, Pullover, Latzhose, Unterhose und dicke Socken und zieht alles so hastig an, als stünde das Haus in Flammen. Dreht den Wasserhahn auf und putzt sich die Zähne. Spritzt sich eiskaltes Wasser ins Gesicht. Schneidet eine Grimasse. Rubbelt sich mit dem Handtuch trocken. Sie hat am Vorabend ein Bad genommen, in dem großen Badezimmer, das er für sie eingerichtet hat wie für eine Prinzessin. Sie hat den Haarschneider auf zwei Zentimeter eingestellt und ihn über ihren Kopf gleiten lassen. Die Seiten kurz, nur obenauf hat sie das dichte blonde Haar länger gelassen, sodass es über die kurz rasierten Seiten herabhängt. Längeres Deckhaar hält warm, und außerdem … man weiß ja nie, vielleicht muss sie doch irgendwann einmal aussehen wie eine Prinzessin. Mit blonden Löckchen, einem bunt schimmernden Kleid und Seidenstrümpfen. Ein wenig Rot auf den Lippen. Das Lächeln einer stolzen jungen Frau, die ihre Zähne sehen lässt. Sie hat kaum Busen. Nicht viel Fleisch auf den Rippen. Sie ist so dünn, dass jeder Windstoß sie erschauern lässt.

Wie eine Prinzessin aussehen.

Irgendwann vielleicht …

Sie verbietet sich, daran zu denken. Und schon gar nicht morgens. Dann ist sie für den Rest des Tages deprimiert.

Schon gar nicht heute Morgen … Sie ist ohnehin schon deprimiert. Fühlt sich, als rolle eine Katastrophe, die sich am Vorabend in Gang gesetzt hat, unausweichlich auf sie zu. Das unheilvolle Wogen hat sie letzte Nacht aufgeweckt. Sie hat gelernt, es zurückzudrängen. Sie krümmt sich zusammen und wälzt sich von einer Seite auf die andere, um die Wellen zu zerquetschen. Dabei singt sie die alten Lieder, die ihre Mutter ihr beigebracht hat, jene Lieder, die ihr damals dabei halfen, nichts zu hören, nichts zu spüren, die Schreie in ihrem Mund zu ersticken. »*Ma petite est comme l'eau, elle est comme l'eau vive, elle court comme un ruisseau que les enfants poursuivent, courez, courez, vite si vous le pouvez, jamais, jamais vous ne la rattraperez …*«*

Manchmal funktioniert das.

Aber wenn sie nicht im Bett liegt …

* »Meine Kleine ist wie das Wasser, wie das sprudelnde Wasser, sie fließt wie ein Bächlein, von den Kindern verfolgt; lauft nur, lauft, so schnell ihr könnt, ihr holt sie doch niemals ein.«

Wenn sie nicht im Bett liegt, dann rennt sie. Sie rennt, um dem unheilvollen Wogen zu entkommen.

Sie stürmt die Treppe hinunter.

Suzon hat das Feuer angezündet, die Milch herausgeholt, Brotscheiben getoastet, den Honig und die Butter auf den Tisch gestellt. Der Duft von Kaffee erfüllt die Küche.

Sie hat den Schnee vor der Tür weggeschippt. Das steht auf dem Zettel neben der Tasse.

»Danke«, murmelt Stella.

Sie schenkt sich Kaffee ein, zerbeißt ein Stück Zucker, lehnt sich gegen die Kamineinfassung, trinkt einen Schluck. Die Blätter der Rosengeranien, die sie wegen der Kälte hereingeholt hat, sind wieder grün geworden, aber die Mimose ist erfroren, Pech gehabt.

Sie schaltet die Stereoanlage ein und legt eine CD ein. Blondie, »Heart of Glass«. »*Once I had a love and it was a gas, soon turned out had a heart of glass …*« Sie nimmt eine Scheibe Brot, bestreicht sie mit Butter und Kastanienhonig, stemmt die Absätze in den Boden, dreht sich im Kreis, hebt die Arme, singt lautstark mit und summt Mmmm, wenn sie den Text nicht mehr weiß. Aber es gibt Passagen, die vergisst sie nicht: »*love is so confusing there's no peace of mind, if I fear I'm losin' you, it's just no good you teasing like you do …*« Sie trinkt ihren Kaffee aus, setzt ihren verwaschenen Filzhut auf und klopft vorsichtig gegen Hectors Käfig, wobei sie darauf achtet, dass die Decke, die darüber gebreitet ist, nicht herunterrutscht. Dann klemmt sie eine Brotscheibe zwischen die Gitterstäbe. Der Papagei wird sie gegen Mittag fressen, wenn er aufwacht.

»Du Glückspilz! Du kannst ausschlafen!«

Sie geht wieder hoch in den ersten Stock, öffnet die Schlafzimmertür am Ende des Flurs und tritt ans Bett. Tom schläft, die Nase an seine Mundharmonika gedrückt. Sie schlingt die Arme um seinen kleinen warmen Körper und flüstert: »Zeit zum Aufstehen, mein kleines Zuckerbärchen.« Er brummt, es sei noch dunkel, das sei so fies. Wer hat eigentlich die Schule erfunden, und wieso hat noch keiner dem Kerl ein paar aufs Maul gehauen? Lächelnd verbietet sie ihm, so zu reden. Er schiebt den Kopf unter der Decke hervor, und sie sieht zwei blaue, vom Schlaf verquollene Schlitze.

»Auf, auf, Kamerad. In einer halben Stunde fahren wir los, keine Minute später! Dein Frühstück steht auf dem Küchentisch.«

An der Tür dreht sie sich noch einmal um.

»Und nach dem Essen Zähneputzen. Dreieinhalb Minuten! Stell dir die Eieruhr…«

»Ich weiß…«, murrt er und setzt sich auf die Bettkante.

Als ob du mir nicht vertrauen könntest, liest sie vom gebeugten Rücken ihres Sohnes ab. Er hat magere Arme, schmale Schultern, tiefe Kuhlen am Halsansatz. Sommersprossen auf Nase und Wangen. Den gleichen blonden Schopf auf dem Kopf wie sie selbst.

Eines Tages hat sie ihn dabei erwischt, wie er auf einem Stuhl vor dem Waschbeckenspiegel stand, den auf zwei Zentimeter eingestellten Haarschneider in der Hand.

»Raffiniert, dann sehen wir ja aus wie Zwillinge«, sagte sie, während sie ihn im Spiegel betrachtete.

»Ich mag deine Haare. Ich finde es schön, wie du sie trägst.«

»Soll ich dir hinten helfen?«

Er nickte und hielt ihr den Haarschneider hin.

»Du bist total hübsch, Stella.«

Er nennt sie beim Vornamen.

Genau wie sein Vater. Adrian nannte sie niemals »Schatz« oder »Liebling« oder »mein Engel«. Adrian sagte »Stella« oder »Prinzessin«, und ihr Blut erhitzte sich, sie biss sich auf die Lippen und senkte den Blick, damit er nicht erriet, woran sie dachte. Adrian sah sie an und wusste Bescheid. Ein zärtliches, liebkosendes Lächeln huschte über seine Lippen, er kam nicht näher, er berührte sie nicht, aber sie stöhnte mit zusammengebissenen Lippen auf.

Das war vor einem Jahr. Sie rasierte Toms Nacken aus. Den weißen Flaum auf der goldbraunen Haut.

Seither rasiert sich Tom die Seiten und lässt nur einen buschigen Schopf Deckhaar stehen, wie eine goldene Krone. Du bist mein König, sagt Stella und fährt ihm liebevoll über den Kopf.

»Wir treffen uns im Laster. Vergiss nicht deine Schultasche und dein Essen für heute Mittag. Es liegt im Kühlschrank.«

Er wirkt so zerbrechlich, wie er da auf dem Bett sitzt, den Blick in der Ferne verloren. Am liebsten würde sie ihm sagen, er solle sich wieder hinlegen. Nächstes Jahr wird er elf, dann geht er auf die weiterführende Schule, später macht er Abitur …

Dieses Lernen hört nie auf. Es kommt einem vor wie eine Ewigkeit.

Draußen ist es noch dunkel. Der Himmel ist finster, der Wind fegt wirbelnd den Schnee vor sich her, drückt ihn gegen die Türen und Mauern. Die Stare fliegen mit schrillen, abgehackten Rufen über die Scheune. Sie suchen unter den Dachbalken Schutz, und jedes Mal, wenn das schwere hölzerne Tor zuschlägt, fliegen sie hektisch wieder auf.

Sie öffnet die Tür zum Flur, wo die Hunde schlafen. Lehnt sich gegen die Wand, um ihren Ansturm abzufangen, sonst würden sie sie mit ihren starken, breiten Pfoten umwerfen. Ja, ja, meine Süßen, ich bin ja da, alles ist gut, ihr habt heute Nacht gebellt, hattet ihr auch Angst vor dem Wind? Sie nimmt Hundekuchen aus der Tasche ihrer Latzhose und verteilt sie. Lässt die Hunde in die Küche. Drückt Schnuffel einen Kuss auf die Schnauze. Schüttet Trockenfutter in die drei Näpfe. Füllt die große Schüssel mit Wasser. Spricht mit leiser, hoher Stimme zu ihnen. Na, Sky, na, Streuner, alles klar, Schnuffel? Bereit für einen langen Arbeitstag? Während sie sich auf ihre Näpfe stürzen, füllt sie den Herd mit Holzscheiten. Suzon kommt im Lauf des Tages noch einmal vorbei und legt Holz nach. Der Raum wird warm sein, wenn sie heute Abend nach Hause kommen.

Das ist ihre allmorgendliche Routine. Die erledigt sie mit geschlossenen Augen. Früher waren sie zu zweit. Adrian und Stella. Jetzt ist sie allein. Georges und Suzon wohnen im Nachbarhaus. Sommerroutine, Winterroutine. Herbstroutine und Frühlingsroutine. Sie passt ihr Tun den Jahreszeiten an, trinkt im Sommer den Kaffee etwas langsamer, plant im Winter Zeit fürs Schneeschippen ein. Oder um den Motor des Kipplasters mit integriertem Ladekran warmlaufen zu lassen, der ihr als Familienauto und Arbeitsgerät zugleich dient.

Im Winter friert der Wasserhahn im Hof ein. Dann holt sie das Wasser aus der Küche und schleppt es in einer großen Dreißiglitergießkanne nach draußen. Der Griff schneidet ihr in die Finger, sie hat ihre Lederhandschuhe verloren, deine Würgerhandschuhe, wie Tom sie nennt. Frisches Wasser für Merlin, das Schwein, und für die Esel. Dazu Futterpellets für alle. Heubüschel für die Esel, eines in jede Raufe. Eine Möhre, zwei Möhren, drei Möhren, Streicheleinheiten für Toto, Bergamotte und Grizzly. Toto scharrt mit den Hufen, während sie sich um die beiden anderen kümmert. Sie nimmt sich in Acht, er ist hinterhältig und könnte austreten. Das hat er schon einmal gemacht. Sie hatte sich vorgebeugt, um die Schnur um einen Heuballen durchzuschneiden, und er hat ihr einen Tritt verpasst. Zwei Monate hat sie den Arm in einer Schlinge getragen. Komplizierter Bruch, hatte der Arzt gesagt, aber Sie haben Glück, Sie dürfen nichts tragen! Ihr Mann muss Ihnen zur Hand gehen. Das ist nicht mein Mann, hatte sie mit zusammengebissenen Zähnen gebrummt.

Grizzly mit seinem schwarzen Eisbärenfell drückt sich an sie. Er schubst sie mit seinem Maul rückwärts und drängt sie gegen das Gatter. Er zittert. Er fürchtet sich vor dem Sturm.

Das, wovor ich Angst habe, ist nicht der Sturm. Eine andere Gefahr lauert auf mich, das weiß ich genau. Ich spüre es, wenn Gefahr droht. Ich habe gelernt, sie von Weitem zu erkennen.

»Keine Angst, Grizzly. Hab keine Angst, das ist nur ein Gewitter, und vielleicht zieht es ja vorbei.«

Wird es schneien? Wird es regnen? Sie weiß es nicht. Die Wolken hängen tief am drohenden, bleigrauen Himmel. Sie nimmt die Gießkanne wieder mit. Wasser für die Hühner, Wasser für die Gänse. Mais und trockenes Brot, das sie bei Leclerc holt. Große Zweihundertlitersäcke zu je drei Euro, die sie auf den Lkw lädt, auf dem Rücken schleppt. Sie wirft das Brot auf den Boden und zerkleinert es mit den Füßen.

Dann hebt sie den Kopf, schaut zu den Fenstern im ersten Stock hinauf und ruft: »Tom! Bist du fertig? Hast du dir die Zähne geputzt?« Sie sieht auf ihre Uhr. »In zehn Minuten fahren wir.«

Die Kettensäge liegt noch auf dem Holzstapel. Sie hat gestern vergessen, sie reinzuholen. Sie muss daran denken, die Kette zu ölen. Sie wird das restliche Holz heute Abend schneiden. Oder morgen. Schwere Scheite für den großen Kamin im Wohnzimmer. Das Zimmer, in dem Tom abends seine Modelle baut oder seine Hausaufgaben macht, während sie an ihrem Patchworkteppich arbeitet. Dem langen Wandteppich, der eine Geschichte erzählt, ihre Geschichte. Sie braucht unbedingt noch einen Titel dafür.

Sie starrt zum Himmel auf. Es beginnt immer mit Wind. Wind, dicken schwarzen und weißen Wolken, Regen. Trauerregen. Als Kind hatte sie stets Angst, wenn es regnete. Angst, er würde die Tür öffnen.

Die Meisen, Turteltauben und Grünfinken zwitschern auf dem Sims vor dem Küchenfenster. Sie warten darauf, dass sie die langen Ketten aus Schinkenrand rauslegt, den sie zuvor auf Schnürsenkel aufgefädelt hat. Und Schälchen mit Sonnenblumenkernen und Erdnüssen. Anfangs warteten sie noch respektvoll ab, doch mittlerweile piepsen sie lautstark, wenn sie sich verspätet.

Was noch?, überlegt sie, als sie sich auf die steinerne Bank vor der Haustür fallen lässt. Habe ich auch nichts vergessen?

Sie massiert sich das Kreuz. Die Gießkanne ist schwer. Ihre Finger sind taub.

Die Apfelschnitze für die Amseln!

Mit einem Satz springt sie auf, hastet in die Küche und schneidet die Äpfel. Verteilt sie auf dem Gartentisch.

Im Baum vor der Böschung schlafen die verwilderten Hühner. Als sie vor zwölf Jahren auf den Hof von Georges und Suzon gezogen ist, hatte der benachbarte Bauer aufgehört, sie zu füttern. Zu viel Arbeit, mir reicht's, die Scheißviecher gehen mir auf die Nerven, fressen alles, legen überall ihre Eier! Mit seinen Stiefeln trat er sie in den Bürzel. Die Hühner waren geflohen und streiften seitdem durch die Gegend, immer auf der Suche nach Körnern, Salat oder trockenem Brot. Sie hatten sich in rasendem Tempo vermehrt und waren schon bald in wilden Horden in die umliegenden Bauernhöfe eingefallen, hatten die Drahtzäune um die Hühnerställe eingerissen, das Futter der Haushühner gestohlen und ihnen die Kehle aufgeschlitzt. Kleine schwarze Hühner, nervös, mager, mit wütendem Blick, flankiert von ihren fetten, faulen Hähnen, die stolz das bunte Federkleid des Männchens zur Schau trugen.

Stella hat zugelassen, dass sie sich in dem abgestorbenen Baum an der Böschung nicht weit vom Grundstückstor entfernt niederließen. Sie hat große Näpfe unter den Baum gestellt, damit sie nicht über die anderen Hühner herfallen. Sie schlafen eng aneinander gekauert auf den Ästen. Manchmal gehen sie im Sommer wieder auf Wanderschaft. Dann wirkt der Baum seltsam nackt.

Tom liebt die verwilderten Hühner. Sie sehen aus wie die Geier in Comics. Sie sind komisch, sie haben ganz kurze, magere Flügel, fast wie Stummel. Glaubst du, sie fliegen auch manchmal, oder laufen sie die ganze Zeit nur auf dem Boden herum?

Stella setzt sich hinters Steuer und dreht den Zündschlüssel.

Der Motor ruckelt, stottert und läuft schließlich rund. Sie seufzt erleichtert und pustet gegen ihre Finger. Ich muss mir unbedingt Handschuhe kaufen. Wenn ich Tom an der Schule abgesetzt habe, fahre ich noch schnell bei der Genossenschaft vorbei. Ich hoffe, er hat sein Mitteilungsheft nicht vergessen. Und hoffentlich habe ich es gestern Abend auch unterschrieben!

Sie hält im Rückspiegel nach ihrem Sohn Ausschau, blickt auf die Uhr. Hupt und ruft: »Tom, Tom! Wo bleibst du denn? Wir kommen zu spät.«

Da entdeckt sie ihn, er pflückt Schneeglöckchen. Er hat schon einen Strauß weißer Glöckchen in der Hand. Adrian machte das auch immer, in aller Seelenruhe pflückte er einen Stechpalmenzweig oder Wiesenblumen und stellte sie behutsam auf den Gartentisch.

Dann ist Tom endlich da, gefolgt von Sky, Streuner und Schnuffel, die auf die Ladefläche springen. Er wirft seine Schultasche auf die Sitzbank, klettert in die Fahrerkabine, hält ihr wortlos den Strauß Schneeglöckchen hin. Schließt die Tür.

»Wenn du willst, putze ich am Sonntag den Laster.«

»Brauchst du Taschengeld?«

»Er ist ziemlich dreckig.«

Der Lkw fährt los, rumpelt bis zum Tor. Der Weg ist mit tiefen Schlaglöchern übersät. Stella kurbelt am Lenkrad, um ihnen auszuweichen. Ich darf mir auf keinen Fall die Aufhängung kaputt fahren, ich komme diesen Monat eh wieder gerade so über die Runden. Tom trocknet sich die Lippen und holt seine Mundharmonika heraus. Entlockt ihr einen klagenden Ton.

Sie fahren am Haus von Georges und Suzon vorbei. Der rote Kangoo mit dem Hundekopfaufkleber auf der Seite parkt am Straßenrand, die Windschutzscheibe mit einem dicken Karton abgedeckt. Georges hat den Schnee weggeschippt und wartet, auf seine Schaufel gestützt, beim Tor auf sie.

Stella lässt das Seitenfenster herunter.

»Das war doch nicht nötig, Georges! Ich hätte das schon selbst gemacht …«

»Hast du gesehen, wie spät es ist? Los, fahr weiter! Ihr kommt zu spät … und du, kleiner Stöpsel, bring mir gute Noten nach Hause!«

Tom ignoriert ihn. Er hält die Lippen fest um seine Mundharmonika geschlossen, spielt die ersten Takte von »Hey Jude« und schaut dabei starr geradeaus. Stella wirft ihm einen wütenden Blick zu.

»Okay!«, sagt Tom, ohne die Harmonika aus dem Mund zu nehmen.

Stella kurbelt die Scheibe wieder hoch.

»Du könntest ruhig etwas freundlicher sein. Hattest du vielleicht Lust, Schnee zu schaufeln? Er hat uns eine gute halbe Stunde Zeit gespart, nur dass du's weißt.«

»Ich bin kein kleiner Stöpsel … und er ist nicht mein Vater!«

Im obersten Stock der Firma Courtois thront Julies großes Büro wie ein Adlerhorst. Es ist rundum verglast, sodass es wie ein Kontrollturm über dem mit Schrottautos, Traktoren, Stahlträgern in unterschiedlichen Größen, Wellblech, alten Öfen, Knierohren und Haushaltsgeräten überhäuften Gelände schwebt. Julie spricht leise in das Telefon, das sie zwischen Wange und Schulter geklemmt hat. Sie kritzelt etwas auf ihren Block, notiert eine Zahl, addiert, nickt, verdreht die Augen, um anzudeuten, dass sie eine Nervensäge in der Leitung hat, kritzelt weiter und wirft hin und wieder einen Blick auf die Bildschirme der Überwachungskameras. Der Schrottplatz wird Tag und Nacht videoüberwacht. Mithilfe einer Steuerung kann man näher heranzoomen, eine flüchtige Geste, ein verdächtiges Gespräch, einen verstohlenen Austausch von Geldscheinen beobachten.

Stella zeigt ihr ihre funkelnagelneuen Handschuhe und schlägt damit gegen den Schreibtisch. Es klingt wie ein freudiger Peitschenknall. Julie hebt den Daumen, guter Kauf. Runtergesetzt, antwortet Stella. Julie mimt einen kurzen Applaus und widmet sich wieder ihrem Gespräch.

Sie trägt das Sweatshirt, das Stella in ihrem Patchworkkurs für sie verziert hat. Ein weites hellgraues Shirt mit dem Schriftzug »*I am a candy girl*«, der in bunten Buchstaben auf ein scharlachrotes Herz genäht ist. Letzten Donnerstag ist sie damit fertig geworden. Die übrigen Kursteilnehmerinnen hatten sich inmitten von Stoffballen, Wollfilz- und Cordsamtmustern, Wollresten und Garnrollen um Julie geschart und ihr erstes Patchworkerzeugnis gefeiert. Erst hatte Julie gezögert, das Sweatshirt anzuziehen. Dann hatte sie ihre Brille abgenommen und den Kopf durch den Ausschnitt gesteckt. Alle hatten applaudiert und »Bravo, Julie« gerufen. Jeder Vorwand war ihnen recht, um einander Geschenke zu machen und zu feiern. »Ist es nicht ein bisschen eng?«, hatte sie gefragt und das Sweatshirt über ihre Brust gezogen. Einen Meter zweiundsechzig groß, siebzig Kilo, krauses braunes Haar, rote Wangen und eine süße kleine, flache Nase. »Ach was!«, hatten sie gerufen. »Und ihr glaubt, das spornt die Männer an?« Mit vierunddreißig Jahren hat Julie immer noch kein passendes männliches Gegenstück gefunden. »Aber sicher doch«, hatten sie lachend erwidert, »das bringt sie garantiert auf dumme Gedanken!« Julie hatte geseufzt. »Die sollen nicht denken, sondern sich endlich mal trauen.«

»Zu dem Preis wird Ihnen das niemand abnehmen! Das wissen Sie genau. Seien Sie doch vernünftig …«

Julie legt eine Hand über den Hörer und flüstert Stella zu: »Lauf nicht weg, du musst gleich eine große Ladung abholen … riesige Kupferkessel, die im Wald unter einem Haufen Schrott gefunden wurden. Sie sollen wohl aus der alten Schokoladenfabrik Reynier stammen, anscheinend sind auch Unterlagen dabei. Datiert von vor zehn Jahren. Die hat sicher jemand da versteckt, um sie später weiterzuverkaufen, und ist dann nie mehr zurückgekommen. Das Zeug ist mindestens dreißigtausend Euro wert. Der Bauer hat mich angerufen. Er hat das Gewicht auf Sicht geschätzt. Er will das Geld in bar. Wir machen halbe-halbe. Alles paletti!«

Und sie nimmt ihr Gespräch wieder auf.

»Ja, natürlich höre ich zu … Ich habe Sie sehr wohl verstanden, aber …«

Ans Fenster gelehnt, schaut Stella hinunter auf den Hof. Ein Lkw wartet auf der großen Waage. Er fährt beladen auf die Brücke, wird gewogen, lädt sein Altmetall ab, kommt zurück, wird leer gewogen, und die Differenz wird bezahlt. Oder aber er fährt leer auf die Waage, und der Vorgang erfolgt in umgekehrter Reihenfolge. In der Warenannahme arbeitet Jérôme. Er kommt jeden Tag mit dem Fahrrad zur Arbeit, fünf Kilometer hin, fünf Kilometer zurück. Bei ihm zu Hause sind die Wasserleitungen eingefroren, deshalb duscht er in der Umkleide. Er wird spielend mit jedem Lügner fertig, der ihn übers Ohr zu hauen versucht, aber sobald ihn eine Frau anspricht, bricht ihm der Schweiß aus.

Es wird nicht regnen. Es hat wieder zu schneien angefangen, in dicken, kompakten Flocken. Boubou hat einen Reisigbesen herausgeholt und fegt die gefrorenen Schneeklumpen weg, die sonst die Maschinen blockieren würden. Wenn das so weitergeht, werden Tom und sie in der Stadt übernachten müssen. Sie wird Suzon anrufen, damit sie sich um die Tiere kümmert. Seit zehn Tagen sinken die Temperaturen morgens und abends unter den Gefrierpunkt, seit zehn Tagen erstickt der Schnee alles Leben, erstickt jeden Laut, klebt an den Sohlen.

Als sie noch ein Kind war, mochte sie den Schnee nicht, der sich wie ein Knebel über den Mund ihrer Mutter legte. Abends kauerte sie sich in ihrem Bett zusammen und hielt sich die Ohren zu. Sie hörte es trotzdem … vom Zimmer ihrer Eltern nur durch eine dünne Wand getrennt. Es zerriss ihr das Herz. Die ersten klagenden Laute, die sich bewegenden Körper, das knarzende Bett, das Wasserglas, das vom Nachttisch fällt, über den Boden rollt, das Gebrüll ihres Vaters: »Was hast du jetzt schon wieder gemacht?« Der Knall einer Ohrfeige, das Kopfende des Bettes, das gegen die Wand prallt, der Kopf ihrer Mutter, der gegen die Wand schlägt, ein lang gezogenes Stöhnen und immer diese geschluchzten Worte, nein, o nein, bitte! Ich tue es auch nie wieder, versprochen. Immer wieder dieselben Worte. Denn sie entschuldigte sich.

Stella wurde übel.

Das ganze Abendessen kam ihr wieder hoch, und sie stürzte zu dem Waschbecken in ihrem Zimmer.

Danach folgte eine Pause. Seufzen und Stöhnen. Und endlich Stille. Eine Furcht einflößende Stille, erfüllt von der Frage: Wie geht es ihr? In welcher Verfassung ist sie? Stella versuchte einzuschlafen, zog die Knie unter die Brust, wälzte sie sich hin und her und ließ ihre Angst, ihren Schmerz fließen. *Ma petite est comme l'eau, elle est comme l'eau vive, elle court comme un ruisseau que les enfants poursuivent …*

An verschneiten Abenden war er ganz besonders reizbar. Meine Nerven liegen blank, sagte er immer. Dieses ganze Weiß machte ihn wahnsinnig. Der Schnee ging ihm auf die Nerven.

Sie lehnt die Stirn an die kalte Scheibe, lässt sie mit einem saugenden Geräusch daran entlanggleiten, plopp, plopp, plopp. Sie hat Tom an der Schule abgesetzt. Er hat die Tür des Lasters zugeschlagen, sich umgedreht und kurz salutiert, mit der rechten Hand am Schirm seiner Wollmütze. Ein braver kleiner Soldat. Sie musste sich zusammenreißen, um nicht zu rufen: Steig wieder ein, heute fällt die Schule aus, es ist zu kalt. Dann ist sie losgefahren.

Die Angst ist wieder da, die Angst, die ihr Löcher in den Bauch frisst.

Seit Adrian fort ist, meistert sie das Leben allein. Bietet ihm die Stirn. Also ein Angsthase bist du ganz sicher nicht. Er lächelt sein schmales, seltenes Lächeln, kaum mehr als ein Kratzer auf seiner Wange. Angsthase, Pfeffernase. Ich hab Bammel, Schiss, hab Muffensausen, ich kriege kalte Füße, ich zittere wie Espenlaub, mir schlottern die Knie, ich schwitze Blut und Wasser, mir läuft's eiskalt den Rücken runter, mir rutscht das Herz in die Hose, ihr Franzosen habt ja wirklich seltsame Begriffe, wenn ihr es mit der Angst zu tun bekommt!

»Ich weiß, dass die Preise gestiegen sind, aber so stark nun auch wieder nicht, Monsieur Grisier! Wissen Sie was, denken Sie noch mal darüber nach und rufen Sie mich dann wieder an ... Ja, genau. Stella kommt vorbei und sieht sie sich an. Wann? Heute noch, passt Ihnen das?«

Julie regt sich nie auf. Sie ist diejenige, die mit den Kunden spricht, die Preise aushandelt, Angebote erstellt, neue Deals an Land zieht, die Entwicklung der Metallpreise verfolgt, die Buchführung macht und die Lohnzettel ausfüllt. Stella fährt mit dem Kipplaster raus, nimmt die Ware in Augenschein, lädt die Tonnen von Altmetall auf und fungiert als Abschleppdienst, wenn Autofahrer auf den schmalen Landstraßen eine Panne haben. Außer den beiden Frauen arbeiten noch acht weitere Angestellte auf dem Schrottplatz. Alles Männer. Sie sortieren, zerschneiden, lenken die Kräne, bedienen, warten und reparieren den Schredder. Julie leitet den Betrieb. Sie gehorchen ihr aufs Wort. »Das sind meine Männer«, sagt sie manchmal lachend.

Sie ist die Tochter des Chefs, Monsieur Courtois.

Monsieur Courtois kümmert sich um das Auslandsgeschäft. Er ist nur selten da, denn er reist viel. Indien und China haben sich zu wichtigen Kunden entwickelt, die Tonnen und Abertonnen Metall verschlingen. Zwei ausgehungerte Riesen, die nach verrostetem Fleisch gieren.

Julie Courtois und Stella Valenti kennen sich seit der ersten Klasse. Und seit zwölf Jahren arbeiten sie zusammen.

Vor zwölf Jahren, an einem Montag.

Stella war unter wütenden Tränen von zu Hause weggelaufen, trockenen, sparsamen Tränen, die wie Kiesel davonsprangen. Es zerriss ihr das Herz, sich einfach so aus dem Staub zu machen.

Auf der Hauptstraße war sie Julie begegnet, die gerade aus der Bank kam. Sie hatten zusammen einen Kaffee getrunken, und Stella hatte ihr alles erzählt. Julie hatte seufzend zugehört. Bei jedem Seufzer ließ sie einen weiteren Zuckerwürfel in ihren Kaffee fallen. Stella musste unwillkürlich lächeln.

»Du hast keine andere Wahl, Stella. Für deine Mutter ist es zu spät, sie hat aufgegeben. Denk an dich. Du bist zweiundzwanzig, du bist noch jung.«

»Ich bin feige. Ich lasse sie mit diesen beiden Monstern allein. Sie werden sie umbringen, und ich mache mich einfach davon …«

Ray Valenti und seine Mutter Fernande Valenti. Ein teuflisches Paar, das Stellas Mutter Léonie als Geisel genommen hatte. Sie zur Zielscheibe ihrer Grausamkeiten gemacht hatte. Mit der Zeit war sie immer mehr in sich zusammengesunken, steckte widerspruchslos alle Demütigungen und Prügel ein. Julie wusste davon. Aber sonst schien in Saint-Chaland kaum jemand zu ahnen, was im Hochparterre der Rue des Éperviers 42 vor sich ging. Oder die Leute wollten es nicht wissen.

»Du bist nicht feige, du bist erschöpft. Hast du dich mal im Spiegel gesehen? Du bist nur noch Haut und Knochen, deine Augen sind rot gerändert, du zuckst beim geringsten Geräusch zusammen, und dein Rücken ist ganz krumm. Du siehst aus wie eine alte Frau.«

Stella hatte den Kopf auf die Tischplatte sinken lassen. Sie hatte keine Kraft mehr, um weiterzukämpfen. Keine Kraft mehr, um ihre Mutter zu beschützen. Julie hatte sie mit zu sich nach Hause genommen, hatte ihr ein warmes Bad eingelassen und ihr ein leichtes Schlafmittel gegeben. Stella hatte zwölf Stunden am Stück geschlafen.

Am nächsten Morgen beim Frühstück stand ihre Entscheidung fest.

»Ich suche mir einen Job. Ich mache alles, ganz gleich, was. Und dann hole ich sie da raus und verstecke sie irgendwo, wo sie sicher ist.«

»Du wirst keinen Job finden. Er kennt jeden hier in der Gegend, das wird er nicht zulassen. Er will, dass du verhungerst und zu ihm zurückgekrochen kommst. Du musst die Stadt verlassen.«

»Niemals. Ich lasse sie nicht mit denen allein. Dann stirbt sie, Julie, sie stirbt.«

Julie hatte nichts darauf erwidert.

Stella war die Stellenanzeigen durchgegangen. Hatte sich Julies Mofa ausgeliehen und sich in den Kneipen, Restaurants und Hotels der Stadt beworben. Kellnerin, Zimmermädchen, Wäscherin, Nachtwächterin, ganz gleich, was, aber stellen Sie mich ein, stellen Sie mich ein.

Abends kehrte sie unverrichteter Dinge zu Julie zurück. Sie tauchte ein in ein warmes Bad, verschwand unter Wasser. Kam wieder an die Oberfläche, atmete tief ein und verschwand erneut. Manchmal hatte sie keine Lust mehr, wieder aufzutauchen.

Eines Abends war sie vor den Fenstern der Rue des Éperviers 42 vorbeigegangen. Sie hatte Licht im Schlafzimmer gesehen. Hinter der weißen Gardine eine kleine, zusammengesunkene Gestalt auf einem Stuhl. Ihre Mutter. Sie rührte sich nicht. Sie schaute nach draußen. Stella hatte ihr verstohlen zugewinkt und war weitergegangen.

Keine Ahnung, ob sie mich gesehen hat …

Julie hatte recht behalten. Sie fand keine Arbeit. Die Leute kannten sie. Vom Sehen oder dem Namen nach. Die Tochter von Ray Valenti. Lassen Sie uns Ihre Nummer da, sagten sie, wir rufen Sie an. Aber sie riefen nie an.

Nach einem Monat hatte Julie ihr vorgeschlagen, bei ihr auf dem Schrottplatz anzufangen.

»Davon wirst du nicht reich, aber wir brauchen noch jemanden, die Jungs schaffen die Arbeit nicht mehr. Das Auslandsgeschäft nimmt meinen Vater völlig in Beschlag. Ich habe mit ihm geredet, er ist einverstanden. Tatsächlich war es sogar seine Idee. Du bist stark, auch wenn man es dir nicht ansieht, du kannst schwer heben, und du drückst dich nicht vor der Arbeit. Es ist ein Männerberuf und ein Männerumfeld. Da darf man sich nichts gefallen lassen. Aber das bist du ja von deinem Irren gewohnt.«

»Hast du keine Angst vor Ray? Keine Angst, dass er sich rächen wird?«, hatte Stella gefragt.

»Doch.«

»Und?«

Julie hatte mit den Schultern gezuckt und die Brille auf ihrer Nase hochgeschoben.

»Ich bringe dir alles bei, was du wissen musst. Ich selbst bin ja damit aufgewachsen.«

»Du wirst es nicht bereuen.«

Das war ihr Vertrag gewesen.

Stella dreht sich um und bemerkt die Schneeglöckchen, die vergessen auf dem Schreibtisch liegen. Sie nimmt ein Glas, füllt es mit Wasser.

»Im Frühjahr bekommen wir weder Hyazinthen noch Narzissen«, sagt sie laut. »Bei der Kälte in den letzten Tagen ist alles erfroren. Meine Mimose ist tot.«

»Der alte Grisier schäumt vor Wut. Sein Weizen ist ruiniert. Er wird wohl Sonnenblumen aussäen müssen.«

»War er das vorhin am Telefon?«

»Ja. Er will uns ein paar alte Heizöltanks verkaufen, die noch in seiner Scheune stehen. Er braucht Geld. Aber er ist zu gierig. Fahr bei ihm vorbei, wenn noch Zeit bleibt, nachdem du die Kessel aufgeladen hast.«

Stella stellt die Schneeglöckchen in das Wasserglas.

Vor Angst zittern ihre Hände, und das Wasser schwappt über. Sie presst die Finger flach auf die Schreibtischplatte und atmet tief ein. Julie hält ihr ein Blatt Papier mit einer Adresse und einer raschen Skizze hin.

»Es ist gleich hinter dem Pappelhof. Fünfhundert Meter weiter auf der linken Seite, hinter dem alten Cautreux. Eine große Ladung Kupfergeschirr. Der Kerl, der sie gefunden hat, wartet da auf dich. Er will das Zeug zu Geld machen. Fünfzig Prozent für ihn, fünfzig für uns. Sag ihm, dass wir ihn bezahlen, nachdem wir alles gewogen haben, unterschreib einen Wisch, der unter uns bleibt, und lad die Ware auf. Solche Geschäfte mag ich.«

»Okay. Sonst noch was einzusammeln?«

»Nein. Wenn noch was reinkommt, rufe ich dich an.«
Stella nickt.
»Bis gleich.«

Julie sieht ihr nach, als sie davongeht, eine hochgewachsene Gestalt in einer zu großen orangefarbenen Latzhose, einem dicken dunkelblauen Rollkragenpullover, der ihr bis auf die Oberschenkel reicht, einem keck nach hinten geschobenen Filzhut und schweren Arbeitsschuhen. Stella hat sich schon immer angezogen wie ein Mann. Heute trägt sie Adrians Pullover, Adrians Latzhose, Adrians Filzhut. Wenn sie getrennt sind, trägt sie nur seine Klamotten, das ist für sie Ehrensache. Sie will nicht mehr als Frau wahrgenommen werden. Dabei ist sie eine verdammt attraktive Frau! Einen Meter achtzig groß, sechzig Kilo leicht, blaue Schlittenhundaugen und dieses dichte blonde Haar, dessen schräg geschnittener Pony ihr ins Gesicht fällt. Auf den Seiten einer Zeitschrift würde sie wunderschön aussehen.

Stella klettert in den Lkw und pfeift nach den Hunden, die bellend angerannt kommen, sich gegenseitig in den Rücken beißen und aufgeregt auf die Ladefläche springen. Das Abenteuer kann beginnen. Sie legen ihre Pfoten auf die Umrandung und krallen sich daran fest.

Der Lkw rollt unter den Fenstern von Julies Büro vorbei.

Stella winkt ihr im Vorbeifahren kurz zu, Julie schiebt die Brust vor, und die aufgenähten Buchstaben tanzen: »*I am a candy girl*«.

Und was für ein süßes Mädchen du bist, murmelt Stella in der Fahrerkabine des Lasters vor sich hin. Das allersüßeste Mädchen auf der ganzen Welt. Ein kandierter Liebesapfel mit lockigem Haar, einer platten Nase und so dicken Brillengläsern, dass man sich fragt, ob überhaupt Augen dahinter stecken. Ein Quell der Liebe, von dem keiner dieser Rohlinge trinken will. Und vielleicht ist es ja auch besser so, womöglich würdest du vor lauter Liebe austrocknen und verkümmern.

Sie liest noch einmal die Adresse, die Julie ihr gegeben hat, um dort die Kessel abzuholen. Der Pappelhof. Sie kennt den Bauernhof noch von früher, ihre Mutter hat sie immer dorthin mitgenommen, als sie noch klein war. Als ihre Mutter sich noch aus der Wohnung wagte. Der Pappelhof hatte einmal ihrem Großvater gehört, Jules de Bourrachard. Wie so viele Höfe in der Gegend. Er hatte sie verkauft, um die Schulden seines Sohnes zu bezahlen. André. Attraktiv, charmant, sorglos, oberflächlich. »Er hat jeden mit seinem Charme verzaubert«, erzählte ihre Mutter lächelnd, »und mich am allermeisten! Ich war verliebt in meinen Bruder. Er war fünf Jahre älter als ich. Beim Essen überließ ich ihm die schönsten Stücke der Lammkeule, und nachts versteckte ich mich hinter den Bäumen in der Auffahrt, um ihn in seinem schönen Auto zu sehen. Er tanzte im Licht der Scheinwerfer, um das Mädchen zu beeindrucken, das bei ihm war, und trank Champagner direkt aus der Flasche.«

An diesem Tag waren sie allein in der Wohnung. Ray und Fernande waren zum Arzt gefahren. Fernande wollte nicht zum Doktor. Ärzte sind doch nur was für Angsthasen, sagte sie mit einem finsteren Blick zu ihrer Schwiegertochter, für unnütze Esser und naive Gänschen, die ständig rumjammern und wegen jeder Kleinigkeit in Tränen ausbrechen. Aber Ray hatte sie gezwungen. Er hatte den *Vidal* konsultiert, das große Medizinlexikon, in dem sämtliche Krankheiten detailliert beschrieben werden. Er las regelmäßig darin, fühlte seinen Puls, tastete seine Leber ab und kontrollierte den Zustand seiner Zunge. Und er war schon seit Längerem beunruhigt: Seine Mutter hatte ständig Durst, sie stand nachts mehrmals auf, um aufs Klo zu gehen, ihr Sehvermögen hatte sich rapide verschlechtert, und ihre Fußsohlen kribbelten. Und wenn sie sich schnitt, heilte die Wunde nicht, sondern begann zu eitern. Diabetes, verkündete er, in dem dicken

Lexikon blätternd, Diabetes! Das ist ein schlechtes Zeichen, Maman, ein ganz schlechtes Zeichen, komm, ich bringe dich zum Arzt! Fernande hatte ihren alten schwarzen Mantel mit dem Otterpelzkragen angezogen und einen weinroten Wollfilzhut aufgesetzt, mit dem sie, kurzbeinig und gedrungen wie sie war, an einen Wegweiser erinnerte. Murrend hatte sie den Mantel zugeknöpft und vor sich hin geschimpft, das sei doch bloß rausgeschmissenes Geld. Ihr schmallippiger Mund, die scharf geschnittene Nase, die niedrige Stirn, der in die Schultern eingesunkene Hals und die tiefen senkrechten Falten, die sich wie ein Gefängnisgitter über ihr Gesicht zogen – alles an ihr vermittelte den Eindruck von Härte, Geiz, Unversöhnlichkeit und brennendem Rachedurst. Kurz bevor sie die Tür hinter sich zuschlug, hatte sie sich noch einmal zu Léonie und Stella umgedreht, als wollte sie sagen: Ich bin zwar nicht da, aber ich behalte euch im Auge, und reflexartig hatten sie beide den Rücken gekrümmt.

Sie hatten gehört, wie die Tür geschlossen und der Schlüssel im Schloss herumgedreht wurde, dann hatten sie einander angesehen. Endlich allein!

Sie waren in Stellas Zimmer gegangen und hatten sich auf das Bett gelegt. Léonie hatte ihre Tochter umarmt, sie ganz fest an sich gezogen, sie gewiegt, hatte leise vor sich hin gesungen, ich liebe dich, mein kleines Mädchen, ich liebe dich so sehr, du bist mein kleiner Glücksstern, und Stella wäre am liebsten noch kleiner, noch leichter gewesen, um zum Himmel aufzusteigen und dort hell zu leuchten.

»Erzähl mir von damals, Maman, als du noch klein warst und alles wie im Märchen war.«

Und Léonie erzählte.

Von ihrem Bruder André, der mit vierundzwanzig Jahren gestorben war. Von ihrem Vater, Jules de Bourrachard, der vor Schmerz wie betäubt gewesen war und zurückgezogen in seinem Herrenhaus auf den Tod gewartet hatte.

»Sie sind beide zu früh gegangen. Ich hätte mir so gewünscht, dass sie dich kennenlernen …« Mit einer unbestimmten Geste verstummte Léonie. »Aber ich weiß nicht, ob sie das überhaupt interessiert hätte! Sie kümmerten sich nicht viel um mich. Ich war ein Mädchen … Sie taten so, als wäre ich unsichtbar. Und in gewisser Weise war ich das auch. Ich schlich wie ein Schatten durch das Haus. Suzon hat mich aufgezogen, weißt du. Sie ist als ganz junges Mädchen in den Dienst meiner Eltern getreten.«

»Und Georges auch?«

»Ja. Er kam mit ihr zusammen. Er kümmerte sich um das Haus, die Autos, den Garten. Um alles.«

»Hat Suzon denn nie geheiratet?«

»Nein. Sie hat immer mit ihrem Bruder zusammengelebt. Ich hätte mein Leben auch gerne an der Seite meines Bruders verbracht. Für mich war das der Inbegriff des Glücks.« Sie lachte und schloss die Augen, um diesen »Inbegriff des Glücks« auszukosten. »Die beiden waren schon ein tolles Team, mein Vater und André. Er ließ ihm alles durchgehen. Und alles, was er sagte, brachte ihn zum Lachen. Sein Sohn war der Garant des Namens, die Fackel, die von einer Generation an die nächste weitergereicht wird. So ein komischer Kauz, sagte er immer, einfach famos!«

Und wieder lachte sie wie ein schüchternes kleines Mädchen.

»Und deine Mutter, Maman? Von der sprichst du nie.«

»Ach, meine Mutter … Ich habe sie kaum gekannt. Sie hat uns verlassen, als ich sieben Jahre alt war. Sie fuhr oft weg und kam dann wieder. Aber diesmal ist sie nicht mehr zurückgekommen. Sie hat eine auf Englisch verfasste Nachricht auf dem Tisch in der Eingangshalle zurückgelassen und ist verschwunden. Ich habe sie nie wiedergesehen. Ich weiß nicht einmal, ob sie noch lebt.«

»Und was stand in dieser Nachricht?«

»Sie war für meinen Vater bestimmt. ›*Eyes that do not cry do not see.*‹* Sie unterhielten sich oft auf Englisch.«

* »Augen, die nicht weinen, sehen nicht.«

»Und was heißt das?«

»Das ist schwer zu übersetzen, weißt du. Und ich bin so müde.«

»Streng dich an, Maman.«

»Es ist traurig. So etwas wie, man muss viel geweint haben, um das Leben zu verstehen. Wessen Augen trocken sind, der kann nichts begreifen.«

»Und wie war sie?«

»Wie du, wie ich, groß, blond, sehr blond, sehr dünn. Mein Vater sagte immer, ich hätte auf der ganzen Welt nichts Blonderes finden können! Eine echte Schwedin, mit tiefblauen Augen, weißblondem Haar und langen Beinen. In Paris stand sie für Maler und Bildhauer Modell. Aber am Leben lag ihr nicht viel. Mein Vater hat sie amüsiert, und sie hat sich von ihm verführen lassen. Sie war oft traurig, melancholisch. Verwundert darüber, einen solchen Sohn zur Welt gebracht zu haben. André war eine Sonne, er spendete Leben und Fröhlichkeit. Ein wahrer Zauberer. Er besaß die Gabe, das Leben in ein Märchen zu verwandeln.«

Doch Stella wusste: Ihr Onkel hatte in der Gegend einen schlechten Ruf gehabt. Es hieß, er sei an einer Überdosis gestorben. Es hatte eine Weile gedauert, bis sie das verstanden hatte. Sie wusste nicht viel über das Leben. Ihre Mutter wusste es sicher auch nicht, denn sie nahm dieses Wort, »Überdosis«, niemals in den Mund. Sie sagte, es sei ein Unfall gewesen, ein großes Unglück, man habe ihn ertrunken in seiner Badewanne gefunden.

Stella ließ ihre Finger über den Arm ihrer Mutter wandern. Sie streichelte die dunklen blauen Flecken auf ihrer Haut, als wollte sie ihr geschundenes Fleisch heilen. Wieso nennt man das eigentlich blaue Flecken, wollte sie sie fragen, in Wahrheit sind sie doch gelb, violett, rot und schwarz? Aber sie wagte es nicht. Sie stellte sich vor, dass die Haut wieder rosa und glatt nachwachsen würde, wenn sie sie streichelte.

Es gab so vieles, was sie nicht verstand.

So viele Dinge, über die sie mit niemandem reden konnte.

Scham erfüllte jedes einzelne Wort und hielt es in ihrem Mund zurück.

Sie schwieg, kuschelte sich in die Arme ihrer Mutter, und sehr oft schliefen sie über solchen geflüsterten Geschichten ein.

Denn die Besuche beim Arzt waren häufiger geworden.

Sie hätte Violette Maupuis fragen können.

Violette wusste über alles Bescheid. Sie schnappte Klatsch, Gerüchte und Informationen auf und gab sie Kaugummi kauend bereitwillig an ihre Freundinnen weiter.

Violette, Julie und Stella bildeten ein unzertrennliches Trio. Und wie in jedem Trio gab es eine, die das größte Stück vom Kuchen abbekam. Das war Violette. Zunächst weil sie die Älteste war, ein Jahr älter als Julie und Stella. Dann weil sie schon kleine Brüste hatte, die sie absichtlich unter ihrem T-Shirt auf und ab wippen ließ. Und schließlich wegen ihres Blicks, der alle Jungen verrückt machte.

»Eins, zwei, drei, seht her«, forderte Violette sie auf, wenn sie einem Jungen begegneten. »Ich verpasse ihm meinen Schlafzimmerblick, und er kriegt weiche Knie.« Sie schloss die Augen, öffnete sie halb, ihr Blick zerfloss, wurde trüb, sinnlich, und der Junge geriet ins Wanken. Alle Jungen wankten unter Violettes Schlafzimmerblick. Knie und Kopf versagten ihnen den Dienst. Sie wurden blöde, und zwar komplett. Sie folgten ihr betont uninteressiert, kickten einen Stein vor sich her, zogen eine Zigarette aus der Tasche, wiegten sich in den Hüften, blähten ihre Schultern auf, lachten höhnisch und flüsterten: »Hast du ihre Titten gesehen, hast du ihren Arsch gesehen, ich halt's nicht mehr aus, Mann, ich halt's nicht mehr aus.« Sie folgten ihr immer zu mehreren, als könnte sie sie zu Staub zerfallen lassen, wenn sie sich umdrehte, als wäre es sicherer zusammenzubleiben. Violette ignorierte sie und ließ ihre kleinen Brüste unter dem T-Shirt wippen, während sie weiter mit Stella und Julie plauderte.

Sie fragte Stella nach ihrem Vater aus. Ray Valenti. Allein schon dieser Name! Der spricht doch Bände! Der Name eines Sheriffs oder eines Filmschauspielers. Das ist nicht sein richtiger Name, maulte Stella, sein richtiger Name ist Raymond. Er hat ihn selbst abgekürzt. Er sagt, Raymond, das klingt nach Provinz und himmelblauen Nylonshorts. Ist doch egal, entgegnete Violette, er ist einfach nur mega. Megageil, megasexy, megacool. Und so tapfer! Kein Wunder, ein Waschlappen wird ja schließlich nicht Feuerwehrmann! Wie ist das so mit einem Vater, der so toll aussieht, so warme Augen hat, so muskulöse Arme, eine so tiefe, sexy Stimme?, fragte sie, während sie zur Seite schielte, um sich zu vergewissern, dass die Jungen ihr immer noch folgten.

»Weiß nicht«, sagte Stella, »keine Ahnung. Er ist einfach mein Vater.«

»Eben nicht …«, erwiderte Violette. »Er ist ein schöner Mann, ein wahnsinnig schöner Mann. Und sogar ein Held! Neulich … als es über Gérards Kneipe gebrannt hat, da hättest du mal sehen sollen, wie er alles darangesetzt hat, die kleine Nora zu retten, die sich im Klo eingeschlossen hatte! Gérard hat dauernd davon erzählt, geheult hat er, wie ein Mädchen, und du kennst ja Gégé, der ist sonst nicht gerade ein Sensibelchen!«

»Das stimmt«, bestätigte Julie, »dein Vater hat echt was drauf.«

»Und erinnerst du dich daran, wie er zurück in die Flammen gelaufen ist, um das Baby rauszuholen, das noch drinnen in der Wiege lag? Du weißt doch, in der Nacht, als es bei den Mocquards einen Kurzschluss gegeben hat und das Feuer die ganzen Häuser ringsum bedroht hat … Die Eltern waren umgekippt. Keiner hatte mehr an das Baby gedacht, und dann ist Ray wieder reingegangen, um es zu holen! Sogar das Fernsehen war da, er kam in den Nachrichten, und danach hat der Bürgermeister ihn zum Ehrenbürger ernannt. Obwohl das ja eigentlich gar nicht mehr nötig war, er war ja schon mindestens hundertmal Ehrenbürger!«

Sie schob ihren Kaugummi von der rechten in die linke Wange, drückte ihn flach, rollte ihn zusammen, blies ihn zu einer dicken, rosafarbenen Blase auf, saugte ihn wieder ein und begann von vorn.

»Und das war ja nicht das einzige Mal, dass er im Fernsehen war! Er hat so viele Menschenleben gerettet, so viele Brände bekämpft! Dein Vater ist ein Held. Und dabei so sexy … Wahnsinnig sexy, sag ich dir!«

Sie imitierte Rays Gang, seinen eindringlichen Blick, der sein Gegenüber nicht mehr losließ, als nähme er ihn in Besitz, als machte er es sich in seinen Eingeweiden bequem. Sie hielt sich den Bauch, stieß spitze Schreie aus, zog am Ausschnitt ihres T-Shirts, fuhr sich mit der Zunge über die Lippen und strich sich mit den Fingern durchs Haar. Was für ein Theater! Sie wusste, wovon sie redete. Sie erhob sich über Julie und Stella. Sie wurde unerreichbar.

Sie drehte sich um: Die Jungen folgten ihr immer noch.

»Wenn dein Vater einen anschaut«, schloss sie, »ist es, als hätte er in jedem Auge einen Penis.«

Mit dieser Bemerkung positionierte sie sich endgültig ganz oben auf der erotischen Leiter, der einzigen, die für die Mädchen von Bedeutung war. Die beiden anderen wussten nicht mehr, was sie darauf erwidern sollten.

»Und was ist mit deiner Mutter?«, fuhr Violette fort. »Stell dir nur mal vor, jeden Abend einen solchen Kerl im Bett zu haben! Wow! Ich wäre fix und alle! Man müsste mich auswringen!«

»Meine Mutter …«, setzte Stella an, die nicht begriff, warum man Violette auswringen müsste. »Meine Mutter …«

Und sie verstummte.

Sie wusste nicht genau, wie ihre Mutter war. Oder sie konnte es ihnen nicht sagen. Ihre Stimme brach.

»Du meinst, das zwischen ihnen ist was Sexuelles …«, sagte

Violette mit der Selbstsicherheit derjenigen, die sich ihrer Voraussage sicher ist.

»Ja, genau, es ist was Sexuelles.«

Und mit einem Mal wurde Sex zu dieser furchterregenden Sache, die den Körper ihrer Mutter zusammenkrümmte, sie Schutz suchend den Arm heben ließ und ihr schmerzvolle Klagelaute entriss.

»Sex«, sprach Violette in belehrendem Ton weiter, »lässt die Leute explodieren, wenn man es richtig macht. Sie zerspringen in tausend Stücke.«

»Ja, in tausend Stücke«, wiederholte Stella.

»Meine Mutter zerspringt überhaupt nicht«, entgegnete Julie.

»Kein Wunder, dein Vater ist ja auch ganz anders als Ray.«

»Was? Du nennst meinen Vater Ray?«, fragte Stella, mit einem Mal argwöhnisch.

»Na, wie denn sonst … Jetzt reg dich mal nicht auf! Er ist nicht nur dein Vater. Er ist Ray Valenti. Alle Mädchen träumen von ihm. Sogar die alten über vierzig! Wenn ich einen Mann wie Ray hätte, würde ich komplett den Verstand verlieren. Ich könnte nicht mehr klar denken. Ein Mann wie er lässt einen zickzack laufen! So wie das Mädel da in Lourdes, dem die Heilige Jungfrau erschienen ist, die hat sich auch nie mehr davon erholt.«

Stella war gerade zwölf geworden. Sie wollte wissen, wie das funktionierte mit den Männern und den Frauen, mit ihren Körpern, der verschwitzten Haut, den leisen Schreien, dem Stöhnen, den Augen, die sich in sämtliche Richtungen verdrehten, und den explodierenden Köpfen. Sie wollte es wissen, aber sie hatte keine Lust, es auszuprobieren.

Nachdenklich gingen die drei weiter.

»Sag mal«, fragte Violette schließlich, »deine Mutter, ist die nicht ein bisschen plemplem?«

»Untersteh dich, so etwas zu sagen!«, schrie Stella.

Sie wünschte sich so sehr eine ganz normale Familie. Papa, der den Wagen fährt, Maman, die Plätzchen verteilt, und Stella, ihr kleines Mädchen, hinten auf dem Rücksitz. Papa fährt, Maman feilt ihre Fingernägel, Stella zählt die roten Autos, die blauen Autos, die gelben Autos und gewinnt eine Cola, wenn sie auf die richtige Farbe gewettet hat.

»Ich sag ja nur, was alle sagen«, erwiderte Violette und tippte sich mit dem Zeigefinger an die Schläfe. »Alle nennen sie Madame Plemplem.«

Sie wollte Violette nicht recht geben, aber gleichzeitig wusste sie, dass es nicht normal war, wenn eine Mutter nur Tempo dreißig fuhr, weit über das Steuer vorgebeugt, die Arme abgewinkelt und die Nase dicht an der Windschutzscheibe, während ihr der Schweiß übers Gesicht lief. Und alle anderen hupten und überholten sie schimpfend. Am liebsten hätte sie sich unter dem Armaturenbrett verkrochen, und sie wünschte, niemand würde wissen, dass sie die Tochter von Léonie Valenti war. Einer Mutter, die ständig zusammenzuckte, die Angst davor hatte, die Straße zu überqueren, und die, wenn sie Lippenstift auftrug, so stark zitterte, dass sie sich einen Clownsmund malte. Einer Mutter, die keinen Faden mehr einfädeln konnte und es so lange versuchte, bis sie in Tränen ausbrach.

Sie beobachtete die anderen Mütter und sah selbst, dass die ihre ganz anders war. Viele der anderen gingen arbeiten, sie spielten Bridge oder Tennis, sie kochten Marmelade, nähten ihren Töchtern Kleider, beim Autofahren setzten sie den Blinker lässig mit dem kleinen Finger, sie gingen zum Friseur, ignorierten die Kassiererin im Supermarkt, kippten nicht ihr ganzes Kleingeld auf das Laufband. Sie weinten nicht, wenn sie Hugues Aufray »*dis-moi, Céline, qu'est-il donc devenu, ce gentil fiancé qu'on n'a jamais revu …*«* singen hörten. Sie hatten keinen Teddybären, der Kirschtupfer hieß. Ihre Mutter schon. Sie versteckte ihn unter dem Bett ihrer Tochter und bedeckte ihn mit Küssen, wenn sie allein war.

* »Sag, Céline, was ist aus deinem netten Verlobten geworden, den wir nie wiedergesehen haben …«

Natürlich stellte sie sich auch Fragen. Plemplem oder nicht plemplem? Aber sie wusste Dinge, von denen die anderen nichts ahnten. Dinge, über die sie nicht sprechen konnte, weil die anderen ihr nicht geglaubt hätten.

Einer Zwölfjährigen glaubt man nicht. Es sei denn, sie schleppt einen Haufen Beweise an. Und außerdem zweifelte sie selbst manchmal. Sie wusste nicht, was zwischen einem Mann und einer Frau üblich war, die sich allein in einem Zimmer befanden. Was erlaubt war und was verboten. Sie kannte die richtige Vorgehensweise, die Bedienungsanleitung nicht. Vielleicht war das ja auch alles ganz normal, dieses Geschrei zwischen ihren Eltern. Die Schreie, die Schläge, das Weinen, die Beschimpfungen. Vielleicht war es ja das, was man Liebe machen nannte? Einmal hatte sie bei Georges und Suzon auf dem Bauernhof gesehen, wie ein Esel eine Eselin verfolgte. Er hatte sie gegen den Weidezaun gedrängt, hatte sie besprungen, hatte sie in den Hals gebissen, dass ihre Haut aufriss und sie blutete. Die Eselin hatte ihn gewähren lassen, sie hatte sich gefügt, alles war voller Blut, und es war kein schöner Anblick. Georges hatte ihr erklärt, dass die Esel auf diese Weise Babys machten. Ihre Mutter redete nie mit ihr über solche Dinge, ihr Vater auch nicht, und ihre Großmutter war die Letzte, die ihr darüber etwas hätte erzählen können.

Sie traute sich nicht, Violette zu fragen. Oder Julie, die sich auch nicht besser auszukennen schien als sie selbst.

Sie hatte sich angewöhnt, diese Fragen in ihrem Inneren zu verschließen. Und es gab weiß Gott genug Fragen!

Mit achtzehn war Violette nach Paris gezogen.

Sie wollte Schauspielerin werden. Sie war sehr schön, keine Frage. Sie hatte gesagt, sie würde von sich hören lassen, ach nein, nicht nötig, ihr werdet von mir hören, wenn ihr den Fernseher einschaltet. Gebt mir ein Jahr, dann seht ihr mich auf allen Kanälen … *Queen of the world*, das werde ich sein!

Sie hatten nie wieder etwas von Violette gehört. Weder durch ihre Eltern noch über ihre Freundinnen und erst recht nicht aus dem Fernsehen. Ohnehin durften zu Hause nur Ray und Fernande fernsehen. Maman und ich durften nicht. Ray sagte, dadurch kämen wir nur auf dumme Gedanken, und Dummheiten machten wir so schon genug. Nur wenn er in den Nachrichten kam, durften wir mitschauen. Das war sein großer Abend. Wir setzten uns alle vor das Gerät und durften keinen Mucks mehr von uns geben. Maman wagte kaum zu atmen. Sie hielt sich die Seiten aus Angst zu husten. Fernande behielt uns im Blick. Ray nahm die Sendung auf, sah sich den Mitschnitt immer wieder an und schimpfte über den Journalisten, der ihn nicht lange genug hatte reden lassen oder den Ausschnitt genau vor dem Moment abbrechen ließ, als er etwas Faszinierendes gesagt hatte.

Eines Abends war er sogar in die landesweiten Nachrichten gekommen. Um acht Uhr, bei Patrick Poivre d'Arvor. Das war, als er ganz allein – so behauptete er zumindest – den Brand in der Chemiefabrik von Saint-Chaland unter Kontrolle gebracht hatte. Die lag mitten im Stadtgebiet, zwischen einem McDonald's, einem Conforama und zehn weiteren Supermärkten. Er hatte sich mit der Leiter zu dem Schornstein hinauffahren lassen, der Feuer und giftige Partikel spuckte, und hatte den Wasserschlauch darauf gerichtet. Vierzehn Stunden hatte sein Kampf auf der hohen Leiter gedauert, vierzehn Stunden, um die Häuser Hunderter Anwohner zu retten. Unter Einsatz seines Lebens!, riefen die Leute, unter Einsatz seines Lebens! Menschenmassen drängten sich hinter der Absperrung. Journalisten, Fotografen, Kameraleute, Reporter des französischen Fernsehens und sogar von ausländischen Sendern. Sie hielten den Atem an und kommentierten live. Saint-Chaland war zum Zentrum der Welt geworden. Man glaubte sich in einem Film mit all den Polizeifahrzeugen, Feuerwehrwagen und den Autos der Schaulustigen. Die Spannung war kaum auszuhalten gewesen. Er hatte vierzehn Stunden durchgehalten, und er hatte es geschafft! Unter lautem Beifall war er die hohe Leiter herabgestiegen, mit rußgeschwärztem Gesicht, vor Müdigkeit brennenden Augen und blutenden Händen. Man hatte ihn im Triumphzug auf den Schultern getragen. Und am nächsten Tag war er in den Acht-Uhr-Nachrichten gewesen. »Ein ganz gewöhnlicher Held«, hatte Patrick Poivre d'Arvor zu Beginn der Sendung gesagt. Das hatte ihm nicht gefallen. Hätte der nicht einfach nur »Held« sagen können? Diese Pariser, müssen einen immer runtermachen!

Die ganze Stadt hatte sich bei Gérard versammelt. Sie hatten Sekt getrunken, ihm einen weiteren Orden verliehen, ihm erneut gratuliert, ihm erneut applaudiert. Er hatte Léonie auf den Mund geküsst, sie »mein kleines Entchen« genannt und sie an sich gezogen. Bist du stolz auf mich, mein kleines Entchen? Hast du gesehen, wie tapfer dein Mann ist? Ja? Er küsste sie auf den Mund, presste sie an sich. Alle klatschten Beifall, ein paar Frauen wischten sich eine Träne aus dem Augenwinkel.

Vielleicht ist ja das Liebe, dachte Stella, während sie ihren Vater und ihre Mutter beobachtete. Küsse in der Öffentlichkeit, Schläge im Schlafzimmer. Und am nächsten Tag violette und gelbe Flecken.

Doch dieser Gedanke überzeugte sie nicht. Je mehr sie zu begreifen versuchte, desto weniger gelang es ihr, eine Verbindung zwischen dem eng umschlungenen Paar vor ihr und den nächtlichen Geräuschen und Schreien herzustellen. Irgendetwas stimmte da nicht. Sie schüttelte den Kopf, nein, nein, wir sind doch keine Esel.

Und dann hatte sie den Blick von Julies Vater aufgefangen. Den finsteren, wütenden Blick von Julies Vater, der den stürmischen Kuss beobachtete, den Kopf abwandte und auf den Boden spuckte. Er applaudierte nicht, er hob nicht sein Glas, er stand neben seiner Frau, an die Theke gelehnt. Abseits des allgemeinen Jubels. Und er spuckte auf den Boden! Dann stimmte also tatsächlich etwas nicht. Und sie hatte recht: Wir sind keine Esel.

Dann hatte Julies Vater geseufzt, den Blick wieder dem Raum zugewandt und Stellas verwirrte Miene bemerkt. Der wütende

Mann hatte das kleine, zitternde blonde Mädchen vor sich betrachtet und ihm zugelächelt. Ein trauriges, erschöpftes Lächeln, das ihr sagte: Ich weiß Bescheid, meine arme Kleine, ich weiß alles, ich weiß von den Schlägen, ich weiß von den Tränen, ich weiß von der alltäglichen Grausamkeit, es macht mich rasend, dass ich nichts dagegen tun kann, aber das ist nicht Liebe, pass auf dich auf, kleines Mädchen, lass dich nicht brechen, hörst du, lass dich nicht von ihm brechen.

Das war es, was sie in den Augen dieses schweigsamen, vierschrötigen Mannes in seinem verwaschenen Blaumann mit den starken Händen und den schmutzigen Fingernägeln gelesen hatte. Sein Blick hatte etwas Beschwörendes gehabt, und ihre Augen hatten Ja geantwortet. Ja, ich verspreche Ihnen, dass er mir nichts tun wird, ich werde mich wehren.

Er hatte sie angelächelt. Richtig angelächelt. Wie eine Erwachsene. Sie hatte sich für dieses Lächeln verantwortlich gefühlt. Sie durfte die Hoffnung, die er in sie setzte, niemals enttäuschen.

Monsieur Courtois vertraute ihr.

Es war das erste Mal, dass sich ein Erwachsener auf ihre Seite stellte. Das erste Mal, dass ein Erwachsener ihr sagte: Du hast recht, Liebe bedeutet nicht, seine Frau in der Öffentlichkeit auf den Mund zu küssen und sie nachts windelweich zu prügeln. Jeder liebt auf seine Weise, es gibt dafür keine festen Regeln, aber es ist ganz bestimmt nicht dieses widerwärtige Schauspiel. Du hast recht, Stella, sagten seine Augen. Ich bitte dich, pass auf dich auf.

All das hatten sie gesagt, die Augen von Monsieur Courtois.

Sie war damals zwölf Jahre alt und hatte es niemals vergessen.

Noch heute, mit vierunddreißig, muss sie nur auf einem Zettel das schlichte Wort »Pappelhof« lesen, und ihre Kindheit läuft wie ein Film vor ihren Augen ab.

Gerade als sie am Straßenrand parkt, klingelt ihr Handy. Draußen auf dem Feld bemerkt sie zwei Männer. Obwohl sie den Lkw gesehen haben, kommen sie ihr nicht entgegen, als hätten sie noch ein letztes Detail zu klären. Sie nimmt das Gespräch an. Es ist Julie. Sie fragt, ob Stella bei der Autowerkstatt Gomont vorbeifahren könne. Da gebe es zwei Autowracks abzuholen, Unfallwagen, die auf der Autobahn ausgebrannt seien. Und Stella solle den alten Grisier vergessen, fügt sie hinzu. Er wolle doch nicht mehr verkaufen. Stella sagt Ja. Die beiden Männer unterhalten sich wild gestikulierend. Sie öffnet das Handschuhfach und nimmt ihr Fernglas heraus. Richtet es auf die Männer.

»Bleib mal dran, Julie, da sind zwei Typen auf dem Feld. Sie reden …«

»Wer?«

»Der Bauer und noch einer. Ich kann ihn nicht richtig sehen, er dreht mir den Rücken zu. Warte …«

Sie stellt ihr Fernglas schärfer. Richtet es auf die Münder der beiden Männer. Entschlüsselt aus der Ferne ihre Worte.

»Und?«

»Die wollen uns reinlegen.«

»Was sagen sie?«

»Wir sollen das Zeug zwar mitnehmen, aber sie wollen uns nicht die Hälfte des Geldes überlassen. Nur zehn Prozent, damit wir keinen Ärger machen.«

»Von wem geht das aus?«

»Warte … Er dreht sich um. So! Jetzt erkenne ich ihn. Es ist Turquet, der Typ aus dem Rathaus.«

»Der Freund deines Vaters?«

»Ja. Ein Arschloch erster Güte.«

»Verdammt! Was soll das? Damit hatte ich nicht gerechnet! Der Bauer hat kein Wort davon gesagt, dass sie zu zweit sein würden.«

»Was tun wir?«

»Keine Ahnung, Stella, keine Ahnung.«

»Ich kann kehrtmachen und einfach zurückkommen. Dann stehen sie schön blöd da mit ihren Kesseln, wenn niemand sie abholt …«

»Dann rufen sie eben die Jungs aus Auxerre …«

»Um sie genauso auszunehmen wie uns? Das würde mich wundern! Guillaume lässt sich so was nicht gefallen! Uns kennen sie, da wissen sie, dass sie eine Chance haben. Aber die anderen lassen nicht so mit sich umspringen. Dann gibt es Ärger. Das wissen sie ganz genau. Sie haben keine Wahl. Das garantiere ich dir!«

»Du hast ja Nerven …«

»Ich kenne die Jungs aus Auxerre und Montereau, verglichen mit denen bist du ein Waisenkind. Und diese Dreckskerle wissen das auch.«

»Bist du ganz sicher? Weil … selbst bei zehn Prozent …«

»Bist du verrückt, Julie? Wenn wir dieses Mal nachgeben, sind wir für alle Zeiten erledigt! Überlass das mir, okay?«

Julie antwortet nicht sofort, und Stella beobachtet, wie die beiden Männer auf den Lkw zukommen.

»Beeil dich, sie sind gleich hier.«

»Na schön. Du hast freie Hand.«

»Danke.«

Stella legt auf. Steigt aus dem Laster und pfeift nach den Hunden, die sofort herankommen und neben ihr herlaufen. Eine Leibwache, die sie beruhigt. Ihr bleibt bei mir, ihr drei, lauft ja nicht weg, Schnuffel, du greifst an, wenn ich es dir sage, verstanden, aber nicht die Brust, nur die Beine! Sie geht über das vom Schnee niedergedrückte gelbe Gras. Spürt Streuners warme Flanke an ihrem rechten Bein, die von Sky an ihrem linken. Schnuffel läuft voraus, den goldenen Schwanz aufgerichtet wie ein Banner. Er ist aufgeregt, sein Hecheln hört sich an wie ein Ventilator.

Sie grüßt die beiden Männer. Bemerkt ein amüsiertes Funkeln in ihren Augen.

»Hallo!«

»Hallo!«

»Haben Sie die Ware?«, fragt Stella.

»Da hinten im Wald«, antwortet der Bauer und winkt mit dem Kinn in die entsprechende Richtung.

»Wollen wir los? Julie hat ja schon alles geklärt …«

»Na ja …«, setzt der Bauer verlegen an, »wir haben die Konditionen ein bisschen verändert.«

»Ach ja? Und wie? Zu unseren Gunsten, hoffe ich.«

Die beiden Männer lachen durchtrieben und wechseln einen belustigten Blick.

»Sind ja süß, diese Frauen, mit denen hat man immer was zu lachen«, sagt der Typ aus dem Rathaus.

»Tja, wir haben noch mal nachgedacht …«, fährt der Bauer fort. »Im Grunde haben Sie bei dem Geschäft ja überhaupt keine Arbeit. Ich habe die Ware gefunden und im Rathaus angerufen, wo man mir gesagt hat, ich soll mich an Sie wenden. Aber jetzt ist das Rathaus auch an der Sache dran und will seinen Anteil. Also bezahlen wir Ihnen den Transport plus einen kleinen Zuschlag, das scheint uns ausreichend.«

»Der Transport der Ware kostet fünfzig Prozent.«

»Nein«, mischt sich der Mann namens Turquet ein, »wir geben euch zehn Prozent, Ende der Diskussion.«

Stella mustert ihn so eindringlich, als zöge sie ihm langsam die Kleider aus. Als ließe sie nacheinander die Knöpfe von seinem Jackett, von seiner Hose, von seinem Hosenschlitz abspringen, bis er schließlich splitternackt vor ihr stünde.

»Träum weiter, Mann!«

»Sag mal, Kleines, für wen hältst du dich?«

»Wir hatten fünfzig-fünfzig gesagt, und bei fünfzig-fünfzig bleibt es. Sonst lasse ich euch beide hier stehen, und ihr könnt euch einen anderen suchen …« Sie macht eine Pause, lange genug, dass die Information in ihren Idiotenhirnen ankommt. »Bloß dass die anderen weniger entgegenkommend sein werden als wir. Es würde mich wundern, wenn sie sich mit eurem kleinen Arrangement zufriedengeben würden. Die Jungs aus Auxerre zum Beispiel … nicht gerade umgängliche Typen. Soll ich dir was sagen?« Sie wendet sich an Turquet, und es kommt ihr vor, als setze sie Ray Valenti das Messer auf die Brust. »Die kommen nicht mal her. Oder sie nehmen die Ware und die Papiere einfach mit und servieren euch eure eigenen Eier in Salatsoße. Stimmt ja auch, wem gehören diese Kessel überhaupt? Sie werden behaupten, sie hätten sie hier versteckt, also sei es nur recht und billig, wenn sie sie sich wiederholen. Und dann steht ihr da.«

Die beiden Männer wechseln einen flüchtigen Blick. Mit dieser Reaktion hatten sie nicht gerechnet.

»Es ist eure Entscheidung … Ich gehe jetzt zurück zu meinem Laster und gebe euch zehn Minuten. Danach lade ich das Zeug entweder auf, oder ich verschwinde.«

Sie tippt mit dem Zeigefinger an ihre Hutkrempe, verbeugt sich knapp und geht zurück übers Feld. Sie pfeift nach den Hunden, damit sie ihr ja nicht von der Seite weichen, jetzt ist nicht der passende Moment, um wegzulaufen, wir bleiben zusammen. Und du, Sky, behalte sie im Auge, ich traue den beiden nicht.

Sie hat noch keinen Fuß auf das Trittbrett des Lkw gestellt, um die Tür zu öffnen, als sie ein Rufen hört: »Stella! Stella!«

Sie dreht sich um. Tut erstaunt.

Sie bedeuten ihr zurückzukommen, doch sie rührt sich nicht. Wenn sie mit ihr reden wollen, sollen sie sich gefälligst selbst herbewegen. Sie erwartet sie an den Lkw gelehnt, die Hände in den Taschen ihrer orangefarbenen Latzhose. Ihre Finger treffen auf die Hundekuchen, sie nimmt drei davon heraus und wirft sie den Hunden zu. Bellend springen sie hoch, um sie aufzufangen, und prallen mit den Hälsen gegeneinander.

Mit hängenden Köpfen kommen die beiden Männer näher.

Turquet schlurft vor sich hin, er kocht vor Wut, sein ganzer Körper sperrt sich.

»Habt ihr es euch anders überlegt?«, fragt sie und sieht dabei den Bauern an.

»Tja, es ist so …«

Sie wartet auf seine Erklärung. Doch statt zu reden, schielt er zur Seite und spielt am Reißverschluss seiner Latzhose herum. In seiner linken Brusttasche steckt ein dicker Tischlerbleistift. Turquet starrt missmutig auf seine Füße.

»Ich habe es mir nämlich auch anders überlegt«, sagt Stella.

Sie nimmt den Rechnungsblock aus dem Seitenfach des Lkw, zückt einen Kugelschreiber, kritzelt zwei Zahlen – »60/40« – und reicht dem Bauern den Zettel.

»Sechzig für Courtois, vierzig für dich. Das wird dir eine Lehre sein. Beim nächsten Mal hältst du Wort. Und ehe ich es vergesse: Wir zahlen erst, nachdem wir gewogen haben. Falls es weniger sein sollte …«

»Oder mehr«, entgegnet der Mann und versucht mit diesem Scherz das Gesicht zu wahren.

»Träum weiter!«

Der Bauer unterschreibt mit gesenktem Kopf.

»Gib mir meinen Kuli zurück!«, befiehlt Stella. »Und keine solchen Spielchen mehr, kapiert? Wir bei Courtois sind keine Luschen. Mit uns ist genauso wenig zu spaßen wie mit den anderen. Merk dir das.«

Turquet macht ein paar Schritte rückwärts und tritt vor Wut gegen die gefrorenen Erdklumpen. »Du Schlampe«, schimpft er vor sich hin. »Dich krieg ich noch, du verdammte Schlampe, ich mach dich fertig. Du glaubst wohl, du kommst einfach so davon.«

»Gibt es ein Problem, Monsieur Turquet?«

»Spiel dich nicht so auf. Das zahl ich dir heim. Ich fick dich von vorn und von hinten, wart's nur ab.«

»Nimm das zurück!« Und leise zischt sie: »Schnuffel, fass.«

Der Hund stürzt sich auf Turquet und packt ihn an der Wade, unmittelbar gefolgt von Streuner und Sky, die den Mann aus dem Gleichgewicht bringen, sodass er stolpert und zu Boden fällt.

»Verdammt«, brüllt er, »ruf deine Hunde zurück, du Schlampe! Ruf deine Hunde zurück!«

Stella faltet den Zettel, den der Bauer unterschrieben hat, zusammen und steckt ihn in ihre Brusttasche. Dann geht sie auf Turquet zu, stellt einen Fuß auf seine Brust und befiehlt den Hunden, von ihm abzulassen. Ohne den Mann aus den Augen zu lassen, weichen sie knurrend zurück, bereit, sich gleich wieder auf ihn zu stürzen, sollte er auch nur eine Bewegung machen.

»So redest du nie wieder mit mir, verstanden? Nie wieder. Und weißt du auch, warum?«

Turquet wehrt sich, versucht, sich aufzurichten, weicht ihrem Blick aus. Mit der Schuhspitze dreht sie seinen Kopf zu sich herum und starrt ihn an.

»Weil ich eine Prinzessin bin. Wusstest du das nicht? Tja, jetzt weißt du es. Und jetzt, wo du es weißt, wirst du es sagen, laut und deutlich. Und dabei siehst du mich gefälligst an, du Dreckschwein.«

»Leck mich!«

»Soll ich meine Hunde loslassen? Ein Wort genügt.«

Die drei Hunde warten nur auf ein Zeichen ihrer Herrin. Ihre Blicke fliegen zwischen Turquet und Stella hin und her, lauern auf den Befehl, der es ihnen erlauben wird, sich auf ihn zu stürzen. Mit ihrem ganzen Gewicht stützt sie sich auf Turquets Brust, er bekommt keine Luft mehr, hustet, spuckt aus.

»Das zahl ich dir heim. Verlass dich drauf …«

»Ich sterbe vor Angst. Na los, ich warte.«

»Fick dich, du dreckige Fotze!«

»Schnuffel, Streuner, Sky!«

Knurrend und zähnefletschend stürzen sich die Hunde auf ihn. Der Bauer starrt sie entsetzt an.

»Rufen Sie sie zurück! Rufen sie sie zurück!«, schreit er und reißt die Arme hoch.

»Wenn er doch nur die paar Worte sagen würde«, entgegnet Stella seufzend. »Das würde alles ändern.«

»Du bist eine Prinzessin! Du bist eine Prinzessin!«, brüllt Turquet, der sich verzweifelt wehrt.

Stella stößt einen Pfiff aus, und die Hunde kehren zu ihr zurück und legen sich neben ihre Füße. Sie wartet, bis Turquet sich aufrichtet, und deutet auf die Straße.

»Du, sieh zu, dass du verschwindest ... und dein Kumpel zeigt mir die Ware.«

Turquet steht auf, klopft sich den Schmutz von den Kleidern und geht zu seinem Auto. Da bemerkt Stella sein Handy auf dem Boden. Sie stellt einen Fuß darauf, drückt zu, als trete sie eine Zigarette aus, und das Handy zerbricht mit dem Knacken von Leichtschrott.

»Hat ja kaum Schrottwert!«, sagt sie lächelnd.

»Und was soll ich jetzt machen?«, stammelt der Bauer.

»Geh vor, ich fahre dir nach.«

Sie steigt wieder in den Lkw und dreht den Zündschlüssel. Dann ruft sie Julie an.

»So, die Sache ist geklärt. Ich erzähle dir später alles. Er hat unterschrieben. Sechzig für uns, vierzig für ihn. Der Kerl wird uns garantiert nie wieder Ärger machen. Und er wird dafür sorgen, dass es sich rumspricht.«

»Nicht möglich!«, ruft Julie. »Das hast du geschafft? Echt? Du bist grandios!«

»Kein Wunder. Ich bin eine Prinzessin ...«

Sie legt auf und lenkt den Lkw hinter dem Bauern her. Wieder klingelt ihr Handy. Sie zuckt zusammen. Eine Mundharmonikamelodie. Das Thema aus *Zwei glorreiche Halunken*. Adrians Klingelton. Ihre Hände umklammern das Steuer.

Sie geht nicht ran. Sie will Herr ihrer Sinne bleiben, falls der Bauer doch wieder aufmüpfig werden sollte. Das Handy piepst erneut: Er hat eine Nachricht hinterlassen.

Sie wird sie abhören, nachdem sie das Kupfer aufgeladen hat.

Kurz darauf parkt sie neben der verlassenen Fabrik. Früher wurden bei Chartier Büromöbel hergestellt. Tische, Regale, Schränke, sogar Schulbänke. Die Fabrik beschäftigte etwa fünfzig Arbeiter. Mittags wurde das mitgebrachte Essen ausgepackt, und man hörte Lachen und Scherzen. Und das Ploppen von Cidrekorken.

Heute hat die Fabrik keinen Namen mehr. Den alten Schriftzug ÉTABLISSEMENTS CHARTIER haben Wind und Regen ausgewaschen, und man kann die Buchstaben unter der abgeplatzten grünen Farbe nur noch erahnen. Im Ort nennt man sie bloß »die verlassene Fabrik«.

Heute gibt es dort nur noch alte Autoreifen, Regalgerippe und metallene Schreibtische, die im Hof herumstehen, weil Julie sie noch nicht abgeholt hat. Die Fensterscheiben sind zerbrochen, die Rolltore der Wellblechgaragen stehen offen. Auf dem rissigen Boden liegen vom Schweißbrenner angesengte Metallreste und verrostete Stahlträger.

Stella schaltet den Motor aus und lässt den Kopf aufs Steuer sinken.

Sie hat sich von Turquet keine Angst einjagen lassen.

Mission ausgeführt.

Sie hört Adrians Nachricht ab.

Adrians Worte …

»Meine Prinzessin, ich drehe mich im Kreis, ich suche dich überall, ich muss dich spüren, so kann das nicht weitergehen, ich werde verrückt, ich verliere noch den Verstand. Ich will deine Haut, deine Wolfsaugen, deine Arme, deinen Geruch, ich halte dich ganz fest, küss mich.«

Ihr Kopf sinkt nach hinten, sucht den Atem des Mannes an ihrem Hals, seine Hand in ihrem Nacken, seinen Mund, der Worte in einer Sprache flüstert, die sie nicht versteht, raue Worte, Adrians Lippen auf ihrer Haut, seine Hände auf ihrem Bauch, seine Hände zwischen ihren Schenkeln … Und das Blut pocht heiß in ihren Adern. Ihr Blick wartet ab, weicht zurück, stößt den Mann von sich, um stark zu bleiben, um sich nicht zu ergeben, ihr beinahe feindseliger Blick, während sie sich doch nur danach sehnt, alles zu geben. Und seine Stimme, die weiterspricht, ich werde sterben, hörst du, sterben, wenn du mit diesem verlangenden Blick jemals einen anderen ansiehst. Er droht ihr, und sie weiß, dass die Drohung zu etwas Wundervollem führen wird … Sie weiß, dass er dort, wohin er vor der Gefahr geflüchtet ist, nur einen Gedanken kennt: auf den Hof zurückzukehren und sie an sich zu ziehen.

Manchmal kommt er zurück.

Dann schleicht er sich durch den unterirdischen Gang und bleibt eine ganze Nacht bei ihr. Doch im Morgengrauen verschwindet er wieder, und sie weiß nie, wann sie ihn wiedersehen wird.

Sie hat gelernt, so zu leben.

Immer auf der Hut.

Ein Schattenmann hat ihr Leben verändert.

Mittags wird sie Tom abholen. Sie wird ihn das Ende der Nachricht anhören lassen. Adrian hinterlässt immer auch ein paar Worte für Tom. »Und das hier ist für Tom, den Furchtlosen …« oder »für Tom, den Gentleman …«.

Sie werden es sich in der Fahrerkabine des Lkw gemütlich machen, ihre Schuhe ausziehen, sich in eine Decke wickeln und ihre Brote aus den Papiertüten holen. Im Radio *Le Jeu des mille euros* hören. Mit kraus gezogener Nase, gerunzelter Stirn und vollem Mund die Quizfragen beantworten.

Tom wird »Hey Jude« auf der Mundharmonika spielen. Sie wird es aufnehmen und Adrian schicken. Ich habe Fortschritte gemacht, was, Stella?, wird er sagen. Glaubst du, es gefällt ihm?

Und dann wird sie ihn wieder zurück vors Schultor fahren. Ich bin kein Baby mehr, wird er protestieren, halt vorher an.

Sie wird sich zu ihm hinüberbeugen und flüstern: Bis heute Abend, mein Schatz, ich hole dich um fünf Uhr ab, warte drinnen auf mich, du kommst nicht raus, versprochen?

Und sie wird mit Angst im Bauch wegfahren.
Aber von Turquet hat sie sich keine Angst einjagen lassen.

Um fünf Uhr hält sie vor der Schule.

Auf der Ladefläche stapeln sich die Autowracks, das schwere Kupfergeschirr aus der Schokoladenfabrik und ein alter Pflug, den sie auf dem Rückweg einem Bauern abgekauft hat. Ein guter Tag.

Sie weist die Hunde an, auf der Ladefläche zu warten, und betritt das Schulgebäude. Sie hält nach Tom Ausschau. Das blonde Haar, seine graublauen Augen, die Mundharmonika zwischen seinen Lippen.

Sie sieht ihn nicht.

Und die Angst kehrt zurück und nagelt sie am Boden fest. Ihr Gesicht beginnt zu glühen, sie malt sich die Strafe aus. Ihr Blick fliegt hin und her, und sie nimmt nichts mehr wahr.

Sie begrüßt die Lehrerin ihres Sohnes. Fragt sie, wo Tom sei.

»Er hat auf Sie gewartet, vor einer Minute war er noch draußen unter dem Vordach und hat mit Sébastien geredet.«

»Aber ich sehe ihn nicht!«, ruft sie, selbst verwundert darüber, dass ihre Stimme so laut klingt.

Die Lehrerin mustert sie erstaunt.

»Keine Angst, er kann nicht weit sein.«

»Aber …«

Ihr fehlen die Worte. Sie kommen nicht mehr über ihre Lippen. Sie ballt die Fäuste und runzelt die Stirn, um die Tränen zurückzuhalten.

»Ich sehe drinnen nach«, sagt die Lehrerin. »Vielleicht ist er zurück in seine Klasse gegangen. Machen Sie sich keine Sorgen.«

Sie legt eine Hand auf Stellas Arm, die den Kopf schüttelt, um den Albtraum zu vertreiben.

»Es ist nur, weil …«

Ihre Stimme stockt, versagt, sie bringt nur noch ein Quieken heraus. Und dann schweigt sie. Es gelingt ihr nie, ihre Angst in Worte zu fassen.

»Warten Sie hier. Ich bin gleich wieder da.«

Stella geht nach draußen, lehnt sich gegen die Wand. Ihr Absatz schlägt gegen die Mauer, ein Stück Putz löst sich und zerbröselt zu Staub. Sie kratzt sich an den Unterarmen, drückt sie gegen ihre Brust. Schließt die Augen. Lauscht dem schnellen Klopfen ihres Herzens, ihrem stockenden, keuchenden Atem. Betet zum Himmel und allen Sternen. Zu dem kleinen Stern, den ihre Mutter ihr immer am Himmel gezeigt hat. Das ist der schönste von allen, Stella. Er hat acht Zacken, um all deine Wünsche zu erfüllen. Jede Woche hast du acht Wünsche frei, an jedem Tag einen und sonntags zwei. Das ist dein Glücksstern. Du kannst ihm alles sagen. Schau zum Himmel auf, meine schöne, kleine Stella, schau zum Himmel auf, und er wird dir antworten.

Sie hat ihr geglaubt.

Und dann, irgendwann, hat sie ihr nicht mehr geglaubt.

Sie kneift die Augen zusammen, um ihre Botschaft hinaufzusenden, lieber Gott, lieber Gott, lass Tom nichts zustoßen. Nicht ihm! Am liebsten wäre sie hochgesprungen und hätte sich an den achtzackigen Stern geklammert, um sicher zu sein, dass er sie auch hört, und wenn sie so bescheuert ist, diesen Quatsch zu glauben, dann lasst sie doch in ihr Unglück rennen. Den Weg findet sie mit geschlossenen Augen.

»Jemand hat dem Schneemann auf dem Schulhof den Hut geklaut«, sagt eine Frau, die, bis zu den Augen eingemummelt, aus dem Gebäude kommt.

»Heutzutage wird alles geklaut«, antwortet eine andere. »Wenn man bedenkt, dass es bloß eine billige rote Plastikschüssel war. Ein Euro fünfundzwanzig! Nicht einmal das respektieren sie. Eine Schande ist das!«

»Madame Valenti!«

Stella zuckt zusammen.

»Ja?«

Die Lehrerin kommt mit Tom zurück, eine Hand auf seiner Schulter.

»Er saß in seiner Klasse auf dem Boden und spielte Mundharmonika.«

Tom sieht sie verwundert an und nimmt ihre Hand.

»Ich habe auf dich gewartet«, sagt er, gekränkt, weil sie dachte, er wäre einfach weggegangen.

Erleichtert seufzt sie auf und legt eine Hand auf ihre Brust, um ihr wild klopfendes Herz zu beruhigen. Drückt Tom an sich. Bedankt sich bei der Lehrerin.

»Du hättest dich nicht so aufzuregen brauchen. Du hast doch gesagt, ich soll drinnen warten.«

»Ich weiß, mein Schatz, ich weiß. Los, komm! Ich muss zurück zum Schrottplatz und meine Fracht abladen. Um sechs Uhr machen sie zu.«

Mit einer Geste, einem Blick gewinnt sie die Kontrolle über ihre Umwelt wieder, stellt einen Fuß auf festen Boden, schiebt ihren Sohn voraus, beugt sich vor, um seinen Geruch einzuatmen. Erst danach steigt sie in den Lkw und fährt los.

Julie hebt den Kopf von ihren Abrechnungen und schaut auf die Uhr. Um sechs machen die Männer Feierabend, gehen in die Umkleide, duschen, ziehen sich um, hängen ihre Arbeitskleidung in ihren Spind und gehen nach Hause. Sie hört ihre lauten Stimmen, sie verabreden sich zu einem Feierabendbier, machen Scherze über die abendliche Lottoziehung oder ein Fußballspiel. Nur Jérôme sitzt noch am Empfang und füllt die letzten An- und Verkaufsbögen aus, ehe er sie Julie heraufbringt. Er weiß, dass sie darauf wartet. Sie will den Lagerbestand berechnen. Das macht sie mehrmals am Tag.

Sie hört Schritte auf der Treppe, die zu ihrem Büro hinaufführt. Schwere Männerschritte auf der schmalen Treppe. Es ist anstrengend, zu ihr hinaufzusteigen. Die meisten bleiben unterwegs stehen, um wieder zu Atem zu kommen. Selbst diejenigen, die es gewohnt sind. Das muss Jérôme sein. Er ist ein langsamer, wortkarger Mann. Normalerweise reicht er ihr die losen Blätter, macht eine Bemerkung über das Wetter, während sie die Zahlen überprüft, und schweigt dann. Sie brauchen keine Worte, sie verstehen einander auch so, sie gehören zur selben Familie, der Familie der Schrotthändler, die allseits verachtet wurde, bevor die Metallpreise durch die Decke gingen. Heute spottet niemand mehr über die Hungerleiderbranche. Man kann viel Geld damit verdienen. Jérôme weiß das. Er ist Julie dankbar dafür, dass sie ihr Geschäft so gut führt. Stolz darauf, für sie zu arbeiten.

Er war Kranführer gewesen. Ein guter Kranführer, geschickt und präzise. Und dann hatte er im Lotto gewonnen. Das war 1998. Acht Millionen Francs. Er hatte sie alle zu Monsieur Gauthier eingeladen, in den ersten Stock des La Madeleine. Das mit einem Michelin-Stern gekrönte elegante Restaurant in Sens. Sie hatten ihre Fingernägel geschrubbt, ihre Haare gewaschen, ein weißes Hemd, ein Jackett, eine Krawatte angezogen. Sie erkannten sich kaum wieder und musterten einander erstaunt. Hatten Angst, zu laut zu reden. Sie hatten einen Aperitif bestellt, grüne und schwarze Oliven, Krabbenchips und kleine Cocktailwürstchen.

Er hatte ihnen verkündet, dass er den Schrottplatz verlassen werde, nicht, dass ich euch nicht mögen würde, es ist wegen Jeanine, sie will in die Sonne, also profitieren wir ein bisschen von dem Geld. Bei diesen Worten lag etwas wie Bedauern in seinem Blick. Zögerlich machte er sich auf die Reise zu den Palmen. Drei Monate später war er wieder da, ohne Frau und ohne Geld. Und beinahe kahl. Der Kummer hatte ihm die Haare geraubt. Jeanine hatte sich in San José, Costa Rica, in einen falschen Seemann verknallt und ihr gemeinsames Konto geplündert. Er hatte nie Anzeige erstattet. Als wäre er im Grunde erleichtert darüber, dass das Geld nun weg war. Er war nach Hause zurückgekehrt und hatte bei der Firma Courtois angeklopft. Julie hatte nicht weiter nachgefragt und ihn wieder eingestellt. In der Warenannahme. Das war eine Beförderung. Ein verantwortungsvoller Posten. Ein Zeichen ihres Vertrauens.

Sie steht auf, um das Deckenlicht einzuschalten. Es wird bald dunkel. Sie tritt an die große Glasscheibe, hört immer noch Stimmen aus der Umkleide. Sie kennt sie alle. Sie kennt ihre Kinder, ihre Frauen. Ihre Familiensituation. Manche sind mit ihr zur Schule gegangen, andere hat ihr Vater eingestellt. Sie alle nennen sie Chefin. Ihr Vater hatte darauf bestanden, dass sie seinem Beispiel folgte und das Geschäft von der Pike auf lernte. Das Altmetall zu zerschneiden, einen Transporter zu fahren, einen Kran zu bedienen, mit dicken schwarzen Handschuhen, die so schwer waren wie Bärentatzen, die unterschiedlichen Metalle zu sortieren. Sie hatte die gleiche Latzhose getragen wie die anderen, hatte draußen in Kälte und Regen gearbeitet, Container gefüllt, hatte gelernt, die Tricks der Kunden zu durchschauen, von ihren Mienen abzulesen, wann es Ärger geben würde, und diesen mit einem Lächeln zu entschärfen. Nicht dem Lächeln eines Vamps, sondern dem ruhigen Lächeln eines Mädchens, das sich auskennt und über die aktuellen Metallpreise und ihre Schwankungen Bescheid weiß. Selbst die raffiniertesten Schlitzohren wissen nicht mehr, woran sie sind, wenn Julie sie anlächelt. Komisch, denkt sie, während sie zusieht, wie in der Ferne auf der Nationalstraße die Laternen aufleuchten und die gelben Lichter zu funkeln beginnen, ich lege meine ganze Sanftheit, meine ganze Weiblichkeit in meine Arbeit, und für mein Privatleben bleibt nichts mehr übrig. Mit einem leisen, traurigen Lachen reißt sie sich zusammen, kein Wunder, ich habe ja auch kein Privatleben … Ich wüsste nicht, was ich tun sollte, wenn plötzlich ein Mann vor mir stünde. Ich finde in einem Haufen Schrott das eine Stück Altmetall, das mehr wert ist als die anderen, aber Männer einschätzen, ihre undurchschaubaren Herzen ergründen, das kann ich nicht.

Sie liebt ihren Beruf. Morgens ist sie immer als Erste zur Stelle, wandert über den Schrottplatz, prüft die Tonnen von zu sortierendem Metall, die Ware, die ins Ausland verschickt werden soll, die Container, deren Inhalt in den Schredder kommt. Berührt das kalte Metall, als streichelte sie die Haut eines Liebhabers, hebt eine große silberglänzende Schraubenmutter auf, poliert sie mit dem Ärmel ihres Pullovers, steckt sie in die Tasche und spürt gerührt, wie sie gegen ihren Oberschenkel schlägt. Manchmal hat sie abends blaue Flecken … Um Viertel vor acht bereitet sie Kaffee und Gebäck für ihre Männer vor.

Sie, die Chefin.

Die Liebe zum Schrotthandel hat sie von ihrem Vater geerbt.

Schon als kleines Mädchen hat sie ihm bei der Arbeit zugesehen. Auch er trug immer eine Latzhose. Ihre Mutter wollte, dass sie studierte, meine Tochter soll saubere Hände haben, sie soll nicht in diesem Lumpensammlergeschäft arbeiten. Doch sobald sie ihnen den Rücken zuwandte, nahm Julies Vater sie mit auf den Schrottplatz. Er nahm sie auf den Schoß, wenn er den großen blauen Kran bediente, und brachte ihr bei, die Hebel hoch- und runterzuschieben. Mit vierzehn hielt sie Autowracks am Ende des langen Greifarms und ließ sie unter ohrenbetäubendem Krachen in den Schredder fallen. Sie lachte schallend auf, ihre Wangen glühten, sie rief: Noch mal, Papa, noch mal! Und ihr Vater strahlte und drückte sie an sich.

Ihr Vater …

Manchmal fragt sie sich, ob er sich auf das Auslandsgeschäft verlegt hat, weil er das Leben in Saint-Chaland nicht mehr aushielt. Sie hat nie erfahren, was genau vorgefallen ist. Manchmal, wenn gewisse Worte fallen, kneift ihre Mutter die Lippen zusammen, und ihr Vater senkt den Kopf. Eines Abends hatten sie sich gestritten. Bittere Worte hatten die Luft durchschnitten, glaubst du etwa, ich wüsste es nicht, Edmond? Jeder hier weiß es! Wie stehe ich denn da? Ihre Mutter hatte einen Koffer auf das Ehebett gelegt, und ihr Vater hatte versucht, sie aufzuhalten: Geh nicht, geh nicht, denk an Julie.

Und Julie, die sich hinter der Tür versteckt hatte, wusste nicht, was sie davon halten sollte.

Die Bürotür fliegt auf. Sie fährt zusammen. Als finge der Streit zwischen ihrer Mutter und ihrem Vater wieder an.

Auf der Schwelle steht ein Mann.

Ein schöner Mann, aufrecht und stolz, braun gebrannt, mit schneidendem schwarzem Blick, breiten Schultern und langen Beinen. Ein Mann, der seine sechzig Jahre voller Selbstbewusstsein trägt und die Muskeln an seinen Armen, seiner Brust, seinem Bauch spielen lässt. Ein Mann mit ergrauenden Schläfen und ebenmäßigen Zähnen, ein Mann, der sich seiner selbst und seiner Bedeutung sicher ist. Ein Mann, der einem, ohne mit der Wimper zu zucken, einen Schlag ins Gesicht verpasst und der nun vor Zorn bebt. Ein grauenvoller Mann, denkt Julie unwillkürlich, einer von den Kerlen, die eine Hand aufs Herz legen und schwören, dass sie so etwas niemals tun könnten, während sie noch die Spuren ihrer Missetaten an ihren brutalen Pranken tragen.

»Was soll diese Geschichte mit den Kesseln? Warum wolltest du nicht zahlen? War das schon wieder Stella, das blöde Weib?«

»Guten Abend, Ray…«

»Hallo! Also?«

»Beruhige dich.«

»Ich hab dich was gefragt!«

»Der Bauer war schuld, er hat sich nicht an unsere Abmachung gehalten. Stella hat mit der Sache nichts zu tun.«

»Turquet hat mir alles erzählt. Sie hat die Hunde auf ihn gehetzt. Sie hätten ihn umbringen können!«

»Übertreib nicht. Turquet ist nicht aus Zucker. Sie hat sich nur verteidigt, er war derjenige, der sie provoziert hat.«

»Ach, warst du vielleicht dabei?«

»Genauso wenig wie du. Dein Kumpel hat's überlebt. Und kannst du mir mal verraten, was er da überhaupt zu suchen hatte?«

»Wir hatten auch ein Recht auf unseren Anteil.«

»Und warum das, bitte schön?«

»Darum.«

»Weil ihr den Bauern eingeschüchtert habt? Weil ihr ihn bedroht habt, wie ihr es mit allen Leuten macht?«

»Wir hatten ein Recht darauf, basta.«

»Für die Sozialkasse der Feuerwehr? Ist es das? Ich lach mich tot …«

»Ein Beitrag, du sagst es.«

»Ach, der alte Zehnt, wie im Mittelalter?«

»Du hältst dich wohl für superschlau, was?«

»Ich sage es dir noch einmal: Stella hat MEINE Interessen vertreten und auf MEINE Anweisung hin gehandelt. Wenn du jemanden dafür verantwortlich machen willst, dann mich. Ich mache hier meine Arbeit, und ich weigere mich, einen Beitrag für deine bescheuerte Kasse zu zahlen. Das solltest du mittlerweile wissen!«

»Pass auf, Julie, pass bloß auf!«

»Und jetzt drehst du dich brav um und verschwindest, und wenn du Jérôme über den Weg läufst, dann sag ihm, er soll raufkommen.«

Julie weiß, dass Ray Valenti keine Scherereien machen wird. Er hat Angst vor ihrem Vater. Edmond Courtois gegen Ray Valenti, das war die Überschrift zu einem lange zurückliegenden Duell. Ray Valenti hatte dabei eine Niederlage einstecken müssen. Sie weiß nicht, wie oder warum. Ihr Vater spricht nie darüber. Solange ihr Vater lebt, wird Ray Valenti ihr kein Haar krümmen. Er ist heute Abend hergekommen, um seine Rolle zu spielen. Ein alter Hahn, der auf dem Misthaufen kräht. Der große Reden schwingt, damit er seinen Freunden heute Abend bei einem, zwei, drei Bier in Gérards Kneipe etwas zu erzählen hat.

»Sag deiner Freundin, so leicht kommt sie mir nicht davon! Die kriegt ihre Abreibung schon noch!«

Mit den Augen weist Julie auf die Tür.

Er stößt unverständliche Beschimpfungen aus, schlägt mit weit ausholender Geste in die Luft, öffnet die Tür und verschwindet.

Julie hört ihn die Treppe hinunterpoltern. Er knallt seinen Absatz auf jede einzelne Stufe. Er kann nichts gegen sie ausrichten, also warum taucht er bei ihr auf und brüllt herum? Um zu beweisen, dass er sich nichts gefallen lässt? Denn Schwäche würde sich in Saint-Chaland herumsprechen, und er würde an Ansehen verlieren.

Wenn er bloß Stella nicht begegnet.

In der riesigen Halle hat Stella gerade die Autowracks und das Kupfergeschirr abgeladen. Wunderbares Material von Dehillerin. Große, bauchige Kessel aus glattem, goldschimmerndem, verzinntem oder gehämmertem Kupfer mit Griffen aus Messing oder Schmiedeeisen, tiefe Schmorpfannen, hohe Stielkasserollen, weite Tiegel, Deckel, eine ganze Batterie von Geschirr, das einst auf den Regalen der Schokoladenfabrik Reynier gefunkelt haben muss. Glanz und Hochmut des Kupfers sind längst dahin. Die Teile sind schwarz und schmutzig. Suzon putzte ihre Kupfertöpfe immer mit einer Mischung aus Mehl, grobem Salz und Essig. Sie schrubbte, bis ihre Arme schmerzten, und schaffte es so, ihnen ihre schöne Farbe wiederzugeben.

Boubou und Houcine gehen Stella zur Hand und zählen die aufgereihten Töpfe.

»Guter Fang!«, sagen sie leise. »Sechzig-vierzig, wie hast du das geschafft? Du hast echt Mumm, Stella, Respekt!« Sie schauen sie an und wischen sich über die Stirn.

Dann lässt Maurice das schwere Hallentor über die Schienen laufen, legt eine große Kette darum, schiebt drei Riegel vor und schaltet die Alarmanlage ein. Stella bedeutet Tom mit einem Wink, sie nach oben in die Umkleide zu begleiten, sie muss sich die Hände waschen. Sie kommt zu spät, um Rays Geländewagen zu sehen, der am Ende der Straße um die Kurve biegt.

In der Umkleide legt sie ihren Schutzhelm ab. Kämmt sich vor dem Spiegel kurz die Haare. Zuckt zusammen, als sie ihr Spiegelbild sieht. Sie ist kreidebleich. Sie klopft sich auf die Wangen, kneift hinein, reibt sie. Tom darf nicht sehen, dass sie Angst hat. Was die Bedrohung so Furcht einflößend macht, ist ihre vage, unbestimmte Natur. Sie weiß nicht, wen der erste Schlag treffen wird, aber sie ist sich sicher, dass sie nicht davonkommen wird. Sie fängt Toms Blick im Spiegel auf und lächelt schwach. Weiß er etwa Bescheid?

Zurück in Julies Büro schildert sie ihr noch einmal die Begegnung mit dem Bauern.

»Du solltest den Deal unbedingt in deinem Rechnungsbuch vermerken. Die sind imstande, dich wegen Hehlerei anzuzeigen.«

»Das werden sie bald nicht mehr können«, antwortet Julie. »Demnächst dürfen wir unsere Ware gar nicht mehr bar bezahlen.«

»Ja, aber bis dahin solltest du aufpassen. Die werden sich rächen wollen. Sie sitzen jetzt bestimmt stocksauer bei Gérard und ziehen vom Leder. Diese Kerle denken nicht weiter als bis zu ihrem Bierglas.«

Die beiden Frauen lächeln einander an.

Julie streckt sich auf ihrem Stuhl. »*I am a candy girl*« wölbt sich auf ihrer Brust. Stella legt den Arm um Toms Schultern.

»Na gut … Wir fahren nach Hause. Auf uns warten noch Hausaufgaben, und ich muss das Holz reinholen. Bis morgen!«

Julie winkt ihr zum Abschied zu und beugt sich wieder über ihr Rechnungsbuch.

Es hat aufgehört zu schneien, die Küche ist warm, Suzon hat Holzscheite von draußen hereingeholt, sie in den Herd geschoben und obenauf eine Fenchelsuppe und einen Stieltopf mit Tomatenreis gestellt. Tom hebt den Deckel, schließt die Augen, atmet den Duft von frischen Tomaten und Basilikum ein.

»Hast du immer noch Angst, Stella?«

»Wer hat behauptet, ich hätte Angst?«

»Du hattest Angst … den ganzen Tag über.«

Er braucht sie nicht zu fragen, um das zu wissen. Er legt die Lippen fest um seine Mundharmonika und hört ihre Angst. Der Gang seiner Mutter verändert sich, wenn sie sich bedroht fühlt. Sie schwebt nicht mehr leichtfüßig dahin, zeichnet keine schwungvollen Arabesken in die Luft. Etwas in ihr bringt sie aus dem Tritt. Sie wird brüchig, zerbrechlich. Sie krümmt sich zusammen. Eine Kugel, die sich vor Fußtritten fürchtet.

Stella seufzt. Sie möchte es ihm so gerne ersparen. Will nicht, dass er jemals das unheilvolle Heranwogen der Gefahr kennenlernt. Sie weiß, dass sie es über sich ergehen lassen muss. Die erste Runde geht immer an die Gefahr. Das ist alter Brauch zwischen ihnen beiden.

Sie stellt zwei Schalen und zwei Teller auf den Tisch, schneidet Brot, holt die Wasserkaraffe aus dem Schrank und teilt die Suppe aus.

»Ich habe keine Angst«, sagt Tom. »Du vertraust mir nicht! Aber das solltest du …«

Sie lächelt.

»Du hast recht, mein Schatz.«

»Denn wenn ich Angst bekomme, dann nehme ich einen großen Hammer und schlage sie kurz und klein. Im Ernst! Ich hab keine Angst, sage ich dann, ich hab keine Angst, und stelle mir vor, wie ich auf sie draufhaue.«

»Und das funktioniert?«

»Total gut.«

»Hat Adrian dir das beigebracht?«

»Ja. Und er hat auch gesagt, dass ich auf dich aufpassen soll.«

»Und mir hat er gesagt, ich soll aufpassen, dass du auch immer schön deine Hausaufgaben machst! Also iss jetzt, und dann an die Arbeit.«

Die Katastrophe hat die Nacht abgewartet, um zuzuschlagen.

Sie hat Aminas Stimme angenommen.

Amina hat in dieser Nacht Dienst in der Notaufnahme im Krankenhaus von Sens. Sie hat gegen drei Uhr morgens angerufen. »Stella …«

»Ja.«

»Ich bin's, Amina.«

Sie hat die Stimme des Unheils sofort erkannt und sich unter der warmen, schützenden Decke zusammengerollt. Die unheilvollen Wogen stürzen über sie herein und zerschmettern ihr den Rücken.

»Stella … du musst herkommen. Es ist dringend.«

Sie schafft es kaum, den Hörer ans Ohr zu halten. Ihr ganzer Körper schmerzt. Sie versucht sich zu wehren, aber die Wellen prügeln auf sie ein, rauben ihr den Atem, brechen ihr die Nase, lassen ihre Lippen aufplatzen. Ihr Mund ist voller Blut.

»Es geht um deine Mutter. Sie ist in einem üblen Zustand. Ich weiß nicht einmal, wieso sie überhaupt noch …«

»Ich komme, ich komme sofort.«

»Ich habe sie Doktor Duré zugeteilt. Er ist der Einzige, der sie beschützen kann.«

»Oh!« Sie kann kaum flüstern.

»Stella! Hörst du mich?«

Stella wagt nicht, die Frage auszusprechen. Immer die gleiche Frage, die schon damals unablässig in ihrem Kopf herumkreiste, wenn sie als Kind aus dem Zimmer ihrer Eltern keine Geräusche mehr hörte. In welcher Verfassung ist sie? In welcher Verfassung?

»Es geht ihr sehr schlecht«, fährt Amina fort. »Wir haben sie in ein künstliches Koma versetzt, um sie behandeln zu können. Komm schnell.«

»Ich bin gleich da.«

Sie wartet darauf, dass Amina auflegt.

»Und, Stella … Wir haben einen Zettel in der Tasche ihres Kleids gefunden.«

Stella runzelt die Stirn, ihr Mund füllt sich mit Tränen.

»Hat sie etwas aufschreiben können?«
»Ich weiß nicht, ob sie es war, es ist eine große Schrift.«
»Und was steht auf dem Zettel?«
»100% Turquet.«

Weißt du, woher der Ausdruck ›etwas aus dem Ärmel schütteln‹ stammt?«

Sie schlendern durch die ockergelben und roten Straßen von Siena, Straßen, die einem mit ihrem Auf und Ab den Atem rauben, einem kleine Dolche in die Seiten rammen, die Liebende einander näherbringen und wankende Herzen auseinandertreiben. Philippe hat einen Arm um Joséphines Schultern gelegt und spielt mit dem Riemen ihrer Handtasche. Während er ihr zuhört, entziffert er den Wahlspruch der Stadt, der über der Porta Camollia eingemeißelt ist. COR MAGIS TIBI SENA PANDIT, »Weiter noch öffnet Siena dir sein Herz«. Er denkt gern an den Lateinunterricht in der Schule zurück. Übersetzungen ins Lateinische mochte er nicht besonders, aber die Übersetzungen aus dem Lateinischen machten ihm großen Spaß. Jedes Mal, wenn er sich über Cicero oder Plinius den Älteren beugte, hatte er das Gefühl, einen Kriminalfall zu lösen. Philippe Dupin, Detektiv.

»Na, keine Ahnung?«

Joséphine legt den Kopf in den Nacken. Die bleiche Februarsonne überzieht ihre Augen mit einem nebligen Glanz. Sie möchte jeden Moment auskosten, ihn mit Schönheit und Weihrauch füllen.

»Sag schon … weißt du es oder nicht?«

Er schüttelt den Kopf. Sie richtet den Kopf wieder auf, stellt sich gerade hin, als wollte sie eine Vorlesung halten, verschränkt die Finger und erklärt: »Er stammt aus dem Spätmittelalter. Damals waren die Ärmel der Kleidung so weit, dass man darin

Dinge aufbewahren konnte, die die anderen dort nicht vermuteten. Man hatte ganze Taschen dort eingenäht, und die nutzten dann später auch Gaukler und Taschenspieler für ihre Tricks. So konnten sie plötzlich etwas vollkommen Unerwartetes aus dem Ärmel schütteln.«

»Kennst du noch viele solcher Geschichten über Gaukler und Ärmelschüttler?«, fragt er, und der Kuss, den er auf Joséphines Lippen haucht, schmeckt nach dem Kaffee, den sie in der Trattoria Papei getrunken haben, einem *ristretto*, in dem der Zuckerwürfel aufrecht stehen bleibt, bis er sich allmählich auflöst und den Tassenboden mit einem zähflüssigen Sirup bedeckt.

»Oh, ja!« Seufzend trinkt sie seinen süßen Kuss. »Die Geschichte des Knopfs zum Beispiel …«

Er lächelt, und eine zarte Atemwolke strömt aus seinem Mund.

Kaum zu glauben, dass ich nicht wusste, dass man jemanden auf diese Weise lieben kann, denken sie beide für sich und wagen es nicht, dem anderen ihre treuherzige Verwunderung einzugestehen. Kaum zu glauben, dass ich dachte, man müsste leiden, getäuscht und verletzt werden, müsste unglücklich und berechnend sein, tricksen, schweigen, zweifeln. Alles ist so einfach geworden, seit sie zu mir nach London gekommen ist, denkt Philippe. Seit jenem Abend, als sie unter meinem Balkon stand und Steinchen ans Wohnzimmerfenster warf. Beinahe hätte ich sie nicht gehört. Ich öffnete das Fenster, beugte mich hinaus und … Ich liebe ihn so sehr!, sagt sich Joséphine. Seit jenem Abend, als ich ihm unter seinem Balkon am Montagu Square leise meine Liebe gestand. Ich warf Steinchen und hoffte, er würde ans Fenster kommen … Sie stand im Dunkeln und warf Steinchen, fast hätte ich sie in ihrem weißen Regenmantel nicht gesehen … Das war vor drei Jahren. Er kam herunter, rief: Joséphine!, und ich brachte kein Wort heraus. Die Liebe lässt mich zu Stein erstarren. Stumm, wie gelähmt vor Angst, im nächsten Moment alles zu verlieren.

Auf einem Bein hopse ich zwischen Verzückung und Schrecken hin und her.

»Der Knopf tauchte im zwölften Jahrhundert in Italien auf. Anfangs bestand er aus Koralle, denn er diente als Schmuckstück. Und dann, eines schönen Tages, wurde er nützlich. Er hatte seinen Platz, seine Funktion gefunden. Und ist nie wieder verschwunden. Auch die Gabel stammt aus dieser Zeit!«

Er gibt sich erstaunt, damit sie ihren Vortrag fortsetzt.

»Sie wurde ebenfalls im Mittelalter erfunden und galt der Kirche als Werk des Teufels.«

»Das denkst du dir doch gerade aus, Joséphine!«

»Überhaupt nicht! Die byzantinische Prinzessin Theodora, die die schwere Sünde begangen hatte, ihr Fleisch mit einer zweizinkigen goldenen Gabel zu essen, litt an Brand und starb. Zwar versuchte man, die Infektion aufzuhalten, indem man immer größere Stücke ihres Körpers amputierte. Doch die Prinzessin konnte nicht gerettet werden. Als sie starb, war von ihr nur noch der Rumpf übrig.«

Joséphine macht sich von ihm los, imitiert einen Hofknicks und fordert eine Pause bei Nannini in der Via Banchi di Sopra, hinter der Piazza del Campo.

Sie entwischt ihm, eilt davon und wartet ein Stück weiter an der Ecke zweier abschüssiger Straßen auf ihn, wo auf die Hausfassade das Wappen einer *contrada* gemalt ist. Eine Schnecke. Die *contrada* der Schnecke oder: Achtung, sieh dich vor! Die Schnecke hat recht. Zu viel Glück verdreht ihr den Kopf. Sie muss ihre Atmung beruhigen. Ihr Gehör, ihren Blick schärfen, um die Gefahr zu entdecken, die unter einem großen Baldachin darauf lauert, sie zu vernichten. Denn eines ist sicher: Das hier kann nicht von Dauer sein.

Manchmal wacht sie nachts auf und beobachtet, wie er schläft. Schon drei Jahre, und sie hat sich immer noch nicht daran gewöhnt. Sie berührt ihn sacht mit einem Finger, beinahe verwundert darüber, ihn in ihrem Bett vorzufinden. Sein dichtes, schwarzes Haar, sein fester, geschmeidiger Mund, die gerade Nase, die Muskeln an seinem nackten Rücken, das weiße Laken über seinen braunen Hüften, seine langen Hände … Er wirkt fern, distanziert. Würde er mich erkennen, wenn ich jetzt die kleine rote Lampe anknipste? Sie macht sich absichtlich Angst, erstickt ein nervöses Lachen im Laken. Dann setzt sie sich im Bett auf, wiegt sich hin und her und fragt sich: Jetzt aber mal im Ernst, kann es denn überhaupt sein, dass er mich genauso sehr liebt wie ich ihn?

Das erscheint ihr eine derart absurde Vorstellung, dass sie nicht mehr einschlafen kann. Sehnsüchtig wartet sie auf den Tag, der hinter den Vorhängen heraufdämmert, um ihr inneres Gleichgewicht und ihren klaren Verstand wiederzugewinnen. Quält man sich immer so, wenn man verliebt ist? Verliebt? Sie sollte es lieber »besessen« nennen, »überwältigt«, »in seinen Farben neu eingefärbt«. Die Suche nach dem passenden Wort beruhigt sie. Auf ihren Lippen schmeckt sie die Spur ihres letzten Kusses, und das lindert ihre Zweifel. Begehren kann man nicht vortäuschen, jenes Begehren eines Mannes, das die Frau, auf die es sich richtet, schön macht. Dieses Begehren schmückt auch sie. Wie er seine Arme um sie schließt, wenn sie im Bett liegen … Er umfängt sie, zieht sie eng an seinen Körper, und alles erscheint plötzlich so einfach. Ein Kuss, und alle Fragen verschwinden, ausgelöscht durch diese unumstößliche Tatsache, küss mich, küss mich noch einmal. Die Lust kann zu einer exakten Wissenschaft werden, und sei es nur für die Dauer einer Stunde, einer Nacht. Manches vertrauen einander allein die Körper an. Eine geheime Übereinkunft, geschrieben auf beider Haut.

Und trotzdem fragt sie sich immer wieder, warum. Warum?

Tagsüber ist es noch schlimmer.

Tagsüber … hält sie überall Ausschau nach ihrem Spiegelbild, um zu sehen, ob sie es wert ist, von diesem attraktiven Mann begleitet zu werden. Denn wenn sich seine Arme von ihr gelöst haben, wenn sie der Straße allein gegenübertritt, dem Blick der Frauen und dem Blick der Männer, dann verschwinden alle Gewissheiten. Es scheint, als wohnte plötzlich jemand in ihrem Kopf. Und dieser Jemand ist ihr nicht nur wohlgesinnt! Joséphine bemüht sich nach Kräften, ihn zum Schweigen zu bringen, aber das gelingt ihr nicht immer.

Und dann gleitet sie ab in die Angst.

Sie wagt nicht, den Blick zu heben, aus Furcht, Enttäuschung in Philippes Augen aufblitzen zu sehen. Sie fürchtet, er könnte ein Detail an ihr bemerken, das ihn abstößt. Oder seine Liebe könnte sich eine perfekte Frau vorstellen, eine schönere, klügere Frau, der sie um jeden Preis gleichen muss. Jenem Bild entsprechen, das er heraufbeschwört oder, wenn ich ehrlich bin, das ich selbst heraufbeschwöre. So schön sein zu wollen wie auf einem Foto. Das ist doch idiotisch! Alles wäre so leicht, wenn ich einfach nur ich selbst sein könnte, Joséphine Cortès, ungeschminkt und ungekünstelt, und wenn er mich so lieben würde, wie ich bin.

Wenn mich jemand liebte, dachte ich immer, es sei ein Missverständnis.

Ich dachte, ich wäre bloß ein Lückenbüßer.

Schon seit ich ganz klein war.

Ich überließ Iris das Scheinwerferlicht …

Den vordersten Platz auf den Fotos.

Den besten Platz am Esstisch, im Kino, im Auto.

Ich spielte ihre Zofe. Gehorsam und mit allem einverstanden.

Manchmal erscheint ihr im leicht gewölbten Glas eines Schaufensters oder in einem alten, fleckigen Spiegel ein Geist. Eine schmale dunkle Gestalt mit eisblauen Augen und langem schwarzem Haar, die sie fragt: Was machst du da, Joséphine? Was machst du da? Verwirrt entgegnet sie: Iris? Bist du das? Und dann genügt es, wenn sie sich zu Philippe umwendet und auf seinem Gesicht einen leicht abwesenden, leicht verlorenen Ausdruck bemerkt, es genügt, wenn er sich genau in diesem Moment mit einer Hand über die Augen fährt, als wollte er eine Erinnerung vertreiben, und schon ist ihr Glück wieder völlig ungewiss.

Nachts taucht Iris nicht mehr auf.

Nachts sagt sich Joséphine, dass das Glück keine Ware ist, die man auf den Ladentisch legt, die man abwiegt und kauft, um sie zu besitzen, nein, Glück ist ein Geisteszustand, eine Entscheidung der Seele. Glück bedeutet, die Augen weit offen zu halten und überall danach zu suchen.

Und sie hat beschlossen, glücklich zu sein.

In der Via Banchi di Sopra schaut Philippe zu einer Madonna auf, die über einer Tür an die Hauswand gemalt wurde, und verkündet: »Morgen fahren wir nach Arezzo und sehen uns die Fresken von Piero della Francesca an.«

Joséphine ist einverstanden. Wenn es nach ihr ginge, würden sie vom Palazzo Ravizza zur Piazza del Campo schlendern und unterwegs in den Museen, Kirchen und Cafés haltmachen. Wenn es nach ihr ginge, würden sie jede einzelne Gasse in Siena abwandern, um jeder ihren Stempel aufzudrücken und die Stadt zu ihrem Königreich zu machen.

Es ist Februar, und die Touristenmassen sind noch nicht angekommen. Nebensaison, sagen die Hoteliers gähnend. Philippe und Joséphine haben es sich im Palazzo Ravizza bequem gemacht. Die Besitzerin hat ihnen das größte Zimmer gegeben, mit schweren grünen Vorhängen an den Fenstern, hohen Decken und dorischen Säulen, die den Raum wie einen römischen Palast anmuten lassen. In Siena haben sie dieselbe Adresse, übernachten im selben Zimmer, schlafen im selben Bett. Aber sonst lebt er in London und sie in Paris.

Bevor sie nach Siena gekommen sind, haben sie einen Zwischenstopp in Florenz eingelegt.

Im Savoy, einem derart eleganten Hotel, dass sie nicht mehr

wusste, wie sie sich verhalten sollte. Sie starrte auf ihre Schuhe und fand sie armselig. Schuhe, um damit durch Brennnesseln und matschige Wiesen zu stapfen.

Das Mädchen am Empfang war groß, blond und balancierte auf hohen Absätzen. Wie geschaffen für das Glück. Sie passte perfekt zu den weißen Blumensträußen, den Sitzbänken aus weichem Leder, der Holztäfelung und dem zarten Parfüm der Duftkerzen.

Bei ihrem Eintreffen hatte sie sie mit einem strahlenden Lächeln begrüßt. Herzlich willkommen, Monsieur Dupin. Madame … Danach hatte sie Joséphine ignoriert, sie zu einer bloßen Statistin degradiert. Eine Wanderin, die nach Schweiß, Anstrengung, schlampig rasierten Waden und abgekauten Fingernägeln roch.

»Wir freuen uns, Sie wieder bei uns begrüßen zu dürfen, Monsieur Dupin«, hatte sie nach einer kurzen Pause hinzugefügt. »Die Villa Kennedy in Frankfurt und das Hotel Amigo in Brüssel haben Ihnen also zugesagt?« Mit einem breiten verschwörerischen Lächeln nannte sie die Namen der Hotels ihrer Kette. Joséphine schrumpfte in ihren staubigen Schuhen zusammen. Unwillkürlich musste sie an diese Häuser denken, in denen er mit Iris oder einer anderen, ebenso schönen Frau abgestiegen war. Sie hatte den Blick gesenkt und war einen Schritt zurückgetreten. Hätte am liebsten den Mantel gewechselt, die Handtasche gewechselt, ihre abgenagten Fingernägel ausgetauscht, den zu langen Pony geschnitten …

Philippe stockte. Sein Zeigefinger hämmerte auf den hellen Holztresen. Ein verlegenes Schweigen dehnte sich zwischen ihnen aus. Die junge Frau wartete ab und zog verwundert die Augenbrauen hoch. Ihr Lächeln erstarrte.

»Signorina«, sagte Philippe schließlich, »wir haben es uns anders überlegt. Wir fahren sofort weiter nach Siena. Bitte stornieren Sie unsere Reservierung.«

Er ließ ihr Gepäck zurück in den Mietwagen bringen, und sie fuhren los.

Im Regen.

Die Scheibenwischer klangen wie unwirsche Taktstöcke. Tschong, tschong, tschong, gaben sie boshaft und schroff den Takt vor, spotteten über ihre Schuhe, ihren unförmigen Mantel, ihr blaustrumpfiges Akademikerwissen.

Wortlos und mit verschlossener Miene fuhr er nach Siena. Siebzig Kilometer Schweigen. Der Regen überschwemmte die Straße und verdunkelte den Himmel. Joséphine schwieg. Sie rieb ihre Schuhe am Saum ihres Mantels, versteckte ihre Fingernägel in den Ärmeln ihres Pullovers, biss sich auf die Lippen. Sie hatte in dieser Hotellobby offensichtlich fehl am Platz gewirkt. Er hatte es vorgezogen, die Flucht zu ergreifen.

Sie verspürte den Drang, sich zu entschuldigen, und streckte eine Hand nach ihm aus… Er warf ihr einen flüchtigen, verärgerten Blick zu. Da schwenkte Joséphines Finger zum Heizungsknopf ab, und sie tat so, als drehe sie die Temperatur herunter.

Es gibt kein Heilmittel gegen dieses Mysterium des geliebten Mannes, der unversehens zu einem Fremden wird, eben weil man ihn liebt und weil man durch die Liebe zu ihm die Fähigkeit zu klarem Denken verliert. Man prallt gegen eine schmerzhafte Mauer, die man nicht einzureißen vermag.

Als sie im Palazzo Ravizza in Siena ankamen, schaukelte hinter der Rezeption ein alter Herr auf einem Stuhl. Ein alter Herr in altmodischem Aufzug, mit einer offenen Weste über dem etwas runden Bauch und spärlichem Haar, das vergeblich einen kahlen Schädel zu verdecken suchte, indem es ein dünnes Spinnennetz darüber wob. Philippe erklärte, dass er ein Zimmer reserviert habe und sie ein wenig früher kämen, als vorgesehen, ob das ein Problem sei? Ganz und gar nicht, sagte der alte, verblühte Herr, während er aufstand und an seiner Weste zupfte; er rief die Besitzerin des Hotels an, um ihr zu sagen, dass *signore* und *signora* Dupin eingetroffen seien. Könne man ihnen das Zimmer schon geben, oder sei es noch belegt? *Certamente*, antwortete die Besitzerin.

Und so standen sie kurz darauf in dieser riesigen Suite mit Blick auf die toskanische Landschaft und die Eiben, die kerzengerade aufragten wie kleine Lakritzstangen. Sie waren die einzigen Gäste auf dieser Etage und konnten ungestört durch eine Flucht von Salons schlendern, sich auf dick gepolsterte Sofas fallen lassen, einen alten Flügel öffnen, in Partituren blättern oder sich an Kamine setzen, die so hoch waren wie die Tore von Burgtürmen.

Das Orchester spielte den Walzer aus dem *Leoparden*, Burt Lancaster eröffnete den Ball mit Claudia Cardinale, Joséphine tanzte in ihren armseligen Schuhen. Der alte Palast schüchterte sie nicht ein, und auch nicht der Herr mit dem Spinnennetz auf dem Kopf.

Dieser hatte ihr Gepäck abgestellt, die Bar und die Kleiderschränke geöffnet, ihnen das Bad und den Tresor gezeigt und ihnen den Schlüssel gereicht, dann war er wieder nach unten gegangen, vornübergebeugt, als trüge er die Last der ganzen Welt auf seinen Schultern.

Philippe hatte Joséphine auf das große Bett gezogen, hatte sie in seine Arme geschlossen und geflüstert: Willkommen im Palazzo Ravizza, *bella ragazza*. Sie hatte die Nase an seiner Schulter vergraben.

Er war ihr nicht böse.

»Wir brauchen noch ein Geschenk für Zoé«, sagt Philippe. »Eine schöne Lederhandtasche, ein Paar Ohrringe, einen Regenschirm?«

Joséphine lacht schallend auf.

»Warum lachst du?«

»Weil du ›Regenschirm‹ gesagt hast und …«, fügt sie ganz leise hinzu, »weil ich glücklich bin.«

Er zieht sie an sich. Sie wünschte, er würde antworten, dass er auch glücklich sei. Doch er bleibt stumm, hält sie nur fest, einen Arm um ihre Taille gelegt. Aber dieser Arm, der mich hält, ist ein Beweis. Er ist genauso viel wert wie eine Liebeserklärung.

Wenn Shirley sie fragen würde, was sie an ihm liebt, dann würde sie die Arme ausbreiten und sagen: Alles, alles, alles. Und was noch? Shirley würde Einzelheiten fordern, präzise Adjektive. Dann würde Joséphine anfangen zu stottern. Ich weiß es nicht, ich finde ihn gut aussehend, attraktiv … und außerdem liebe ich seinen Blick, seine Aufmerksamkeit, die Eleganz seines Körpers und seiner Seele. Er sieht mich an, und ich werde zu jemand Besonderem, Einzigartigem. Ach, Geschwätz! Kitsch und Sentimentalitäten!, würde Shirley schrill protestieren. Ein Mann und eine Frau, das bedeutet Erschauern, Sex, wilde Leidenschaft, eine Hand, die sich in einem Nacken verkrallt, ein zubeißender Mund, Schreie, Stöhnen, kurzum: die Feuersbrunst einer römischen Arena. Dann, würde Joséphine errötend weitersprechen, dann ist es sein Geruch. Wenn ich in seinen Armen liege und den Duft seines Körpers rieche, dann bin ich wie berauscht, ich fühle mich wie ein Raubtier. Aber was noch?, würde Shirley, entnervt von der prüden Langsamkeit ihrer Freundin, seufzend nachhaken. Ich liebe seine Haut, sie ist so sauber und appetitlich, ich liebe es, wie sie sich anfühlt. Wie, appetitlich? Schmeckst du an ihm, leckst du an ihm, reibst du dich an ihm wie an einem Feuerstein? Das geht dich nichts an! Erzähl mir etwas, Joséphine! Wenn nicht das, dann etwas anderes! Ich liebe seine Stimme … wenn wir uns lieben, wenn er zu mir spricht, wenn er mit gebieterischer Stimme befiehlt, warte, Joséphine, oder wie ein Bettler meinen Namen flüstert. Komplett bescheuert!, würde Shirley entgegnen und in lautes Gelächter ausbrechen. Meine arme Joséphine! Nein, nenn mich nicht »arme Joséphine«! Nachts, in seinen Armen, da bin ich eine Königin. Die Königin einer Karawanserei. Ich bin zu allen Kühnheiten bereit, wenn er leise meinen Namen sagt oder mir zuflüstert: Du bist schön, du bist so zart, du bist meine zweite Haut … Aha, jetzt wird es allmählich interessanter, würde Shirley zugeben. Und kämpft ihr miteinander? Packt er dich, spießt er dich auf, schlägt er seine Reißzähne in dein Fleisch? Überhaupt nicht! Wir lösen uns auf, wir öffnen Breschen, in die wir uns verzaubert vorwagen, wir erfinden tausend Zärtlichkeiten, tausend Erwartungen, die in ein Feuerwerk münden, welches mich verzehrt, mich emporhebt, welches in meinem ganzen Körper aufsteigt und … und ich stoße einen so rauen, so unbeherrschten Schrei aus, dass mein Kopf zerplatzt, und zuletzt, zuletzt … sinke ich dahin. Danach habe ich Schmetterlinge im ganzen Körper, und ich weiß nicht mehr, wo Norden und Süden sind.

Dann würde Shirley schweigen. Beeindruckt. Ich verneige mich vor dir, würde sie sagen. Doch dann würde sie pingelig nachfragen: Jedes Mal?

Ja, würde Joséphine sagen, jedes Mal.

Und das würde sie endgültig zum Schweigen bringen. Fast jedenfalls.

Es ist schwer, Shirley zum Schweigen zu bringen.

»Und wir kaufen auch ein Geschenk für Shirley«, sagt Joséphine.

»Versprochen. Zoé, Shirley. Für Hortense auch?«

»Hortense und Gary. Wir dürfen Gary nicht vergessen!«

»Und Alexandre und Becca …«

»Für Becca einen Schal. Und weil Iphigénie auf Du Guesclin aufpasst, bekommt sie … ein *panforte* auf einer dünnen Oblate, voller Trockenobst, Honig, Zucker und Zimt. Ist es noch weit bis zu Nannini?«

»Wem möchtest du denn noch eine Freude machen?«

»Marcel, Josiane. Und Junior … Ich mag Junior so gern! Niemand versteht ihn. Ich bin mir sicher, dass er darunter leidet, so anders zu sein. Weißt du, dass er es sich in den Kopf gesetzt hat, Energie zu erzeugen? Und Hortense hat mir versichert, dass er es auch schaffen wird.«

In dem leisen Lächeln, mit dem er sie mustert, schimmert Begehren durch, und Joséphine hat nur noch einen Wunsch: auf ihr großes Bett im Palazzo Ravizza zurückzukehren.

Über den Crete geht die Sonne auf. Bleiches Tageslicht trifft auf die Fensterscheiben. Sie wachen auf, lächeln, als sie bemerken, dass sie eng umschlungen daliegen. Drehen sich ins Licht, das nach und nach die Bleiglasfenster erobert und Flämmchen in den farbigen Scheiben aufleuchten lässt.

Joséphine liegt reglos und aufmerksam da. Sie will diesen Moment packen und ihn in einen perfekten Augenblick verwandeln. Eine Minute Glück, die sie in einen Flakon abfüllt.

Ihr Blick fällt auf den Nachttisch, wo Philippes Uhr liegt.

Acht Uhr siebenundzwanzig.

Sie kneift die Augen zusammen und beginnt mit der Bestandsaufnahme. Der Seifenduft der Bettlaken, der weiße, etwas raue Stoff an ihrer Nase, Philippes Hand, die ihren Rücken streichelt, Schritte auf dem Kies im Garten, ein zwitschernder Vogel, ein zweiter, der ihm antwortet, eine Stimme auf dem Flur, eine Putzfrau, die einen Eimer, einen Besen abstellt, eine Tür, die im Stockwerk über ihnen zuschlägt, *buon giorno*, ruft ein Mann vor dem Fenster, Philippes Mund an ihrem Ohr, seine Lippen, die an ihrem Hals hinabwandern, die Wärme seiner Arme, die braunen Härchen auf seinen Handgelenken …

Sie senkt die Lider, um diese Reichtümer zu versiegeln. Damit sie nie wieder entschwinden. Es ist so leicht, sich sein eigenes Glück zu schaffen, sagt sie sich, zusammengerollt in der Wärme dieser perfekten Minute.

Sie schlägt die Augen wieder auf.

Acht Uhr achtundzwanzig.

Sie schauen einander an, spielen mit ihren verschränkten Händen. Er streichelt jeden einzelnen ihrer Finger, zieht daran, küsst sie einen nach dem anderen, öffnet ihre Handfläche, hebt sie an seine Lippen, schmeckt sie, drückt einen langen Kuss darauf.

»Schließ die Augen …«, befiehlt Philippe.

Sie gehorcht, und ihr Mund zittert.

Seine Lippen senken sich auf die ihren herab, ergreifen von ihnen Besitz, fordern einen Kuss. Sie erschauert, spannt sich in Erwartung einer Liebkosung, eines Befehls, sie weiß nicht mehr, was sie erwartet.

Er schiebt eine Hand in ihr Haar. Drückt ihren Kopf in den Nacken. Sie stöhnt auf. Und schon bald taucht der helle Tag das gesamte Bleiglasfenster in sein goldenes Licht.

»Geht es dir gut?«, fragt er und zieht das Laken fester um sie, damit ihr nicht kalt wird.

»Ja, sehr.«

Sie scheint nachzudenken, rollt den Saum des Lakens zwischen ihren Fingern.

»Du warst so wütend in Florenz. War das meine Schuld?«

»Ich hätte dieses junge Ding am liebsten geohrfeigt. So eine Unverschämtheit!«

»Du hast meine Frage nicht beantwortet …«

Er schweigt einen Moment. Versucht sie abzulenken, indem er in ihr Haar pustet.

»Wenn man alles spürt«, fährt Joséphine fort, »dann bemerkt man jedes noch so kleine Detail, und es scheuert einem die Haut auf. Das ist einfach so. Manche Menschen stecken in einem Krokodilpanzer und andere in einer empfindlichen Haut.«

Sie schiebt einen Finger in die Falten des Lakens, spielt mit der Stickerei, um ihrer Verwirrung Herr zu werden. Um den Mut aufzubringen weiterzureden.

»Du warst in Florenz wütend auf mich.«

Er macht sich los, richtet sich auf, streicht ihr über die Schulter.

»Wütend? Das wäre zu viel gesagt …«

»Verärgert?«

»Ja.«

»Weil ich weder die passenden Schuhe noch den …«

Ihre Stimme klingt furchtsam, und Zorn wallt in ihm auf.

»Deine Schuhe sind mir so was von egal!«, fällt er ihr ins Wort.

Er nimmt Joséphines Kinn zwischen seine Finger und zwingt sie, ihn anzusehen.

»Es ist mir egal, dass du keine schicken Pumps hast, nicht die aktuellste Handtasche, keine Uhr von einem bekannten Juwelier, manikürte Fingernägel oder geglättetes Haar … Was ich nicht ertrage, ist, dass du dich vor einer blonden dummen Pute so kleinmachst. Dass du dich vor sämtlichen dummen Puten kleinmachst, ganz gleich, ob blond oder brünett!«

Ein Schatten legt sich über sein Gesicht, seine Kiefer verkrampfen, er kneift die Nasenflügel zusammen, runzelt die Stirn, und sein Blick wird stechend.

Sie sieht niedergeschlagen zu Boden.

»Ich wusste es«, entfährt es ihr.

Da entringt sich ihm der wütende, heisere Aufschrei eines Mannes, der sich schon lange beherrschen musste.

»Joséphine, wie soll dich jemand lieben, wenn du dich selbst so gering schätzt? Wie soll ich dich lieben, wenn du dich selbst nicht liebst?«

Joséphine hat sich von ihm losgemacht. Sie tastet nach der Decke, um sich darin einzuwickeln, ihr ist kalt, ihr schwirrt der Kopf. Es fühlt sich an, als klaffte in ihrem Körper ein Abgrund, den sie in rasendem Tempo hinabstürzt.

»Liebst du mich nicht mehr?«

»Ich hasse es, wenn du so bist.«

»Aber …«

Aber ich war doch schon immer so, möchte sie sagen, und das weißt du! Ich kleide mich schlecht, kann mich nicht frisieren, mich nicht schminken, ich bin keine strahlende Erscheinung, fühle mich nicht in jeder Umgebung wohl, ich bin nicht schön wie …

Verzweifelt schaut sie ihn an.

»Na los, sag es …«, fordert er provozierend. »Sag es!«

Seine Stimme ist kalt. Ein Kübel voll Eiswasser. Stumm schüttelt Joséphine den Kopf.

»Dann sage ich es dir! Du glaubst, du wärst nicht so schön wie Iris, so elegant wie Iris, so glanzvoll wie Iris … und dass ich dich deswegen nicht lieben könnte! Aber weißt du was? Das ist gerade der Grund, warum ich dich liebe. Ich liebe dich, weil du das genaue Gegenteil deiner Schwester bist. Weil du ein Herz hast, weil du eine Seele hast, weil du vor einem Gemälde innehältst und eine Stunde mit offenem Mund davor stehen bleibst, weil du zu lachen anfängst, wenn ich ›Regenschirm‹ sage, weil du mit beiden Füßen in Pfützen springst, weil du einen elenden, verlausten Hund von der Straße auffliest und ihn adoptierst, weil du zu den Sternen sprichst und daran glaubst, dass sie dich hören, weil man sich, wenn du einen liebst, wie der König der Welt fühlt. Darum liebe ich dich, und ich könnte noch zehntausend weitere Gründe finden. Ach ja, ich liebe es zum Beispiel, wie du Radieschen isst, du fängst an der Spitze an und knabberst hoch bis zu den Blättern. Aber, Joséphine, ich ertrage es nicht länger, dass du dich ständig erniedrigst, dass du dich immer nur hässlich und wertlos findest! Ein Mann braucht das Gefühl, eine Göttin im Arm zu halten, keine traurige Bettlerin. Verstehst du das?«

Joséphine schüttelt den Kopf. Sie möchte ihm sagen, dass es dafür zu spät ist, dass sie schon immer die falschen Schuhe und den falschen Mantel getragen hat, dass sie auf High Heels nicht laufen kann. Wie soll man sich ein Diadem auf den Kopf setzen, wenn man sich sein Leben lang in Brennnesseln gewälzt hat?

»Neulich in Florenz, da fand ich mich so hässlich, verglichen mit diesem Mädchen. Dreckig und hässlich.«

»Dreckig?«

»Ja.«

»Passiert dir das oft?«

Sie zuckt mit den Schultern. Sie ist auf der Hut. Sie will sich nicht von dieser nervösen Rührung übermannen lassen, die ihr beim Gedanken an gewisse Kindheitserinnerungen die Tränen in die Augen treibt. Sonst wird sie zu einem sprudelnden Quell, und sie verabscheut Leute, die ständig in Tränen ausbrechen.

»Passiert dir das oft?«, wiederholt er, über sie gebeugt.

»Ach, ich bin es gewohnt!«

»Sag es mir, los, sag es mir oder ich fessle dich.«

Und er schlingt beide Arme um sie.

»Ich habe das Gefühl, ich wäre es nicht wert, dass sich jemand für mich interessiert.«

»Und warum?«

Sie will nicht darüber reden. Nicht jetzt. Sie will das Unglück nicht heraufbeschwören. Es könnte schneller wieder da sein, als ihr lieb ist.

»Sollen wir runtergehen und frühstücken?«

»Wirst du mir irgendwann antworten?«, beharrt Philippe.

»Irgendwann ...«

Sie haben Kaffee getrunken und die *bruschette*, den rohen Schinken, das Rührei und die Pecorinoscheiben vertilgt. Als Joséphine Marmelade auf eine Scheibe Toast streicht, tropft etwas davon auf ihr Buch. Sie schreit leise auf und macht sich daran, die bebilderte Seite zu säubern. Philippe liest Zeitung und übersetzt für sie die Überschriften. Sein Handy klingelt, er entschuldigt sich und nimmt das Gespräch an, das ist das Büro, sagt er im Aufstehen und geht davon.

Vom Speisesaal aus bemerkt Joséphine in der Ferne ein Licht über den Crete, und sie geht nach draußen in den Garten, um die schräg einfallenden Sonnenstrahlen zu betrachten, den prächtigen Farbenfächer, der sich über die runden Hügelflanken breitet. Merkwürdige Hügel sind das! Kahl, glatt und faltig. Sie sehen aus wie die Schädel alter Chorherren, die sich in einem Refektorium über ihre Teller beugen und Gebete vor sich hin murmeln. Gott ist allgegenwärtig in dieser von Spiritualität durchdrungenen Landschaft.

Die Wolken sind verschwunden, es bleibt nur noch das sanfte, schmeichelnde, klare toskanische Licht, das die gesamte Landschaft in ein Museum verwandelt. Man könnte jedes Haus, jeden Kirchturm, jedes Kreuz ausschneiden und an die Wand hängen. Das Orangerot eines Dachs verschmilzt mit dem strahlenden Grün eines Wäldchens, welches sich von einer Ruine abhebt, deren moosbedeckte Steine mit blauen und weißen Blumen übersät sind.

In ungläubigem Staunen reißt Joséphine die Augen auf. So viel Schönheit wie beiläufig dorthin geworfen!

Lucien Plissonnier, mein liebster Papa, bist du da? Ich stelle mir gern vor, wie du aus den Wolken eine Hand nach mir ausstreckst. Ich muss mit dir reden, jetzt sofort.

Sie hebt den Kopf zum sternenlosen Himmel und sieht nur die Sonne. Die Sonne und faserige weiße Wölkchen.

Sie setzt sich an einen Tisch und legt ihr Buch darauf ab, *Mon musée imaginaire ou les chefs-d'œuvre de la peinture italienne* von Paul Veyne. Ein dickes Buch über die Meisterwerke der italienischen Malerei, das Abbildungen der schönsten Gemälde von Giotto bis Tiepolo versammelt. Fünf Jahrhunderte voller Wunder. Obwohl es so schwer ist, schleppt sie es überall mit hin. In Kirchen und Museen liest sie Philippe daraus vor. Er ergänzt ihre Passagen um eigene Anmerkungen, verweist auf die unterschiedlichen Nuancen von getöntem Weiß in den Gemälden, auf die Perspektiven, wusstest du, dass die Perspektive hier in Italien erfunden wurde? Während fünf Jahrhunderten hat Italien eine wahre Flut an Genies hervorgebracht. Und im gleichen Zeitraum verspürten auch die flämischen und holländischen Maler diese Begeisterung, diesen überwältigenden Drang nach Erneuerung und Farben, diese unvorstellbare Lust am Malen. Sie hört ihm zu, und die Gemälde werden lebendig, tausend Hinweise versetzen sie mitten hinein ins Glück. Das Glück, anders zu sehen, weil er sie zu sehen lehrt.

Doch als sie an diesem Morgen allein im Garten sitzt, inmitten des bebenden Widerscheins von Rosa-, Grün- und Orangetönen, da hat sie etwas anderes im Sinn: Sie will das Buch befragen und ihren Vater um Rat bitten.

Wenn die Gestirne nicht am Himmel funkeln, wenn der kleine Stern am Ende des Großen Wagens nicht zu sehen ist, wenn er ihr nicht zublinzeln kann, dann befragt sie die Bücher. Sie dienen ihr als Sternenhimmel. Sie stellt eine Frage, tippt mit dem Finger aufs Geratewohl auf eine Seite und liest das Wort, das ihre Frage beantwortet.

Manchmal begnügt sie sich mit einem einzigen Wort. Manchmal bildet sie ganze Sätze. Das Wort, das seit ein paar Tagen am häufigsten unter ihrem Finger auftaucht, ist »Hälfte«.

Hälfte, Hälfte, Hälfte.

Sie versucht zu begreifen. Habe ich in Philippe meine zweite Hälfte gefunden? Bin ich an der Hälfte meines Weges angelangt? Zur Hälfte glücklich?

Diesmal fällt ihr Finger in den Gärten des Palazzo Ravizza auf »kinderreiche Familie«. Sie lächelt. Man kann schwerlich behaupten, sie und Philippe hätten eine kinderreiche Familie! Drei Kinder insgesamt, das ist alles andere als ein großer Clan.

Sie versucht es noch einmal, und ihr Finger trifft auf »Familie«.

Gut, sagt sie sich, es geht also um die Familie.

Sie tippt erneut und liest »Hälfte«.

»Schon wieder!«, ruft sie. Die Hälfte einer Familie?

Na los, noch ein letzter Versuch. Es ist zu vage, ich kann mir keinen Reim darauf machen. Sie schließt die Augen, schafft wieder Leere in ihrem Kopf, atmet tief ein, tippt mit dem Finger auf die Seite und … sieht das Wort »Schwester«.

Joséphine wird bleich. Familie, Hälfte, Schwester. Kann es sein, dass gar nicht ihr Vater zu ihr spricht, sondern Iris? Iris, die ihr in Schaufenstern erscheint, die sie daran erinnert, dass sie nur die Hälfte von Philippes Liebe bekommt, dass die andere Hälfte ihr zusteht?

Als sie sich anschickt, ein letztes Mal ihren Finger auf die

Seite niederfahren zu lassen, hört sie Philippes Schritte auf dem Kies und klappt das Buch zu.

»Alles in Ordnung?«, fragt sie und bemüht sich, ihren inneren Aufruhr zu verbergen.

Familie, Hälfte, Schwester. Familie, Hälfte, Schwester.

»Ja. Nichts Besonderes. Gwendoline schmeißt den Laden, als wäre sie selbst der Chef. Und ich habe Becca angerufen. Am Murray Grove ist auch alles in Ordnung. Sie lässt dich grüßen. Bist du fertig?«

»Wohin fahren wir?«

»Nach Arezzo. Ich kenne da ein kleines Restaurant, dessen Besitzer mich lange vor ein Rätsel gestellt haben. Ich will sehen, wie scharf dein Blick ist … und ob du das Geheimnis dieses Paares lüftest.«

Sie wohnen nicht zusammen.

Sie weiß fast nichts über sein Leben in London. Nur das, was er ihr zu zeigen bereit ist, das, was sie während zu kurzer Wochenenden aufschnappt. Freitagabends Eurostar, am späten Sonntagnachmittag wieder Eurostar.

Denn sie lebt in Paris.

Weil sie eines Tages beschlossen hat, nach Frankreich zurückzukehren. Weg vom Montagu Square, von Becca, von Alexandre, von Annie.

Und von Philippe.

Es war ein Freitag im April.

Joséphine und Zoé wohnten seit fast sieben Monaten in London.

Du Guesclin hatten sie bei Iphigénie in Paris lassen müssen. Regungslos hatte er ihnen nachgesehen, die Pfoten ordentlich nebeneinander auf der Schwelle der Pförtnerloge, und in seinem Blick hatte eine tiefe, traurige Weisheit gelegen. Ich komme wieder, Doug, hatte sie ihm zugeflüstert, ich komme wieder zurück, ich lasse dich nicht im Stich, aber es ist so kompliziert, einen Hund nach England mitzunehmen. Bei Iphigénie wird es dir gut gehen, die Kinder vergöttern dich, sie werden dich verwöhnen, und ich komme ganz oft zurück, um dich zu besuchen, versprochen. Er musterte sie streng, als wüsste er ganz genau, dass sie log. Sie hatte weiter auf ihn eingesprochen. Ihrer Lügen überdrüssig, hatte er schließlich den Blick gehoben und einen Punkt irgendwo über Joséphine fixiert. Schluss mit dem Gejammer, schien er zu sagen, tu, was du tun musst, pack deine Sachen und geh, ich habe früher allein gelebt, ich schaffe das auch jetzt wieder. Voller Scham darüber, ihn einfach zurückzulassen, war Joséphine aufgestanden.

Auch Zoé hatte davon überzeugt werden müssen, dass Gaëtan sie so oft besuchen kommen würde, wie er wollte und konnte. Joséphine würde seine Zugfahrkarte bezahlen. Gaëtans Mutter war einverstanden gewesen. Das ist nicht mein Problem, hatte sie gesagt, fragen Sie Gaëtan, er soll das entscheiden … Ich, wissen Sie … Und mit einer vagen Handbewegung hatte sie zu verstehen gegeben, dass sie nicht mehr wusste, woran sie noch war. Sie und ihr Sohn lebten in einer kleinen Wohnung im neunzehnten Arrondissement. Nach zahlreichen traurigen Erlebnissen hatte sie schließlich eine Stelle in einer Schreibwarenhandlung gefunden. Sie war ganz verrückt nach Schulbedarf. Das beruhigte ihre Nerven.

Damals war Zoé sechzehn gewesen. Und sie hatte sich geweigert, nach London zu ziehen. Was soll ich denn da? Ich will in Paris bleiben! Du hast kein Recht, einfach so über mich zu bestimmen! Mit roten Wangen, wütend gefurchter Stirn und zornglühenden Augen. Sie hatte geschrien, sie hatte geweint, sie hatte Joséphine angefleht, sie war in Hungerstreik getreten, in Schulstreik, in Kuschelstreik, in Redestreik … aber schließlich hatte sie sich der Unnachgiebigkeit ihrer Mutter beugen müssen. Unter Protest. Ich hasse alle Erwachsenen! Liebesmörder! Traumzerstörer! Traurige Vertreter blinder Herrschaft! Sie hatte sich in ihren Verwünschungen sehr gewählt ausgedrückt, damit nur ja niemand glaubte, sie improvisiere. Nein, all das dachte sie wirklich, sie wog es ab, verpackte es in Worte und schleuderte es ihnen als brennende Pechströme entgegen. Glaubt ja nicht, ihr hättet gewonnen, ruht euch bloß nicht auf euren Lorbeeren aus, ich werde mich rächen, ich werde euch das Leben zur Hölle machen! Und sie kniff den Mund drohend zusammen wie ein Gendarm.

Joséphine hörte ihr hilflos zu, versuchte, eine Bresche zu öffnen, einen Aufschub auszuhandeln. Sie schlug eine Probezeit vor, sagte: Wir reden in drei Monaten noch einmal darüber, in drei Wochen, drei Tagen … drei Stunden?

Philippe öffnete den Kühlschrank und aß ein Stück Käse, schenkte sich ein Glas alten Bordeaux ein, griff nach der Zeitung und ging zum Lesen ins Wohnzimmer. Sie ist deine Tochter, ich mische mich da nicht ein.

Zoé hatte lange geschmollt und dann eines Tages klein beigegeben, ohne dass Joséphine wusste, wieso. Ich kann es kaum erwarten, endlich achtzehn zu sein, hatte sie immer wieder gesagt, ich kann es kaum erwarten, endlich achtzehn zu sein! Dann bin ich volljährig und frei. Und dann werdet ihr schon sehen, was ihr davon habt!

Joséphine hatte zwei Jahre Aufschub.

Zoé konnte nicht lange wütend sein.

Von flammenden Verwünschungen war sie zu demonstrativem Leiden übergegangen. Sie stand tausend Qualen aus. Tastete ihren Bauch ab, fühlte ihren Puls, hielt sich mit beiden Händen den Kopf, streckte die Zunge heraus, in der Hoffnung, sie möge schwarz von Galle sein, verlangte einen Arztbesuch, ein Attest, das ihr schwarz auf weiß beweisen würde, dass sie gesund sei. Mit dem kostbaren Dokument in der Hand erholte sie sich allmählich, schleppte ihren Kindfrauenkörper in betont undurchdringlicher Schwermut dahin, und Joséphine beobachtete lächelnd, wie ihre heftigen Ausbrüche Stück für Stück matten, geheimnisvollen Posen wichen.

Es gab immer noch Abende, an denen Zoé nicht einschlafen konnte. Wie soll ich schlafen, wenn mein Körper will, aber mein Kopf sich weigert? Dann setzte Joséphine sich auf ihr Bett, legte eine Hand auf den Bauch ihrer Tochter und wartete.

Sie sah, wie die frischen, rosigen Lider schwer wurden, wie sie bebten, bis sich der Vorhang aus wirren schwarzen Wimpern schloss. Und Zoé schlief ein, die Nase an Nestor, ihr verwaschenes, unförmiges Kuscheltier, gedrückt.

Joséphine betrachtete das runde, süße Gesicht, den Mund mit den heruntergezogenen, schmollenden Mundwinkeln und dachte bei sich, meine sechzehnjährige Tochter bekämpft mich, weil sie einen Freund hat. Meine sechzehnjährige Tochter, die mich bekämpft, weil sie einen Freund hat, schläft mit dem schalen, fast schon abstoßenden Geruch ihres alten Kuscheltiers in der Nase ein.

Zoé besuchte die französische Schule. Die elfte Klasse des sprachlich-literarischen Zweigs.

Alexandre besuchte die französische Schule. Die elfte Klasse des naturwissenschaftlichen Zweigs.

Sie waren unzertrennlich.

Abends steckten sie in einem ihrer Zimmer die Köpfe zusammen. Sie hörten die gleiche Musik, liefen auf der Straße wie siamesische Zwillinge, weil sie ihre Kopfhörer gemeinsam benutzten. Sie verwendeten eine Geheimsprache, die Joséphine mit Ratlosigkeit erfüllte. Sie riefen: *High five,* und schlugen die erhobenen Hände gegeneinander. Er nannte sie Zouille, sie nannte ihn Louxi. Luxor?, fragte er. Sie antwortete: Nofretete.

Joséphine war nicht sicher, ob sie verstand, was sie meinten.

Alles schien sich beruhigt zu haben.

Morgens verließen sie das Haus, nachdem sie, noch die letzten Kleider überstreifend, eine Tasse warmen Kakao getrunken und gebutterten Toast gegessen hatten, den Annie ihnen schimpfend servierte. Es gehöre sich nicht, im Stehen zu frühstücken, man müsse sich ordentlich hinsetzen und richtig kauen. Und sie sollten ihren Orangensaft trinken, wegen des Vitamin C. Sie antworteten mit vollem Mund, dass sie keine Zeit hätten, dass sie mal eine andere Platte auflegen solle, jeden Morgen die gleiche Leier, wir sind ja schon weg, Annie!

»Apropos weg, was sagt ein Engländer nach einem Rinderdiebstahl?«

Annie dachte nach, die Hände vor dem Bauch verschränkt.

»Oxford«, kreischte Zoé.

»Wie geistreich«, brummte Annie. »Trink deinen Saft.«

»Und weißt du …«, setzte Alexandre, eine Toastscheibe verschlingend, hinzu, »warum es keine Mammuts mehr gibt?«

»Man spricht nicht mit vollem Mund!«

»Weil es auch keine Papputs mehr gibt!«

Beim Anblick von Annies verständnisloser Miene brachen sie in schallendes Gelächter aus.

»Und kennst du den Unterschied zwischen Gott und einem Lehrer?«

Annie verdrehte die Augen.

»Gott weiß alles!«, riefen sie wie aus einem Mund. »Aber der Lehrer weiß es besser!«

Sie schlugen die erhobenen Hände gegeneinander. *High five! High five!*

Dann schnappten sie sich Mantel, Schal und Schultasche und rannten zum Bus. Den 98er, den 6er oder eine der anderen Linien Richtung Hyde Park und dann noch ein kurzer Spaziergang durch den Park nach South Kensington, wo ihre Schule lag. Zoé schimpfte, sie ging nicht gern zu Fuß. Aber Alexandre bestand darauf, dann würde sie auch keine fette Tonne werden.

»Ich bin keine fette Tonne!«, rief Zoé wütend.

»Ja, weil ich dafür sorge, dass du ab und zu auch mal zu Fuß gehst.«

»Dafür hast du einen Giraffenhals und Ohren wie zwei Aschenbecher.«

»Im Leben nicht! Alle Mädchen sind verrückt nach mir!«

»Was kriege ich, wenn ich dir verrate, was Melly gestern Abend gesagt hat?«

»Was hat Melly gesagt?«

Joséphine hörte sie im Treppenhaus zanken, bis sie unten auf der Straße ankamen. Dann ging sie ans Fenster und schaute ihnen nach. Alles ist gut, dachte sie, als sie sie um die Straßenecke biegen sah.

Trotzdem war sie besorgt.

Den Rest ihres Gesprächs hörte sie nicht mehr. Als sie die sichere Anonymität der Straße erreicht hatten und sich beeilten, um an der Haltestelle George Street den Bus zu erwischen.

»Hör endlich auf mit deinen bescheuerten Witzen! Wir sind doch keine kleinen Kinder mehr«, sagte Alexandre.

»Aber es beruhigt sie, zu glauben, wir wären es noch. So schöpfen sie keinen Verdacht …«

»Glaubst du wirklich?«

»Ja. Und währenddessen bereite ich alles vor.«

»Du bereitest alles heimlich vor. Das ist echt link von dir.«

»Es geht nicht anders. Sie wollen mir ja nicht zuhören.«

»Und wenn es so weit ist, fallen sie aus allen Wolken.«

»Du verrätst ihnen doch nichts, oder? Du hast es versprochen.«

»Trotzdem … Es wird ein Riesenschock für sie sein. Und wie stehe ich dann da?«

»Wie jemand, der keine Ahnung hat.«

»Mein Vater wird ausrasten. Und deine Mutter erst!«

»Du hast einfach keine Ahnung. Basta.«

»Nein. Je länger ich darüber nachdenke, desto mehr glaube ich, ich kann das nicht.«

»Du lässt mich hängen? Willst du das damit sagen? Und ich dachte, ich …«

»Hör auf, Zoé, hör auf! Was du da vorhast, ist Wahnsinn.«

»Du musst es ja nicht machen, sondern ich. Du sollst einfach nur den Mund halten. Das ist doch nicht so kompliziert!«

»Ehrlich, ich kann das nicht. Wir müssen uns etwas einfallen lassen, um mich aus der Sache rauszuhalten.«

»O Mann, typisch Jungs! Immer macht ihr euch in die Hosen!«

»Ach! Gaëtan findet auch …«

»Quatsch! Gaëtan steht voll hinter mir.«

»Da wäre ich mir an deiner Stelle nicht so sicher.«

An jenem Morgen hatte Annie wie üblich über die Vitamine im Orangensaft gesprochen, über zu hastig hinuntergeschlungene Toastscheiben und saubere Hände am Esstisch, Alexandre und Zoé waren aus der Wohnung gestürmt, Bis heute Abend, *see you later, alligator!*, und Joséphine hatte ihnen vom Fenster aus nachgewinkt.

Alexandre sieht Philippe ähnlich.

Groß, schlank, dunkler Teint, auf der Messlatte in der Küche hat er die eins achtzig fast erreicht. Die gleiche widerspenstige Haarsträhne, die ihm ständig in die Augen fällt, das gleiche hagere, beinahe nervtötend klassische Gesicht. Nur im Auftreten unterscheidet er sich von seinem Vater: zerzaustes Haar, ein Hemdzipfel hängt ihm aus der Hose, Arme wie ein Diskuswerfer, eine leicht herausfordernde Art, das Kinn zu recken, und in den Augen ein herablassendes Funkeln wie eine Taschenlampe, die die Seele des anderen ausleuchtet.

Manchmal fragt sich Joséphine, ob sich in diesem jugendlichen Körper nicht ein spöttischer Greis mit weißem Bart verbirgt.

Oder war es der Tod seiner Mutter, der ihn auf einen Schlag hat reifen lassen, der die Asche der Kindheit mit dem Schmerz des Mannes vermischt und ihm diesen ernsten, manchmal abfälligen Blick verliehen hat? Im Gespräch mit seinem Vater erwacht er zum Leben, redet frei heraus, springt von einem Thema zum nächsten, doch mit Joséphine spricht er kaum, und seine Schweigsamkeit wirkt auf sie wie Natronlauge. Sie zersetzt sie, macht sie unbeholfen. Er hält sie auf Distanz. Ein Rührmichnichtan, dessen Kälte sie erstarren lässt. Und wenn sein Vater sich wundert: Gibst du Jo keinen Kuss?, dann hält er Joséphine seine Wange hin, ohne sich zu ihr herunterzubeugen. Aufrecht, stumm, beinahe misstrauisch. Sie muss sich auf die Zehenspitzen stellen, um ihn zu küssen, wirft ihren Kuss wie einen Ball in einen Korb und betet, er möge nicht danebenfallen. Er widerspricht ihr nie, keines seiner Worte verletzt je die Grenzen des Anstands. Er verfügt über eine langjährige, anerzogene Höflichkeit, die er nicht vergessen kann, doch sein ganzer Körper verwahrt sich gegen zu große Nähe. Joséphine wünschte, er wäre weniger glatt, hätte mehr Stacheln, auch wenn das bedeutete, dass sie Schroffheiten erdulden müsste, aber zumindest gäbe es dann auch zärtliche Phasen, Momente, in denen sein Panzer aufbräche. Kurz gesagt, sie wünscht sich, er würde sie nicht so kühl lieben.

Gib ihm Zeit, sich an dich zu gewöhnen, sagt sie sich. Hab Geduld.

Sie tadelt sich, spricht sich Mut zu, reißt sich zusammen.

Mit Philippe redet sie darüber nie.

Becca war am frühen Morgen zum Murray Grove gegangen, um das Frühstück vorzubereiten und die Kleiderspenden zu sortieren. Sie und Philippe hatten es geschafft, ihr Projekt zu verwirklichen: einen Flügel einer Kirche in einen Zufluchtsort für alleinstehende, obdachlose Frauen zu verwandeln. In einen Unterschlupf, einen Ort der Ruhe, wo sie neue Kraft sammeln konnten und man ihnen half, im Leben wieder Fuß zu fassen. Mit der Zeit fanden sie dort dank ausgewogener Mahlzeiten, eines Bettes, eines Duschraums und speziell auf ihre Bedürfnisse zugeschnittener Kochkurse, Nähkurse, Yogakurse, Töpferkurse, Malkurse, Computerkurse und Klavierunterricht ihre verlorene Würde zurück. Pfarrer Green, der Hausherr, war von ihrem Vorhaben begeistert und hatte sie nach Kräften unterstützt. Er hatte ehrenamtliche Helfer zusammengetrommelt, die die Kurse leiteten, hatte eine Kleinkinderbetreuung organisiert und sorgte persönlich für die Beschäftigung der Kleinen, während ihre Mütter die Kurse besuchten.

Wenn nicht gerade ein Gottesdienst stattfand, war der Kircheneingang mit Kinderwagen und Buggys zugestellt und der Boden mit Spielzeug übersät.

An diesem Morgen ist Philippe schon früh in sein Büro an der Regent Street gegangen.

Er hat inzwischen zwei Büros. Das alte, wo er auch weiterhin die laufenden Geschäfte betreut, und das neue, in dem er sich um ihre Stiftung für alleinstehende Frauen kümmert: FWO heißt sie, *For Women Only*.

Das erste Büro ist eindrucksvoll und luxuriös und befindet sich im obersten Stock eines historischen Gebäudes in einer alten Straße von London. Fernseher so dünn wie Zigarettenpapier, die Werke moderner Künstler an den Wänden. Ein *Trophy Wife* von Maurizio Cattelan, das Stephanie Seymour wie eine Galionsfigur aus der Wand ragen lässt. Ein *Weinendes Mädchen* von Urs Fischer. Oder eine *Marilyn* von Nate Lowman.

Philippes Mandanten warten in einem kleinen Raum, wo sie ausgiebig Gelegenheit haben, diese Werke der künstlerischen Avantgarde zu betrachten, und wenn sie dann sein Büro betreten, stehen sie immer noch unter dem Eindruck der Verwunderung, des Respekts oder gar der Missbilligung, die sie ihnen einflößen. Philippe erscheint ihnen dadurch als ein aufgeklärter, glanzvoller, widersprüchlicher Mensch. Und er nutzt diese leichte Überlegenheit, um sie zu beraten und sie davon zu überzeugen, Verträge zu unterschreiben.

Sein zweites Büro am Murray Grove ist bescheiden. Ein mit Reißzwecken am Fenster befestigter Madrasstoff als Vorhang, eine auf Böcke gelegte Tischplatte, ein altes Telefon, ein Computer, Aktenstapel auf dem Boden, fällige Rechnungen an Korktafeln gepinnt. Es zieht in dem Raum. Sobald Philippe sich an seinen Schreibtisch setzt, zieht er dicke Wollhandschuhe, einen Schal und eine warme Wolljacke an.

Drei Nachmittage pro Woche verbringt er dort. An der Wand das Graffito, das er bei seiner Ankunft vorgefunden hat: »Wenn der Mensch den letzten Baum gefällt, den letzten Wassertropfen vergiftet, das letzte Tier getötet und den letzten Fisch gefangen hat, wird er erkennen, dass man Geld nicht essen kann.«

Die Stiftung erfordert immer mehr Arbeit. Er versucht, den Frauen, die ihr Leben allmählich wieder in den Griff bekommen, einen Job zu besorgen. Dazu greift er häufig auf seine Mandanten zurück. Überredet sie, ihnen eine Stelle als Sekretärin, Empfangsdame, Dokumentarin oder Telefonistin zu geben. Sie wären überrascht, erklärt er, wie viele gut ausgebildete Frauen auf der Straße leben und unbedingt wieder auf die Beine kommen wollen. Sie sind bereit, unermüdlich zu arbeiten. Manchmal bemüht er sich im Rathaus um eine Wohnung für eine der Frauen. Ich erlerne einen neuen Beruf, sagt er sich, ich bin jetzt Sozialarbeiter.

Er schaut zu dem Satz an der Wand auf. Liest ihn ein weiteres Mal. Er verdient kein Geld am Murray Grove, im Gegenteil, aber er fühlt sich reich.

An seinem Platz.

Shirley hat sich ihm angeschlossen. Zusammen mit Becca kümmert sie sich um die Mahlzeiten. Sie hat ein Programm namens *The Healthy Food Program* ins Leben gerufen, um den Leuten beizubringen, wie man sich gesund ernährt. Gemüse, Obst, Müsli, Mandeln, Nudeln, Eier, Hühnchen, Fisch. Sie klappert die Bioläden ab und kauft günstig die Produkte, deren Verfallsdatum bald erreicht ist. Sie achtet streng auf die Qualität der servierten Mahlzeiten und geht dabei keine Kompromisse ein.

Abends besucht sie Philippe häufig in seinem Büro und schüttet ihm ihr Herz aus, während sie sich die Hände an ihrer Schürze abtrocknet. Die Beziehung zu ihrem Freund Oliver gestaltet sich schwierig. Wir können einfach nicht mehr miteinander reden, er spricht nur noch mit seinem Klavier, legt die Worte in seine Noten, und ich bleibe frustriert und voll ohnmächtiger Wut allein zurück. Er entfernt sich von mir, entgleitet mir immer mehr, und ich weiß nicht, warum. Ich denke, es ist meine Schuld. Wenn er auf mich zukommt, ist mir das zu viel Nähe, und ich stoße ihn weg, aber wenn er sich dann abwendet, laufe ich ihm nach, und er bleibt stumm. Er schaut mich unglücklich an, und ich bin wütend auf mich selbst. Es ist fürchterlich! Sag, Philippe, stimmt mit mir etwas Grundlegendes nicht? Etwas, was für alle anderen offensichtlich ist, nur ich sehe es nicht? Warum läuft das mit mir und den Männern nie wie am Schnürchen? Sie lässt den Kopf zwischen ihre langen Beine sinken und jammert vor sich hin. Ich dachte, ich hätte alles kapiert, ich gab Joséphine gute Ratschläge, ich hielt mich für eine rundum perfekte, unabhängige Frau, und jetzt weiß ich plötzlich überhaupt nichts mehr. Vielleicht liebe ich einfach niemanden? Sag, Philippe, bin ich fähig zu lieben, oder ist mein Herz so trocken wie ein alter Knüppel? Warum sind Männer bloß so schwer zu verstehen? Du musst das doch wissen, also …

Oft verteidigt er die Männer, die sie so großzügig mit Vorwürfen bedenkt. Vor sich hin brummend, dass er voreingenommen sei, zieht sie von dannen und kommt doch immer wieder mit neuen Fragen zurück.

»Ach, du hasst mich also nicht mehr?«, fragt er dann lächelnd.

»Du gehst mir auf die Nerven mit deiner vernünftigen Art und deinem Gleichmut. Als ob das alles so einfach wäre!«

Manchmal reden sie bis in den Abend hinein. Philippe schaut auf die Uhr, mein Gott, schon neun! Joséphine wird sich Sorgen machen. Wir reden morgen weiter, versprochen …

An diesem 22. April war Zoé mit ihrer Schultasche und einer weiteren Tasche, die Joséphine reichlich schwer erschienen war, zur Schule gegangen.

»Musst du das alles mitschleppen?«

»Wir haben heute Sport, ich habe Sachen zum Wechseln mitgenommen. Und danach gehe ich zum Lernen zu Lucy. Die Bücher dafür habe ich auch eingepackt.«

»Wann kommst du nach Hause?«

»Gegen sechs, halb sieben.«

Sie hatte unentwegt auf ihre Uhr geschaut, immer wieder den Riemen der Tasche auf ihrer Schulter hochgeschoben und schien es eilig zu haben, endlich wegzukommen.

»Ich muss mich beeilen, Maman.«

»Soll ich dich heute Abend von der Schule abholen?«

»Nicht nötig. Ich habe dir doch gesagt, ich gehe zu Lucy.«

»Ruf mich an, wenn du es dir anders überlegst.«

»Ich werde es mir nicht anders überlegen.«

Überrascht von ihrem entschiedenen Ton hatte Joséphine eine Augenbraue hochgezogen.

Zoé war auf sie zugegangen und hatte ihr eine Hand auf den Arm gelegt. Ihre Stimme hatte rau geklungen, sanft und zärtlich.

»Ich hab dich lieb, Mamilein. Und ich werde dir niemals wehtun. Niemals.«

»Wieso sagst du das?«

»Weil du eine supertolle Mama bist. Die allertollste Mama der ganzen Welt.«

Sie war ihr um den Hals gefallen, und Joséphine hatte gespürt, wie das Universum unter ihren Füßen wankte.

Zoé war schon immer sehr verschwenderisch mit Zärtlichkeiten gewesen. Rückhaltlos stürzte sie sich in Liebkosungen. Warf sich auf ihre Mutter, vergrub den Kopf in ihrem Schoß und schüttete ihr ihr Herz aus.

Joséphine brauchte dieses handstreichartige Ungestüm wie die

Luft zum Atmen. Man macht nur das gut, was man liebt. Und mehr als alles andere liebte sie es, Mutter zu sein.

Und am Morgen des 22. April hatte sie dieses Band zwischen ihnen endlich wieder neu geknüpft.

Nachdem Zoé fort war, widmete sie sich ihren Aufgaben. Jeden Morgen beschäftigte sie sich zwei Stunden mit der Post. Sie beantwortete jeden Brief, jede E-Mail, jede Nachricht von Männern und Frauen, die sich ihr anvertrauten, ihr von ihren Ängsten und Hoffnungen erzählten, von vergangenen und verlorenen Zeiten.

Ihr letzter Roman, *My little boy*, den sie in London fertig geschrieben hatte, war in die französischen Buchhandlungen gekommen. Serrurier, ihr Verleger, rief sie gelegentlich an, um ihr die neuesten Verkaufszahlen durchzugeben, und würzte seine Sätze mit »fantastisch«, »nie da gewesen« oder »großartig«. »Sie haben ein Publikum, Joséphine. Die Leute lieben Sie, sie lieben Ihre Bücher, sie lieben die Geschichten, die Sie erzählen. Sie haben ein eigenes Genre geschaffen, Sie haben einen Stil geschaffen, Sie haben ein ganzes Universum geschaffen, kurz gesagt, ich erwarte Ihr drittes Werk!« Dann fügte er hinzu: »Vergessen Sie die Uni, die wissenschaftlichen Arbeiten und die Vorträge, das bringt Ihnen nichts ein, und Ihre Kollegen hassen Sie. Sie sind aus der Reihe getanzt, das werden sie Ihnen nie verzeihen.«

Und doch setzte sie sich nachmittags hin und arbeitete an ihrem nächsten Vortrag, während sie darauf wartete, dass wie aus dem Nichts die Idee zu einem neuen Buch auftauchen und sie zwingen würde, alles stehen und liegen zu lassen und sich nur noch darauf zu konzentrieren. Sie liebte diesen Wechsel zwischen wissenschaftlichen Arbeiten, Forschung und dem Schreiben eines Romans. Das verlieh ihr ein Gefühl von Freiheit.

Und so schrieb Joséphine am Nachmittag dieses 22. April die Einleitung zu einem Vortrag über die Damen von Zamora, den sie Ende Mai an der Universität von Glasgow halten sollte. Es war die Geschichte eines Skandals, der im Juli 1279 in einem Nonnenkloster in Kastilien für Aufregung gesorgt hatte, nachdem sich der Bischof bei einem Besuch empört über den Mangel an Disziplin und Sittlichkeit der Ordensfrauen gezeigt hatte.

Wenn Frauen im Mittelalter Zuflucht in einer religiösen Gemeinschaft suchten, geschah dies nicht immer aus Berufung. Manche wollten lediglich der Herrschaft der Männer entkommen, und das Kloster war in ihren Augen die einzige Möglichkeit, unabhängig und ihren eigenen Überzeugungen treu zu bleiben, einem Ehemann zu entgehen, den andere ihnen aufzwingen wollten, oder den Verlust ihrer Ländereien zu verhindern. Einmal in Sicherheit, gedachten sie jedoch keineswegs, ihre Freiheit aufzugeben. Manche von ihnen beteten, studierten, malten oder schrieben und führten ein untadeliges Leben, während sie weiterhin ihre Höfe, Wälder und Burgen verwalteten, doch einige frivoler gesinnte Damen pflegten Umgang mit den Angehörigen einer nahe gelegenen Gemeinschaft des Predigerordens, auch bekannt als Dominikaner. Diese Frauen hatten den Zorn des Bischofs heraufbeschworen. Er wollte ihre »Verderbtheit« bekämpfen und verlangte die Bestrafung der Sünderinnen.

Doch daraufhin stellte sich die Frage, was mit den Frauen geschehen sollte. Sie aus dem Kloster auszuschließen hätte bedeutet, sie der Gewalt und Brutalität ihrer Väter, Brüder oder Ehemänner auszuliefern. Wenn die Gesetze der Männer sie nicht beschützten, war es dann nicht Aufgabe der Kirche, dies zu tun?

Das Thema faszinierte Joséphine. Sie dachte an das Schicksal geschlagener, misshandelter, gequälter, zwangsverheirateter und als Sklavinnen ausgebeuteter Frauen. Sie dachte an Murray Grove, an die Frauen, die sich dort aufhielten. Wie viele von ihnen nutzten die Zuflucht der Kirche, um sich eine neue Zukunft aufzubauen? Wie viele würden Selbstachtung entwickeln und sich später nicht mehr misshandeln und ausnutzen lassen? Sie machte sich Notizen und versuchte gerade, eine Parallele zwischen dem Leben einer Frau im Mittelalter und dem im einundzwanzigsten Jahrhundert herzustellen, als sie den Blick hob und die Uhrzeit sah.

Halb acht.

Zoé war noch nicht zu Hause. Alexandre auch nicht.

Sie stürzte in die Küche.

Annie gab gerade dem Abendessen den letzten Schliff. Mischte Petersilie, Thymian und Lorbeer, schnupperte, zögerte, streute.

»Ich habe Ihnen ein Pot-au-feu gemacht, Madame Joséphine, einfach himmlisch! Wenn Sie nachher den Deckel von dem dampfenden Topf heben, werden Sie hoffentlich …«

»Haben Sie gesehen, wie spät es ist, Annie?«

Annie sah zu der großen runden Wanduhr über dem Spülbecken auf und rief: »Fast schon acht! Und die Kinder sind noch nicht zurück!«

»Sie sollten beide hier sein. Das ist nicht normal. Sie haben nicht angerufen. Es muss ihnen etwas passiert sein.«

Sie ging in Zoés Zimmer. Ihre Tochter war vielleicht doch nach Hause gekommen, und sie war so sehr in das Schicksal der Damen von Zamora versunken gewesen, dass sie sie nicht gehört hatte.

Sie öffnete die Tür. Das Zimmer war leer. Ordentlich aufgeräumt. Keine Pullover auf dem Boden, keine leeren Kekspackungen auf dem Bett, keine achtlos hingeworfenen Strumpfhosen, keine aufgeschlagenen Bücher oder halb ausgetrunkenen Gläser auf dem Schreibtisch, kein zusammengeknüllter Schlafanzug. Dieses Zimmer sah nicht aus wie Zoés Zimmer.

Sie wollte die Tür schon wieder schließen, als ein Detail sie aufschrecken ließ. Nestor lag nicht mehr auf dem Bett. Und auch nicht unter dem Bett. Nicht unter dem Kopfkissen. Nicht im Kleiderschrank. Nicht in einer Schreibtischschublade.

Sie wählte Zoés Handynummer. Und erreichte die Mailbox.

Wählte noch einmal. Wieder und wieder.

Immer die gleiche Ansage: »*Hello!* Hier ist Zoé, *leave a mes-*

sage und *hasta luego*«, verkündete ihre Tochter mit unbeschwerter Stimme.

Sie ging zurück in die Küche und ließ sich auf einen Stuhl fallen.

»Sie geht nicht ans Handy, und sie ist nicht in ihrem Zimmer.«

»Da ist sie ganz bestimmt nicht. Ich hätte doch gehört, wenn sie nach Hause gekommen wäre!«

»Und Nestor ist nicht mehr da«, flüsterte Joséphine.

»Wie, Nestor ist nicht mehr da? Sie nimmt ihn doch nie mit zur Schule. Niemals.«

»Eben. Oh, Annie, ich spüre, dass etwas passiert ist! Wo ist Alexandre? Er muss doch Bescheid wissen.«

»Rufen Sie ihn an.«

Obwohl Joséphine bei dem Gedanken, Alexandre auszufragen, einen Anflug von Panik verspürte, wählte sie seine Nummer.

Er ging nicht ran. Sie hinterließ eine Nachricht.

»Mein Gott! Mein Gott!«, wiederholte Annie unablässig und drückte den Kochlöffel an ihr Herz. »Und er ist nicht in seinem Zimmer?«

»Nehmen Sie das Festnetztelefon und versuchen Sie es noch einmal, ich sehe nach, ob er nicht doch schon zurück ist.«

Vielleicht geht er ran, wenn Annie anruft …

Sie rannte in Alexandres Zimmer. Es war unaufgeräumt, und Alexandre war nicht da.

»Ich erreiche ihn auch nicht«, erklärte Annie, als sie in die Küche zurückkam. »Haben Sie Lucys Handynummer?«

»Nein.«

»Und die Nummer ihrer Eltern?«

»Auch nicht. Ich kenne nur ihre Adresse. Ich habe einmal vor ihrem Haus geparkt.«

»Wir suchen jetzt die Nummer heraus und rufen sie an«, verkündete Annie, die es vorzog, die Sache selbst in die Hand zu nehmen.

Joséphine rief Mr. und Mrs. Diammond an. Lucy antwortete, dass Zoé an diesem 22. April nicht in der Schule gewesen sei. Sie habe Alexandre zwischen zwei Unterrichtsstunden auf dem Flur gesehen, aber nicht mit ihm gesprochen. Der Französischlehrer sei verärgert gewesen und habe Joséphine anrufen wollen. Hatte er das nicht getan?

»Nein. Das hat er sicher vergessen. Ich dachte, sie wäre bei dir. Sie hatte mir gesagt, ihr beiden würdet heute Abend zusammen lernen.«

»Unmöglich, Madame Cortès. Ich hatte einen Zahnarzttermin. Ich bin gerade erst nach Hause gekommen. Das wusste sie. Glauben Sie, es ist etwas passiert?«

»Ich weiß es nicht, Lucy. Und was ist mit Alexandre? Hast du den danach noch einmal gesehen?«

»Er war den ganzen Tag über in der Schule. Aber wie gesagt, wir hatten keine Zeit, miteinander zu reden. Ich dachte, Zoé wäre krank. Das war sie letzten Monat schon zweimal … Sie kam zu spät zum Unterricht, und darum hat der Lehrer ja auch gesagt, dass es so nicht weitergeht und sie ab jetzt eine Entschuldigung braucht, um ihr Fehlen zu begründen.«

»Aha …«, sagte Joséphine.

»Es tut mir leid, Madame Cortès. Sie kommt bestimmt nach Hause, ganz sicher. Vielleicht ist sie noch einkaufen gegangen. Ich weiß, dass sie ein Kleid gesucht hat, sie hat gesagt, dass sie eine sehr wichtige Verabredung habe und gut aussehen müsse.«

»Aha …«, wiederholte Joséphine.

»Vielleicht möchte sie Sie ja überraschen …«

»Vielleicht. Danke, Lucy. Wenn sie dich noch anruft, dann sag ihr, sie soll sich sofort bei mir melden, ich mache mir Sorgen.«

»In Ordnung, Madame Cortès. Ich richte es ihr aus.«

Joséphine legte auf und warf Annie einen verzweifelten Blick zu.

Sie sagte nichts, sondern versuchte, ihre Kräfte zu sammeln und in der Stille wieder einen klaren Kopf zu bekommen. Der

Schmerz breitete sich aus wie eine Pfütze, in der sie zu ertrinken drohte.

Zusammengesunken saß sie auf ihrem Stuhl und überließ es Annie, geschäftig hin und her zu laufen, sich zum Fenster hinauszubeugen, die Zimmer der beiden auf den Kopf zu stellen und alles zu durchsuchen. Sie muss doch irgendwo eine Nachricht hinterlassen haben, brummte Annie vor sich hin, oder sind sie zusammen zum Riesenrad gefahren. Wahrscheinlich schweben sie jetzt gerade laut lachend und vor Angst schreiend in einer Gondel über dem Abgrund.

Joséphine blieb einfach sitzen, wie erstarrt in einer Angst, die sie nicht zu benennen wagte.

Es wurde acht Uhr, halb neun, neun Uhr, und Zoé war noch immer nicht zu Hause. Genauso wenig wie Alexandre.

Sie wählte Philippes Nummer. Er ging nicht ran.

Philippe schließt die schwere Kirchentür hinter sich, folgt dem Weg zum Tor in der roten Ziegelmauer, schaut zu den hohen, knospenden Bäumen auf, riecht die frische Luft und denkt an das Essen, das Annie für ihn gekocht hat, an die gute Flasche Wein, die er öffnen wird, daran, wie er von seinem Tag erzählen wird. Er geht schneller, es ist später geworden als sonst. Shirley wollte von ihm wissen, warum Männer nicht reden. Er hat ihr erklärt, dass Männer sich in ihre Höhle zurückziehen, wenn sie ein Problem haben, und erst wieder herauskommen, wenn sie alles verstanden oder eine Entscheidung getroffen haben. Billige Ausrede, diese Geschichte mit der Höhle, hatte Shirley missmutig erwidert.

Er unterhält sich gern mit Shirley, und allmählich entwickelt sich zwischen ihnen eine liebevolle Freundschaft.

Joséphine versinkt im Dunkel des Wartens. Ohnmächtig, schmerzvoll zählt sie die hektischen Schläge ihres Herzens, vierunddreißig, fünfunddreißig, sechsunddreißig, siebenunddreißig, achtunddreißig. Nach außen hin leidet sie schweigend, aber in ihrem Kopf spielen sich tausend haarsträubende Szenarien ab. Zoé hat im Internet einen Jungen kennengelernt und ist zu ihm gefahren, Zoé ist vom Tower of London gesprungen, Zoé ist mit einem Fremden mitgegangen, Zoé ist in Gefahr, und ich kann nichts tun. Oh, ich würde mir so gerne selbst etwas vorlügen, mir einreden, es sei alles in Ordnung, aber ich kann nicht anders, dieser Schmerz, der mich einschnürt, beweist mir, dass es ernst ist, dass sie sich nicht bloß verspätet oder unbedacht die Zeit vergessen hat. Ich verstehe die Botschaft dieser Riesenschlange, dieser Würgeschlange, die sich um mich legt und meine Brust zusammenschnürt, deren Unglücksringe mich zermalmen. Aber warum hat sie keinen Brief dagelassen? Komm zurück, Zoé, komm zurück, wir tun alles, was du willst, wir ziehen zurück nach Paris, du bekommst wieder rosige Wangen, und ich werde warten. Ich werde warten, bis ich meine Liebe leben kann, ich werde unendlich geduldig sein, komm zurück.

»Madame Joséphine! Madame Joséphine! Ich habe ihn gefunden, ich habe ihn gefunden …«

Mit einem Umschlag in der Hand stürmt Annie in die Küche, einem Umschlag, auf dem jene beiden Worte stehen, für die Joséphine ihr Leben geben würde: »Liebste Maman«.

»Er lag unter IHREM Kopfkissen, in IHREM Zimmer, da hat sie ihn versteckt, bevor sie zur Schule gegangen ist. Sie weiß genau, dass Sie morgens früh aufstehen und immer sofort Ihr Bett machen. Sie hat alles geplant.«

Joséphine springt auf, öffnet hastig den Umschlag und zieht ein langes weißes, mit Zoés Worten bedecktes Blatt heraus. Manches ist durchgestrichen, anderes unterstrichen, wieder anderes steht in Großbuchstaben da.

»Mamilein,

bitte, BITTE, mach Dir keine Sorgen.

Gaëtan fehlt mir einfach zu sehr. Es tut so weh, von ihm getrennt zu sein.

Als wir vor einem Monat geskypt haben, habe ich meinen Entschluss gefasst. Er hatte sich auf sein Bett fallen lassen, hatte ein Kissen über seine Augen gezogen und die Arme um sich geschlungen, und ich konnte ihn überhaupt nicht mehr erreichen. Ich habe ihn gefragt, was ist los, was hast du? Ich habe ›Someone like you‹ ganz laut gestellt und getanzt, getanzt, er hat gelächelt, und gleich darauf hat er gesagt, Zoé, ich mag mein Leben nicht.

Und ich hatte solche Angst, dass er mit mir Schluss macht.

Wenn Gaëtan mich verlässt, dann bin ich gar nichts mehr, Mamilein, und dabei habe ich es nur ihm zu verdanken, dass ich JEMAND geworden bin. Ich meine, ich hätte dann das Gefühl, überhaupt nichts mehr schaffen zu können, weder das Abitur zu machen noch Sport zu treiben oder im Park spazieren zu gehen. Ich liebe ihn so sehr. Also fahre ich jetzt zu ihm.

Wir gehen nicht nach Paris. Und wir bleiben auch nicht in London. Wir fahren an einen GEHEIMEN Ort, und wenn wir da angekommen sind und uns eingerichtet haben, dann sage ich Dir, wo wir sind, aber nur unter einer Bedingung, Mamilein: Du darfst mich nicht holen kommen.

Du könntest sowieso nichts mehr ändern, dann ist es zu spät.

Zoé

PS: Du brauchst Alexandre nicht auszuquetschen. Er hat keine Ahnung. Er weiß nur, dass ich etwas vorhabe.«

Joséphine las den Brief einmal, zweimal, dreimal, bevor sie ihn Annie laut vorlas.

»Was hat das zu bedeuten, Madame Joséphine?«

So standen sie beide in der Küche und starrten einander an, als könnten sie die Lösung des Rätsels von den Augen der anderen ablesen.

»Warum schreibt sie, dass es dann zu spät sein wird?«, flüsterte Annie. »Das sagt man doch, wenn nichts mehr zu machen ist…

Ich meine, so verstehe ich das zumindest. Aber vielleicht weiß Alexandre ja mehr …«

»Zoé behauptet, er habe keine Ahnung.«

»Das ist unmöglich, Madame Joséphine. Sie soll ihm etwas verheimlicht haben?«

»Ihm genauso wie uns. Eine verliebte Sechzehnjährige bringt nichts und niemand von ihrem Entschluss ab.«

Sie schauten einander lange fragend an, stellten Vermutungen an, die allesamt in sich zusammenstürzten. Wenn sie weder in Paris noch in London waren, wo waren sie dann? Und wer hatte ihnen bei der Flucht geholfen?

»Das Wichtigste ist doch, dass sie am Leben sind, Madame Joséphine.«

»Ja, Sie haben recht. Aber steht das da wirklich?«

»Sie sollten Gaëtans Mutter anrufen … vielleicht weiß sie etwas.«

Sie wusste nichts. In Frankreich seien gerade Schulferien, und Gaëtan sei zu einem Freund gefahren. Sie kannte seinen Namen nicht. Ja, er hatte sie um Geld gebeten. Nein, mehr hatte er nicht gesagt. Ja, er hatte Sachen mitgenommen, eine große Tasche sogar. Nein, ihr war nichts Besonderes aufgefallen. Und Domitille? Und Charles-Henri? Vielleicht wissen seine Geschwister Bescheid? Ach, Madame Cortès, Sie sind ja süß, aber von den beiden habe ich schon lange nichts mehr gehört, und Gaëtan auch nicht. Wir sind eine merkwürdige Familie, wissen Sie, uns hält nichts mehr zusammen, alles geht den Bach runter.

Da endlich kam Alexandre nach Hause. Er ließ seine Schultasche im Flur fallen und steckte den Kopf zur Küchentür herein.

»Ist Zoé nicht da?«

»Nein. Sie ist nicht nach Hause gekommen. Weißt du, wo sie ist?«

Joséphine sah ihm tief in die Augen und versuchte zu ergründen, ob er Bescheid wusste oder tatsächlich völlig ahnungslos war. Er schaute sie ein paar Sekunden an, und sie glaubte Mitleid in seinem Blick zu erkennen, bevor er wieder in seine übliche Einsilbigkeit verfiel.

»Nein.«

»Als ihr euch heute Morgen getrennt habt … hat sie da nichts gesagt?«

»Nein.«

»Ist sie mit dir ins Gebäude gegangen?«

»Weiß nicht mehr. Ich habe ein paar Freunde getroffen …«

»Warum hast du uns nicht gewarnt?«

»Wovor?«

»Dass sie etwas vorhat. Das hat sie in dem Brief geschrieben, den sie dagelassen hat.«

»Sie wirkte glücklich.«

»Wirken reicht nicht, Alexandre.«

»Und was, wenn es mir reicht?«

Er hatte seine Rührmichnichtan-Maske wieder aufgesetzt und reckte erneut arrogant das Kinn.

Joséphine senkte den Kopf, wütend auf sich selbst, weil sie vor diesem sechzehnjährigen Jungen einknickte, weil sie zu schwach war, um einen Streit auszufechten, unfähig, eine scharfe Erwiderung zu finden.

»Na, hast du das Geheimnis des Pärchens gelüftet?«, fragt Philippe.

Sie sitzen in einem kleinen Restaurant auf der Piazza Grande in Arezzo. Auf der Speisekarte stehen verschiedene Salate und Pasta. Und drei Desserts. Nichts weiter. Aber, versichert Philippe, hier gibt es die beste Pasta und die besten Salate der Toskana. Und den schönsten Blick auf die Stadt, die mittelalterlichen Häuser mit ihren zinnenbewehrten Türmen und den Palazzo del Tribunale. Der Besitzer sieht aus wie jemand, der sein Geschäft versteht und mit dem man sich besser nicht anlegt. Finster, groß und vierschrötig gleicht er einem Wachturm. Mit scharfem

Blick überwacht er den Gastraum und schlägt jedes Mal mit der Handkante auf den Tresen, wenn wieder ein Gericht zum Servieren bereit ist. Er hat eine merkwürdige Frisur, einen buschigen Kranz aus rotbraunem Haar, schlanke, fast schon feminine Arme, die an diesem massigen Körper überraschen, und eine sehr helle Haut.

Joséphine hebt den Kopf und bemerkt ein junges Mädchen, das sich mit den Armen voller Teller zwischen den Tischen hindurchschlängelt, ein freches Lächeln im Gesicht, dichtes, glänzend schwarzes Haar, das sie eilig zu einem Pferdeschwanz gebunden hat, funkelnde, lachende Augen, eine schmale Taille und lange, gebräunte Beine, die man im Schlitz ihres Rocks erahnt. Lachend und mit fröhlichen Bemerkungen bedient sie die Gäste.

»Sie ist verliebt.«

»Ja. Aber in wen?«

»In einen Gast im Raum?«

»Schau genau hin.«

»Hier sind nur Familien.«

»Mach die Augen auf…«

Ihr Blick fällt auf den Mann hinter dem Tresen. Das Licht des Strahlers über dem Herd erhellt einen leichten Schnurrbart über seiner Oberlippe und erfüllt seinen Blick mit einem seltsamen, halb zärtlichen, halb fiebrigen Glanz.

»Vater und Tochter?«, vermutet Joséphine, während sie an ihrem Glas Montepulciano nippt. »Hmmm, ich mag diesen Wein! Ich warne dich, ich rede gleich nur noch Unsinn. Ich werde schnell beschwipst… Der Vater ist eifersüchtig, er bewacht seine Tochter? Er könnte sie umbringen, wenn er sie dabei erwischt, wie sie einen Mann küsst?«

»Sieh genauer hin.«

Sie beugt sich vor. Ihr Blick wird scharf. Unter dem karierten Hemd des Mannes bemerkt sie einen fleischigen Wulst, etwa so breit wie ein Rettungsring, bei dem es sich ebenso gut um den Busen einer Frau handeln könnte.

»Mutter und Tochter? Die Person hinter dem Tresen ist eine Frau. Dann ist sie also ihre Mutter … Aber wo ist ihr Geliebter? In der Küche? Versteckt in dem Wandschrank, den man da hinten sieht?«

»Rutsch ein wenig nach links, reck unauffällig den Hals und beobachte sie. Es dürfte nicht mehr allzu lange dauern …«

Nach einigem Hin und Her stellt das junge Mädchen einen Teller auf dem Tresen ab und umrundet diesen, um ein weiteres Gericht zu holen. Die ältere Frau tritt einen Schritt zurück, in den Schutz der halb offen stehenden Schranktür, die sie vor den Blicken der Gäste, nicht aber vor dem von Joséphine verbirgt. Das junge Mädchen tritt auf sie zu, streift sie flüchtig, wirft ihr einen herausfordernden Blick zu und schickt sich an, wieder davonzueilen. Rasch streckt die verborgene Frau einen Krakenarm aus, fängt die Listige ein, dreht sie zu sich herum, und das junge Mädchen fügt sich wie eine Stoffpuppe, öffnet sich, bietet sich ihr dar und lässt sich auf den Brustansatz küssen. Doch sofort richtet es sich wieder auf, glättet seine Frisur und kehrt, auf seinen langen Beinen tanzend, in den Gastraum zurück. Seine Augen blitzen, und an seinem Hals erkennt man einen Hauch von Röte. Die Frau wendet sich mit einem blassen Lächeln, beinahe einer Grimasse, wieder ihren Töpfen zu.

»Zwei Frauen«, ruft Joséphine aus. »Wie rührend!«

»Und sie sind noch genauso verliebt wie an dem Tag, als ich sie zum ersten Mal gesehen habe. Genau wie du dachte ich lange, es handele sich um einen Vater und seine Tochter …«

Joséphine dreht sich zu der Frau hinter dem Tresen um, die ihre Schöne beobachtet, während sie mechanisch Zwiebeln und Paprika schneidet. Das Mädchen, das von Tisch zu Tisch eilt, hier mit ironischem Kommentar eine Hand wegschiebt, dort fröhlich Geld entgegennimmt, einen Knopf an seiner Bluse öffnet, aber immer wieder zu der alten Frau zurückkehrt, hinter dem Tresen ein Bein an sie drängt und sich an ihr reibt. Die Ältere wird blass. Sie presst die Lippen zusammen, beißt sich darauf, befeuchtet sie, und in ihrem Blick erkennt Joséphine den Hunger, das Fieber und gleich darauf das Aufblitzen von Einsamkeit und der Angst, sie zu verlieren.

»Ich wäre eher wie die Frau am Herd«, sagt sie leise. Der Montepulciano lässt sie mutiger werden, und im Ton einer Beichte beginnt sie zu reden: »Ich glaube, wer liebt, hat immer Angst.«

»Weil du glaubst, du wärst es nicht wert, geliebt zu werden?«

»Ja.«

»Weil du dich dreckig und hässlich fühlst?«

»Oh, das geht mir nicht nur bei dir so!«

Joséphine hat eine Angewohnheit, wenn sie das Gefühl hat, in der Falle zu sitzen, wenn sie glaubt, alles wäre gegen sie: Dann hebt sie den Kopf und sieht dem Problem ins Gesicht. Was klappt nicht mit Philippe? Warum zweifle ich immer noch, obwohl wir einander schon seit drei Jahren lieben?

»Sag es mir«, fordert sie kühn.

»Sag mir was? Möchtest du ein Dessert?«

»Sag mir, warum ich immer Angst habe, du könntest mich verlassen.«

»Weil du nichts von Liebe verstehst.«

Joséphine bleibt die Luft weg.

»Ich verstehe nichts von Liebe?«, begehrt sie auf.

»Nein. Du glaubst zwar, alles zu wissen, aber du bist eine blutige Anfängerin. Möchtest du ein Dessert?«

Nein!, hätte Joséphine beinahe gebrüllt.

»Due ristretti«, bestellt Philippe.

Er lächelt, sein Blick richtet sich auf das junge Mädchen, das an den Tresen zurückgekehrt ist und dessen Stirn kurz die seiner Gefährtin berührt.

»Schau dir dieses Mädchen an … Sie ist glücklich, weil ihr Liebe geschenkt wird, viel Liebe. Und weil sie sie auf ihre Weise erwidert. Sie hält das für einen fairen Tausch. Sie gibt, sie nimmt, sie liebt, sie ist glücklich. Sie stellt sich keine Fragen. Aber die Ältere … die kann ihr Glück kaum fassen. Also schenkt sie ohne

Einschränkung. Sie gibt alles, aber sie kann nicht nehmen, weil sie es nicht gewohnt ist. Sie ist eine Anfängerin, genau wie du. Und genau wie du hat sie Angst.«

»Und warum ist das so?«, fragt Joséphine.

»Weil dich nie jemand geliebt hat.«

»Doch, Papa!«, versetzt sie laut.

»Du hast recht, aber als er starb, warst du noch ein Kind. Du bist ohne Liebe aufgewachsen. Du bist mit dem Gedanken groß geworden, dass dich niemand jemals lieben würde. Weil du in den Augen deiner Mutter last, dass du nichts wert seist.«

»Sie sah nur Iris …«

»Sie sah nicht sie. Sie sah sich selbst in ihr. Iris war eine Verlängerung ihrer selbst. Das ist keine Liebe.«

»Das dachte ich aber. Und ich verglich mich mit Iris.«

»Und du sagtest dir, dass ihre Reaktion normal sei. Denn Iris war schön, glanzvoll …«

»Und ich dreckig und hässlich.«

»Also dachtest du, du müsstest geben, immer nur geben, damit dich jemand liebt. Das hast du bei Antoine getan, bei Iris und bei deinen Töchtern … Du hast über alle Maßen gegeben. Ohne jemals etwas dafür zu bekommen. Und daran hast du dich gewöhnt. Du findest es sogar normal.«

Joséphine lässt ihn nicht aus den Augen. Philippe setzt die Teile ihres inneren Puzzles zusammen.

Er streichelt ihre Wange und fährt fort: »Es ist eine Kunst, die Liebe anzunehmen, die einem geschenkt wird.«

»Du bist sehr gut darin.«

»Ich habe es gelernt.«

»Und wie macht man das?«

»Als Erstes lernt man, sich selbst zu lieben. Man sagt sich, dass man diese Liebe verdient. Sag dir, dass du eine wunderbare Frau bist.«

»Das kann ich nicht. Unmöglich.«

»Nimm dir ein Beispiel an Hortense.«

»Sie versteht davon mehr als ich!«, sagt Joséphine seufzend.

»Sie ist wie dieses junge Mädchen … sehr selbstsicher. Weil sie sich auf ein festes Fundament stützen kann: die Liebe ihrer Mutter.«

Joséphine kratzt an Philippes Jackettärmel und gesteht leise: »Ich beneide dieses Mädchen. Sie liebt, wen sie will, ohne sich darum zu scheren, was die anderen denken. Es ist ihr egal, ob sie ihre Geliebte alt und hässlich finden.«

»Du hast recht, das ist nicht ihr Problem.«

»Das bedeutet es, wirklich frei zu sein.«

»Eines Tages, Joséphine, wirst du so sein wie sie.«

»Wirst du mir dabei helfen?«

»Ich werde ein Auge auf dich haben, aber schaffen wirst du es ganz allein.«

Sie lässt sich gegen die Rückenlehne ihres Stuhls sinken und atmet mutlos aus.

»Eines Tages«, spricht Philippe weiter, »fahren wir noch einmal in dieses Hotel in Florenz, und statt zurückzuweichen und den Blick zu senken, wirst du vortreten und dieser dummen Gans direkt in die Augen sehen.«

»Das sagst du nur, um mir eine Freude zu machen …«

»Du kannst alles erreichen, du weißt es nur nicht.«

»Würdest du mich küssen, jetzt, auf der Stelle?«

Er beugt sich zu ihr vor, nimmt ihr Gesicht in beide Hände, legt seine Lippen auf die ihren und küsst sie, langsam und ausgiebig.

Und sie hat keine Angst mehr.

Der Tag der Abreise ist gekommen. Sie verlassen Siena und seine Stadtmauern.

Sie haben die Koffer herausgeholt und auf das Bett gelegt, die Schränke geleert, die Zahnbürsten, den Rasierschaum, den Make-up-Entferner eingepackt, unter dem Bett nachgesehen, hinter den Vorhängen, in den Nachtkästchen.

»Ich gehe nach unten und bezahle«, sagt Philippe, »und ich schicke jemanden hoch, um das Gepäck zu holen.«

Joséphine behauptet, sie wolle sich noch ein letztes Mal vergewissern, dass sie auch nichts vergessen haben.

Sie wartet, bis die Tür hinter ihm ins Schloss gefallen ist, lehnt sich mit den Ellbogen auf die Fensterbank und schaut hinaus auf die runden, kahlen Crete.

Letzte Nacht hat sie endlich gesprochen.

Letzte Nacht ist sie aufgestanden und hat die Stirn an die Fensterscheibe gelegt. Sie hat über ihr Gespräch in dem Restaurant in Arezzo nachgedacht, über die beiden Frauen, über die eine, die alles gibt und nichts annehmen kann.

Philippe ist neben sie getreten. Sie haben in die Nacht hinaus gesehen, und schließlich hat sie geflüstert: »Als ich ›dreckig und hässlich‹ gesagt habe…«

Er hat aufmunternd genickt.

»…da hätte ich auch… ›beinahe ertrunken‹ hinzufügen können.«

Er hat gewartet, bis sie weitersprach, bis sie die Kraft fand weiterzusprechen.

»Ich rede nicht gerne darüber, weil ich jedes Mal weinen muss, und…«

»Rede mit mir.«

Und sie hat geredet.

Sie hat ihm von jenem Tag an der Atlantikküste erzählt, als ihre Mutter sie im aufgewühlten Ozean zurückließ. Sie war damals sieben Jahre alt, Iris elf. Sie waren zu dritt hinausgeschwommen. Weit, weit hinaus. Ihr Vater war am Strand zurückgeblieben und sah ihnen besorgt nach. Er konnte nicht schwimmen.

Innerhalb weniger Minuten war ein Sturm heraufgezogen. Sie hatten sich beide an den Hals ihrer Mutter geklammert. Die Wellen schlugen ihnen ins Gesicht, das Salzwasser brannte in ihren Augen. Da hatte Joséphine gespürt, wie ihre Mutter sie zurückstieß.

Henriette hatte Iris gepackt, sie unter ihren Arm geklemmt und war seitlich schwimmend ans Ufer zurückgekehrt.

Joséphine hatte ihrer Mutter und ihrer Schwester nachgesehen, wie sie sich immer weiter von ihr entfernten. Und das war der schlagende Beweis dafür, dass sie es nicht wert war, gerettet zu werden. Sie hatte gekämpft, hatte literweise Meerwasser geschluckt, doch schließlich hatte sie den Strand erreicht, Gesicht und Körper vom Sand zerkratzt, die Stirn mit Algen verklebt, Arme und Schultern blutig, spuckend, Salzwasser aushustend, hässlich und dreckig, hässlich und dreckig.

Aber am Leben.

Seitdem hatte sie einen weiten Weg zurückgelegt.

Trotz der Wellen oder dank der Wellen.

Sie hatte gelernt, auf den Wellen zu reiten.

Sie musste sich von diesem Sand und diesen Algen befreien, die sie verdreckten und ihr die Luft zum Atmen raubten.

Hässlich und dreckig, hässlich und dreckig.

Zum letzten Mal hatte sie ihre Mutter bei Iris' Beerdigung gesehen. Ein paar Tage darauf hatte sie sie angerufen, um sie um Kinderfotos von sich und ihrer Schwester zu bitten, die sie rahmen lassen wollte.

»Und da hat sie mir geantwortet … ›Joséphine, ruf mich nicht mehr an. Ich habe keine Tochter mehr. Ich hatte eine Tochter, und die habe ich verloren.‹«

Sie hat sich zu Philippe umgedreht und gesagt: »So, jetzt weißt du alles.«

»Warum hast du mir nie davon erzählt?«

»Vielleicht weil ich dachte, dass es die richtige Entscheidung gewesen war, Iris zu retten und nicht mich. Als ich wieder zu mir kam, hielt mein Vater mich in den Armen. Er trug mich von meiner Mutter weg und beschimpfte sie als Kriminelle. Er hatte wirklich geglaubt, ich würde sterben. Und ich auch …«

»Und jetzt bist du immer noch am Leben und hast allen Grund, stolz auf dich zu sein.«

»Glaubst du?«, hat sie leise gefragt.

»Ich glaube das nicht, ich bin mir sicher.«

Sie will sich noch einmal an diese Nacht erinnern.

Sie hat es gewagt zu reden. Mit einem Mann, ihrem Mann.

Einem Mann, dem sie sich anvertraut hat, einem Mann, der ihr zugehört hat, einem Mann, der an der Rezeption des Palazzo Ravizza auf sie wartet.

Sie wischt sich über die Augen und lächelt.

Nimmt ihre Handtasche. Zieht ihren Mantel an. Schiebt die Hände so energisch in die Taschen wie ein junger Soldat, der wieder in den Krieg zieht.

Ihre Finger gleiten in das Taschenfutter. Eines davon ist zerrissen. Joséphine wundert sich. Sie schiebt ihre Hand tief hinein in den Mantel, und ihre Finger treffen auf ein dünn zusammengerolltes Stück Papier.

Es ist eine Nachricht von Zoé, »Genieß Deine Reise, Mamilein, öffne die Augen ganz weit und fülle sie mit Schönheit und Liebe. Ich liebe dich wie wahnsinnig und von ganzem Herzen.«

Zoé kam an diesem Abend des 22. April nicht nach Hause.

Alexandre schloss sich in seinem Zimmer ein, nachdem er vor seinem Vater wiederholt hatte, dass er nichts wisse. Zoé habe ihm nichts erzählt, weder von einem Fluchtplan noch von Selbstmordabsichten oder einem Unbekannten, den sie im Internet kennengelernt habe. Er war blass und kurz angebunden, aber er schien sich keine Sorgen zu machen.

Annies Pot-au-feu erstarrte in dem großen gusseisernen Topf. Schließlich räumte sie ihn in den Kühlschrank und beweinte das ungewisse Schicksal ihres Eintopfs, um sich nicht eingestehen zu müssen, dass sie in Wahrheit bei der Vorstellung weinte, Zoé nie mehr wiederzusehen.

Philippe hielt Joséphine lange in seinen Armen.

Es ging nicht anders: Allein konnte sie nicht stehen. Sobald er sie losließ, brach sie zusammen.

Sie weinte nicht mehr, sie hatte keine Tränen mehr. Wie ein verprügeltes Tier starrte sie auf den Boden.

Er legte sie in ihr großes Bett. Blieb neben ihr liegen. Sie zitterte, wiederholte immer wieder: Zoé, meine Kleine, wo bist du?, bis sie irgendwann schließlich erschöpft einschlief.

Philippe setzte sich an Zoés Computer.

Er überprüfte ihre Suchanfragen und stieß auf eine Seite, die sie häufig aufgerufen hatte.

Seit drei Monaten.

Seit ihrem sechzehnten Geburtstag.

Und so kam er der Flüchtigen auf die Spur.

Denn es handelte sich tatsächlich um eine Flucht.

Der Browserverlauf erzählte die Geschichte von Zoés Recherchen, ihren Suchanfragen und Nachforschungen. Eine Geschichte, die schließlich auf der Seite von Gretna Green endete, einem Dorf an der englisch-schottischen Grenze, das für seine Blitzhochzeiten bekannt war. Eine Art europäisches Las Vegas. In Schottland liegt das gesetzliche Mindestalter für eine Heirat bei sechzehn Jahren. Das musste Zoé von einer Mitschülerin erfahren haben. Daraufhin hatte sie geduldig einen Plan geschmiedet. Gespart, sich Geld geliehen. Hatte zwei Zugfahrkarten nach Glasgow gekauft und von dort aus zwei weitere nach Gretna Green. Hatte alle Unterlagen per Internet ausgefüllt. Auf der Webseite wurde erklärt, dass man sechzehn Jahre alt sein müsse, unverheiratet, zurechnungsfähig und bei geistiger Gesundheit, dass man mit seinem zukünftigen Ehepartner nicht verwandt sein dürfe, unterschiedlichen Geschlechts sein und einen Geburtsregisterauszug vorlegen müsse. Ausländer brauchten darüber hinaus ein Ehefähigkeitszeugnis, das man im Rathaus seines Wohnortes erhalten könne.

Wie ist sie an dieses Dokument gekommen?, fragte sich

Philippe. Hat sie es gefälscht? Hat Gaëtan zwei gefälschte Bescheinigungen beschafft?

Danach hatte sie sich mit Gaëtan in London getroffen, und die beiden waren nach Gretna Green durchgebrannt, um dort zu heiraten.

Am nächsten Tag nahmen Joséphine und Philippe den Zug nach Schottland.

In Gretna Green mieteten sie ein Auto. Fuhren durch die Straßen der kleinen Stadt, die seit 1754 für ihre Hochzeiten berühmt war, als ein Hufschmied zwei sechzehnjährige Flüchtlinge in seiner Schmiede getraut hatte. Ein Dorf, das sich stolz als Disneyland für Brautpaare aus der ganzen Welt präsentierte. Mit kleinen Häuschen, die aussahen wie das von Schneewittchen und den sieben Zwergen, einer Reihe von Souvenirläden, Ladenschildern in Lebkuchenform und niedrigen, kitschigen Hecken. Eine Pappmascheekulisse, um Touristen anzulocken und ihnen das Geld aus der Tasche zu ziehen.

Sie schauten nach rechts und links, befragten die Einheimischen, zeigten ihnen Fotos von Zoé und Gaëtan, überprüften die Anmelderegister der Hotels.

Sie hatten nur einen Tag Rückstand auf die Flüchtigen.

Schließlich entdeckten sie sie in einem Souvenirladen.

Zoé ließ den Becher fallen, den sie gerade in der Hand hielt.

Gaëtan wurde rot und stammelte: Scheiße, deine Mutter!

Joséphine breitete die Arme aus, und Zoé warf sich an ihre Brust. Sie wirkte erschöpft von ihrer eigenen Courage und erleichtert darüber, ihre Mutter zu sehen.

Trotzdem wollte sie nicht von ihrem Vorhaben ablassen: Ich kann nicht ohne ihn leben, Maman, hör mir doch zu … Wenn du mich zwingst, getrennt von ihm zu leben, laufe ich wieder weg.

Sie gingen in einen Gasthof und tranken Tee.

Wir müssen sie unbedingt dazu bringen, freiwillig mit uns zurückzukommen, hatte Philippe Joséphine zugeflüstert, sonst haben wir keine Chance. Nach schottischem Recht sind sie volljährig und können tun und lassen, was sie wollen. Ich habe bei der Botschaft angerufen, und sie haben mir gesagt, dass so etwas schon vorgekommen sei. Die Hochzeit habe zwar verhindert werden können, aber es sei niemals gelungen, die Flüchtigen gegen ihren Willen aus Schottland zurückzuholen.

Philippe redete mit Gaëtan. Er ließ sich als Erster überzeugen und erklärte sich mit hängendem Kopf bereit, nach Paris zurückzukehren. Er wirkte beinahe erleichtert, dass sie eingeholt worden waren. Als wäre die Hochzeit, nun, da sie real wurde, eine allzu schwere Last auf seinen Schultern.

Zoé jedoch wollte nichts davon wissen.

Joséphine streichelte ihre Tochter mit Blicken und sagte sich, ich habe sie wiedergefunden, sie sitzt hier vor mir. Sie legte einen Finger auf Zoés Arm, um sich zu vergewissern, sie nahm Zoés Hand, drückte sie, strich ihr eine Haarsträhne hinters Ohr, lächelte.

»Du hörst mir überhaupt nicht zu!«, schrie Zoé.

»Ich dachte, ich müsste sterben. Lass mich erst einmal durchschnaufen.«

»Ich will mit Gaëtan zusammenleben. Ich bleibe hier. Ich habe mich informiert, ich darf das.«

»Und wovon wollt ihr leben? Ihr seid erst sechzehn!«

»Das schaffe ich schon irgendwie. Ich gehe arbeiten. Und er auch. Aber wenigstens sind wir zusammen. Dir ist das egal, du hast ja Philippe!«

»Du bist zu jung zum Heiraten.«

»Das sagst du!«

»Wie bist du überhaupt auf diese Idee gekommen?«

Zum ersten Mal, seit sie wieder zusammen waren, entspannten sich Zoés Züge, und sie lächelte.

»Willst du das wirklich wissen?«

Joséphine nickte.

»Als ich *Stolz und Vorurteil* von Jane Austen gelesen habe … In dem Buch will ein verliebtes Paar nach Gretna Green durchbrennen, um zu heiraten. Und ich habe es genauso gemacht.«

Joséphine versprach, dass sie nach Paris zurückziehen würden.

»Mit Gaëtan?«

»Mit Gaëtan.«

»Und er wird bei uns wohnen?«

»Wir ziehen zurück nach Paris. Alles Weitere sehen wir später.«

»Ich gehe hier nicht weg, wenn du mir nicht schwörst, dass er bei uns einziehen darf. Er hält es bei seiner Mutter nicht mehr aus. Sie ist depressiv, Maman, sie weint, sie lacht, sie schluckt Unmengen von Pillen, sie raucht, und sie droht, Bleichmittel zu trinken.«

»Wir werden mit ihr reden.«

»Und Philippe? Was meinst du, wird er damit einverstanden sein?«

Philippe sagte nichts dazu. Oder doch. Während sie im Pub auf Gaëtan und Zoé warteten, die in das *Bed and Breakfast* zurückgegangen waren, in dem sie übernachtet hatten, um ihre Sachen zu holen. Nach langem Schweigen schaute er zu Joséphine auf, sah sie an, als wären sie beide allein auf der Welt, und sagte: »Es ist deine Entscheidung …«

Sie blieb stumm, unfähig zu sprechen, unfähig, zwischen ihrer Liebe und ihrer Tochter zu wählen. Sie rieb sich die Finger, rang die Hände, verzog den Mund, runzelte die Stirn, um nicht zu weinen. Sie wusste, dass sie sich nicht entscheiden konnte, aber sie wusste auch, dass sie mit Zoé nach Paris zurückkehren würde.

Sie musste mit der französischen Schule verhandeln, ihnen erklären dass es, ja, Wahnsinn sei, aber dass Zoé die elfte Klasse nicht in London beenden würde.

»In diesem Jahr schreiben sie die vorgezogene Französischprüfung für das Abitur, Madame Cortès. Es ist sehr wichtig, dass Zoé sie ablegt.«

»Ich weiß, Monsieur Valentin, ich weiß ... Ich werde sehen, ob ihre alte Schule sie wieder aufnimmt.«

»Sie machen einen großen Fehler ...«

Philippe ging jeden Morgen ins Büro, fuhr nachmittags zum Murray Grove und kam erst spätabends nach Hause. Er küsste sie auf die Stirn, schenkte sich ein Glas Bordeaux ein, griff nach Cashewnüssen und Mandeln, nahm seine Zeitung und setzte sich ins Wohnzimmer, immer in denselben Sessel, immer unter denselben Lampenschirm. Distanziert, höflich. Abwesend. Nicht feindselig, nur schweigsam.

»Ich nehme an, er grübelt auch so, wenn er mit dir zusammen ist«, sagte Joséphine zu Shirley.

»Der reinste Roboter. Unmöglich, seine Blockade zu lösen oder ihn aufzulockern, um ihn zum Sprechen zu bringen.«

»Aber warum sagt er denn nichts?«

»Weil Männer nicht reden. Sie ziehen sich in ihre Höhle zurück, grübeln und kommen erst wieder raus, wenn sie ihr Problem gelöst haben. Das weiß ich, weil Philippe es mir erklärt hat.«

»Mir tut alles weh, Shirley, mein Magen zieht sich zusammen, und ich bekomme keinen Bissen mehr herunter.«

»Du Glückliche! Wenn ich Kummer habe, stopfe ich mich mit Fett und Zucker voll, ich nehme zu, und wenn ich mich dann im Spiegel sehe, würde ich am liebsten aus dem Fenster springen.«

»Du wirst es mir doch sagen, wenn sich eine andere an ihn ranmacht?«

»Das werde ich, versprochen.«

»Du bist wie eine Schwester für mich.«

»Besser als eine Schwester!«

»Ich werde nicht mehr ruhig schlafen können. Er ist ein so attraktiver Mann ... Vielleicht ist es Wahnsinn, was ich mache.«

Es ist ganz sicher Wahnsinn, dachte Joséphine, als sie zwei

Plätze im Eurostar reservierte, diesen Mann sollte eine Frau niemals verlassen.

Trotzdem waren sie nach Paris zurückgekehrt.

Gaëtan war in Joséphines große Wohnung in der Avenue Raphaël gezogen.

Zoé hatte die elfte Klasse wiederholen müssen. Gaëtan auch. Seine Noten waren so schlecht, dass ihm nichts anderes übrig blieb.

Und seitdem lebte Joséphine mit einem jungen Paar zusammen. Sie konnte sich nicht daran gewöhnen. Manchmal hörte sie sie lachen, manchmal hörte sie gar nichts mehr. Manchmal stritten sie sich, stürmten aus dem Zimmer und schlugen die Tür hinter sich zu. Manchmal gingen sie morgens Hand in Hand aus dem Haus und küssten sich, während sie auf den Aufzug warteten.

Einmal war sie in die Küche gekommen und hatte zwei Trinkfläschchen Orangensaft gesehen. Sie hatten Tropicana gekauft und nuckelten daran, während sie ihre Hausaufgaben machten.

Wenn sie abends ins Bett ging, leckte Du Guesclin sacht mit seiner rauen Zunge an ihren nackten Füßen und ließ sich dann mit einem tiefen Seufzen beruhigt auf dem Teppich nieder.

Am ersten Wochenende war sie in Paris geblieben. Sie hatte darauf gewartet, dass Philippe anrief und sagte: Komm. Komm, du fehlst mir.

Aber er rief nicht an. Er saß immer noch in seiner Höhle. Sie wartete am Montag, am Dienstag, am Mittwoch. Dann wählte sie seine Nummer. Ihre Hände waren feucht. Fast hätte sie das Telefon fallen lassen, als er ranging.

Sie fragte ihn, ob es ihn freuen würde, wenn sie käme.

Er sagte Ja. Sie sprang in den Eurostar.

Er erwartete sie auf dem Bahnsteig. Sie redeten nie wieder darüber.

Sie hatte Philippe und den Montagu Square hinter sich gelassen.

Die Familie im Stich gelassen, die sie gerade wieder aufbaute.

Sie lebte nur zur Hälfte.

Familie, Hälfte, Schwester.

Ein letztes Mal betrachtet sie die Crete. Diese kahlen Mönchsschädel. Die spitzen Eiben. Die männliche Eibe ist gerade, schlank und stolz, hat ihr der Herr mit dem Spinnennetz auf dem Kopf erklärt, die weibliche Eibe ist rund, massig, plump.

Sie hat laut gelacht.

Sie war glücklich in Siena.

Und es ist schon einmal ein guter Anfang, zu erkennen, was einen glücklich macht.

Jeden Abend um halb sieben, wenn sie Tom bei Suzon und Georges abgesetzt hat, stellt Stella ihren Lkw auf dem Parkplatz des Krankenhauses ab, öffnet die Eingangstür, geht die Treppe hoch in den ersten Stock und besucht ihre Mutter, Léonie Valenti, im Zimmer 144, gleich neben dem Büro von Doktor Duré.

Sie hat ihr eine kleine Stereoanlage auf den Nachttisch gestellt, und der Stapel CDs ist so hoch, dass er umzukippen droht. Schubert, Schumann, Chopin, Bach, Purcell, Mozart, Beethoven. Ihre Mutter verlangt nach immer neuen CDs, die Stella in der Mediathek ausleiht.

Jeden Abend rückt Stella den Stapel wieder gerade, pass auf, Maman, irgendwann fällt noch alles runter! Mit einem mageren Finger, der aus einem dicken Verband herausschaut, schlägt Léonie den Takt.

»Als ich noch klein war, weißt du, da hatte ich ein Klavier. Und ich spielte … oh, nicht besonders gut, das nicht, aber es war, als würde ich in einen Traum eintauchen. Ich nahm das Klavierspielen sehr ernst, ich hatte ein Metronom mit einem goldenen Wappenschild darauf und Partituren, ich hatte sogar einen Klavierlehrer. Aber irgendwann ist er gegangen. So wie alle Leute aus unserem Haus. Früher oder später sind sie alle gegangen.«

Stella klopft die Kissen auf, lehnt ihre Mutter mit dem Oberkörper dagegen, bindet ihr eine Serviette um den Hals und füttert sie wie ein krankes Kind.

»Wenn ich nicht herkäme, würdest du noch vergessen, etwas

zu essen. Ich habe dir Apfelkompott mitgebracht, Suzon hat es extra für dich gekocht. Sie lässt dich grüßen, und Georges auch.«

Léonie stellt immer die gleichen Fragen: »Wie geht es Tom? Ist er gut in der Schule? Schule ist wichtig. Ist er bei Suzon und Georges? Macht er seine Hausaufgaben? Die beiden sind sehr lieb. Was hätten wir nur ohne sie getan? Sie waren immer für uns da. Hast du gesehen, die Tage werden schon wieder länger, bald ist der Winter vorbei.«

Und dann schweigt sie, erschöpft von diesen wenigen Sätzen.

Stella erzählt von ihrem Tag und schmückt den Bericht mit ein paar erfundenen Anekdoten aus, einem wilden Huhn, das geflohen sei, einem neuen Satz, den Hector, der Papagei, gelernt habe, einer Marotte von Grizzly, einem Scherz von Boubou und Houcine, einer Bemerkung von Julie, die gerne heiraten würde, aber die Männer seien doch alle miteinander Schufte. Und was macht man mit einem Schuft, Stella? Man setzt ihn an die Luft!

Léonie hört zu und lässt sich füttern. Stella wischt ihr den Mund ab, gießt etwas Wasser in ein Glas, hebt es an die Lippen ihrer Mutter. Léonie sieht aus wie ein kaputter Hampelmann. Eines ihrer Augen ist halb zugeschwollen, sie hat kleine Metallschienen an den Fingern, Abschürfungen am Hals, sie trägt eine Halskrause, ihr rechtes Bein ist eingegipst, und ihre Stirn ist mit Pflastern bedeckt.

»Geht es dir heute besser? Tut es nicht mehr so weh?«

»Doktor Duré ist sehr nett. Er kümmert sich sehr gut um mich. Und Amina auch. Sie schaut ständig herein, um nachzusehen, ob ich etwas brauche, ich glaube, sie überwacht mich.« Sie seufzt. »Ich fühle mich wohl hier, am liebsten würde ich für immer bleiben.«

»Bald wird das alles nur noch eine böse Erinnerung sein. Mach dir keine Gedanken, Maman, ruh dich einfach aus.«

Léonie nickt. Ein merkwürdiges Geräusch dringt aus ihrer Kehle, als zerstoße sie kleine Knöchelchen, ein leises Knacken wie von einem kaputten Kiefer. Stella runzelt die Stirn. Dieses

Geräusch hat ihre Mutter nicht gemacht, bevor sie ins Krankenhaus kam. Sie muss mit Doktor Duré darüber sprechen.

»Mach dir keine Sorgen, Maman, du wirst noch lange hier bleiben. Dein Tibiaplateau ist gebrochen. Das dauert mindestens drei Monate, wahrscheinlich länger.«

»Ihr Bein wird vom Fuß bis zum Oberschenkel eingegipst, und sie darf drei Monate nicht auftreten«, hatte der Arzt erklärt. »Es kann zu Komplikationen kommen, Venenentzündung, Pseudarthrose, überschießende Kallusbildung oder Algodystrophie, die unter Umständen eine Operation erforderlich machen. Wir werden Ihre Mutter so lange im Krankenhaus behalten, wie es nötig ist.«

Das war Doktor Durés Diagnose gewesen.

Sie hatte nicht zu betteln, ihn nicht anzuflehen brauchen, bitte, schicken Sie sie nicht wieder nach Hause, er bringt sie um. Weiß er Bescheid? Hat Amina mit ihm gesprochen? Schämt er sich, weil er so lange geschwiegen hat? Diese Fragen stellt sie sich immer wieder. Es kommt ihr so vor, als wüssten alle Einwohner von Saint-Chaland Bescheid, zögen es aber vor, sich blind und taub zu stellen. Es gibt Momente, in denen sogar sie selbst es lieber vergisst.

»Bist du auch ganz sicher, Stella-Schatz? Er behält mich hier?«

Jeden Abend bittet Léonie ihre Tochter, sie zu beruhigen.

Dann lässt sie sich in die Kissen sinken und wünscht sich die Geschichte vom Samtkaninchen.

»Sollen wir nicht mal ein anderes Buch lesen, Maman? Ich bin es allmählich leid, weißt du.«

Léonie schüttelt langsam den Kopf.

»Nur noch einmal, und danach nehmen wir etwas anderes, versprochen.«

»Das sagst du jedes Mal!«

»Aber diesmal meine ich es ernst. Such ein Buch aus, das mir gefällt. Ein Buch, das gut ausgeht. Aber ich will noch ein letztes Mal die Geschichte vom Samtkaninchen und dem Pferdchen hören.«

Stella nimmt das Buch von Margery Williams und liest laut vor. Ihre Mutter schließt die Augen und lässt sich von der Stimme ihrer Tochter wiegen.

»Echt sein hat nichts damit zu tun, wie man gemacht ist«, sagte das Pferdchen. »Es ist etwas, das mit dir passiert. Wenn dich ein Kind eine lange, lange Zeit liebt – wenn es nicht nur mit dir spielen will, sondern wenn es dich wirklich liebt –, dann wirst du echt.«

»Tut das weh?«, fragte das Samtkaninchen.

»Manchmal«, sagte das Pferdchen, denn es war immer ehrlich. »Aber wenn man echt ist, macht einem der Schmerz nichts aus.«

»Passiert das denn ganz plötzlich wie beim Aufziehen?«, wollte das Samtkaninchen wissen. »Oder eher Stück für Stück?«

»Es geschieht nicht auf einmal«, sagte das Pferdchen. »Man wird es. Das braucht viel Zeit. Deswegen passiert es auch nur ganz selten mit denen, die leicht kaputtgehen oder scharfe Kanten haben und die man sehr sorgfältig behandeln muss. Wenn man erst einmal echt ist, dann sind einem schon die meisten Haare weggeliebt worden, und die Augen fallen dir heraus, und deine Gelenke sind ausgeleiert, und du bist ganz abgewetzt. Aber das macht alles nichts, denn wenn du erst einmal echt bist, kannst du gar nicht mehr hässlich sein, höchstens für Leute, die keine Ahnung haben.«

Auch an diesem Abend rinnt eine Träne über Léonies Wangen.

»Bei der Passage weinst du jedes Mal, Maman.«

»Ich denke an Kirschtupfer. Ich hätte ihn so gerne hier bei mir.«

»Aber das geht nicht. Soll ich vielleicht bei denen klingeln und sagen: Hallo, Ray, ich komme meinen Teddybären holen. Du weißt ja, meine Mutter liegt im Krankenhaus, seit du sie windelweich geprügelt hast, und sie kann ohne ihn nicht einschlafen.«

»Ich weiß, ich weiß.«

Aber in ihrem Blick liest sie: Hol ihn mir, Stella, hol ihn mir.

»Warum hängst du überhaupt so sehr an ihm?«

»Er ist süß und weich, und außerdem mag er mich.«

»Aber er ist ein Teddybär!«

Léonie schweigt, ihr Blick weicht dem ihrer Tochter aus.

»Hast du ihn von jemandem geschenkt bekommen? Jemandem, den du sehr gemocht hast? Hast du ein Geheimnis?«, fragt Stella und kitzelt ihre Handfläche.

»Du hast recht, geh lieber nicht hin. Du könntest ihre Aufmerksamkeit auf ihn lenken, und sie wären imstande, ihn wegzuwerfen.«

Es ist nicht das erste Mal, dass Léonie nach dem roten Plüschbären verlangt, der früher einmal Stella gehört hat.

»Womöglich haben sie ihn ja längst weggeworfen«, sagt Stella.

»Oh, nein! Ich habe ihn unter dem Spülbecken versteckt, bei den Putzmitteln und den Wischtüchern.«

Natürlich, denkt Stella, sie haben dich zu ihrer Putzfrau gemacht, sie ließen ein Weinglas oder einen Topf voller Soße fallen, und du solltest dann alles wieder aufheben und sauber machen. Es machte ihnen Spaß, zu sehen, wie du auf allen vieren vor ihnen herumkrochst und dich abrackertest. Er rutschte auf seinem Stuhl hin und her, und wenn du nicht schnell genug warst, verpasste er dir einen Fußtritt. Fernande genoss den Anblick. Sie kratzte sich an den Armen und lachte gehässig. Manchmal blieb ihr von ihrem boshaften Gekicher die Luft weg. Sie verließ kaum noch das Bett und musste aus ihrem Zimmer an den Tisch getragen werden. Dort ließ sie sich nichts von dem Schauspiel entgehen, legte sogar noch eine Schippe drauf, warf mit ihrem Stock ein Marmeladenglas um und brach in schallendes Gelächter aus. Das war ihre einzige Zerstreuung. Man hatte ihr ein Bein amputieren müssen, weil es von Nekrose befallen war. Sie hatte sich immer geweigert, ihre Diabetesmedikamente zu nehmen. Sie behauptete, alle Ärzte seien Diebe, die sich mit der Krankenkasse zusammengetan hätten, um Geld zu scheffeln. Ihre Ferse hatte sich entzündet, und die Wunde hatte sich nicht mehr geschlossen. Arterienentzündung infolge von Diabetes, hatte der Arzt diagnostiziert, wir müssen amputieren, Madame Valenti. Jetzt war sie nur noch eine untersetzte alte Frau mit struppigem weißem Haar, die Befehle schrie und mit ihrem Stock schlug, um sich Gehorsam zu verschaffen. Du warst ihr Dienstmädchen, an dem sie ihren Frust abreagierten.

Aber Stella sagt nichts, sondern lächelt über den raffinierten Trick ihrer Mutter.

»Unter dem Spülbecken! Da finden sie ihn natürlich nie!«

Stolz blitzt in Léonies Augen auf.

»Siehst du, ich bin ja gar nicht so dumm.«

»Nein, Maman, du bist nicht dumm.«

»Wenn die Leute hier mit mir reden, verstehe ich alles.«

»Maman, bitte …«

Zorn glimmt in Stellas Augen auf, Zorn auf diejenigen, die aus ihrer Mutter ein menschliches Wrack gemacht haben. Am liebsten würde sie auf der Stelle losrennen und den roten Teddybären unter dem Spülbecken holen. Sie schweigt, aber im Stillen schwört sie, einen Weg zu finden, sich in die Wohnung in der Rue des Éperviers 42 zu schleichen.

Amina betritt das Zimmer.

»Alles klar, Mädels?«, ruft sie.

»Ja«, antwortet Léonie, »Sie sind sehr freundlich.«

»Sie können mich ruhig duzen, Madame Valenti. Sie sind schon seit drei Wochen hier! Sie müssen sich langsam mal dazu durchringen. Wir werden noch eine Menge Zeit zusammen verbringen, wissen Sie.«

Stella lächelt ihr zu.

»Ich kann dir gar nicht genug danken.«

»Deine Mutter ist so umgänglich. Sie beschwert sich nie.«

»Wann hast du heute Feierabend?«

»In einer Viertelstunde.«

»Kann ich noch kurz bei dir vorbeikommen?«

»Klopf einfach an meine Bürotür. Ich muss noch ein paar Akten einsortieren, und dann bin ich weg.«

»Okay.«

»Ach, fast hätte ich es vergessen, deine Mutter hat ihre Tabletten heute Abend schon genommen, du brauchst sie ihr nicht mehr zu geben, sie wird gut schlafen.«

Amina schenkt Léonie noch ein strahlendes Lächeln, dann schließt sie die Tür.

Stella schiebt den Teller vom Abendessen weg, nimmt ihrer Mutter die Serviette ab, holt eine Bürste aus der Nachttischschublade, bürstet ihr Haar, frisiert es zu einem silberweißen, seidig schimmernden Kranz und sprüht ihr zwei Tropfen Parfüm hinter die Ohren.

»Jetzt bist du schön, wenn deine Träume kommen. Möchtest du noch einmal auf die Toilette?«

»Nein. Ich bin müde, ich glaube, ich werde gleich einschlafen. Ich rufe die Nachtschwester, wenn ich sie brauche. Sie ist nett.«

»Soll ich dir Mozart einlegen?«

Léonie nickt.

Stella nimmt die Hand ihrer Mutter und zieht liebevoll die Adern nach, die sich unter ihrer Haut abzeichnen. Sie durfte nie in die Sonne. Ray fand Frauen mit gebräunter Haut vulgär, billige Schlampen, die man flachlegt. Léonie seufzt glücklich und gelöst. Die Augen fallen ihr zu, ihr Körper entspannt sich, sie gleitet hinüber in den Schlaf.

Nachdem Stella zu Hause ausgezogen war, sah sie ihre Mutter nur noch aus der Ferne. Sie fuhr mit ihrem Lkw an dem Haus in der Rue des Éperviers 42 vorbei und hupte. Wenn Léonie allein war, hob sie den Vorhang an und kam raus auf den Balkon. Sie winkten und warfen einander Kusshände zu. Nach Toms Geburt hielt sie ein Schild hoch, auf das sie geschrieben hatte: »Er heißt Tom und ist das schönste Baby auf der ganzen Welt.« Zuvor war sie hingefahren und hatte ihr ihren dicken Bauch gezeigt. Léonie hatte lautlos applaudiert.

»Hast du mittlerweile herausgefunden, was an dem Abend passiert ist, als sie eingeliefert wurde?«, fragt Stella Amina. »Sie weigert sich, mit mir darüber zu reden.«

»Dafür ist es noch zu früh. Sie steht unter Schock, es muss ziemlich brutal zugegangen sein. Willst du ihre neuesten Röntgenbilder sehen?«

»Doktor Duré hat sie mir schon gezeigt.«

»Die gute Nachricht ist, dass sie noch eine ganze Weile hierbleiben wird. So bald kriegt dieser Irre sie nicht wieder in die Finger!«

»Glaubst du, der Doktor wusste Bescheid?«

»Ich will dir mal was sagen, Stella, alle hier wissen Bescheid, aber die Leute haben Angst vor Ray Valenti. Er und seine Kumpane haben die ganze Stadt in der Hand.«

»Aber Duré …«

»Ist ein Mann wie alle anderen. Er hat eine Frau, Kinder, womöglich eine Geliebte, er hat bei der Steuererklärung getrickst, Geld in der Schweiz gebunkert, er hat Arbeiter schwarz bezahlt, die eine oder andere Operation vermasselt, was weiß ich, ich sage das einfach nur so, aber Ray Valenti, er weiß das. Er wittert die Schwächen der anderen, sieht die versteckte Angst in ihren Augen und beutet sie aus. Er hat überall Freunde, und er und seine Spießgesellen haben aus der Angst der Leute ein Geschäft gemacht. Alle zittern vor ihm. Und das gibt ihm mittlerweile den Kick, nicht mehr die jungen Dinger, die er früher hinter der Drehleiter flachgelegt hat. Und vergiss nicht, er ist ein Held. Ein nationaler Held! Verglichen damit hat das Wort deiner Mutter wenig Gewicht.«

Stella kennt diese Leier auswendig. Wenn sie durch Saint-

Chaland geht, sieht sie die Blicke der Leute, die Bescheid wissen, aber schweigen. Oder sie sagen: Na, Stella, wie geht's? Alles in Ordnung? Diese Feiglinge. Sie sind genauso gefährlich wie die Henker. Am liebsten würde sie sie beim Kragen packen und sie anschreien: Warum fragt ihr mich das, ihr wisst es doch selbst? Und warum sagt ihr nichts, warum tut ihr nichts, warum lasst ihr ihn einfach gewähren, mit verschränkten Armen und zugeschweißten Lippen? Denn sie alle wissen von Léonie Valentis Martyrium. Die Stadt ist nicht groß, und Ray Valenti ist allgegenwärtig. Er regiert als schweigender Herrscher. Die meisten Leute haben auf die eine oder andere Weise mit ihm zu tun, und diejenigen, die sich noch nicht in seinem Spinnennetz verfangen haben, ziehen es vor, sich nicht einzumischen.

»Seit wann weißt du es denn?«, fragt sie Amina.

»Erinnerst du dich daran, wie wir zusammen zur Schule gingen … Wir waren nicht befreundet, aber du warst mein Idol. So blond, so zart, so reserviert, und ich dürr, schwatzhaft und dunkel wie eine Dörrpflaume.«

Sie lacht.

»Eine algerische Pflaume! Ich hatte nicht viele Freundinnen, aber dich mochte ich. Ich beobachtete dich aus der Ferne, ich spionierte dir hinterher, und mir war bald klar, dass irgendwas mit dir nicht stimmte. Du warst immer auf der Hut, sobald dich jemand auch nur streifte, zucktest du zusammen. Niemand durfte dir zu nahe kommen außer diesem Großmaul Violette und der guten Julie. Denen war es erlaubt. Ich beobachtete dich, ich kopierte dein Lächeln, das immer sofort wieder verlosch, deinen halb gesenkten Blick, ich kopierte die Gummibänder in deinem Haar, deinen Gang. Ich kopierte sogar deine melancholische Art! Ich fand das so schick …«

»Das erfindest du doch gerade!«

»Ich erfinde nichts, ich erzähle. Und dann, eines Tages, da habe ich gehört, wie ein Lehrer mit einer Pausenaufsicht sprach, die sich über dein Verhalten beschwerte. Lass es gut sein, sagte er, du kannst dir nicht vorstellen, welche Hölle dieses Mädchen durchmacht! Man muss ihr helfen und ihr nicht noch zusätzliche Scherereien machen. Mit dem, was bei ihr zu Hause los ist, hat sie schon genug zu kämpfen! Danach haben sie geflüstert, und ich habe nicht alles verstanden. An dem Tag ist für mich eine Welt zusammengebrochen. Sie hatten meine Illusion zerstört. Das schöne Bild der Familie Valenti. Und weil ich von Natur aus neugierig bin, wollte ich es genau wissen. Ich habe Informationen über die Valentis gesammelt: die Großmutter, die Mutter, die Tochter, den Vater. Du weißt schon, diese ganzen Geschichten, die sich die Leute erzählen. Manche davon sind wahr, andere falsch. Ich kannte sie alle. Dann wurde ich Krankenschwester. Für mich war das etwas Großartiges. Eine Beförderung, der Orden der Ehrenlegion auf meinem weißen Kittel. Und eines Tages, als ich wusste, dass dein Vater und deine Großmutter einen Termin im Krankenhaus hatten, bin ich zu euch nach Hause gegangen. Oh, das ist lange her, du warst schon ausgezogen und wohntest auf dem Bauernhof… Ich habe in der Rue des Éperviers 42 an die Tür geklopft. Deine Mutter hat mir aufgemacht. Sie trug einen Morgenmantel, einen schäbigen Morgenmantel aus zerschlissener Baumwolle, ihre nackten Füße steckten in Pantoffeln, und Haarsträhnen klebten auf ihrer Stirn. Sie sah mich misstrauisch an.«

»Was wollen Sie?«

In dem Moment schrie draußen ein Kind, und sie drehte den Kopf zur Seite. Da habe ich einen Bluterguss an ihrer linken Schläfe gesehen. Einen großen violetten Fleck. Und ihre Augenbraue war aufgeplatzt.

»Ich bin eine Freundin von Stella …«

Als sie deinen Namen hörte, öffnete sie die Tür ganz. Sie war immer noch so schön! Blond, groß, schlank, die gleichen Augen wie du. Eine Eleganz wie aus vergangenen Zeiten.

Sie führte mich in die Küche. Da standen noch zwei Kaffeetassen, Brot, Butter und Marmeladengläser. Das karierte Tischtuch war übersät mit Flecken. Sie warf ein Geschirrtuch darüber, um sie zu verstecken.

»Sie sind gerade losgefahren. Wenn Sie mit meinem Mann sprechen wollen …«

»Nein, ich wollte mit Ihnen reden.«

»Weiß mein Mann, dass Sie hier sind?«

»Nein.«

»Er weiß nicht, dass Sie hier sind?«, wiederholte sie verängstigt.

»Ich bin eine Freundin von Stella, von mir haben Sie nichts zu befürchten.«

»Hat Stella Sie hergeschickt?«

»Nein. Sie weiß nichts davon.«

»Dann gehen Sie! Gehen Sie! Ich bitte Sie, sie dürfen Sie hier nicht sehen.«

Sie schob mich Richtung Tür. Mit beiden Händen. Die Angst verlieh ihr ungeheure Kraft. Ihr Gesicht war verzerrt, sie keuchte, zog eine fürchterliche Grimasse und zitterte am ganzen Leib. Ich bekam Mitleid mit ihr und ging freiwillig zur Tür. Wer war ich denn, ihr meine Hilfe, meine kostbare Hilfe aufzuzwingen? Bevor sie die Tür wieder schloss, fragte ich sie: »Er schlägt Sie, nicht wahr? Sie brauchen Hilfe, Madame Valenti.«

Instinktiv hob sie den Arm, um ihre linke Schläfe zu verstecken, und durch den Morgenmantel hindurch sah ich noch mehr Spuren von Schlägen auf ihren Armen, lange schwarze Blutergüsse auf ihrer weißen Haut.

»Sind Sie immer hier eingesperrt?«

»Ich bin nicht eingesperrt, ich kann nach draußen.«

»Lieben Sie ihn?«

»Glauben Sie, ich würde hierbleiben, wenn ich ihn nicht liebte?«

»Essen Sie genug?«

»Er hat nicht viel Geld. Seine Mutter verwaltet die Haushaltskasse.«

»Wieso?«

»Was weiß ich? Das ist seine Sache. Ich arbeite nicht, ich bin zu nichts nütze. Und was kümmert Sie das überhaupt?«

Ich versuchte, ihr eine Hand auf die Schulter zu legen, damit sie verstand, dass sie sich auf mich verlassen könne und ich sie nicht im Stich lassen würde, aber sie wich einen Schritt zurück.

»Ich bin kein guter Mensch. Meine Tochter ist die Einzige, die glaubt, dass ich etwas wert wäre.«

»Ich werde Ihnen helfen.«

»Ich brauche keine Hilfe ... Lassen Sie mich in Ruhe.«

»Ich komme wieder und sehe nach Ihnen.«

»Ich will Ihr Mitleid nicht. Das ist alles meine Schuld, das weiß ich. Gehen Sie, gehen Sie, ich will Sie nicht mehr sehen.«

Sie fing an zu weinen, faltete die Hände und sagte immer wieder, ich solle gehen, für sie sei es zu spät.

Von diesem Tag an war mir, als hätte ich eine Mission. Ich musste deine Mutter retten. Es war schwierig, weil sie das Haus praktisch nicht mehr verließ. Wenn Ray und seine Mutter ins Krankenhaus kamen, wenn er sie auf seinen Armen hereintrug, dann rannte ich, sooft ich konnte, in die Rue des Éperviers. Sie hat mir nie mehr aufgemacht. Ich versuchte Erkundigungen einzuziehen, ich wollte wissen, wer dieser Ray Valenti wirklich war, und ich erkannte, dass ich in ein wahres Spinnennetz geraten war. Er hatte überall Freunde, im Rathaus, in der Unterpräfektur, bei den Gendarmen, sogar im Krankenhaus! Ich habe mein Vorhaben nicht aufgegeben, aber ich bin nicht mehr zu ihr gegangen.

»Hast du Duré davon überzeugt, sie hierzubehalten?«

»Ja.«

»Hat er die Geschichte mit der Tibiaplateaufraktur erfunden, oder stimmt das tatsächlich?«

»Kein Kommentar!«, antwortete Amina mit einem sanften Lächeln. »Ich will ihn nicht verraten, für ihn ist das auch ein Risiko.«

»Diese Nachricht, du weißt schon, ›100% Turquet‹, die habe ich behalten. Glaubst du, es war Turquet, der sie verprügelt hat?«

»Ich weiß es nicht. Sie spricht nicht darüber. Sie lässt sich pflegen, sie ruht sich aus, und das ist im Moment das Wichtigste. Sie hat nie geredet, Stella, wir müssen ihr Zeit lassen, bis sie erkennt, dass sie sich uns anvertrauen kann, ohne das Schlimmste befürchten zu müssen.«

»Du hast recht. Wenn es Turquet war, dann hat Ray ihn gewähren lassen. Ich hatte ihn an dem Nachmittag provoziert. Es ist meine Schuld.«

»Du konntest ja nicht ahnen, dass er sich an deiner Mutter rächen würde.«

»Ich dachte, ich würde es selbst ausbaden müssen.«

»Es ist nicht deine Schuld, Stella. Das geht doch schon lange so, du kannst nichts dafür.«

»Da bin ich mir nicht sicher. Es ist furchtbar, Amina. Jedes Mal, wenn ich mich wehre, bestrafen sie mich. Ich bin machtlos. Sie haben meine Mutter fertiggemacht. Sie haben Adrian fertiggemacht. Und mich wollen sie auch fertigmachen. Aber das werden sie nicht schaffen.«

Das werden sie nicht schaffen, wiederholt sie, den Blick in der Ferne verloren, und dann fasst sie Aminas Hand ganz fest und fügt hinzu: »Das verspreche ich dir.«

Mich hat er nie fertiggemacht, denkt Stella, als sie den Blinker setzt und vom Krankenhausparkplatz fährt.

Auch wenn …

Auch wenn ich zu schwach war, um ihn abzuwehren. Mit meinem Körper konnte er machen, was er wollte, aber ich verbarrikadierte mich in meinem Kopf, damit er da nicht reinkam.

Seit meinem fünfzehnten Geburtstag wollte ich jeden Abend sterben.

Aber sobald er mein Zimmer wieder verlassen hatte, riss ich mich zusammen. Ich konnte nicht sterben, denn das hätte bedeutet, sie im Stich zu lassen. Ich weinte nicht. Ich dachte mir Mittel und Wege aus, um mich zu wehren und uns beide zu retten. Ich steckte vermeintlich anonyme Zettel in die Briefkästen unseres Hauses. RAY VALENTI IST EIN SCHWEIN, hatte ich in Großbuchstaben darauf geschrieben. RAY VALENTI GEHT NACHTS ZU KLEINEN MÄDCHEN INS ZIMMER. RAY VALENTI IST KEIN HELD. Aber im Haus wohnten nur Kollegen von Ray Valenti, Feuerwehrleute, die mit ihm zusammen bei Gérard ihr Bier tranken, und das Einzige, was mir diese Aktion einbrachte, war eine Tracht Prügel am Abend.

Ich versuchte zu begreifen, wie all das gekommen war.

Es ist ein Puzzle, sagte sie sich. Ich muss die Geschichte rekonstruieren wie in einem Krimi. Warum hat sich Maman das gefallen lassen? Warum hat sie nicht nur sich selbst, sondern auch mich ausgeliefert? Was hat sie gebrochen, ihren Überlebensinstinkt, ihren Widerstand gegen dieses abscheuliche Dasein erstickt?

Als Teenager fragte sie Suzon und Georges aus. Die beiden hatten lange in Diensten ihres Großvaters Jules de Bourrachard gestanden. Suzon als Köchin und Georges für alle möglichen Arbeiten in Schloss und Garten. Suzon war kaum sechzehn Jahre alt, als sie die Stelle antrat. Léonie war kurz zuvor auf die Welt gekommen. Suzon hatte sie aufgezogen, ihr die Nase geputzt und den Hintern abgewischt, sie gefüttert. Nach Jules' Tod hatte sie das Herrenhaus verlassen. Zusammen mit Georges war sie auf den Bauernhof gezogen, den Jules ihnen in seinem Testament vermacht hatte, um ihnen für die treuen Dienste zu danken, die sie seiner Familie erwiesen hatten.

Warum ist Ray so böse?, fragte Stella, und wagte nicht, deutlicher zu werden. Georges antwortete nicht. Warum?, fragte sie erneut. Warum? Da seufzte er und sagte: Es liegt an dir, zu entscheiden, ob du glücklich sein willst oder nicht. Wenn du beschließt, glücklich zu sein, wirst du stärker sein als alle anderen. Wenn du beschließt, dich zu wehren, wirst du irgendwann gewinnen. Manche Leute bleiben für immer ein Opfer, und andere beschließen, trotz aller Widerstände mit der Situation fertigzuwerden. Sie lassen sich nicht unterkriegen.

Sie war nicht sicher, ob das bei ihr der Fall war.

Wenn Ray nachts in ihr Zimmer kam, wenn draußen ein Gewitter tobte und der Donner ihre Schreie übertönte, dann war sie bloß noch ein kleiner, zitternder Körper, mit dem er machte, was er wollte. Dann glaubte sie, den Verstand zu verlieren. Sie wollte sterben.

Damals hatte sie aufgehört, ihn Papa zu nennen.

Nach jener ersten Nacht, in der sie gehört hatte, wie er ihre Schlafzimmertür öffnete.

»Ist Maman krank?«, hatte sie gefragt, als sie die Augen aufschlug. »Ist ihr etwas passiert?«

»Unsinn, Dummerchen …«

Seine Stimme klang so sanft und honigsüß, wie sie es noch nie bei ihm gehört hatte.

»Musst du zu einem Einsatz? Soll ich dir ein Brot machen?«

Sie mussten ihm immer ein Brot machen, wenn er zu einem Brand gerufen wurde oder nach einem Unfall auf der Autobahn Leichen aus einem Autowrack herausschneiden sollte. Gefahr macht hungrig, sagte er immer. Und ließ ihre Mutter mitten in der Nacht aufstehen, damit sie ihm ein belegtes Brot mit Schinken und Essiggürkchen machte. Vergiss ja nicht die Gürkchen, drohte er mit erhobener Hand.

»Nein, nein, leg dich wieder hin und lass mich machen.«

Er hatte eine Hand unter ihr Pyjamaoberteil geschoben und die andere auf ihren Mund gelegt. Seine Finger drängten sich in ihren Mund, seine Augen kamen näher, seine wie irre leuchtenden, weit aufgerissenen Augen. Auch sein Mund kam näher, und er sprach immer noch mit der gleichen honigsüßen Stimme: »Beim nächsten Mal ziehst du ein hübsches Nachthemd an, okay? Ich kaufe dir eins. Ein hübsches Nachthemd, damit Ray seinen Spaß mit dir haben kann. Wollen wir nicht ein wenig Spaß miteinander haben? Ich kenne unglaublich lustige Spiele.«

»Papa, bitte, lass mich. Ich habe schon geschlafen …«

»Jetzt stell dich nicht so an. Du wirst sehen, das ist schön, sehr schön sogar, alle Frauen mögen das, ich bin der Erste, und danach wirst du mir dankbar sein … Du bist jetzt groß, du bist fünfzehn, erzähl mir nicht, dass du noch nie Doktorspielchen mit einem Jungen gemacht hast!«

Seine Hand wanderte nach unten, legte sich auf ihren Bauch, streichelte ihn, oh, was für ein hübscher kleiner Bauch, so weich, so zart, zum Reinbeißen! Die andere Hand öffnete die Knöpfe ihrer Pyjamahose, zog sie runter bis zu den Knien, schob ihre Beine auseinander, fasste ihr ans Geschlecht.

»Nein!«, hatte sie geschrien. »Papa, lass das …«

»Sei still! Ich kann dieses Geschrei nicht leiden!«

»Papa!«, hatte sie wieder geschrien.

Ihre Mutter würde sie hören. Ihre Mutter würde aufstehen. Ihre Mutter würde sie retten.

»Halt endlich den Mund! Verflucht, diese Weiber! Immer nur rumheulen! Immer nur jammern!«

»Papa …«, hatte sie noch einmal gewimmert, sich ganz starr gemacht, damit er nicht in ihren Körper eindrang, und sich aus Leibeskräften gewehrt.

»Oh, du gehst mir auf die Eier! Ich bin überhaupt nicht dein Vater. Also darf ich auch mal ran.«

»Aber, Papa …«

»Ich bin nicht dein Vater, so! Hast du's endlich kapiert, oder brauchst du eine schriftliche Erklärung?«

Und wie metallene Klauen zerkratzten seine Finger ihre Oberschenkel.

»Glaubst du etwa, ich hätte nicht gesehen, wie du vor mir mit dem Arsch wackelst, du kleine Nutte? Du hast mich provoziert, und hier bin ich! Hör endlich auf mit dem Gejammer … Du wirst doch jetzt kein Drama daraus machen.«

Und als sie nicht aufhörte, sich zu wehren, hatte er sie geschlagen, auf die Nase, auf den Mund, auf den Kopf, sie hatte die Arme gehoben, um sich zu schützen, und das hatte er ausgenutzt, um mit einem harten Stoß in sie einzudringen.

Sie hatte geglaubt, ein Messer risse ihr den Bauch auf.

Sie hatte ihn nie wieder Papa genannt.

Wie hatte sie es geschafft weiterzuleben, jeden Morgen aufzustehen, zur Schule zu gehen, ihre Hausaufgaben zu machen, mit Violette und Julie zu reden, ohne jemals etwas zu verraten?

An diesem Morgen hatte ihre Mutter ihr keinen Kuss gegeben. Mit hängendem Kopf hatte sie den Tisch gedeckt, das Frühstück vorbereitet, war mit der Kaffeekanne in der Hand ziellos durch die Küche gelaufen. Sie hatte nicht stillsitzen können.

Stella war zur Schule gegangen. Bei jedem Schritt spürte sie das Messer in ihrem Bauch. Sie hatte Geschichte, Englisch und Biologie gehabt. Hatte ihre Hausaufgaben in ihrem Heft notiert. Auf die Fragen des Lehrers geantwortet. Sie hatte in der Kantine überbackene Makkaroni gegessen und Orangenlimonade getrunken. Sie hatte sich gewundert, dass sie noch am Leben war.

Aber ihr Kopf vergaß nicht.

Sie setzte einfach immer weiter einen Fuß vor den anderen. Das war das große Geheimnis.

Sie wollte ihren Körper bestrafen.

Sie zog ihr Haar straff nach hinten und heftete es mit Spangen am Kopf fest oder band es mit Gummibändern zusammen. Sie schnitt sich die Wimpern mit einer Nagelschere. Sie biss sich auf die Lippen, bis sie bluteten und Krusten bildeten. Sie knabberte ihre Fingernägel ab. Sie kaute Lebensmittel, ohne sie zu schlucken. Sie spuckte die Stücke zurück in ihre Hand und steckte sie in die Tasche. Sie wollte keine Brüste mehr haben, keinen Hintern, keine Vagina, nichts, was Rays Hände anlockte. Sie wollte unsichtbar werden. Ein Gerippe begehrt doch niemand, nicht wahr?

Sie trieb ihren Körper zur Erschöpfung. Rannte wie ein Wiesel. Sie wolle einen Marathon laufen, behauptete sie. Suzon seufzte, wer so viel läuft, der läuft doch vor etwas davon, oder?

Georges und Suzon ließen die Tür ihres Bauernhofs immer offen. Es war ein großer Hof mit einigen Nebengebäuden. Manchmal floh Stella nachts mit dem Rad dorthin und schlief bei den Eseln oder in einem Baum. Sie hatte einen großen Baum mit starken Ästen gefunden und darin eine Plattform gebaut, wo sie sich nachts zusammenrollte. Allein unter den Sternen konnte sie beruhigt schlafen. Er würde sie nicht finden. Er würde die Zimmertür öffnen und feststellen, dass das Bett leer war. In einer Gewitternacht würde er sich dafür rächen, aber auf dem großen Baum sammelte sie Kraft für diese Nacht. Manchmal war es so kalt, dass sie das Gefühl hatte, ihre Haut würde so dünn wie das Papier, aus dem Georges seine Zigaretten drehte. Warum hatte er gesagt: »Ich bin nicht dein Vater … brauchst du eine schriftliche Erklärung?« War das die Wahrheit? Bei Ray wusste man nie. Manchmal redete er einfach drauflos. Um sich zu amüsieren, um andere zu verletzen. Aber wenn er nicht mein Vater ist, wer ist es dann?

Sie lauschte dem Wind, lauschte auf die Geräusche der Nacht, schaute zu den Sternen hoch und schlief ein, die Arme um ihre rosa Daunenjacke geschlungen, eine Mütze auf dem Kopf und dicke Socken an den Füßen. Wenn die Sonne aufging, fuhr sie mit dem Rad zurück und begegnete unterwegs Georges und Suzon, die immer früh aufstanden, um die Tiere zu versorgen. Sie winkte ihnen zu, ohne anzuhalten. Fuhr nach Hause, setzte sich an den Frühstückstisch, suchte Rays Blick und hielt ihn fest. Guck mich nicht so an, sonst fängst du dir eine!, brüllte er.

Aber er schlug sie nicht. Er schrie sie an, aber er schlug sie nicht. Sie schaute ihn immer länger an, um herauszufinden, wer von ihnen stärker war. Ihre Augen schmerzten, aber sie hielt durch. Sie hatte sich nicht unterkriegen lassen. Georges hatte recht, ich entscheide selbst, ob ich ein Opfer bin oder nicht. Sie sah ihm unverwandt in die Augen, und er wich zurück.

Sie trank ihren Milchkaffee, ihr war schwindlig, sie war berauscht von ihrem ersten Sieg. Sie hatte nicht zu schreien, zu schlagen oder ihr Messer zu zücken brauchen.

Mit ihrer Mutter redete sie nie darüber.

Wenn sie allein waren, hielten sie einander in den Armen. Sie strichen einander übers Haar, über die Nasenspitze, streichelten sanft ihre Arme, tauschten zarte Küsse aus, kitzelten sich gegenseitig, um ihr Lachen zu hören, seufzten, umarmten sich.

»Du bist mein kleiner Goldstern, mein kleiner Glücksstern«, sagte Léonie und rollte Stellas weißblondes Haar um ihre Finger.

Einmal war sie, nachdem sie die Nacht im Baum verbracht und seine Kraft in sich aufgenommen hatte, nach Hause zurückgefahren, hatte die Arme ausgebreitet wie zwei dicke, starke Äste und hatte ihre Mutter gefragt: »Wie schaffst du es, nie zu schreien? Nicht wegzugehen?«

»Weil ich dich habe. Du bist meine kleine große Liebe …«

»Warum hat er dich geheiratet?«

»Er glaubte, ein wunderbares Mädchen zu heiraten, aber er wurde getäuscht.«

»Du bist doch eine wunderbare Frau!«

Ihre Mutter schüttelte lächelnd den Kopf. Ihr blondes Babyhaar rahmte ihr schönes Gesicht ein, und sie sagte: »Nein, nein, ich bin keine wunderbare Frau.«

»Dann versteht er nichts von Liebe …«

»Oder er versteht etwas anderes darunter als ich. Es gibt viele verschiedene Arten der Liebe.«

»Aber für die Liebe braucht man ein Herz. Und er hat keins.«

Sie redete, als wäre sie ganz allein. Sie redete mit lauter Stimme, um sich selbst reden zu hören, um sich zu vergewissern, dass sie nicht träumte. Denn manchmal sagte sie sich, dass das alles bloß ein Albtraum sei und sie bald aufwachen werde, aber sie wollte nicht, dass es ein Albtraum wäre, sie wollte, dass es echt war, damit sie gegen die Realität kämpfen konnte. Denn gegen einen Geist kämpft man ja nicht, oder?

»Bedeutet Leidenschaft denn, den anderen auch mit Gewalt zu nehmen?«, fragte Stella. »Wie bei Eseln und Eselinnen? Ist es das, was die Leute ›Liebe machen‹ nennen?«

»Nein. Davor kommen noch viele andere Dinge. Zärtlichkeit, Lächeln, Lachen, Flüstern, flüchtige Berührungen … Es gibt nicht nur Sex, nackte Haut und Schweiß. Das ist so schwierig zu erklären, mein kleiner Liebling.«

»Aber du weißt das doch! Du erklärst sehr gut.«

»Ich weiß überhaupt nichts. Früher dachte ich, ich wüsste es, aber das ist lange her. Ich habe mir immer Dinge ausgemalt, die dann nie passiert sind. Als lebte ich neben dem eigentlichen Leben her. Bestimmt bin ich nicht normal. Ich bin ein bisschen plemplem. Ray hat recht. Du darfst nicht nur auf die Äußerlichkeiten schauen, mein Liebes, manchmal hat er recht und manchmal auch nicht, aber er hat das Recht, mich zu bestrafen.«

An diesem Tag hatte sie erkannt, dass Schläge nicht der einzige Weg waren, einen Menschen zu zerstören.

Sie wollte, dass ihre Mutter schwieg, sie hatte ihr eine Hand auf den Mund gelegt, um die ganze Traurigkeit aufzuhalten, die daraus hervorströmte.

Sie hörte zu, wenn Violette und Julie redeten, und fragte sich, ob sie auch das nächtliche Messer im Bauch kannten. Sie musterte ihre Väter. Sah ihnen tief in die Augen, um zu sehen, ob sie zurückwichen.

Sie wichen nicht zurück.

Mehr noch, überrascht von ihrer Kühnheit und ihrem kühlen, präzisen Blick, fragte Monsieur Courtois sie wortlos aus, drängte sie zu reden, und sie erinnerte sich an das stumme Versprechen, das sie ihm eines Abends gegeben hatte. Ja, hatte sie mit Blicken gesagt, ja, ich verspreche Ihnen, dass er mir nichts tun wird, ich werde mich wehren, ich lasse mich nicht brechen.

Vor Monsieur Courtois senkte sie den Blick.

Sie hatte eine Gabel unter ihrem Kopfkissen versteckt, und wenn Ray sich ihr näherte, drohte sie ihm damit. Fass mich nicht an, sonst steche ich dir die Augen aus! Er lachte schallend auf, riss ihr die Gabel aus der Hand und warf sie auf den Boden.

Als Nächstes hatte sie ein Taschenmesser versteckt. Aufgeklappt, bereit zum Gebrauch. Aber er war clever. Er hielt sie mit einer Hand fest und suchte unter dem Kissen, ehe er sich auf sie legte.

Sie versuchte es wieder.

Um sie zu bestrafen, hatte er sie eines Abends windelweich geprügelt. Sein angewinkelter Arm hob und senkte sich unerbittlich, bildete ein V in der Dunkelheit, ich verpasse dir eine Abreibung, dass dir jede Lust vergeht, noch einmal solche Spielchen zu treiben. Er schlug, schlug auf sie ein, sie biss die Zähne zusammen und versuchte, den Kopf gerade zu halten. An diesem Abend hatte er sie so hart geschlagen, dass sie plötzlich nichts mehr hörte. Erst auf dem linken Ohr. Dann auch auf dem rechten. Die Schläge hallten in ihrem Körper wider, aber sie hörte sie nicht. Sie war von einer Wattehülle umgeben. Alles war still geworden. Sie sah, wie sich Rays Lippen bewegten, wie seine Kiefer mahlten, aber sie hörte nichts mehr, und das sah fast schon komisch aus. Sie hatte einen Lachkrampf bekommen, und Ray war nur noch wütender geworden, er hatte den Arm gehoben und auf sie eingeschlagen, und da sie sich die Ohren hielt, hatte er immer wieder und wieder auf die Ohren gezielt. Dong, dong hörte sie die Schläge in ihrem Inneren, dumpfe Schläge einer tiefen Trommel, aber von draußen nichts mehr.

Morgens beim Frühstück war alles totenstill. Sie schlug mit ihrem Löffel gegen die Tasse, nichts. Sie sah Münder bewegen, aber der Ton dazu fehlte.

Bald würde sie überhaupt nichts mehr spüren, hatte sie sich gesagt.

Und so hatte sie gelernt, von den Lippen abzulesen.

Denn es war eine ganze Weile so geblieben.

Sie war nicht mehr zur Schule gegangen.

Der Schularzt hatte sie untersucht, aber er wusste sich keinen Rat.

»Vielleicht hängt es mit der Pubertät zusammen, seit wann hast du denn deine Periode?«, hatte er gefragt und dabei grotesk die Lippen verzogen.

Sie hatte lachen müssen.

»Du musst wieder zur Schule gehen, ich werde mit deinen Lehrern reden.«

Die Lehrer achteten darauf, langsam zu sprechen, und niemand wagte in ihrer Gegenwart zu lachen.

Als wüssten sie, dass es nichts zu lachen gab.

Julie gab ihr ihre Unterrichtsnotizen. Anfangs las Stella sie noch, doch nach einer Weile sagte sie ihr, dass es nicht mehr nötig sei, sie habe im Unterricht alles verstanden. Violette behauptete, sie simuliere nur, um sich wichtigzumachen. Glaubst du im Ernst, es macht die Jungen scharf, wenn du die Geheimnisvolle spielst? Da bist du aber schiefgewickelt, du solltest lieber deine Titten ein bisschen aufpolstern, die sehen ja aus wie Erdnüsse! Jungen stehen eher auf kleine pralle, feste, runde Möpse.

Die Jungen sind mir scheißegal!, knurrte sie.

Und wenn Violette und Julie ein Herz in die Rinde eines Baums ritzten und neben ihrem Namen reichlich Platz ließen, damit ein Junge es mit seinen Initialen ausfüllen könnte, sagte sie sich, dass die beiden nichts kapiert hätten, dass sie dumm wären, dass man sich auf niemandes Initialen verlassen durfte, um sein Leben auszufüllen.

Bei Partys wehrte sie die Jungen ab, die sie mit ihren Händen betatschten. Oder mit ihren Mündern abschleckten. In ihrer Vorstellung waren das eklige, schleimige Nacktschnecken. Stocksteif und mit geballten Fäusten stand sie an der Wand, in einem zu engen Kleid, weil Ray sich weigerte, ihrer Mutter Geld zu geben, um ihr etwas zum Anziehen zu kaufen.

Sie hatte sowieso nicht genug Busen, um den Jungen zu gefallen, und das kam ihr ganz gelegen.

Genau wie es ihr ungemein gelegen kam, taub zu sein.

Sie hörte nur das, was sie hören wollte, und mochten die Leute auch den Mund aufsperren, bis ihre Mundwinkel einrissen, sie reagierte mit einem erbitterten Schweigen.

»Du kannst dich bei deinem Vater bedanken!«, hatte Monsieur Avril gesagt, wobei er Grimassen schnitt wie ein Clown. »Er hat darauf bestanden, dass ich dir die Praktikumsstelle gebe. Gar nicht so leicht, einer Tauben einen Job zu beschaffen, was, Ray?«

Sie war sechzehn Jahre alt, besuchte die zehnte Klasse und musste ein einwöchiges Praktikum in einem Unternehmen absolvieren. Monsieur Avril betrieb eine Industrieschreinerei, in der Türen und Fenster hergestellt wurden, und saß zusammen mit Ray im Stadtrat.

»Ja, bedank dich mal schön«, sagte Ray mit dem Lächeln des Wohltäters, der kleine Kinder aus den Flammen rettet.

Er streckte die Arme aus und zog sie an seine Seite. Und kniff sie, damit sie lächelte und sich bedankte.

Sie musste ihre Rolle als dankbare Tochter spielen.

Als normale, dankbare Tochter.

Eine normale Familie waren sie nur in der Öffentlichkeit. Wenn sie sich am 14. Juli das Feuerwerk anschauten oder davor den Feuerwehrball besuchten. Dann spielte Ray den netten Menschen. Er tanzte mit seiner Frau, reichte ihr den Arm, hielt seine Tochter an der Hand, mimte den perfekten Ehemann, den perfekten Vater.

Sie weigerte sich, eine perfekte Tochter zu sein.

Lieber wurde sie hässlich.

Sie konzentrierte sich auf ihr Prinzip.

Auf Georges' Worte: Es liegt an dir, ob du glücklich sein willst oder nicht … ob du dich unterkriegen lässt oder nicht. Sie würde sich nicht unterkriegen lassen.

Eines Abends hatte sie mit Georges und Suzon *Jules und Jim* angesehen und festgestellt, dass die Hauptdarstellerin Männerkleidung trug. Einen dicken Männerpullover, eine Männerhose und klobige Schuhe. Wenn sie rannte, hielt sie ihre zu große Hose mit beiden Händen fest. Sie malte sich mit Kohle einen Schnurrbart und versteckte ihr Haar unter einer Mütze … An diesem Abend hatte sie Georges gebeten, ihr einen alten Pullover, eine Mütze und eine Hose zu leihen. Willst du aussehen wie Jeanne Moreau?, hatte er gefragt, während er in seinem Kleiderschrank wühlte.

Er hatte nicht gefragt, wieso.

Wenn er sie an diesem Abend gefragt hätte, hätte sie es ihm erzählt. Sie hatte das Lachen von Jeanne Moreau im Kopf, ihren Gesichtsausdruck. Die hatte keine Angst. Sie wickelte die Männer um den Finger. Sie bestimmte, wo es langging.

Und von da an kleidete sie sich wie ein Mann.

Wenn sie in der Schule gefragt wurde, was diese Männerklamotten sollten, erzählte sie von dem Film. Es ist die Geschichte einer Frau, die sich nichts gefallen lässt, fügte sie hinzu, einer Frau, die sich nicht unterkriegen lässt.

Die Leute hakten nie nach. Sie wechselten das Thema, fragten: Na, schreibst du auch gute Noten, geht es dir gut? Wie findest du das Wetter heute?

Sie schämten sich für ihre Feigheit.

Und sie spielte mit ihrer Scham. Kam zu spät zum Unterricht, setzte sich in die erste Reihe und warf ihre Tasche auf das Pult. Sie zeichnete, während der Lehrer sprach. In der Kantine legte sie die Füße auf den Tisch. Ging aufs Jungenklo. Rauchte auf dem Pausenhof. Sie provozierte. Die Erwachsenen schwiegen, wandten sich ab. Da wurde sie durchtrieben, fast schon bösartig. Sie fauchte, wehrte sich, wenn jemand sie anfassen wollte. Und abends schlief sie über ihren Plänen ein. Sie stellte sich tausend Möglichkeiten vor, wie sie sich rächen würde, fasste sie in Bilder, machte daraus einen Film, den sie immer wieder und wieder anschaute und der immer gut ausging. Dieser Tag wird irgendwann kommen, und dann muss ich bereit sein. Du weißt nicht, wie deine Chance aussehen wird, machte sie sich Mut, aber du musst sie ergreifen. Mit den Händen, mit den Zähnen, ganz spontan. Du musst dich darauf vorbereiten. Wie eine Sportlerin. Nicht träge werden. Du musst ständig daran denken … okay?

Okay.

Und jetzt ist es endlich so weit.

Léonie ist in Sicherheit. Im Zimmer 144. Für eine ganze Weile.

Ray hat genug damit zu tun, sich zu Hause um seine zu einem Stumpf gewordene Mutter zu kümmern. Bald werden sie ihr auch noch das zweite Bein amputieren müssen.

Doktor Duré ist auf ihrer Seite. Amina auch. Alles ist bereit für den letzten Hieb.

Doch als sie gerade ausschert, um auf der schmalen, zweispurigen Landstraße einen Lkw zu überholen, durchzuckt sie plötzlich ein furchtbarer Gedanke.

Was, wenn Amina lügt? Was, wenn Amina auf Rays Seite steht?

Und Doktor Duré …

Warum sollte ein so bedeutender Mann wie er das Risiko eingehen, Léonie zu beschützen?

Du träumst, meine Liebe. Und du weißt, dass Träumen gefährlich ist. »In die Milch der Träume fällt stets eine Fliege«, predigt Georges ihr immer wieder. Dieser Satz stammt aus der *Rustica*, seiner Gartenzeitschrift. Er war in goldenen Buchstaben gedruckt und zierte den Monat Mai. Georges hat jede Menge Merksätze aus der *Rustica* auswendig gelernt. Ich mag das, sagt er, ich lese sie und denke später darüber nach. Ich kaue den ganzen Tag auf ihnen herum.

Sie überholt den Lkw, spürt, wie sich ihr Herzschlag beschleunigt, zieht wieder nach rechts und wird langsamer. Die Angst verschleiert ihren Blick. Sie sieht die Straße nicht mehr. Warum sollten diese beiden Ray verraten? Warum? Das ist unmöglich. Sie pflegen sie gesund, um sie den Valentis in gutem Zustand wieder zurückzugeben. Sie führen mich hinters Licht… Ihre Arme zittern, ihre Hände rutschen vom Steuer ab. Der Lkw, den sie gerade überholt hat, klebt an ihrer Stoßstange und hupt ohrenbetäubend. Der Fahrer betätigt drohend die Lichthupe. Lässt noch einmal seine Hupe aufheulen, bevor er sie überholt und zur Seite abdrängt. Sie zeigt ihm den Mittelfinger und schlägt mit der flachen Hand gegen die Windschutzscheibe. Arschloch!, brüllt sie in die Nacht.

Die Angst erdrückt sie, und ihre Nerven liegen blank. Am liebsten würde sie weinen. Sie kann nicht mehr weiterfahren.

Der Lkw entfernt sich, seine Rücklichter verlöschen in der Dunkelheit.

Sie reißt sich zusammen. Wischt sich über die Stirn.

Der Feind ist wieder überall.

Sie legt ihre Stirn auf das kühle Lenkrad. Ich werde noch verrückt. Das ständige Alleinsein macht mich verrückt.

ADRIAN!, ruft sie laut. Wo bist du? Was treibst du? Adrian, ich kann nicht mehr…

Sie öffnet die Tür, springt hinaus auf die Straße, läuft am Straßenrand auf und ab, reißt Grasbüschel aus. Schaut zum Himmel auf. Atmet, atmet.

Ich muss mit Julie reden.

Julie hat sie niemals verraten.

An diesem Tag waren sie mit ihrer Klasse ins Schwimmbad gegangen.

Ray zwang sie, einen Badeanzug anzuziehen, während alle

anderen Mädchen sexy Bikinis mit Push-up-Oberteilen trugen. Er behauptete, über ihre Tugend zu wachen, sie zu züchtigem Verhalten zu erziehen, erst in ihrer Hochzeitsnacht sollte sie sich vor ihrem Ehemann entblößen. Dem Ehemann, den er für sie ausgesucht hätte. Nachts bedrohte er sie mit seiner rot glühenden Zigarette und verbrannte die Haut an ihrem Bauch. Oder an ihrem Kreuz. Oder zwischen ihren Pobacken. Das gab braune Flecken, ein Sternbild aus kleinen, toten Sternen. Er ließ sich Zeit damit, die Stelle auszusuchen, auf die er das rote Ende der Zigarette drücken würde, und das Warten war genauso grausam wie die Verbrennung selbst. Unter einem Badeanzug waren die Narben nicht zu sehen.

In ihrem schwarzen Badeanzug war sie vom obersten Brett des Turms gesprungen. Das hatte sie sich fest vorgenommen. Nicht unterkriegen lassen. Sie hatte sich mit einer Hand die Nase zugehalten, hatte die Augen geschlossen und war gesprungen.

Das Wasser öffnete sich wie ein stählerner Kiefer, und sie hörte eine Explosion in ihrem Kopf. Ein doppelter Schuss, peng, peng. Ohnmächtig trieb sie unter Wasser. Julie tauchte mit einem Kopfsprung ins Becken, zog sie an den Rand und zwang sie, das Wasser auszuhusten.

Und plötzlich waren alle Geräusche wieder da. Sie hielt sich die von dem Getöse schmerzenden Ohren zu. Schüttelte sich das Wasser erst aus dem einen, dann aus dem anderen Ohr. Sie hörte Julie, die sich über sie beugte. Geht es? Ist alles in Ordnung?, fragte sie. Julies freundliches, rundes Gesicht mit den roten Nasenflügeln und den kleinen zwinkernden kurzsichtigen Augen.

Eine Viertelstunde später flüsterte sie Julie in der Umkleidekabine, die sie sich teilten, zu: »Meine Ohren …«

Julie wandte ihr den Rücken zu. Sie kämpfte mit den Trägern ihres BHs und antwortete: »Tun sie weh? Läuft Eiter raus?«

»Nein«, antwortete Stella, »kein Eiter, aber …«

Julie machte einen Satz und drehte sich um.

»Du kannst wieder hören?«

»Ich glaube schon.«

»Du kannst wieder hören!«, wiederholte Julie und klatschte in die Hände. »Du bist nicht mehr taub!«

»Aber du darfst es niemandem verraten! Versprochen?«

»Versprochen.«

»Es ist ganz praktisch, taub zu sein.«

Julie hatte ihr Versprechen gehalten.

Julie lebt immer noch bei ihren Eltern. In einem Einfamilienhaus aus den Fünfzigern, als die Fabrikbesitzer für ihre Arbeiter Sozialsiedlungen bauten. Heute gibt es keine Fabriken mehr, keine Fabrikbesitzer und keine Arbeiter, und die Häuser wurden für wenig Geld an die Einwohner der Stadt verkauft.

Edmond Courtois hat sich für einen großen gelben Betonwürfel mit einem stromlinienförmigen Flügel auf dem Dach entschieden. Ein Würfel inmitten eines großen Gartens, den man fast schon als Park bezeichnen könnte. Mit einem schwarzen Gittertor, das sich automatisch öffnet, weißem Kies, einem gepflegten Rasen, einem Teich. Es muss das Haus eines leitenden Angestellten gewesen sein, denn es hebt sich von den anderen ab. Eindrucksvoll, arrogant, beinahe erdrückend.

Julie wohnt im ersten Stock. Sie hat die ganze Etage für sich und eine Außentreppe. Ihr Vater hat sie anbringen lassen. Er hat eine Metalltreppe vom Schrottplatz geholt, sie repariert, neu gestrichen und an der Rückwand des Hauses angebracht. Madame Courtois behauptet, die Treppe sei ein Schandfleck, sie zerstöre die Harmonie des Hauses, bilde einen unschönen Kontrast zur Eleganz des Dachflügels, der sich zum Himmel aufschwingt. Madame Courtois ist stolz auf ihren Sinn für Poesie, Schönheit und Harmonie, und so stört sie dieser Schandfleck gewaltig. Jedes Mal, wenn sie daran vorbeigeht, zuckt sie mit den Schultern, und was zu Beginn ein simples Zeichen des Missfallens war, ist mit der Zeit zu einem Tick geworden.

Sie hat eine Scheinrebe, eine *Ampelopsis brevipedunculata*, gepflanzt, die den Schandfleck verstecken soll. Sie hätschelt sie, deckt sie im Winter ab, besprüht sie im Sommer mit Wasser, düngt sie ausgiebig. Doch sobald die *Ampelopsis brevipedunculata* Anstalten macht auszutreiben, schneidet Julie sie energisch zurück, und so kümmert die Pflanze traurig vor sich hin. Madame Courtois jammert. Kürzlich hat sie es sich in den Kopf gesetzt, ihr Haus, das auch Jacques Tati nicht verschmäht hätte, unter Denkmalschutz stellen zu lassen. Habt ihr *Mein Onkel* gesehen?, fragt sie, wenn sie ihren Freundinnen am Donnerstagnachmittag Tee serviert. Ein Meisterwerk des französischen Films.

Es ist eine Ehre, bei den Courtois eingeladen zu sein. Monsieur Courtois reist durch die Welt, schließt Verträge mit den Chinesen und hat an einer Eliteuniversität studiert. École des hautes études commerciales de Paris, um genau zu sein. In Paris verkehrt er im Ministerium für Industrie, und einmal waren Monsieur und Madame Courtois sogar im Élysée-Palast eingeladen. Auch wenn man sich fragt, wie er da wohl gekleidet war, denn mit der Eleganz steht Monsieur Courtois auf Kriegsfuß!

Madame Courtois hat begonnen, Englisch zu lernen. Das muss heutzutage einfach sein, sagt sie mit wiegendem Kopf. Sie legt Wert darauf, die reichen Kunden ihres Mannes angemessen empfangen zu können, sollte es diesen jemals in den Sinn kommen, in Saint-Chaland vorbeizuschauen.

Als Stella die baumbestandene Auffahrt hinaufgeht, sieht sie Julie und Edmond am Küchentisch sitzen. Wenn Madame Courtois zu Hause ist, essen sie nicht in der Küche, sondern im Speisezimmer unter einem Kronleuchter aus venezianischem Kristall.

Stella klopft ans Fenster. Julie bedeutet ihr hereinzukommen.

»Ich störe hoffentlich nicht?«, fragt Stella, während sie sich die Schuhe an dem dicken Fußabstreifer abwischt, der in die eine Richtung WELCOME verheißt und in die andere WILLKOMMEN.

»Wir essen gerade. Soll ich dir einen Teller dazustellen?«

»Ist deine Mutter nicht da?«

»Mittwochs ist ihr Bridgeabend.«

»Ich würde gern mit dir reden ...«

»Das kannst du auch vor meinem Vater. Na los, komm rein!«

Stella hat nie erfahren, was zwischen Ray Valenti und Edmond Courtois vorgefallen war. Warum sie sich eines Abends bei Gérard geprügelt hatten. Ray Valenti war zu Boden gegangen. Das Gesetz des Schweigens hatte sich über den Vorfall gebreitet, und niemand hatte je wieder ein Wort darüber verloren. Doch seit diesem Abend war die Freundschaft von Ray und Edmond Geschichte. Denn davor hatte Edmond Courtois zu Rays Bande gehört. Einer Clique von fünf jungen Männern, die seit der Grundschule unzertrennlich waren und sich erst im Wald und später in Kneipen und mit Mädchen herumtrieben. Eine Gang von Halbstarken, die sich als harte Kerle aufspielten und vor denen die Leute auf der Straße zur Seite wichen. Ray war ihr Anführer. Weil er schön war, groß und stark, weil er mit lauter Stimme sprach, weil er die Augenbrauen hochzog und sein Gegenüber mit drohendem Blick durchbohrte. Edmond Courtois war nicht schön, er war nicht groß, er redete nicht laut, und niemand wich aus, wenn er ihm entgegenkam. Dieser massige, beinahe kahle Mann mit runden Wangen und kleinen Augen hatte als leitender Angestellter in einem großen internationalen Konzern gearbeitet, bevor er nach Saint-Chaland zurückgekehrt war, den Schrottplatz erworben und das Geschäft ins Ausland ausgeweitet hatte. Er hatte geheiratet und das Haus mit dem Flügel auf dem Dach gekauft, und damit war sein Ruf gefestigt. Seitdem gehört er zu den Honoratioren der Stadt, und man respektiert ihn, auch wenn sich niemand rühmen kann, mit ihm befreundet zu sein. Er ist ein mürrischer, im Umgang mit anderen unbeholfener Einzelgänger, der von seinem Vater und Großvater die Gewohnheit übernommen hat, früh aufzustehen, schlechten Kaffee zu trinken, stets ein Laguiole-Messer in der Tasche zu haben, um Brot oder Wurst zu schneiden, und sich vor Menschen zu hüten, die grundlos lächeln.

»Setz dich, Stella«, sagt Edmond Courtois, um dessen Hals eine große karierte Stoffserviette gebunden ist. »Was verschafft uns die Ehre?«

Und mit einem Schlag hat Stella keine Angst mehr. Sie setzt sich hin, ihre Schultern sinken herunter, ihr Kinn zittert, und die ganze Anspannung, die sich in ihrem Lkw angesammelt hat, fällt von ihr ab.

»Hast du schon gegessen?«, fragt er.

»Ich habe keine Zeit, ich muss zurück auf den Hof und Tom ins Bett bringen. Er ist bei Georges und Suzon, sie passen auf ihn auf, wenn ich im Krankenhaus bin.«

»Dann einen Schluck Rotwein?«

Er schenkt ihr ein Glas ein.

»Das ist ein ganz besonders erlesener Bordeaux. Du wirst es nicht bereuen!«

Stella lächelt. Trinkt einen Schluck. Der Wein vertreibt die Angst, die noch tief drinnen in ihrer Brust lauert, wärmt sie auf, und ihr wird ein bisschen schwindlig. Sie legt die Hände flach auf ihre orangefarbene Latzhose und reibt über das grobe Tuch. Schiebt ihren Hut in den Nacken. Eine Hitzewelle durchströmt sie, und ihre Wangen röten sich.

»Ich komme gerade aus dem Krankenhaus.«

»Wie geht es deiner Mutter?«

»Wieder besser. Sie war wirklich schlimm dran, aber jetzt …«

»Doktor Duré behandelt sie, stimmt's?«

Es scheint fast, als führte Edmond Courtois ein Verhör, und Stella lässt sich gegen die Stuhllehne sinken.

»Ja.«

»Du kannst ihm vertrauen.«

»Wenn Sie das sagen …«

»Glaub mir, er ist ein guter Mensch.«

Stella schaut zu ihm auf.

Ein Gedanke durchzuckt sie: Hat er mit Doktor Duré gesprochen?

»Er wird sich gut um sie kümmern«, fügt Edmond hinzu. »Und er wird sie noch lange nicht gehen lassen.«

»Komm schon, nimm ein bisschen Ossobuco«, sagt Julie, »ich habe es heute Morgen gemacht, bevor ich zur Arbeit gefahren bin.«

Ohne Stellas Antwort abzuwarten, füllt sie einen Teller, schneidet ein Stück Brot ab und schiebt ihr beides zu.

»Ich habe keinen Hunger.«

»Entspann dich«, sagt Edmond Courtois lächelnd. »Du siehst ja aus, als hättest du ein Gespenst gesehen!«

»Sie hat schon wieder nach ihrem Teddy gefragt. Ich wüsste zu gern, warum sie so an ihm hängt. Wissen Sie es?«

Edmond Courtois schüttelt den Kopf.

»Nein. Es muss eine schöne Erinnerung sein, und davon hat sie ja nicht so viele …«

»Ich denke darüber nach, wie ich ihn holen könnte, aber ich will Ray nicht über den Weg laufen.«

»Hast du Angst?«

Wie von einem Insekt gestochen, zuckt Stella zusammen. Ihre Finger krallen sich in ihre Latzhose.

»Es könnte unangenehm werden, und womöglich käme er auf die Idee, sich rächen zu wollen oder Maman mit Gewalt aus dem Krankenhaus zu entführen. Ich will sie nicht in Gefahr bringen.«

»Er wird deiner Mutter kein Haar krümmen«, sagt Edmond in ruhigem, sicherem Ton, während er eine Scheibe Brot abschneidet. »Er wird nicht einmal in ihre Nähe kommen.«

Was wissen Sie denn schon?, denkt Stella im Stillen. Haben Sie je einen Finger gerührt, um sie zu beschützen? Denn Sie müssen es ja auch gewusst haben, genau wie alle anderen.

Aber sie schweigt.

»Warum schickst du nicht Tom?«, schlägt Julie vor. »Er ist wendig genug, um durchs Fenster zu klettern, und die Wohnung liegt im Hochparterre, das erreicht er von draußen locker.«

»Das kommt nicht infrage!«

»Natürlich ... Denk doch mal nach.«

»Ich sagte, das kommt nicht infrage!«

»Stell dich nicht so stur und hör mir zu. Wenn sie ständig nach diesem Bären fragt, bedeutet das doch, dass er ihr wichtig ist ... Vielleicht erinnert er sie an jemanden.«

»Glaubst du wirklich?«

»Du passt einen Moment ab, in dem Ray nicht da ist. Irgendwann abends, wenn er bei Gérard sitzt und sein Bier kippt. Die Alte liegt in ihrem Bett, sie steht kaum noch auf. Tom klettert heimlich durchs Fenster, und die Sache ist geritzt. Ganz abgesehen davon, dass es ihm einen Heidenspaß machen wird. In null Komma nichts ist er wieder draußen. Und du bist ja auch noch da, um ihn im Auge zu behalten.«

»Vielleicht ...«

»Habe ich dich jemals ins offene Messer laufen lassen?«

»Nein, nie ...«, räumt Stella ein.

»Also ...?«

Stella nickt.

»Einverstanden.«

Ein zweiter Angstknoten löst sich, und sie tunkt ein Stück Brot in die Ossobucosoße.

»Hmm, lecker ... Das muss ja lange geschmort haben.«

Sie nimmt ihren Hut ab, lässt die Ellbogen auf den Tisch sinken und macht sich über Julies Essen her, die Arme so eng um den Teller geschlossen, als wollte man ihn ihr gleich wieder wegnehmen.

»Was braucht Léonie denn sonst noch?«, fragt Edmond, während er sich Wein nachschenkt.

Er trägt Hosenträger über einem Nylonhemd. Unter dem Hemd sieht man sein Unterhemd, und aus seinem Kragen wuchern graue Härchen.

»Sie hat von einem Metronom und Partituren gesprochen. Sie hört klassische Musik und schlägt dazu mit dem Finger den Takt.

Das macht sie glücklich. Ich wusste gar nicht, dass sie Klavier gespielt hat.«

»Sie spielte sogar sehr gut. Er hat verlangt, dass sie damit aufhört. Er hat ihr Klavier verkauft.«

»Oh!«, sagt Stella. »Und das hat sie einfach so zugelassen?«

Doch im gleichen Moment besinnt sie sich. Was für eine blöde Frage.

Edmond Courtois lächelt matt, als dächte er, es gibt so vieles, was du nicht weißt.

»Ich kann Ihre Gedanken lesen«, versetzt Stella. »Warum reden Sie nicht, wenn Sie so genau Bescheid wissen? Sie sind genau wie alle anderen …«

»Nein, Stella, es ist bloß kompliziert.«

»Das sagt man zu kleinen Kindern, um sich nicht rechtfertigen zu müssen. Das ist kompliziert, später wirst du es verstehen.« Sie seufzt. »Aber ich bin kein Kind mehr. Ich bin vierunddreißig. Ich habe einen kleinen Sohn und bin die Mutter meiner Mutter geworden. Ich ertrage diese Omertà nicht länger, Monsieur Courtois.«

Edmond wischt sein Messer an einem Stück Brot sauber, klappt es zusammen und steckt es zurück in die Tasche.

»Im Moment ist das Wichtigste deine Mutter. Dass sie jetzt in Sicherheit ist … Reg dich nicht auf. Alles zu seiner Zeit.«

»Ich bin es leid zu warten. Das geht schon so lange so … ich frage mich, wieso sie nicht gestorben ist.«

»Weil sie nicht sterben sollte. Sie wird es schaffen, das verspreche ich dir.«

Er sieht sie an wie damals in der Kneipe, als sie noch ein kleines Mädchen war. Ein wütender, zärtlicher Blick, der sagt, ich bin da, vertrau mir, nicht alle Männer sind Schweine.

Stella möchte ihm so gerne glauben. Wenn es doch nur so wäre …

Ihr Blick fällt auf ihre Uhr.

»Mein Gott! So spät schon! Ich muss Tom ins Bett bringen.«

»Das hat Suzon sicher schon gemacht«, sagt Edmond Courtois.

»Nein! Ich muss los. Auf Wiedersehen, Monsieur Courtois, und danke.«

Er nimmt ihre Hand und drückt sie.

»Danke für alles«, fügt Stella hinzu.

»Du kannst jederzeit zu mir kommen. Ich bin immer für dich da.«

»Das weiß ich.«

Julie bringt sie zur Tür.

»Bis morgen«, sagt Stella. »Und danke …«

Julie lächelt.

»Du bist hier immer willkommen.«

Unversehens lässt sich Stella gegen sie sinken, schlingt beide Arme um sie und hebt sie hoch. Julies Brillengläser beschlagen.

»Danke, dass ich mich immer auf dich verlassen kann, meine liebste Freundin.«

Julie ist verlegen und wagt nicht, Stella ebenfalls zu umarmen. Steif hängt sie in der Luft und zappelt mit den Füßen.

»Ich habe eine Puppe für das Fest im Patchworkatelier gemacht, willst du sie sehen?«

Stella stellt sie zurück auf den Boden und legt eine Hand auf den Türgriff.

»Ein andermal … Ach, fast hätte ich es vergessen! Hättest du vielleicht ein Buch für meine Mutter? Ich habe die Nase voll davon, ihr immer wieder dieselbe Geschichte vorzulesen.«

»Was mag sie denn?«

»Keine Ahnung. Ein Buch mit einer spannenden Geschichte und einem Happy End. Ich habe kaum welche zu Hause. Bücher sind nicht so mein Ding.«

Julie schiebt mit einem Finger ihre Brille hoch und kratzt sich am Kopf.

»Ich habe genau das Richtige für dich!«, ruft sie plötzlich. »Das Buch ist super, es liest sich einfach so weg, und man lernt auch noch eine Menge dabei. Warte, ich hole es dir. Bist du sicher, dass du meine Puppe nicht sehen willst? Hast du eigentlich eine gemacht?«

»Hab gerade nicht die Zeit dafür …«

Im Patchworkatelier wird ein Wohltätigkeitsbasar veranstaltet. Der Erlös geht an die Restos du Cœur in Sens. Stella hat ihn völlig vergessen.

Sie zögert kurz, dann folgt sie Julie.

Während Julie das Buch heraussucht, betrachtet sie die Stoffpuppe. Es ist eine Frau in schwarzem Abendkleid, mit silberglänzender Jacke, langem, weißem Haar, roten Wangen und einem strahlenden, knallroten Lächeln. Stella drückt der Puppe den Daumen in den Bauch, woraufhin diese sich zusammenfaltet und dabei unbeirrt weiterlächelt. Sie lockert den Druck, und die Puppe richtet sich wieder auf.

»Sie ist hübsch«, sagt sie schließlich.

»Hast du die Jacke gesehen? Das war eine Heidenarbeit!«

»Das kann ich mir vorstellen.«

»Und die weißen Haare erst! Jeder Faden einzeln. Papa hat mich auf die Idee mit dem weißen Haar gebracht. Feenhaar …«

»Sieht gut aus.«

Sie nimmt das Buch, das Julie ihr hinhält, und steckt es in die Tasche.

»Willst du gar nicht wissen, wie es heißt?«, fragt Julie sichtlich enttäuscht.

»Tut mir leid, ich bin müde. Ich will nur noch nach Hause und ins Bett.«

Ein seltsames Gefühl hat sie beschlichen. Eine Dringlichkeit, die ihr gebietet, nicht länger herumzutrödeln, sondern sofort nach Hause zu fahren. Sie hält es kaum noch aus, sie muss weg. Am liebsten würde sie zu ihrem Laster rennen und so schnell wie möglich zum Bauernhof rasen.

Sie dreht das Buch um und liest *My little boy* von Joséphine Cortès.

»Du wirst sehen, es ist richtig gut«, sagt Julie.

»Eine schöne Ausgabe!«

Julie wird rot.

»Jérôme hat es mir geschenkt…«

»Ach was! Hat doch noch ein paar Euro von seinem Lottogewinn übrig!«

»Zum Geburtstag. Er hat gesehen, dass es auf den Bestsellerlisten stand.«

»Und es macht dir nichts aus, es mir zu leihen?«

»Doch«, sagt Julie, und die Röte in ihrem Gesicht vertieft sich. »Aber du passt doch gut darauf auf, nicht wahr? Du knickst mir keine Seiten um?«

Georges und Suzon sitzen vor dem Fernseher, als sie das Tor quietschen und Stellas Lkw den Weg herauffahren hören. Hastig nimmt Suzon einen Wollschal vom Haken im Flur und geht nach draußen.

Stella springt aus dem Laster und kommt mit großen Schritten auf sie zu.

»Tut mir leid. Ich habe mich verspätet. Ich war nach dem Krankenhaus noch kurz bei Julie.«

»Wie geht es deiner Mutter?«

»Sie hat dein Kompott verschlungen.«

»Ah. Dann geht es ihr also besser.«

»Ja. Sie kümmern sich gut um sie.«

»Ich habe Tom ins Bett gebracht«, sagt Suzon.

»Bei euch?«

»Nein, bei dir. Er fiel fast um vor Müdigkeit. Ich habe die Hunde im Haus gelassen.«

»Ich WILL aber nicht, dass er allein bleibt!«, schreit Stella.

Er ist ja auch nicht allein, hätte Suzon beinahe gesagt, aber sie beißt sich auf die Zunge.

»Ich habe aufgepasst, mach dir keine Sorgen.«

»Du weißt genau, was wir ausgemacht hatten!«, schimpft

Stella gereizt. »Ihr sollt ihn niemals ohne Aufsicht lassen. Ehrlich, Suzon … wenn ich mich nicht mal mehr auf dich verlassen kann!«

»Reg dich nicht auf, mein Mädchen. Hier ist er sicher.«

»Er ist NIEMALS sicher! Wann kapierst du das endlich?«, brüllt Stella. »NIEMALS! Verdammt noch mal, so kompliziert ist das doch nicht!«

»Du bist müde … geh schlafen. Ich habe dir Brühe auf den Tisch gestellt.«

»Deine Brühe ist mir scheißegal!«

Suzon zieht den Schal fester um ihre Schultern und sieht sie verstört an. Sie hat Tränen in den Augen. Stella ignoriert sie, versetzt ihrem Hut einen wütenden Schlag und macht sich auf den Weg zu ihrem Haus.

Georges steht auf der Schwelle.

»Gibt es ein Problem?«

»Ich habe ihr gesagt, dass Tom schon zu Hause ist und …«

»Mehr hast du hoffentlich nicht gesagt …«

»Nein.«

Georges mustert seine Schwester zweifelnd.

»Wenn ich doch sage, dass ich ihr nichts gesagt habe!«, faucht Suzon, immer noch verletzt durch Stellas Reaktion.

»Bei euch Frauen weiß man nie.«

»Ach, lass mich doch in Frieden! Ich bin es leid, dass immer alle auf mir herumhacken. Geh wieder ins Haus und guck deinen *Maigret*!«

»Den kenne ich auswendig. Ich weiß, wie es ausgeht.«

»Warum hast du dann darauf bestanden, dass wir ihn schauen? Deinetwegen habe ich *Louis la Brocante* verpasst.«

»Geh rein und schalt um. Dann siehst du noch das Ende.«

»Ich will nicht das Ende, ich will die ganze Folge.«

Sie drängt ihre Tränen zurück und stürzt ins Haus.

»Das ist doch kein Leben, so was«, sagt sie, als sie sich an der Tür noch einmal umdreht. »Das ist doch kein Leben, wenn man ständig Angst haben muss.«

Georges reibt sich das Gesicht, setzt sich auf die steinerne Bank und schaut zum Himmel auf. Ist es ihre Schuld, wenn sie immer nur gehorchen? Was bleibt ihnen denn anderes übrig? Sie hatten nie die Möglichkeit, sich zu widersetzen. Und jetzt sind sie alt. Zwei kleine, verbrauchte Alte, deren Arme wie Flanellfetzen an ihrem Körper herunterhängen.

Der Mann ist gekommen und hat Tom mitgenommen.

Es hat ihn nicht interessiert, ob sie damit einverstanden waren.

Wie lange leben sie schon mit den Qualen und Dramen der Familie Bourrachard? Wie lange vergiftet diese Familie schon ihr Leben? Ausgesaugt hat sie sie, bis aufs Mark, jawohl! Sie hat ihnen alles genommen. Ihretwegen hat er nie geheiratet, und Suzon auch nicht. Zu sehr waren sie damit beschäftigt, die Scherben der Schlossbewohner zu kitten. Die Bourrachards schlugen alles kurz und klein und ließen die Trümmer einfach herumliegen. Und lachten auch noch darüber. Einer schlimmer als der andere, keiner, der auch nur einen Funken Anstand im Leib gehabt hätte.

Dabei machten sie ordentlich was her mit ihrem Schloss, dem Geld, den gesellschaftlichen Beziehungen, den schönen Autos, den langen, schmalen Händen und den scharfen Bügelfalten in ihren Hosen. Ich hätte mir lieber ein Bein brechen sollen, statt in ihren Dienst zu treten und auch noch meine Schwester mitzunehmen. Ich dachte, in dieser Stellung könnte ich eine ruhige Kugel schieben. Ruhig, von wegen! Der alte Jules, Gott hab ihn selig, war kein schlechter Kerl, aber das Einzige, was er zustande brachte, war, schöne Sätze zu drechseln und sich zu verlustieren. Das war so ein Ausdruck von ihm. Ich verlustiere mich, Georges, ich verlustiere mich. Und er klopfte mir auf die Schulter, als tätschelte er einen braven Jagdhund.

Er war ein Vertreter jenes alten Adels, der lieber stirbt, als sich zu ändern, der lieber untergeht, als sich der neuen Welt anzupassen, die sich ihm bietet. Er verwendete Begriffe aus alten Wörterbüchern, mischte sie wahllos unter die Alltagssprache, ließ sie durcheinanderwirbeln, deklamierte mit volltönender Stimme, aber wenn man es recht bedachte, enthielt dieses ganze Kauderwelsch kaum einen vernünftigen Gedanken. Denken kostet Mühe, und Jules de Bourrachards erklärtes Ziel war ein geruhsames Leben ohne jegliche Anstrengung.

Er stand früh auf, verrichtete drei Gymnastikübungen am geöffneten Schlafzimmerfenster, rasierte sich, band ein seidenes Halstuch um, das er mit Sorgfalt ausgewählt hatte, ging nach unten, um im Speisezimmer seinen Tee zu trinken, trank eine erste Tasse und aß einen gebutterten Toast mit Blaubeermarmelade und ein pochiertes Ei auf Bacon. Dann zog er eine Jagdweste und dicke Gummistiefel an, nahm ein Gewehr und einen Filzhut und verkündete: Ich gehe auf die Jagd.

Er kam bis zum Hühnerstall, wo er ein paarmal in die Luft schoss, um das Geflügel aufzuscheuchen, brach angesichts des aufstiebenden Strohs und der herumfliegenden Federn in lautes Gelächter aus, schaute nach den Eiern, sammelte sie ein und kehrte in sein Herrenhaus zurück, nicht ohne zuvor kundgetan zu haben, wie sehr er das Landleben doch verabscheue. Aber die Stadt ertrage ich auch nicht, mein guter Georges, wo also soll ich leben? Na? Können Sie mir das sagen? Sie haben es gut! Sie zählen zu jenen schlichten Gemütern, die überall glücklich sind, wo man sie hinstellt. Fehlendes Denkvermögen ist das Opium des Volkes. Ach, wie ich Sie beneide … Haben Sie das Feuer im Kamin angezündet?

Dann ging er, gefolgt von seinen Hunden, in den Salon, machte es sich bequem, verlangte nach einer weiteren Tasse Tee und las die Gesellschaftsnachrichten des *Figaro*, welche er kommentierte, bis es Zeit für das Mittagessen war. Er artikulierte jede einzelne Silbe, lachte schallend, das ist un-fass-bar! Das ist ur-ko-misch! Das ist ulkig, spaßig, köstlich, zwerch-fell-er-schütternd, haar-sträubend, zum Schießen, unbezahlbar! Und wenn er verärgert war, schimpfte er: Das macht mich rasend, ich zürne, ich schäume, ich berste vor Wut.

Es war immer das gleiche Ritual. Gegen Mittag kam Suzon, räumte das Teetablett weg und schob noch ein paar Holzscheite ins Feuer. Er legte seine Zeitung weg und erkundigte sich nach dem neuesten Dorfklatsch. Wer schlief mit wem? Wer hatte wen geschwängert? Und die kesse kleine Sylviane, ist die immer noch nicht verheiratet? Mit dem Weibsbild würde ich ganz gerne mal ein Wörtchen wechseln. Und Fernande? Wer ist denn der Vater des Kindes? Weiß man das immer noch nicht? Sicher ein Wanderarbeiter. Sie hat gut daran getan, sich den zu schnappen, denn allzu viele werden mit ihr sicher nicht freiwillig ins Heu springen! Sie muss ihn eines Abends dazu gebracht haben, als der arme Teufel seine Augen in der Unterhose hatte.«

Suzon schwieg und wurde rot.

»Sie würden sich nicht einfach so schwängern lassen, was, meine gute Suzon? Bei dem Gesicht macht Ihnen keiner den Hof. Ihre Stirn ist viel zu niedrig, der Haaransatz sitzt zu tief. Damit sehen Sie aus wie ein richtiger Kuhbauer. Sie können beruhigt schlafen. Mit Ihnen will keiner ins Heu …« Suzon hätte sich sputen müssen, um das Mittagessen vorzubereiten, aber sie blieb weiter dienstbeflissen stehen.

Er machte eine Pause, schlug die Beine übereinander, stellte sie wieder nebeneinander, streichelte den Hals eines Hundes und fuhr fort: »Ich wüsste gar nicht, wie ich es anstellen sollte, wenn es mir in den Sinn käme, etwas mit Ihnen anzustellen … Ich kenne von Ihnen nur den über die Arbeit gebeugten Rücken oder Ihre Arme, wenn Sie bei Tisch servieren. Für mich sind Sie ein Rumpf mit zwei Armen. Ist das nicht ur-ko-misch? Ich rede mit einem Rumpf! Einem Rumpf mit Wahlrecht noch dazu! Ihr Wahlzettel ist genauso viel wert wie meiner, erscheint Ihnen das nicht auch vollkommen ab-surd? Es gibt keinen Anstand mehr in dieser Welt. Keine Hierarchien. Die Franzosen wollen bloß noch Gleichheit. ›Alle Menschen sind gleich geboren. Aber schon am nächsten Tag sind sie es nicht mehr.‹ Das stammt nicht von mir, sondern von einem gewissen Jules Renard.

Aber ich hätte es als Erster sagen können, wenn ich vor ihm geboren worden wäre. Noch einer, der mir die Schau gestohlen hat. Sehen Sie mich an. Ich, Jules de Bourrachard, war zum Künstler geboren. Ich habe früher kleinere Werke verfasst, aber sie wurden nie gedruckt. Doch, einmal … in einem Lokalblatt, und ich bekam dafür eine lobende Erwähnung. Nicht den ersten Preis und auch nicht den zweiten, sondern eine lobende Erwähnung! Von dem Tag an habe ich nie wieder etwas geschrieben, ich wollte nie wieder ge-de-mü-tigt werden von Preisrichtern, deren Wohlwollen man sich mit Bündeln von Geld, der Aussicht auf ein Festmahl oder dem runden Hintern eines Mädchens erkauft. Denn ich weiß ganz genau, wie solche Zeremonien ablaufen! Zum Teufel mit dem Genie, es lebe die Absprache … Darauf habe ich verzichtet. Und zwar mit Würde. Ich habe die Kunst des Nichtstuns kultiviert, ich habe das Scheitern kultiviert. Alles zu vermasseln ist eine Kunst wie jede andere. Ich habe mich ihr gewidmet und mich in mein eigenes Scheitern verliebt. Ist das nicht fan-tastisch?«

»Oh, Monsieur … Sagen Sie das nicht. Damit tun Sie sich nur selbst weh.«

»Um mich herum bricht alles zusammen, mein Landsitz verfällt, ich verkaufe meine Wälder, meine Ländereien, meine Bauernhöfe, aber, sehen Sie, meine liebe Suzon, ich liebe dieses Scheitern, ich liebe die Vorstellung, dass es absolut sein wird, glorreich und strahlend wie Napoleons Sonne in Austerlitz. Ich liebe die Vorstellung, dieses Scheitern mit steinernem Herzen zu ertragen. Ohne Theatralik. Ich verabscheue Menschen, die ihren Schmerz zur Schau stellen, um sich wichtigzumachen. Ich habe mein Leben verpfuscht, na und? Ich lebe mit der köstlichen Ungewissheit, dass ich, wenn ich nur gewollt hätte, vielleicht etwas gekonnt hätte.«

Es war immer die gleiche Tirade. Und man durfte ihn unter keinen Umständen unterbrechen.

»Und nun sehen Sie mich an! Ich sitze hier in diesem Haus,

und das Einzige, was ich sehe, ist Ihr Rumpf. Theoretisch sollte ich mich schämen, praktisch fühle ich mich wohl wie ein Fisch im Wasser. Theoretisch begreife ich Ihr kleines, armseliges Dasein voller Schweiß, Kummer und Bescheidenheit, praktisch würde ich es an Ihrer Stelle keine halbe Minute aushalten …«

Suzon blieb stehen, nicht sicher, ob sie ihn recht verstand. Ich horchte hinter der Tür, bereit einzugreifen, sollte er sich ihr gegenüber unziemliche Freiheiten herausnehmen. Ich fühlte mich für sie verantwortlich. Sie war als Köchin eingestellt worden, und nun stand sie da als Dienstmädchen und Gesellschafterin eines lebensuntüchtigen Alten. Und mir ging es auch nicht besser.

»Wollen Sie ein Beispiel für meine Rhetorikkünste, meine gute Suzon?«, fuhr Jules de Bourrachard fort. »Nehmen wir meine Frau … Eine hübsche Pflanze aus dem Norden, die über der Erde schwebt und nichts und niemandem gehört. Ich mochte diese Leere, diese Inhaltslosigkeit, diese evasive Flüchtigkeit. Eva wie eva-siv, urkomisch, nicht? Ich war so fasziniert, dass ich ihr meinen Namen, mein Wappen und meine Ahnen schenkte. Sie war groß, schlank, licht, sie schien ständig zu schlummern. Ich nannte sie mein Dornröschen. Hat sie besondere Interessen? Ich weiß es nicht. Manchmal frage ich mich, ob sie nicht schlicht dumm ist.«

Bei dieser Passage senkte Suzon immer den Blick. Sie mochte Eva de Bourrachard. Sie legte ihr ein Tuch um die Schultern, wenn sie morgens aufstand, sie bestrich ihr Brot mit Butter, bürstete ihr Haar, tupfte einen Hauch Parfüm auf ihre Handgelenke. Ihre Taille war so schmal, dass sie sie mit ihren Händen hätte umfassen können.

»Nun … kein Wunder, dass unser Blick auf das Leben unterschiedlich ist. Dieses Problem haben viele Menschen, wir sehen sie von unserem Standpunkt aus und nicht von ihrem. Ein verhängnisvoller Fehler. Aber es ist so mühsam, sich in die Lage eines anderen hineinzuversetzen!«

»Monsieur, wenn das Mittagessen rechtzeitig fertig werden soll …«

»Um auf meine Frau zurückzukommen … Was ich an ihr liebe? Den Parfümduft, der hinter ihr herweht, ihre geschmeidige Gestalt, sie beansprucht wenig Raum. Ich mag ihren Nagellack. Und sie ist eine eindrucksvolle Erscheinung. Man darf nicht hinter die Fassade schauen, aber zumindest wahrt sie den Schein. Sie macht was her, wie die gewöhnlichen Leute sagen. Aber fragen Sie mich ja nicht, was sie im Kopf hat. Theoretisch verstehe ich sie, praktisch verstehe ich sie nicht. Sie reist ab, sie kommt wieder, manchmal vergeht ein Monat, ein Jahr, bevor sie wiederkommt. Was macht sie in der Zwischenzeit? Ein Rätsel. Sie hat mir einen Sohn geschenkt, das ist das Beste, was wir zustande gebracht haben. Bei ihm bin ich mir wenigstens sicher, dass er von mir ist.«

Als André noch lebte, schwadronierte Jules de Bourrachard an dieser Stelle weiter über seinen Sohn, seinen edlen Nachkommen. Er ließ ihm alle Launen durchgehen, verschloss die Augen vor seinen Ausschweifungen. Andrés Tod hatte ihn schwer getroffen, aber er hatte nicht das Geringste an seinem Verhalten geändert.

»André … er war meine Hoffnung, mein Licht. Ich war verliebt in meinen Sohn. Das schockiert Sie? Er war mein Ein und Alles, und das Leben hat ihn mir genommen. Wie sollte ich nach diesem fürchterlichen Schlag noch die geringste Lust zu atmen verspüren?«

An diesem Punkt seines Redeflusses wagte Suzon stets einen Einwand.

»Aber Sie haben doch noch Léonie …«, bemerkte sie schüchtern.

»Meine Tochter? Das Beste an ihr sind ihre Augen. Die gleichen wie die ihrer Mutter. Blau wie das Wasser der Fjorde. Abgesehen davon ein dürrer Hering. Ist sie überhaupt meine Tochter? Ich weiß es nicht. Dieses Mysterium verleiht ihr einen gewissen Reiz, das muss ich zugeben. Ihre Empfängnis bleibt mir ein Rätsel. Ansonsten ist sie irgendwie unsichtbar, finden Sie nicht?«

Er sah Léonie so selten, dass er beim Mittagessen auf sie zu warten vergaß. Er schob ihren Teller, ihr Glas und ihr Besteck ans andere Ende des Tischs, und wenn sie nach ihrem Platz Ausschau hielt, brach er in schallendes Gelächter aus und sagte: Wir haben dich vergessen! Das ist doch zum Schießen, oder? Manchmal hackten er und André gemeinsam auf sie ein. Sag, meine Kleine, fragte dann der Vater, welches Land ist gemeint, wenn man vom Dach der Welt spricht? Du weißt es, André, also sei still! Léonie ließ den Kopf hängen und stammelte: Ich weiß es nicht. Vater und Sohn lachten und schlossen: Siehst du, und darum werden Frauen den Männern niemals ebenbürtig sein, ihr Gehirn ist einfach zu klein! Sie fanden das unglaublich komisch und stellten ihr eine weitere Frage, während Léonie auf ihrem Stuhl in sich zusammensank und ihren Teller nicht mehr anzurühren wagte. Suzon nahm ihn mit und wärmte das Essen in der Küche wieder auf. Léonie verbrachte immer mehr Zeit bei uns in der Küche.

Ein Jahr nach Andrés Tod hatte Léonie ihrem Vater verkündet, dass Ray um ihre Hand angehalten habe. An dem Tag wirkte sie wie ein tapferer kleiner Soldat, der in den Krieg zieht. Sie hatte ihrem Vater geradewegs in die Augen gesehen und gesagt: Er liebt mich, ich liebe ihn, mit ihm werde ich glücklich sein. Jules de Bourrachard hatte laut aufgelacht. Mit dem kleinen Bastard! Dann hatte er getan, als würde er darüber nachdenken, und schließlich gesagt, dass sich so etwas theoretisch nicht gehöre und dieser Junge ein Bauerntölpel sei, aber praktisch könne sie natürlich tun, was ihr beliebe, es sei ihr Leben, jeder sei seines Glückes Schmied, und er werde nicht versuchen, sie davon abzubringen. Unser Dasein auf Erden gleicht dem Weg eines Maulwurfs. Blind und taub graben wir uns von Loch zu Loch. Und jeder muss seinen Gang selbst wählen.

Und damit hatte er das Interesse verloren. Sein Sohn war tot, seine Frau hatte ihn verlassen, er hatte nie wieder etwas von ihr gehört, und seine Tochter heiratete unter ihrem Stand. Sei's drum, das war der Lauf der Welt!

Léonie verstand die weitschweifigen Reden ihres Vaters nicht. Sprachlos starrte sie ihn an, so wie früher ihren Bruder. Sie war immer sich selbst überlassen gewesen und der Gutherzigkeit meiner Suzon, die ihr erst Märchen vorgelesen hatte und später kitschige Liebesromane, die immer ein gutes Ende nahmen.

»Ist das schön, Nannie, so schön wie in einem Traum«, sagte sie, einen Ellbogen auf dem Tisch, den Kopf in die Hand gestützt.

»Ja, mein Mädchen, und auch für dich wird dieser Traum eines Tages wahr werden. Wir alle haben einen Traum, der irgendwo auf uns wartet.«

»Oh, ja!«, antwortete Léonie. »Er wird schön sein, lieb und mutig, und er wird nie mit mir streiten.«

Sie beobachtete ihre Eltern und machte sich ganz klein, wenn ihre Stimmen lauter wurden.

Eines Abends, sie muss damals sieben Jahre alt gewesen sein … Ich erinnere mich noch gut an diesen Abend, denn am darauffolgenden Tag ist Eva de Bourrachard für immer gegangen. An diesem Abend gab es ein Fest im Schloss. Alle Landjunker der Umgebung waren eingeladen.

Die Frauen trugen locker fallende seidige Blusen und rauchten lange Zigaretten. Die Männer trugen Frack. Jules und Eva de Bourrachard standen am Fuß der Treppe in der großen Eingangshalle, und während sie ihren Gästen zulächelten, redeten sie leise miteinander. Hoch aufgerichtet stand er da in seinem schwarzen Frack, sein Lächeln hatte etwas Boshaftes, und sein Blick verlor sich in der Ferne. Doch, doch, Eva, sagte er zu seiner Frau, natürlich liebe ich Sie. Ich liebe Sie auf ökonomische Weise, das ist alles.

Léonie, die auf der ersten Treppenstufe hinter einer großen Palme saß, hatte ihn gehört. Seine Worte waren ihr in der Kehle stecken geblieben wie eine Fischgräte. Heißt das, er liebt sie, weil sie gemeinsames Geld haben?, hatte sie später gefragt. Weil es zu teuer wäre, sich scheiden zu lassen? Oder dass er die Liebe zu ihr anspart, wie in einer Spardose, die man nicht zerschlagen darf? Sie sah ihren Vater vor sich, wie er rechnete und sich bemühte, keine allzu großen Ausgaben zu machen, sie stellte ihn sich als kleinen Buchhalter vor, heute fünfzig Centimes Liebe, brummelte er vor sich hin, morgen vierzig, nicht, dass sie teurer wird als ein Baguette. Und das deprimierte sie. Ein schweres, drückendes Deprimiertsein, das sich in ihrer Kehle querstellte, sodass sie nicht mehr schlucken konnte. Sie wurde diese Gräte in ihrem Hals einfach nicht mehr los. Lange hatte sie sie mit sich herumgetragen und beim Sprechen ein merkwürdiges, heiseres Geräusch gemacht, so als räusperte sie sich, um sich von etwas zu befreien, oder als riebe sie kleine Knöchelchen gegeneinander.

Einen Tag nach diesem Fest war ihre Mutter abgereist. Sie hatte eine auf Englisch verfasste Nachricht auf dem Tisch in der Eingangshalle zurückgelassen.

Und diesmal war sie nicht mehr zurückgekommen.

Woher ich das alles weiß? Léonie hat es Suzon erzählt, und die hat keine Geheimnisse vor mir.

»Komm rein, Georges, es wird spät, du erkältest dich noch.«

»Lass mich, ich denke nach.«

»Dann leg dir wenigstens etwas über«, sagt Suzon und gibt ihm eine Decke.

Brummelnd geht sie wieder hinein, nachdenken, das hat doch noch nie etwas geändert. Was passiert ist, ist passiert.

Georges wickelt sich in die Decke. Sie hat nicht unrecht, es ist kalt. Suzon hat oft recht.

Mach dir keine Gedanken, mein Mädchen, sagte sie immer zu Léonie, die Männer sind eben nicht so wie wir, das ist alles. Wir sammeln so viele Sachen in unserem Herzen, es ist wie eine große Vorratskammer, aber bei ihnen ist das anders, für sie ist das Herz nicht der wichtigste Raum. Na los, iss etwas, dann flutscht die Gräte mit runter.

Suzon verstand nicht, warum Léonie ihre Clafoutis, ihre Karamellflans, ihr Kaninchenfrikassee in Weißwein oder ihre mit Zwiebeln karamellisierten Möhren nicht mehr anrührte.

Doch Léonie hatte zu zweifeln begonnen. Sie zweifelte an allem. Und Zweifel sind der sicherste Weg, um langsam zugrunde zu gehen.

Um sich zu beruhigen, zählte sie die Dinge auf, deren sie sich sicher war. Sie schrieb Listen, die sie mir zeigte: Suzon, die Bäume im Wald, die Hunde, die Hühner, der Duft von Bohnerwachs, der Ofen, der in der Küche bollert, die Kohlrüben- und Kartoffelschalen, die sie um ihre Finger wickelte, die Nüsse an den Bäumen, Alfred, das Eichhörnchen, das sie gezähmt hatte.

Sie hatte keine Freundin. Sie sah kaum andere Menschen. Sie wuchs auf zwischen Park, Wald und Küche. Flüchtete sich in lange Träumereien. Entflammte für einen Jungen, der ihr auf der Straße entgegenkam. Er wurde ihr Märchenprinz, er war zärtlich, sanft, schön, sehr schön. Jeden Abend schlief sie mit dem Gedanken an ihn ein. Sie ging zur Schule, sie bestand ihre Klausuren, die Lehrer sagten, sie sei eine gute Schülerin, sie solle studieren.

Sie war achtzehn Jahre alt und hatte sich zum Jurastudium angemeldet.

Das war ein glücklicher Tag, ich erinnere mich noch genau. Ich hatte sie zur Universität gefahren, damit sie sich für das erste Jahr einschreiben konnte. Ein Junge pfiff ihr nach, und Léonie zuckte zusammen. Sie drehte sich zu mir um, und ich ermutigte sie, na los, geh schon. Im Radio lief »All you need is love«, und ich stellte die Musik lauter, um sie anzuspornen. Als sie zurückkam, war sie stolz und glücklich, ich habe die Formulare ganz allein ausgefüllt, stell dir das nur mal vor, und ich habe die Liste meiner Kurse für das erste Jahr bekommen, Studienbausteine heißen die hier. Das klingt ja fast wie Lego, scherzte ich. Danach tranken wir in einem Café noch eine Grenadine, und ich warf Münzen in die Jukebox.

Zwei Jahre später fand man André tot in seiner Badewanne.

Er ist eingeschlafen, erklärte Jules de Bourrachard. Der stand doch unter Drogen!, hieß es in Saint-Chaland. Er dachte, er nimmt ein Fußbad, und ist dabei draufgegangen.

Geschieht ihm recht, knurrte Ray, als er, umringt von seiner Clique, den Friedhof verließ.

Aus Raymond, dem Bastard, dem Sohn von Fernande und Prügelknaben von André de Bourrachard, war Ray Valenti geworden, ein stattlicher Kerl von einem Meter achtundachtzig mit schwarzen Augen, schwarzem Haar, das ihm bis zum Nacken reichte, Jeans, Lederjacke und Sonnenbrille. Am Tag von André de Bourrachards Beerdigung saß er weit zurückgelehnt auf seinem Motorrad, die Beine lang ausgestreckt, und verhöhnte die Einwohner von Saint-Chaland. Ein Kranz war vom Leichenwagen gefallen. Ray gab Turquet einen Wink mit dem Kinn, woraufhin dieser dem Kranz einen Fußtritt verpasste. Er rollte über die Straße und landete im Graben. Ray und seine Bande brachen in Gelächter aus.

»Amen!«, sagte Ray lachend und bekreuzigte sich. Der kleine Raymond, das Baby, das Fernande in einem Korb überallhin mitgeschleppt hatte, als sie noch im Schloss arbeitete, war erwachsen geworden. Der kleine Raymond, den André unentwegt schikaniert hatte, war jetzt ein Mann. Er nahm Rache.

Und ganz Saint-Chaland sollte wissen, dass seine Zeit als Andrés Fußabstreifer vorbei war. Endgültig vorbei.

Als er noch ein kleiner Junge war, hatte André ihn immer gezwungen, ihm die Stiefel auszuziehen. Schaff deinen Arsch her!, hatte er in der Eingangshalle gebrüllt und sich mit aller Kraft gegen Raymonds Hintern gestemmt, um seinen Fuß zu befreien, sodass das Kind durch den halben Raum flog. Wenn Jules de Bourrachard auf einem seiner Bauernhöfe Arbeiten durchführen ließ, schlug André vor, dass die Mutter und ihr Kind das Haus »trocken wohnen« sollten. Er erklärte ihnen, dass man früher feststellte, ob die Wände eines neuen Hauses trocken waren oder nicht, indem man Bedienstete dort wohnen ließ. Und solange ihre Kleidung noch mit Gipsstaub bedeckt war, zog man selbst nicht ein.

»Tja, Bedienstete sind eben zu allem zu gebrauchen!«, schloss er.

Fernandes Augen schleuderten Blitze, und Raymond biss die Kiefer zusammen, aber sie packten ihre Sachen und zogen auf den Bauernhof. Für drei Monate, sechs Monate.

Wenn seine Freunde aus Paris da waren, rief André Raymond herein und kippte Ameisengift über ihm aus. Er verstreute das Pulver überall, in seinem Haar, in seinen Augen, in seinem Mund, in seiner Hose, dann versetzte er ihm einen Tritt und schickte ihn zurück zu seiner Mutter in die Küche. Sie grölten vor Lachen, während er, hustend und mit beiden Händen seine Hose ausklopfend, davonrannte.

André hatte eine blühende Fantasie, wenn es darum ging, Fernande und ihren Sohn zu demütigen. Er ließ ihnen die Artischockenblätter in die Küche bringen, die sie bei Tisch gegessen hatten, damit sie die Reste aussaugten, und verlangte von ihnen auch noch, sich bei ihm dafür zu bedanken. Habt ihr ein Glück! So ein erlesenes Gericht, und man hat doppelt so viel auf dem Teller, wenn man als Letzter drankommt! Sein Vater lachte schallend. Ist das nicht ur-ko-misch?

In der Bibliothek befahl André Raymond, sich auf alle viere niederzulassen, damit er ein bestimmtes Buch herunterholen konnte. Er machte sich absichtlich schwer, während er auf dem Rücken des fünf Jahre Jüngeren stand und große Reden schwang. Aufs Geratewohl las er einzelne Passagen vor und deklamierte: »Der Schmerz verschönert den Krebs«, während sich seine Absätze in das Fleisch des Jungen bohrten. Raymond Valenti ertrug es schweigend. Seine Züge verhärteten sich, das Blut strömte in seinen Kopf, er stemmte Arme und Beine in den Boden und spannte die Bauchmuskeln an, damit sein Rücken nicht plötzlich durchsackte.

André war groß, bleich, mager und so blond, dass man einen Geist unter seinem Tuch vorbeischweben zu sehen meinte, während der von ihm drangsalierte Raymond mit jedem Jahr größer, kräftiger und ausdauernder wurde. Er spottete über seinen Vornamen. Raymond! Das stinkt nach Kuhfladen. Schlimmer noch! Es klingt nach Scheitern und Niederlage, wie bei deinem tapferen Namensvetter, Raymond Poulidor. Na los, Raymond, streng dich an, dann wirst du Zweiter! Putz meine Stiefel, Raymond, und schau mir gefälligst nicht ins Gesicht, *capisci*? Du sprichst doch Italienisch, oder? Wie dein Vater. Du weißt schon, der Typ, der eines Abends im Suff deine Mutter geschwängert und sich danach Hals über Kopf aus dem Staub gemacht hat.

Mit fünfzehn hatte sich Raymond einer Hodenoperation unterziehen müssen, einem völlig banalen Eingriff, der bei vielen Jugendlichen vorgenommen wird. Nachdem André davon erfahren hatte, gab es kein Halten mehr. Raymond der Schrumpfschniedel, Raymond der Hohlsack, Raymond der Schlappschwanz, und Babys kann Raymond sowieso vergessen! Sein Klingelbeutel ist leer. Keine Spermien mehr drin.

Sobald er ihn im Ort zu Gesicht bekam, rief er: Hey, Hohlsack, komm her! Und mit der Zeit war das sein Spitzname geworden: Hohlsack. Er entschlüpfte dem Bäcker, dem Metzger. Eines Tages hatte ihn in der Schule ein Lehrer mit den Worten an die Tafel gerufen: So, Hohlsack, nun zeig uns mal, ob du das verstanden hast. Die ganze Klasse hatte gelacht. Raymond Valenti war aufgestanden und gegangen. Am nächsten Tag blieb sein Platz leer. Er kam nie wieder zurück. Das war kurz nach dem Abschluss der Mittelstufe.

Raymond war noch zu klein, um André eine Tracht Prügel zu verpassen. Trotzdem sah er bei jeder Beleidigung rot und stürzte sich auf den jungen Mann. Die beiden prügelten sich, bis André die Oberhand gewann, ihn beim Hosenboden packte und zu Boden warf, verzieh dich, du Abschaum, du Flegel, du Missgeburt!

Raymond rappelte sich auf und flüchtete auf einen Baum. Unter Lebensgefahr kletterte er wie ein Eichhörnchen hoch und pisste von oben herunter. Einen langen Strahl, der direkt auf André zielte. Oder er schwang sich an einem Arm von Ast zu Ast und brüllte wie ein Orang-Utan.

»Ja, genau«, schrie André zurück. »Spiel nur den Affen! Das ist genau das Richtige für dich.«

Fernande kam aus der Küche, wischte sich die fettigen Hände an der Schürze ab und rief: »Sie bringen meinen Kleinen noch um!«

»Ach was, Fernande, kleine Bastarde sind zäh.«

»Los, mein Junge«, schrie sie daraufhin aus voller Kehle. »Kletter noch höher! Zeig ihm, wer der Stärkere ist!«

Und Raymond flog hinauf in die Wipfel.

Fernande drehte sich wutschnaubend zu André um, kniff die Augen zusammen und zischte: »Verflucht sollt ihr sein, ihr Bourrachards! Verflucht, ruiniert, in Blut ertränkt! Unglück soll über euch kommen, Blut soll fließen, euer Schloss soll einstürzen, und nichts soll euch bleiben außer euren Tränen!«

André musterte diese Mutter, die ihre Stellung aufs Spiel setzte, um ihren Sohn zu verteidigen, und dumpfer Groll schnürte ihm den Magen zusammen.

Léonie wurde das Herz schwer angesichts der Grausamkeit ihres Bruders. Sie warf Raymond, der sie ignorierte, verstohlene Blicke zu, aber da sie André so sehr vergötterte, wagte sie nicht einzuschreiten.

Raymond und Léonie waren gleich alt. Sie waren auf dieselbe Schule gegangen, bevor Raymond eine Metzgerlehre angefangen hatte. Nur kurz. Gerade so lange, bis er wusste, wie man mit Messern umging. Danach hatte er beschlossen, Buchhalter zu werden. Er hatte sich zu Fernkursen angemeldet, aber keine einzige Prüfung abgelegt und behauptet, seine wahre Berufung seien nicht die Zahlen, er wolle lieber etwas mit Menschen machen. Was denn?, fragte seine Mutter, die noch mehr Putzstellen angenommen hatte, um seinen Buchhalterkurs zu finanzieren. Ich will ein Held werden, Maman, jemand, der die Welt rettet. Jemand, vor dem sich alle verneigen. Vertrau mir, ich werde meinen Weg schon finden, und wenn es so weit ist, stellen wir diese ganze Sippschaft an den Pranger.

Fernande Valenti hatte grenzenloses Vertrauen zu ihrem Sohn.

Später, viel später fand Raymond einen Weg, sich André vom Leib zu halten. Er ging nur noch in Begleitung von vier Freunden vor die Tür. Immer denselben. Der mollige, unbeholfene kleine Courtois mit seiner Brille, seiner Baskenmütze, seinen zu engen Hosen und seinem unvermeidlichen Wollschal war der Intellektuelle in ihrer Clique. Der Bücher las, Klassenbester war und Sätze sagte, die seine Freunde nicht verstanden, ihm jedoch höchstes Ansehen eintrugen. »Wer sich selbst nicht liebt, muss nach außen hin glänzen« oder »André verspürt einen abgrundtiefen Selbsthass, den er auf andere projiziert« oder »Um sich nicht selbst zu quälen, quält er andere«. Raymond hörte auf Edmond. Und Edmond bewunderte die stattliche Erscheinung und die Unbeugsamkeit seines Freundes. Sie hatten Blutsbrüderschaft geschlossen. Sie waren Brüder fürs Leben. Was dein ist, ist mein, und was mein ist, gehört auch dir. Dann waren da noch Turquet, Gerson und Gérard Lancenny, der bald darauf die Kneipe seines Vaters übernehmen und Ray Valenti für die Planung seiner Missetaten das Hinterzimmer überlassen sollte.

Turquet hatte rotes Haar und eine derart blasse Haut, dass sie beim geringsten Sonnenstrahl verbrannte. Sie nannten ihn Shrimp. Er war groß und schlaff und hielt sich so krumm, dass er mit achtzehn fast schon einen Buckel hatte. Er war Ray Valentis Adjutant, sein Mann fürs Grobe. Er hatte vor nichts Angst, und keine Aufgabe war ihm zu schmutzig. Gerson hingegen hatte nur Mädchen, Autos, Flipper und das Bier im Kopf, das er heimlich hinter der Theke trank. Er konnte mit einer Hand ein Huhn erwürgen und mit den Zähnen ein Motorrad ziehen. Er war später

Automechaniker geworden. Diese fünf hatten sich gesucht und gefunden. Eine Bande von Gaunern.

Ich wusste das alles. Jeder in Saint-Chaland wusste es. Aber niemand sagte etwas. Anfangs fasziniert vom Dünkel der Bourrachards, später von der Arroganz Ray Valentis. Ohne es zu bemerken, waren sie von einem Joch unter das andere geraten.

Raymond hat André zum Junkie gemacht.

Eines Abends hatte er durch ein Fenster des Schlosses beobachtet, wie André sich über ein weißes Pulver beugte und ein Ritual vollzog, das er nicht kannte.

»Der nimmt Drogen, ist doch klar!«, hatte Edmond Courtois kategorisch erklärt.

»Logisch nimmt der Drogen, das weiß ich selbst, ich wollte nur sicher sein!«, hatte Raymond erwidert, wütend, weil er sich mit seiner Ahnungslosigkeit blamiert hatte.

Daraufhin hatte er Turquet auf André angesetzt. Und Turquet war zum wichtigsten Dealer des jungen Bourrachard geworden.

»Erhöh die Dosis immer weiter, bis er nicht mehr ohne auskommt, streck den Stoff, mauschel ein bisschen, und früher oder später fällt er uns wie ein reifer Apfel in den Schoß.«

»Womit soll ich das Zeug denn bezahlen? Und wo kriege ich es überhaupt her?«, hatte Turquet verschreckt gefragt.

»Dafür sorge ich schon, keine Angst. Wer ist hier der Chef?«

Das war sein erstes Verbrechen gewesen.

Ich hatte über einen Freund davon erfahren, der im Krankenhaus arbeitete und mit Raymond unter einer Decke steckte.

Ich bin nie dahintergekommen, wie er es fertigbrachte, solche Mengen an Drogen zu beschaffen, aber André wurde immer abhängiger von den Treffen mit Turquet. Und Turquet verlangte für seine Tütchen immer mehr Geld.

Ich erinnere mich noch sehr gut daran, wie Raymond eines Tages in den Schlosshof kam, wo André gerade auf einem Liegestuhl in der Sonne lag. Das Gesicht genauso grau wie der Kies.

Raymond packte mit beiden Händen sein Geschlechtsteil, richtete es auf André, bewegte mehrmals das Becken vor und zurück wie beim Sex und schrie: Ich fick dich, Alter, ich fick dich! Und dann stürmte er unter lautem Gelächter davon.

Dieser Junge war der Teufel in Person.

Aber der Teufel war überall. Nicht nur bei den Valentis, auch bei den Bourrachards.

Es war wie ein böses Schicksal, ein Fluch, der von Generation zu Generation weitergegeben wurde. Wie ein Zwang, immer wieder die gleichen Fehler zu machen, das gleiche Unglück heraufzubeschwören.

Das einzig Gute, was Jules de Bourrachard in seinem Leben getan hat, war, uns nach seinem Tod den Hof zu hinterlassen. Ein schöner Bauernhof mit vier Hektar Land, einem Weiher und Scheunen in gutem Zustand. Er war sogar so aufmerksam, uns noch etwas Geld zu vermachen, um damit die Erbschaftssteuer zu bezahlen. »Ich will, dass Du und Suzon versorgt seid. Ihr wart meine einzige Gesellschaft. Ich könnte fast sagen, meine einzigen Freunde …« So stand es in seinem Testament. Mir ist das Herz in der Brust explodiert, und ich musste mich in der Kanzlei aufs Sofa legen, als ich das gehört habe. Suzon hat geweint. Immer wieder hat sie den Notar gefragt: Für uns, sind Sie sicher? Sie war davon überzeugt, dass es sich um einen Irrtum handeln müsse. Noch heute sitzt sie manchmal in der Küche, betrachtet den blitzsauberen Boden und sagt: »Er war doch ein anständiger Kerl, der alte Jules, das muss man schon sagen. Ohne ihn wären wir jetzt im Armenhaus.«

Ray Valenti war schon mit Léonie verheiratet, als der alte Bourrachard starb. Er protestierte, behauptete, das wäre Diebstahl, aber so stand es nun mal im Testament, also war alles rechtens. Er hat immer noch nicht aufgegeben und droht regelmäßig, uns den Hof wegzunehmen. Nach über dreißig Jahren! Er sagt dann immer, er sei ganz dicke mit dem neuen Notar, er wolle das Testament anfechten lassen, das sei immer noch möglich.

Manchmal bekomme ich einen Brief vom Notar, in dem er um die Kopie eines alten Dokuments bittet, weil er die für seine Akte brauche. An diesen Abenden nehme ich doppelt so viele Herztropfen wie sonst.

Nein, wirklich, die Familie Bourrachard hat uns nur Unglück gebracht.

Vor ungefähr zehn Jahren, vielleicht auch zwölf, stand eines Abends plötzlich Edmond Courtois vor der Tür. Er fragte mich, ob Stella bei uns unterkommen könne, bis sie eine eigene Wohnung gefunden hätte.

»Sie haben hier ein gut erhaltenes Nebengebäude, das Sie nicht nutzen. Ich gebe Ihnen das nötige Geld, lassen Sie es herrichten, damit sie darin wohnen kann.«

Ich habe weder Ja noch Nein gesagt.

»Sie würden mir damit einen Gefallen tun«, beharrte Courtois. »Und ihr auch.«

Ich sah diesem Mann, der keine Angst vor Ray Valenti hatte, ins Gesicht.

»Er wird Ihnen kein Haar krümmen. Weder Ihnen noch Ihrer Schwester. Das garantiere ich Ihnen.«

»Und wie können Sie da so sicher sein?«, fragte ich.

»Ich gebe Ihnen mein Wort.«

»Er droht immer noch, mir mein Haus wegzunehmen.«

»Das kann er nicht. Die Angelegenheit ist abgeschlossen.«

»Da behauptet er aber etwas anderes.«

»Damit will er Ihnen nur Angst machen.«

»Tja … mit Erfolg, würde ich sagen.«

»Dann sagen wir einfach, ich bin stärker.«

Bei diesen Worten wurde sein Gesicht ganz starr. Starr vor Hass und Kälte, und ich habe ihm geglaubt.

Ich habe das Nebengebäude renoviert und Stella bei uns aufgenommen.

»Aber nur unter einer Bedingung«, habe ich zu ihr gesagt, »kein Wort über deinen Vater, deine Mutter oder die Rue des Éperviers

42. Ich habe die Nase gestrichen voll von den Dramen in eurer Familie.«

Stella hat sich den blonden Pony aus dem Gesicht gestrichen, die Fäuste in die Taschen gesteckt, mit den Schultern gezuckt und gesagt: »Ich rede sowieso nicht, ich habe gelernt, den Mund zu halten.«

Ich war nicht stolz auf mich.

Sie ist nie wieder gegangen.

Ich habe ihr den Eingang zu dem geheimen Tunnel gezeigt, der am Fuß eines kleinen Abhangs im Gras versteckt ist. Ein langer unterirdischer Gang, der vom Bauernhof zu einer anderthalb Kilometer entfernten Lichtung führt. Er stammt noch aus der Zeit der Revolution, als die Royalisten untertauchten, um ihre Haut und ihren Kopf zu retten! Sie versteckten sich auf dem Hof, weil sie glaubten, hier würde sie niemand suchen. Die Gewölbe sind stabil. Es gibt da drin zwar Ratten, Spitzmäuse und Fledermäuse, aber nichts Gefährliches. So kannst du kommen und gehen, ohne dass dich jemand sieht.

Als sie noch jünger war, kam sie immer zu uns, wenn es ihr schlecht ging. Sie schlich sich ins Haus wie eine hungrige Katze, verschlang einen Rest Suppe, knabberte einen Kanten Brot, rollte sich auf dem Sofa vor dem Fernseher zusammen, schaute einen Film und fuhr dann auf ihrem Fahrrad wieder hinaus in die Nacht.

»Tu nicht so stur!«, sagte ich und steckte ihr Honigbonbons in die Taschen ihrer Daunenjacke.

Mit der Zeit war sie für mich ein bisschen wie eine Tochter geworden.

Sie lächelte mich an, und in diesem Lächeln lag so viel Traurigkeit, dass es mir noch lieber war, wenn sie nicht lächelte.

Und darum habe ich heute Abend, als der Mann plötzlich in unserer Küche stand und sagte, er komme Tom holen, nicht mit der Wimper gezuckt. Tom ist mit ihm mitgegangen, und Stella hat danach so laut rumgeschrien, dass Suzon geweint hat.

Noch so ein Drama.

Georges schaut zum Himmel auf und fragt sich, wieso sich im Leben alles wiederholt, wieso einem immer wieder das Gleiche aufgetischt wird. Damit man es irgendwann endlich kapiert und das Problem ein für alle Mal löst?

Aber man muss auch in der Lage sein, das Problem zu lösen.

Stark genug sein, raffiniert genug sein, gebildet genug sein.

Er ist mit vierzehn von der Schule abgegangen. Er hat nie richtige Bücher gelesen. Er glaubt nicht an Gott. Er hat nie mit einem Pfarrer geredet. Er kennt sich mit Bäumen aus, mit Pflanzen, Tieren, Gemüse, Obst, mit dem Wind, der von Westen kommt und Regen bringt. Er weiß, wie man einen Baum beschneidet oder die Maden von den Pfirsich- und Feigenbäumen fernhält, indem man kleine Säckchen mit Eierschalen darin aufhängt. Er weiß genau, dass man Salat, Kohl, Kerbel und Petersilie bei aufsteigendem Mond aussäen muss. Solche Dinge weiß er. Aber von Männern und Frauen versteht er nicht viel.

Er schaut ein letztes Mal zum Himmel auf, als sollte er dort eine Antwort finden, zuckt mit den Schultern, schimpft sich einen alten Trottel, klopft sich den Hintern ab und geht zurück ins Haus.

Als Stella in die Küche kommt, stolpert sie über Schnuffel, der auf dem Fliesenboden liegt. Sie lächelt. Wenn er so dicht vor der Tür schläft, heißt das, Tom ist in Sicherheit.

»Was machst du denn da, mein Süßer? Und wo sind die anderen?«

Schnuffel erhebt sich wie ein wankender Turm. Er schwankt kurz, schüttelt sich, richtet sich auf den Hinterpfoten auf und fordert eine Streicheleinheit. Sie spürt die Hornhaut an seinen Pfoten durch den Hosenstoff, rubbelt seinen Kopf, knuddelt seine Ohren, küsst ihn auf die Schnauze, krault ihn unter dem Kinn. Er ist ein unersättlicher Kuschler und lässt erst von ihr ab, nachdem er seine Dosis Koseworte und Streicheleinheiten bekommen hat.

»Du bist so schön, du bist der allerschönste Hund auf der ganzen Welt, du bist mein kleiner Goldschatz. Was ist mit Tom? Schläft er? Ist er in seinem Zimmer?«

Hector, der Papagei, rumort in seinem Käfig. Er beißt in die Stäbe, will eine Scheibe Brot mit Butter oder eine Erdnuss.

»Später, mein Hübscher, später …«

Auch er ist entspannt. Also droht keine Gefahr. Sie ist völlig grundlos in Panik geraten.

Sie stellt ihre Tasche ab, nimmt den Hut vom Kopf, fährt sich mit den Händen durchs Haar, zieht die schweren Schuhe aus, krempelt die Ärmel ihres Pullovers hoch und stürmt die Treppe hinauf.

Sky und Streuner halten vor der einen Spalt offen stehenden Tür Wache. Beim Klang ihrer Schritte heben sie gleichzeitig den Kopf und schauen ihr forschend entgegen. Gleich darauf weicht das Misstrauen in ihrem Blick liebevoller Ergebenheit. Doch trotz ihrer Freude wahren sie Haltung wie zwei englische Butler.

»Oh, meine Kleinen!«, ruft sie. »Habt ihr auf ihn aufgepasst? Ihr seid so lieb.«

Sie nimmt zwei Hundekuchen aus der Tasche. Während Schnuffel seine Streicheleinheiten liebt und die zärtlichen Worte, mit denen sie ihm versichert, dass er ihr unangefochtener Liebling ist, ziehen Streuner und Sky Leckerli vor.

Tom liegt schlafend in seinem Bett, ein glückliches Lächeln umspielt seine Lippen. Er muss einen schönen Traum haben. Sein Haar ist zurückgeschoben, als hätte die Hand eines Engels ihm über die Stirn gestrichen.

Mit einem tiefen Seufzen lässt sie sich neben ihm auf die Bettkante sinken. Sie hat das Gefühl, als müsste sie explodieren von den widersprüchlichen Emotionen, die sich in ihrem Inneren ballen: Erleichterung darüber, Tom friedlich schlafend vorzufinden, und Sorge um ihre Mutter, die allein im Krankenhaus liegt.

Sie schiebt einen Arm unter Toms Schultern und zieht ihn an sich. Nachdenklich wiegt sie ihn sacht, und der warme Körper ihres Sohnes beruhigt sie. Ich muss Maman retten, ich muss eine

Lösung finden. Edmond Courtois wird mir helfen, das spüre ich. Seit heute Abend besteht kein Zweifel mehr daran, dass ich mich auf ihn verlassen kann. Tom regt sich im Schlaf, wirft einen Arm zur Seite und trifft sie mitten ins Gesicht. Sie fängt seine Hand ein und bedeckt sie mit federleichten Küssen. Ich war gemein zu Suzon. Immer diese Gewalt in mir, die unvermittelt losbricht wie eine Kanonenkugel … Ich beiße zu und denke erst später nach.

Sie macht sich los, nimmt ihr Handy aus der Tasche und spricht leise hinein.

»Suzon? Hast du schon geschlafen?«

»Du hast mich erschreckt, mein Mädchen, ich mag keine Anrufe mitten in der Nacht.«

»Ich wollte mich bei dir entschuldigen …«

»Nicht nötig, Stella, nicht nötig. Du bist mit den Nerven am Ende. Wir sind alle mit den Nerven am Ende.«

»Das ist kein Grund.«

»Ach, mein Mädchen, hör auf, sonst fange ich schon wieder an zu weinen …«

»Gibst du Georges einen Kuss von mir?«

»Er ist schon ins Bett gegangen.«

»Bis morgen.«

»Ich kümmere mich um die Tiere. Dann kannst du ein bisschen länger schlafen …«

»Danke, Nannie …«

Stella betrachtet ein letztes Mal ihren Sohn. Beugt sich über ihn. Küsst ihn auf die Stirn, auf die Nase, flüstert: Schlaf gut, mein Baby, Maman liebt dich und passt auf dich auf, und Papa liebt dich und passt auf dich auf … Als sie plötzlich merkt, dass jemand in der Tür steht.

Sie erstarrt, ihre Kehle ist so zugeschnürt, dass sie keinen Schrei herausbringt.

An den Türrahmen gelehnt steht er da und sieht sie reglos an. Groß, schlank, aber trotzdem muskulös, das honigfarbene Haar nach hinten gekämmt, graue Augen, eine schmale, gerade Nase, Dreitagebart und ein leises Lächeln, das ein Grübchen in seine Wange schneidet. Sein Blick ist der eines Mannes, der sich am Rand des Lebens hält, um nicht in eine Falle zu laufen.

»Adrian!« Sie stürzt sich auf ihn. »Wann bist du gekommen?«

»Heute Abend … Ich habe Tom bei Georges und Suzon abgeholt.«

»Davon haben sie mir gar nichts gesagt!«

»Ich habe es ihnen verboten. Ich habe dafür gesorgt, dass ich ein bisschen Furcht einflößend wirke. Ich wollte dich überraschen.«

Er schlingt die Arme um sie, hält sie ganz fest, und seine Hände kneten ihren Körper.

»Oh«, stöhnt sie und versucht, unter den dicken Pullovern seine Muskeln zu spüren.

Weich und hingebungsvoll schmiegt sie sich in seine Arme, doch gleich darauf kommt sie wieder zur Besinnung, macht sich von ihm los und trommelt mit den Fäusten gegen seine Brust.

»Ich hatte solche Angst, warum hast du mich nicht vorgewarnt, warum hast du nichts gesagt?«

Er legt die Hände auf ihre Hüften, als wollten sie tanzen, hält sie dicht an sich gedrückt und flüstert: »Ich bin da, Prinzessin, ich bin da, und wir haben die ganze Nacht für uns.«

»Ich bin müde, Adrian. Du kannst dir nicht vorstellen, wie müde.«

»Ich bin bei dir. Immer.«

»Nein. Ich bin allein. Immer.«

Er hebt sie hoch, verlässt das Zimmer seines Sohnes, trägt sie in ihr Schlafzimmer und legt sie auf das Bett.

»Wir finden eine Lösung. Wir haben immer eine Lösung gefunden.«

»Wir haben nur eine Nacht, und dann gehst du wieder weg.«

»Du musst mir vertrauen. Wem sonst könntest du vertrauen?«

»Ich weiß es nicht mehr. Ich weiß überhaupt nichts mehr.«

Sie will nichts mehr wissen.

Sie schließt die Augen und lässt sich fallen.

Julie ist zu Bett gegangen.

Madame Courtois ist noch immer nicht zurück.

Es ist elf Uhr abends, und der Kuckuck der Schweizer Uhr in der Küche ruft elfmal.

Edmond Courtois hat sich in die Werkstatt zurückgezogen, die er neben seinem Arbeitszimmer eingerichtet hat. Dort repariert er alte Uhren. Im Moment restauriert er gerade eine alte Taschenuhr, eine silberne Zenith mit Ziffern in schwarzer Frakturschrift, die er auf dem Flohmarkt gefunden hat. Sie muss aus den 1850er Jahren stammen. Er hat sie lange untersucht, bevor er seine Diagnose stellte. Hat sie wieder und wieder in seinen Fingern gewendet. Er hat sich vorgestellt, wie ihr erster Besitzer die Uhr auf dem Totenbett seinem Sohn reichte, der sie vor seinem Tod wiederum seinem eigenen Sohn übergab, und immer so weiter, bis sie schließlich in diesem Haufen alter Uhren landete, fünfzig Euro für die Kiste. Er hatte alles mitgenommen. Krumme Zeiger, verbogene Spiralfedern, kaputte Unruhen, in mehrere Einzelteile zerbrochene Sekundenwellen und mit Sprüngen übersäte Zifferblätter. Sie alle tragen Wunden, die sie anrührend machen. Alte Uhren haben ein Gedächtnis. Sie erzählen Geschichten. Nicht wie dieser Plastikschund heutzutage.

Er repariert seine Uhren, und während seine Finger beschäftigt sind, beginnen seine Gedanken sich zu drehen. Seine Großmutter strickte, seine Mutter stickte, seine Tante Eugénie löste Kreuzworträtsel, und er beugt sich über verrostete, zerbrochene oder verbogene Uhrwerke und bringt sie wieder zum Laufen.

Seine Frau findet, er verbringe zu viel Zeit in seiner Werkstatt. Doch er zuckt nur mit den Schultern. Das hilft mir beim Nachdenken. Die winzigen Zähne einer Zylinderhemmung zu zählen beruhigt ihn. Dabei gibt es nur ein Problem: Sein Sehvermögen lässt nach. Er ist kein junger Mann mehr. Er hat so viel Zeit vergeudet, als er jung war.

Als er zu Rays Clique gehörte.

Sie waren zwölf Jahre alt, gingen in dieselbe Klasse. Damals hieß Ray noch Raymond. Ein unwirsches Großmaul. Er wurde von dem jungen Bourrachard drangsaliert, das war allgemein bekannt, und ließ die Jungen und Mädchen in der Schule dafür büßen. Er nahm ihnen ihre Uhren, ihr Geld und die Mars- und Bountyriegel weg, die er in ihren Schulranzen und Taschen fand. Und verpasste ihnen Ohrfeigen.

Nachdem er ihnen alles abgenommen hatte, rannten sie davon wie die Hasen. Wenn sie sich umschauten, um sich zu vergewissern, dass Raymond sie nicht verfolgte, bedeutete er ihnen mit einer Geste: Wenn du redest, schneide ich dir die Kehle durch, und die Kleinen liefen noch schneller. Keiner hat ihn je verraten.

Mit manchen schloss er einen Pakt: Ich lasse dich in Ruhe, aber dafür tust du mir einen Gefallen. Du veranstaltest am Samstagabend bei dir zu Hause eine Party und lädst Emmanuelle und Christelle dazu ein, oder du leihst mir heute Mittag dein Mofa, ich habe etwas zu erledigen.

Und dann gab es noch diejenigen, die selbst die Initiative ergriffen und ihm ihre Dienste anboten, bevor er sie unter Druck setzte. Sie suchten Raymond auf und gaben ihm Tipps, wiesen ihn auf eine günstige Gelegenheit hin, eine Lieferung Jacken etwa, die in einem bestimmten Lager untergebracht war, steckten ihm den Hauptschlüssel zum Sportladen zu, damit er nachts einbrechen und die Ware stehlen könnte, oder überließen ihm ein Fernglas, um damit die schöne Annie dabei zu beobachten, wie sie es mit Monsieur Settin, dem Apotheker, trieb.

Raymond verbuchte die Informationen, verteilte gute Noten und einen Klaps auf den Kopf als Zeichen seiner Zuneigung und bedrohte diejenigen, die nicht nach seiner Pfeife tanzten.

An Edmond hatte er einen Narren gefressen. Er hatte ihm angeboten, sein Partner zu werden. Und der Partner von Raymond

Valenti zu sein, das war schon eine große Sache! Ein Platz in der ersten Reihe. Als rechte Hand des Anführers hatte Edmond alle Gelegenheit, die menschliche Natur zu studieren. Und er entwickelte daraus Theorien, denen die anderen mit offenem Mund lauschten.

Er behauptete, dass man Menschen beeindrucken müsse. Am Anfang hart zuschlagen, damit man später nicht mehr zuzuschlagen brauche.

»Und danach?«, frage Lancenny.

»Danach werden sie freiwillig vor uns im Staub kriechen«, erwiderte Edmond.

»Mann«, sagte Turquet, »der Kerl hat echt was in der Birne.«

»Kein Wunder«, erklärte Raymond, »er ist ja auch mein Bruder. Mein Blutsbruder.«

Und er schlug sich auf die Brust, dorthin, wo das Herz saß. Zweimal. Das wirkte männlich.

Es war Edmond gewesen, der die Angst zu ihrer schärfsten Waffe gemacht hatte.

»Was Besseres gibt es nicht. Du brauchst ihnen nicht mal mehr ein Messer an die Kehle zu halten, was bedeutet, dass auch nie eine Tatwaffe gefunden wird. Ungreifbar, unsichtbar. Ludwig XI. war ein kluger König, er hatte das verstanden. Sobald er sich irgendwo zeigte, knieten die Leute vor ihm nieder. Er hat lange geherrscht, das könnt ihr in euren Geschichtsbüchern nachlesen. Und wir machen es genau wie er, wir schlagen einmal hart zu, wir verbreiten Angst und Schrecken, und danach können wir uns auf unseren Lorbeeren ausruhen.«

»Was für Beeren?«, fragte Turquet.

»Unseren Lorbeeren, Shrimp, das ist eine Redensart!«

Turquet verstand immer noch nicht, und Raymond verlor die Geduld.

»Los, los, red weiter, der kommt nach, wenn er's kapiert hat. Das ist genial, ich sehe schon, wir werden eine Menge Spaß haben.«

»Um Angst und Schrecken zu verbreiten«, fuhr Edmond fort, »brauchen wir Munition. Familiengeheimnisse, die kleinen Schweinereien, die die Leute unter den Teppich kehren, Sex, Geld, Grundbesitz. Wir schleichen uns in ihr Vertrauen ein, wir reden mit ihnen, wir hören zu, wir werden ihre Freunde, wir entlocken ihnen ihre Geheimnisse, wir sammeln, wir speichern. Wir bauen einen Vorrat an Informationen auf. Und danach drohen wir, alles zu verraten, wenn sie uns nicht gehorchen. Das dauert natürlich eine Weile, aber irgendwann haben wir dann ein hübsches Spinnennetz gewoben und brauchen nur noch gemütlich dazusitzen und abzukassieren.«

Raymond hatte lautstark applaudiert.

»Genial«, wiederholte er unablässig, »genial! Du bist ein Genie.«

Edmond entwickelte Pläne und Strategien. Um Ray zu gefallen. Um seinem Blutsbruder ebenbürtig zu sein. Er trug die gleiche Frisur wie er, die gleichen Jeans, gewöhnte sich einen betont männlichen Gang an und zog den Bauch ein. Er war noch immer etwas pummelig, aber er hatte sich Muskeln antrainiert, hatte gelernt zuzuschlagen, mit lauter Stimme zu reden, die Daumen in seinem Hosengürtel zu verhaken und den Leuten direkt in die Augen zu sehen. Wie Ray. Aber sein Körper besaß nicht jene sinnliche Geschmeidigkeit, die Ray ausstrahlte und die Mädchen wie Jungen in ihren Bann zog. Raymonds Schönheit war magisch. Er brauchte nur irgendwo aufzutauchen, und man verliebte sich in ihn. Er wandte den Kopf, zog eine Augenbraue hoch, blieb reglos stehen, und seine Beute unterwarf sich ihm bereitwillig. In Saint-Chaland erzählte man sich, die alte Valenti habe ihn als Kind immer unter ihren Röcken versteckt, damit die anderen Frauen ihm nicht mit dem Finger durchs Haar fuhren oder seine Wange streichelten. Sogar meine Mutter!, seufzt Edmond, während er seinen Ölgeber sucht, um eine Feder zu ölen. Diese Frau, die so rein war wie die Morgenröte, gestand: Dieser Mann ist schön wie der Teufel! Zum Glück bin ich schon alt, es wäre mir schwergefallen, ihm zu widerstehen!

Es war Edmonds Idee gewesen, seinen Namen abzukürzen.

»Dieser Schlossjunker hat nicht unrecht. Raymond, das klingt gewöhnlich, aber als Ray, Ray Valenti, da wirst du zur Legende. Zum Filmschauspieler. Man sieht dich in einem Western die Hauptstraße entlangkommen, zwei Colts schwingen an deinen Hüften …«

Raymond hatte keine Sekunde gezögert.

»Klar! Ray Valenti! Das klingt gut, das haut rein! Habt ihr gehört, Jungs, von jetzt an ist das mein Name. Sorgt dafür, dass sich das rumspricht!«

Nachdem er die Schule geschmissen hatte, hing Ray eine Weile herum. Er fuhr ziellos mit seinem Mofa durch die Gegend. Wie eine Hummel, schimpfte er. Er hörte gar nicht mehr auf zu jammern und klopfte ständig an Edmonds Tür.

»Komm mit. Mir ist langweilig …«

»Ich kann nicht, ich muss lernen«, antwortete Edmond.

Er lernte fürs Abitur und wollte danach ein Vorbereitungsjahr für die Wirtschaftshochschule absolvieren.

Edmond mochte es nicht besonders, wenn Ray zu ihm nach Hause kam. Er wohnte bei seiner Mutter, seiner Großmutter und seiner Tante, drei Frauen, die ihn verhätschelten, ihn »Häschen« und »Schätzchen« nannten und hinter ihm herrannten, um ihm einen Schal umzubinden, ihm Hustensaft einzuflößen, sein Haar zu kämmen und es mit Brillantine zu glätten. Es wäre ihm peinlich gewesen, wenn sie ihn in Rays Gegenwart »Schätzchen« genannt hätten. Sein Vater war an Tuberkulose gestorben, als er vier Jahre alt war. Die Uhrmacherwerkstatt hatte ihm gehört. Er hatte sein Werkzeug geerbt, alles hervorragendes Material, *made in Switzerland*. Und eine Schwarz-Weiß-Fotografie, die seinen Vater zeigte, wie er ein belegtes Brot aß. Auf einem deutschen Bauernhof, wo er während des Krieges Zwangsarbeit hatte leisten müssen. Sein Vater war ein schöner Mann gewesen, stark, groß, muskulös, mit dem breiten Mund eines Marktschreiers, der selbstbewusst seinen Krempel unters Volk bringt. Genau wie Ray.

Ray verzog sich in den Wald, wo er über irgendwelchen krummen Dingern brütete. Doch schon bald stand er wieder vor der Tür der Familie Courtois.

»Mir ist stinklangweilig, Edmond. Such mir eine Beschäftigung, sonst dreh ich noch durch!«

Als Edmond eines Tages seinen neuen Ausweis im Rathaus abholte, fiel ihm ein Plakat ins Auge, das dazu aufrief, sich für die Aufnahmeprüfung bei der Feuerwehr zu bewerben. Sein Onkel Léon war Feuerwehrmann. Zum Abschluss eines jeden Familienessens, nach ein, zwei Cognacs, erzählte er von seinen Heldentaten, wobei er das Glas in seinen Händen drehte. Niemand wagte, ihn zu unterbrechen. Als er bei seinem ersten Brand eine Tür eingetreten hatte, um eine Familie zu befreien, hatten ihn die Flammen erwischt. Er hatte gedacht, er würde einen Arm verlieren. Der Jackenärmel hatte sich aufgrund der starken Hitze bis über seinen Ellbogen zusammengezogen. Onkel Léon hatte Verbrennungen zweiten Grades erlitten. Er stellte den Cognac ab, krempelte langsam den rechten Ärmel hoch und zeigte allen seine verbrannte Haut und das dick vernarbte Fleisch, braun und blassrosa.

Edmond hatte Ray gedrängt, sich zur Zulassungsprüfung anzumelden, dann wirst du ein Held, Mann! Er hatte ihm Nachhilfe gegeben, ein bisschen Französisch, ein bisschen Mathe, die Grundrechenarten, Dreisatz, Volumenberechnung, und was die körperlichen Voraussetzungen angeht, die erfüllst du mit links. In Uniform wirst du perfekt sein.

Es hatte geklappt wie am Schnürchen.

Ray hatte die Zulassungsprüfung der Feuerwehr von Sens bestanden.

Und sich gleich bei seinem ersten Einsatz hervorgetan.

Er war vorneweg gestürmt, hatte die großen Strahlrohre herausgezogen, drei in den Flammen eingeschlossene Kinder ins Freie geholt und seinen zu Boden gegangenen Partner gerettet. Als er seine Handschuhe auszog, hing die Haut an seinen Fingern in Fetzen herunter. Fast wie Gummihandschuhe.

Da war er zwanzig Jahre alt. Das Gesicht schwarz vor Glück.

Er hatte Edmonds Blick gesucht, der hinter der Absperrung stand, und sein strahlendes Lächeln sagte: Danke, Mann, danke, du hattest so was von recht.

Edmond hatte einen Stich im Herzen verspürt.

Als hätte auch er Finger wie Gummihandschuhe.

Stolz auf seinen Blutsbruder, stolz auf seine zweite Hälfte.

An diesem Abend hatte er das Gefühl, ganz und gar eins zu sein mit Ray Valenti.

Behutsam verschiebt Edmond die Lampe, damit ihr Licht auf die Unruh fällt. Er gibt ein wenig Politurpaste auf eine kleine Bürste und beugt sich über das zu säubernde Teil.

Dieser Abend war der Höhepunkt ihrer Freundschaft gewesen. Sie beide miteinander vereint, eine Verschmelzung so heiß wie das Feuer kurz zuvor. Ein leuchtender Abend in Weiß, Rot und Schwarz, schwarz von Ruß, rot von Blut und das strahlende Weiß von Rays Lächeln.

Er hatte Ray Valenti, die Legende, geschaffen. Und Ray Valenti hatte aus ihm, Edmond, einen Mann gemacht. Er hatte ihn von dem Schal, dem Schätzchen, dem Hustensaft, der Brillantine und den zu engen Hosen befreit. Er hatte seinen Hunger nach Erfolg geweckt, seinen Horizont erweitert.

An diesem Abend hatte Edmond nicht geahnt, dass es das Ende war. Hatte nicht verstanden, dass Ray ihn im Glanz seines neuen Heldentums nicht mehr brauchen würde. Dass er sich andere Idole suchen würde. Die er erst bewunderte und anschließend zerstörte. Bis er sich eines Tages ganz allein auf den Sockel seines Wahnsinns und seiner Allmacht stellen würde.

Er schiebt seine Poliermaschine, seinen Glasabheber und die kleinen Hebel zurück, mit denen er die Zeiger ablösen kann, ohne sie zu verbiegen oder zu zerbrechen. Reibt sich die Nasenspitze. Lässt sich nach hinten sinken. Verschränkt die Arme hinter dem Kopf.

Mit der Ankunft von Roland Clairval war alles anders geworden.

Bis dahin hatten sie nur kleinere Diebereien begangen, kaum mehr als Dummejungenstreiche. Es war ihr ganz eigener Krieg der Knöpfe.

Roland war der Neffe des Bürgermeisters. Der Sohn von Laurent Clairval, einem zentristischen Abgeordneten und guten Freund von Jean Lecanuet. Er war durch die Aufnahmeprüfung für das Ingenieursstudium an einer unbedeutenden Universität gefallen, deren Name Edmond nichts sagte, und sein Vater hatte ihn nach Saint-Chaland geschickt, um dort zu lernen und die Prüfung im September zu wiederholen. Zwei Monate Verbannung.

Er kam auf einem schweren Motorrad angefahren, einer Harley Davidson, bei deren Anblick Ray regelrecht k.o. gegangen war. Er hatte einen Verstärker darauf montiert, und während Rays Clique »Laisse-moi t'aimer« von Mike Brant hörte, lautstark »toute une nuiiit« mitgrölte und dabei gegen eine Hauswand pinkelte, ließ Roland Clairval auf seiner schweren Maschine »Jumping Jack Flash« durch die Straßen schallen.

»Wir stehen da wie die Idioten!«, schimpfte Ray mit verzerrtem Gesicht und strich Mike Brant für alle Zeiten aus seinem Repertoire.

Immer wieder fuhr Roland Clairval vor ihren bewundernden Augen vorbei. Wurde langsamer und ließ sie dem Motorengeräusch der Harley lauschen, bevor er wieder Gas gab und in einer Staubwolke verschwand.

»Wow, Leute! Habt ihr das gesehen?«

Mehr brachte Ray nicht heraus. Er bekam keine Luft mehr. Er wollte sich um jeden Preis mit dem Kerl auf der Harley anfreunden. Er schickte Turquet los, er schickte Gerson los, er schickte

Lancenny los, damit sie sich in der Nähe des Motorrads und seines Besitzers herumdrückten, er wollte sogar Edmond losschicken.

»Geh doch selbst, wenn du so scharf auf ihn bist…«, fauchte Edmond.

»Ach, seht euch den an! Er ist beleidigt. Bist du eifersüchtig, mein Herzchen?«

Edmond ignorierte ihn und ging davon.

»Hey! War doch nur Spaß!«, rief Ray ihm nach. »Verdammt, der Typ ist echt 'ne Mimose.«

Edmond ging nach Hause und sah fern. Oder schlug ein Buch auf. Er bereitete sich auf die Aufnahmeprüfung für die Wirtschaftshochschule vor und wollte sie nicht vermasseln.

Es war jener Sommer, in dem alles ins Rollen kam. Der, ohne dass sie sich dessen bewusst waren, über ihrer aller Schicksal entschied. Ein unheilvoller Wind wehte durch die Gassen von Saint-Chaland.

Ray gelang es schließlich, Roland Clairval am neuen Flipper in Lancennys Kneipe näherzukommen. Ein Apparat, der doppelt so schnell war wie der alte, der klingelte und blinkte und Pin-up-Girls im Bikini ausspuckte. Sie redeten über Motorräder, Zylinder, Custombike oder Cruiser, Zündverteiler. Roland erlaubte Ray, einmal auf seinem Motorrad zu sitzen.

»Eine FX 1200 Super Glide. Das ist nichts für Luschen! Und guck dir nur mal die Kombination aus Sattel und Kunststoffschutzblech an. Ein Mythos!«

»Darf ich mal eine Runde drehen?«, bat Ray sehnsüchtig.

»Was krieg ich dafür?«, versetzte Roland Clairval mit schiefem Mund.

Dieser Kerl lächelte nicht, er verzog den Mund.

»Ein Rendezvous mit Valérie. Sie ist das schönste Mädchen von Saint-Chaland und macht alles, was ich will.«

»Einverstanden. Heute Abend, hier, um neun Uhr? Und du

sagst ihr vorher, was abgeht, nicht dass sie mir auf die Finger haut?«

»Okay. Kein Problem.«

Und Ray bestieg die FX 1200 Super Glide.

Stolz fuhr er durch die Stadt. Nahm vor der Apotheke das Tempo weg, grüßte Annie, die gerade mit dem Apotheker plauderte, und zwinkerte ihr zu. Vor Valéries Haus kam er schlitternd zum Stehen. Sie stürzte sofort heraus und wedelte mit den Händen, um ihren knallroten Nagellack zu trocknen. Er verabredete sich mit ihr um Punkt neun Uhr, mach dich hübsch, ich habe einen Auftrag für dich, und vor Freude tanzend lief sie wieder hinein.

Ohne sein Motorrad war Roland Clairval nicht besonders attraktiv. Er war klein, sein flacher Kopf saß tief zwischen den Schultern, er hatte hängende Mundwinkel, ein fliehendes Kinn, zwei kleine braune Wieselaugen und blondes Haar, das sich im Wind aufstellte und eher an eine Perücke erinnerte als an eine echte Frisur. Er konnte es kaum erwarten, dass Ray ihm seine Maschine zurückbrachte und er durch ihren Glanz sein Prestige wiedererlangte.

Er besaß eine Kodak Instamatic und eine Polaroidkamera. »Farbfilm«, wurde er nicht müde zu betonen.

Er fotografierte Ray und seine Clique, machte Porträtbilder, setzte sie in Szene. Mit beseelter Miene erklärte er: »Ich wollte immer ins Filmgeschäft, aber mein Vater war dagegen.«

Er trug Schlaghosen in Orange, Violett und Gelb, Halbstiefel mit hohen Absätzen, eng anliegende, grellfarbene Shetlandpullover und eine kurze Jacke aus weißem Skaileder. So etwas hatte man in Saint-Chaland noch nicht gesehen.

»Kein Wunder … ihr habt hier ja auch noch nie von Renoma gehört! Das ist DER Laden in Paris!«

Sein Mund verzog sich, und er dachte garantiert: Was für blöde Landeier!

Ray ertrug seine Verachtung und Arroganz, solange er im

Gegenzug die Harley fahren durfte. Er bat Valérie, Roland zu beschäftigen, du weißt, was ich meine, Süße! Du hast was gut bei mir! Und schon brauste er davon.

In diesem Sommer verbrachte Edmond nur wenig Zeit mit der Clique.

Er hatte eine gute Ausrede: Er lernte für seine Aufnahmeprüfung.

Als Ray eines Abends wieder mit der Harley unterwegs war, traf er Léonie an der Bushaltestelle. Sie kam gerade von der Universität, wo sie im zweiten Jahr Jura studierte. Er hielt an, lächelte und bot ihr an, bei ihm hinten aufzusteigen.

Errötend lehnte sie ab.

Mit einem schwungvollen Winken fuhr er weiter. Doch dann machte er kehrt, kam zurück, schaltete den Motor ab, breitete die Arme aus und sagte: Na, komm schon! Ihre Röte vertiefte sich. Er lächelte noch nachdrücklicher, durchbohrte sie mit seinem Blick, warf sich in die Brust, und unter dem Ansturm seiner weißen Zähne, seiner schwarzen Augen und der ausgestreckten Arme, die den Lenker der Harley mit festem Griff umfassten, wich sie unwillkürlich zurück. Sie drückte ihre Bücher fest an ihre Brust, senkte den Kopf und ging ein paar Schritte rückwärts, ohne den Blick von ihm abwenden zu können.

Wortlos fuhr er davon.

Er beobachtete sie im Rückspiegel. Sie hatte sich auf die Bank im Wartehäuschen sinken lassen, und ihre Bücher waren heruntergefallen. Bingo!, hatte er sich gesagt, die hab ich am Haken, und er gab Gas, um alles Edmond zu erzählen.

»Siehst du, was so ein Motorrad ausmacht? Ich krieg sogar die Kleine aus dem Schloss rum!«

Edmond musterte ihn entnervt.

»Die hättest du auch ohne Harley rumgekriegt, Ray.«

»Glaubst du? Im Ernst? Aber die ist nicht so wie die anderen Mädchen.«

Er wirkte aufrichtig.

»Merkst du nicht, wie du auf die Leute wirkst? Sag bloß nicht, du hättest keine Ahnung ...«

»Doch, die Leute aus Saint-Chaland schon, aber die Kleine aus dem Schloss ...«

»Die ist genau wie alle anderen, Ray. Sie ist ein Mädchen, mehr nicht.«

»O nein, Edmond! Sie ist nicht wie alle anderen. Sie ist anders. Ich könnte dir nicht sagen, was an ihr anders ist, aber dass sie anders ist, das sieht man doch von Weitem.«

Rays romantische Naivität rührte Edmond.

»Sie hat dich beeindruckt, was?«

Ray wiegte sich in den Schultern und verzog das Gesicht.

»Schon ein bisschen, sie ist ja nicht irgendwer ...« Er wischte mit seinem Ärmel über die Motorradverkleidung und fragte: »Glaubst du, sie würde Ja sagen, wenn ich sie ins Kino einladen würde?«

»Versuch es einfach. Ich denke schon.«

»Ich will keinen Korb bekommen ... Was würdest du denn an meiner Stelle tun?«

»Niemand würde es erfahren, wenn sie Nein sagt. Sie ist nicht die Art von Mädchen, die so was überall herumposaunt.«

»Du hast recht. Ich frage sie ... In Sens läuft *Love Story*. Ist das was für ein Mädchen?«

»Ja, Ray, das ist was.«

Nachdem Roland Clairval nach Paris zurückgekehrt war, wurde Edmond wieder zu Rays Vertrautem. Aber etwas war zerbrochen. Das Spiel war aus. Der Krieg der Knöpfe war zu Ende.

Im darauffolgenden Jahr wurde er an der Wirtschaftshochschule HEC aufgenommen. Er zog nach Jouy-en-Josas und wohnte auf dem Campus. Das Leben dort war ein wenig trist, denn es gab nur Jungen. Mädchen waren damals an der Hochschule noch nicht zugelassen.

Seine Mutter hatte ihm einen gebrauchten Simca 1000 gekauft, und so kam er gelegentlich übers Wochenende und während der Ferien nach Saint-Chaland. Dort traf er Ray und die Clique wieder. Turquet arbeitete mittlerweile im Rathaus beim Einwohnermeldeamt, Gerson hatte einen Job bei einem Automechaniker gefunden und plante, die Werkstatt zu kaufen, wenn sein Chef in Rente gehen würde. Er hat keine Kinder, und er mag mich, sagte er, während er sich mit seinen schwarzen Fingernägeln die Zähne säuberte. Lancenny arbeitete in der Kneipe seines Vaters und absolvierte eine Lehre bei Picon Bière. Sie veränderten sich nicht. Unter dem Schutz von Ray, der in der Stadt zunehmend Respekt genoss, machten sie weiter ihre kleinen krummen Geschäfte und teilten sich Beute, Geld, Mädchen und die bar gezahlten Provisionen.

Edmond wusste kaum noch, worüber er mit ihnen reden sollte, aber mittlerweile gehörte auch Léonie zur Clique. Léonie am Arm von Ray. Léonie an der Seite des Chefs. Im Arm des Chefs. Schon bezwungen, schon verloren.

Léonie war zu einem schönen jungen Mädchen mit einem sanften, schüchternen Lächeln geworden. Léonie, die mit gesenktem Kopf zuhörte, die ein allzu vertrauliches Ansinnen mit sanfter Hand zurückwies, die ihre blauen Augen auf einen richtete wie Löschpapier, das einen aufsaugte, und die in ein leises, scheues Lachen ausbrach und gleich darauf den Kopf zur Seite wandte, wie um sich dafür zu entschuldigen.

Léonie, eine Inkarnation weiblicher Anmut.

Léonie, von der er den Blick nicht mehr abwenden konnte.

Er dachte Tag und Nacht an sie.

Er stahl ihr kleine Dinge. Einen Lippenpflegestift, einen heruntergefallenen Knopf von ihrer Bluse, eine Partitur, die noch die Spuren ihrer Finger trug.

Er löste den Kaugummi ab, den sie in der Kneipe unter den Tisch geklebt hatte, und wickelte ihn in sein Taschentuch. Kaute allein in seinem Bett darauf herum und stellte sich dabei die

Abdrücke ihrer Zähne in der weichen Masse vor. Sie hatte die Zähne eines kleinen Mädchens, mit einer kleinen Lücke zwischen den Schneidezähnen. Glückszähne … Er lieh ihr seinen Schal, wenn es kühl war, sie zog ihn bis zur Nasenspitze hoch, und er betrachtete sie hingerissen. Der Schal würde ihren Duft und die Wärme ihres Halses aufnehmen. Als sie ihn ihm zurückgab, legte er ihn unter sein Kopfkissen und schnupperte nachts daran.

In Gegenwart von Léonie verwechselte er die Wörter, er schwitzte, und ihm war, als stünde er vor einer Gottheit.

Er hört ein Auto und das sich öffnende Garagentor. Das muss seine Frau sein, die von ihrem Bridgeabend zurückkommt. Schritte hallen, eine Tür fällt zu, eine schrille Stimme fragt: »Edmond? Wo bist du? In deinem Arbeitszimmer brennt Licht.«

Er antwortet nicht. Wenn sie mit ihm reden will, wird sie schon die Tür öffnen und hereinkommen. Er ist kein Hund, nach dem man von Weitem pfeift.

»Edmond?«

Die Stimme zögert. Ruft noch einmal.

»Edmond?«

Ihr Tonfall hat sich verändert. Sie klingt ungeduldig, gereizt.

»Wie du willst … Ich gehe hoch und leg mich hin. Bleib nicht mehr zu lange auf!«

So ist's recht, denkt er, geh ins Bett, setz deine Ohrstöpsel ein und schlaf.

Léonie hatte nur Augen für Ray, und Ray stellte Léonie stolz zur Schau. Er schob ihren Rock hoch, damit die anderen ihre Beine und ihre Oberschenkel bewundern konnten, kniff sie in die Brüste, küsste sie in aller Öffentlichkeit auf den Mund, versetzte ihr einen Klaps auf den Hintern und befahl: Komm her, Schnecke, und sei lieb zu deinem Macker. Und sie setzte sich auf seinen Schoß, damit er sie nach Belieben betatschen konnte. Oder sie holte ihm ein Bier. Ohne Schaum. Ich sagte: Ohne Schaum. Und seine Stimme wurde lauter.

Léonie gehorchte. Léonie errötete. Léonie ließ sich küssen. Dann stand sie auf und sagte, sie müsse jetzt nach Hause und lernen. Sie studierte Jura, es war ihr letztes Jahr, und sie wollte um jeden Preis die Prüfungen bestehen und ihren Abschluss machen. Das ist sehr wichtig für mich, die Prüfungen sind schon nächsten Monat, ich bin auf der Zielgeraden, fügte sie entschuldigend hinzu.

Ray schmollte. Er ließ sie versprechen, schnell wieder zurückzukommen. Er hielt ihren Arm fest, verdrehte ihn, wenn sie sich ihm zu entziehen versuchte. Sie tänzelte davon, drehte sich um und warf ihm Kusshände zu, kam zurückgerannt, um ihn noch einmal zu küssen, und machte sich dann auf den Heimweg ins Schloss, wo sie sich jeden Nachmittag einsperrte und lernte.

Eines Tages saßen sie alle zusammen draußen vor der Kneipe. Es war so warm, dass die Jungs schon bei ihrem dritten Bier angelangt waren und an ihren Achselhöhlen rochen. Verdammt, ist das heiß!, stöhnten sie. Léonie trank ihren Minzsirup mit Wasser und zerbiss die Eiswürfel, bevor sie schließlich die Stirn runzelte und leise sagte, dass sie jetzt gehen und lernen müsse. In zwei Tagen ist es vorbei, nur noch zwei Tage, dann ist alles vorbei! Sie wusste, dass Ray wütend sein würde. Sie ließ die Schultern hängen, spielte mit dem Strohhalm in ihrem Glas, wiederholte: Nur noch zwei Tage, und es klang wie eine Entschuldigung für einen Fehler, der sich nicht wiederholen würde.

»Mademoiselle will ihr Examen ablegen«, brummte Ray. »Mademoiselle will allen zeigen, dass sie was Besseres ist.«

»Was für ein Examen?«, fragte Turquet, als hätte er keine Ahnung.

Es war immer das gleiche Theater. Immer die gleichen Rollen, die sie mit geheuchelter Überraschung spielten.

»Ihr Juraexamen«, antwortete Ray und nippte an seinem Bier.

»Und wozu soll das gut sein?«, fragte Gérard und wischte sich über die Stirn. »Abgesehen davon, dass du eine lange schwarze Robe tragen darfst, in der du aussiehst wie ein Rabe …«

Und glucksend schwang er die Arme auf und ab wie ein Rabe, der über die Wälder fliegt.

»Ich will mich für Frauen und Kinder einsetzen. Und für alle Unterdrückten«, protestierte Léonie.

»Und für Männer nicht? Würdest du dich für mich nicht einsetzen?«, fragte Ray mit einem hämischen Grinsen.

»Doch, natürlich … Das weißt du doch, stell dich nicht so dumm!«, murmelte Léonie schüchtern.

»Oho! Habt ihr gehört, wie sie mit ihm redet!«, rief Turquet. »›Stell dich nicht so dumm!‹ Und das lässt du dir gefallen? Willst du ihr das nicht abgewöhnen?«

Edmond wandte den Blick ab. Er beobachtete die alte Valenti, die, von Kopf bis Fuß schwarz gekleidet, mit einem Korb voller sauberer, gebügelter Wäsche für eine ihrer Kundinnen den Platz überquerte. Er spürte, wie die Anspannung stieg, und wünschte, Léonie würde einfach weglaufen. Aber sie blieb. Die Hüfte an den Tisch gedrängt, die Hände um ihren Oberkörper geschlungen, trat sie von einem Fuß auf den anderen.

»Er hat recht! So redest du nicht mit mir, kapiert?«, brüllte Ray.

Die alte Valenti ging an ihnen vorbei, ohne stehen zu bleiben, und ein boshaftes Lächeln huschte über ihre Züge.

Léonie nickte zitternd.

»Dann gehe ich jetzt«, sagte sie leise.

»Lass nur«, sagte Ray, »ich fahre dich.«

Léonie sah ihn verwundert an.

»Das ist nicht nötig …«

»Wenn ich es doch sage!«, donnerte er.

»Bist du sicher? Ich bin mit dem Fahrrad hier.«

»Vergiss dein blödes Rad, ich bringe dich nach Hause … Lass es hier stehen, du kannst es morgen holen. Gibst du mir den Autoschlüssel, Gégé?«

Gérard warf ihm den Schlüssel für seinen R4 zu, der genau gegenüber stand. Ray fing ihn in der Luft auf. Packte Léonie beim Arm. Schubste sie vor sich her. Öffnete die Tür des R4, und als sich Léonie mit der rechten Hand oben an der Tür festhielt, um sich ordentlich hinzusetzen, ohne dass ihr Rock hochrutschte, schlug er die Tür zu und klemmte ihre Finger ein.

Sie schrie auf und fiel in Ohnmacht.

Drei Finger waren gebrochen.

Sie absolvierte niemals ihre Prüfungen, machte niemals ihr Juraexamen.

An diesem Tag begriff Edmond, dass er dazu beigetragen hatte, ein Monster zu erschaffen.

Von da an blieb er an den Wochenenden auf dem Campus und kam nur noch selten nach Saint-Chaland zurück.

In den Ferien reiste er nach England, nach Amerika, nach Mexiko, nach Indien, nach Brasilien.

Eines Tages erfuhr er, dass Ray und Léonie geheiratet hatten.

Ihm wurde übel, und er warf die Schachtel mit seinen Erinnerungsstücken weg. Die Schachtel, in der er die Kaugummis, die Haarspangen, die Taschentücher und die Plastikstrohhalme aufbewahrte, an denen Léonie gesaugt hatte.

Wenn er in Saint-Chaland war, um seine Mutter, seine Tante und seine Großmutter zu besuchen, begegnete er den beiden hin und wieder auf der Straße. Ray grüßte ihn, Léonie senkte den Blick. Er grüßte höflich zurück.

Bei der Hochzeit von Gérard Lancenny sah er sie wieder. Léonie schien ihm aus dem Weg zu gehen. Sie war blass und schweigsam. Stand in einer Ecke und sah zu, wie die anderen tanzten. Sie hatte dunkle Ringe unter den Augen. Als er auf sie zuging, um mit ihr zu reden, entzog sie sich ihm und flüchtete hinter das Buffet. Er ließ es dabei bewenden.

Danach sah er sie noch einmal bei Gersons Hochzeit.

Zu seiner Überraschung hörte er seltsame Bemerkungen.

»Sie sind seit vier Jahren verheiratet und immer noch kein Kind! Was sagst du dazu, Junge?«, fragte ihn Gersons Vater. »Die Leute fangen an zu reden, man hört wieder »Hohlsack«, und Raymond kommt so langsam die Galle hoch. Hat er dir nichts davon erzählt? Ich dachte, wenn es einen gibt, mit dem er darüber redet, dann bist du das.«

Edmond beteuerte, nein, er wisse nichts. Überhaupt nichts. Er komme nicht oft nach Saint-Chaland. Er arbeite für DuPont. Sie wissen schon, den amerikanischen Chemiekonzern.

»Ich bin ständig auf Reisen. Hongkong, Wilmington, Honolulu, London. Ich arbeite mich in das Geschäft ein. Da habe ich keine Zeit, mich um das Gerede in Saint-Chaland zu kümmern.«

»Ich meine ja nur«, brummte der alte Gerson. »Ich dachte, du wüsstest vielleicht was.«

»Nein, weiß ich nicht … und um ehrlich zu sein, es ist mir auch völlig egal!«

Zwei Jahre später kündigte Edmond Courtois bei DuPont und kaufte den alten Schrottplatz in Saint-Chaland. Er kam zurück nach Hause.

Und dann geschah das, was er niemals für möglich gehalten hätte. Das, woran er nicht zurückdenken konnte, ohne dass sich ihm der Magen umdrehte und die Scham ihn wie mit glühendem Eisen versengte.

An einem vom Gewitter gold und schwarz gefärbten Abend klopfte Ray an seine Tür.

An diesem Abend betrat er die Hölle.

Wenn man das Hölle nennen kann, was einem für alle Zeiten die Liebe raubt.

Er wird seine Taschenuhr heute Abend nicht zu Ende reinigen. Stellas Besuch hat eine Flut von Erinnerungen heraufbeschworen, die wie Maschinengewehrfeuer in seinem Kopf widerhallen.

Jahrelang hat er sich verboten, daran zu denken. Hat sich verboten zurückzuschauen.

Er stürzte sich in die Arbeit, bis er nicht mehr klar denken, nicht mehr essen, nicht mehr schlafen konnte. Auf dem Schrottplatz schuftete er Seite an Seite mit seinen Angestellten: die Hände in Metall, Staub, Feilspänen und schwarzem Batteriepolfett. Er verschaffte sich Einblick in die Preisschwankungen von Kupfer, Messing, Aluminium, Edelstahl und Zink. Lernte Autos umweltgerecht zu entsorgen, Metalle zu trennen, die Batterien zu erkennen, gestohlenes Material zu identifizieren, alles, was von der staatlichen Eisenbahn kam, zum Beispiel, und es nicht anzunehmen. Er wollte alles wissen, um alles wagen zu können. Er wollte keiner dieser Chefs sein, die sich nicht die Hände schmutzig machen.

Und eines Tages erfuhr er, dass Léonie schwanger war.

Er legte eine Hand auf sein Herz und glaubte zu sterben.

Konnte dieses Kind von ihm sein? Nein! Unmöglich. Und doch …

Und doch hatte er so oft davon geträumt, dass er sich sagte, dass es vielleicht … und gleich darauf, nein, hör auf, hör auf, und er schlug sich gegen den Kopf, verpasste sich kräftige Ohrfeigen, wie um sich selbst seine völlig verrückten Gedanken auszutreiben.

Dann rannte er zu Gérard, stieß mit der Schulter die Kneipentür auf und stürzte sich auf Ray. Du Dreckskerl, brüllte er, du verdammter Dreckskerl! Du hast gewonnen! Sie wälzten sich in den Sägespänen, die der alte Lancenny auf dem Boden ausgestreut hatte. Turquet, Gerson und Gégé waren da, und sie alle sahen zu, wie er, Edmond Courtois, auf Ray einprügelte. Die Schläge prasselten auf ihn hinab, und seltsamerweise wehrte Ray sich kaum, er hob schützend Ellbogen und Knie und schrie unverständliches Zeug.

Sie kämpften lange miteinander, dann stand Edmond auf und spuckte im Davongehen auf Ray, der immer noch am Boden lag.

Ein paar Monate später wurde Stella geboren.

Ray lief mit stolzgeschwellter Brust durch die Stadt und zeigte sein Baby überall herum. Trug es in den ausgestreckten Armen wie eine Fahne. Stolz, aufrecht, strahlend. Er erzählte jedem, dass sie seine Augen habe, seinen Mund, sein Kinn. Ihrem Vater wie aus dem Gesicht geschnitten. Hmm, lästerten die Leute, doch wohl eher ihrer Mutter.

Edmond heiratete. Kurz nach der Prügelei beim alten Lancenny trat er mit Solange Gavillon vor den Traualtar. Wenn sie ihn ansah, glaubte er Zärtlichkeit in ihrem Blick zu erkennen, aber er hatte jeden Sinn für Zärtlichkeit verloren. Neun Monate später kam seine Tochter zur Welt, eine kleine Julie, die ihm ein Lächeln entlockte. Das erste seit langer Zeit.

Es widerstrebte ihm, von seiner Tochter getrennt zu sein. Er wollte sie aufwachsen sehen. Ihr all die Zärtlichkeit schenken, die er bis dahin niemand anderem hatte geben können. Er mied Saint-Chaland, und wenn er und Solange ins Kino oder in ein Restaurant gehen wollten, fuhren sie nach Sens. Oder nach Paris.

Er hörte nichts mehr von Léonie. Auch nicht von Ray. Er hielt sich von ihnen fern.

Manchmal schnappte er Gerüchte auf, die ihm nicht gefielen. Dann hielt er sich die Ohren zu. Er wollte kein Spielzeug mehr sein. Er hatte zu sehr gelitten.

Er hätte nie geahnt, dass man so sehr leiden kann.

Mit ihrem Besuch an diesem Abend hat Stella den alten Schmerz wieder wachgerufen. Die alten Erinnerungen heraufbeschworen.

Er muss ihr helfen, Léonie zu retten.

Er muss Léonie in aller Öffentlichkeit zur Seite stehen.

Und genau das hat er Duré auch neulich im Krankenhaus gesagt.

»Es reicht, wir können nicht länger die Augen verschließen, hast du gesehen, in welchem Zustand sie war, als sie in die Notaufnahme eingeliefert wurde? Und du willst sie nach Hause zurückschicken? Diesmal bringt er sie um, mein Lieber, verlass dich drauf. Und komm mir nicht wieder mit dem alten Argument, das sei eine Sache zwischen den beiden, da dürften wir uns nicht einmischen. Davon will ich nichts mehr hören. Es widert mich an. Was hast du auf dem Kerbholz, dass du solche Angst vor ihm hast?«

Duré war seinem Blick ausgewichen.

»Ich will es gar nicht wissen«, hatte er hinzugefügt, »das interessiert mich nicht. Ich bitte dich nur, in Ruhe nachzudenken und dir eine Frage zu stellen: Ist das es wert, dafür diese Frau halb tot prügeln zu lassen?«

Duré hatte nicht geantwortet.

»Du bist Arzt. Hast du noch nie etwas vom hippokratischen Eid gehört?«, hatte Edmond nicht lockergelassen.

»Lass mich darüber nachdenken, so einfach ist das nicht …«

»Ich gebe dir vierundzwanzig Stunden, um mit deinem Gewissen klarzukommen, denn dem bist du Rechenschaft schuldig. Und zwar bis ans Ende deiner Tage!«

Und er hatte sich auf dem Absatz umgedreht.

Als er durch den Krankenhausflur davonging, spürte er, wie sich Durés Blick in seinen Rücken bohrte.

Das war ihm egal. Er war viel zu lange feige gewesen.

»Was machst du denn da unten, Edmond? Komm endlich ins Bett!«, ruft Solange Courtois die Treppe herunter.

»Ich telefoniere mit Neu-Delhi. Stör mich nicht.«

»Du telefonierst mit niemandem. Du spielst schon wieder mit deinen alten Uhren!«

Edmond antwortet nicht.

Er hört die Schritte seiner Frau, die ein paar Stufen herunterkommt, zögert und wieder hinaufgeht.

»Aber beklag dich morgen Abend nicht bei mir, wenn du müde bist! Wir sind bei den Durés zum Essen eingeladen …«

»Lass mich endlich in Frieden!«, schimpft er aus seinem Arbeitszimmer.

»Wie du willst!«, sagt sie, geht zurück ins Schlafzimmer und setzt sich auf die Bettkante.

Meinetwegen, brummt sie vor sich hin, er ist morgen müde, nicht ich! Solange er nur bei den Durés einen guten Eindruck macht…

Sie zieht den Morgenmantel aus, knöpft ihr langes, warmes Nachthemd zu und legt sich auf die rechte Seite des Bettes. Das ist ihre Seite. Sie stößt ein wenig Baba au rhum auf. Morgen Abend wird sie den Nachtisch auslassen. Sie fühlt sich aufgebläht. Sie dürfen nicht vergessen, einen guten Wein mitzunehmen. Die Durés sind angesehene Leute in Saint-Chaland.

Und wen haben sie sonst noch eingeladen?, fragt sie sich, während sie die Ohrstöpsel zwischen ihren Fingern knetet. Ich muss Maryse Duré danach fragen, damit ich weiß, welches Kleid ich anziehen soll. Sie steckt sich die Stöpsel in die Ohren, dreht sie ein, drückt sie mit dem Zeigefinger zusammen. Entspannt sich einen Moment, runzelt dann die Stirn und stellt eine Liste mit den Dingen auf, die sie am darauffolgenden Tag zu erledigen hat, bevor sie schließlich die Decke hochzieht und einschläft.

Es ist nach Mitternacht. Adrian und Stella liegen im Bett, Stellas Wange auf Adrians Brust, Adrians schwere Hand an Stellas Hüfte. Ineinandergefügt wie zwei Puzzlestücke. Ohne sich zu rühren. Erfüllt von einem Glück, das sie nicht beschreiben können. Sie sind beide nicht gut im Umgang mit Worten. Sie öffnen den Mund, um etwas zu sagen, und klappen ihn hilflos wieder zu.

Das Fenster steht weit offen, damit Adrian beim geringsten verdächtigen Knacken in seine Jeans und Stiefel springen kann. In den Keller huscht, durch den Geheimgang, in den Tiefen der Erde verschwindet. Fang mich doch, wenn du kannst! Du kriegst mich nicht, Ray Valenti. Sie haben keine Angst. Sie treffen Vorkehrungen, das ist alles.

Sie horchen auf die Geräusche der Nacht.

Versuchen, jeden Laut zu identifizieren.

»Die Nacht ist mein Reich«, sagt Adrian mit seinem leichten Akzent. Stella lächelt, sie kennt die Nacht besser als er.

Sie hören das Rascheln der Zweige, den Ruf des Waldkauzes, die Antwort der Waldohreule, die Gänse, die beim geringsten Laut zu schnattern beginnen.

»Das sind ja die reinsten Pförtner!«, sagt Adrian. »Mit solchen Wächtern bist du hier sicher!«

»Und das? Weißt du, was das ist?«

Adrian spitzt die Ohren und schüttelt den Kopf.

»Das ist das Fiepen der Spitzmäuse«, sagt Stella.

»Die mag ich nicht. Im Geheimgang wimmelt es nur so von denen.«

Derselbe gefräßige Igel wie immer durchsucht die Näpfe der Hunde. Seine Schnauze stößt gegen das Metall, und er schleift sie scheppernd über den Boden.

»Was ist das denn für ein Lärm?«, fragt Adrian.

»Das ist der Igel. Ich habe heute Abend vergessen, das Futter der Hunde reinzuholen, und das ist ihm nicht entgangen!«

Sie lachen. Rollen übers Bett, verstärken den Knoten ihrer Körper.

»Beim nächsten Mal klettern wir auf den Baum und nehmen Tom mit.«

Adrian hat in dem Baum, auf den sie sich früher immer geflüchtet hat, eine große Plattform gebaut. Darauf haben sie alle drei Platz. In zwanzig Metern Höhe. Mit starken Sicherheitsnetzen. Schwankend atmen sie die Gerüche der Nacht ein. Tom legt die Arme um die Schultern seiner Eltern und imitiert Tierrufe. Adrian erzählt ihm, wie man sich von einem aggressiven Bären entfernt, du gehst rückwärts und wedelst dabei mit den Armen, und du redest die ganze Zeit. Hör ja nicht auf zu reden. Tom wirft ihm einen bewundernden Blick zu. Stella lächelt, sie ist glücklich mit ihren beiden Männern.

Ein wildes Huhn gackert stolz.

Stella wird wütend.

»Na toll! Sie hat ein Ei gelegt!«

»Mitten in der Nacht?«

»Diese elenden Biester. Mir reicht es langsam mit ihnen! Sie verstecken ihre Eier, brüten sie heimlich aus, und ich stehe am Ende mit einem Dutzend Küken da, die meinen Salat fressen und meine Drahtzäune demolieren! Pass auf… in dreißig Sekunden fängt der Hahn an zu krähen, als hätte er selbst das Ei gelegt!«

Und als gleich darauf der Hahn tatsächlich aus voller Kehle seinen Triumph hinausschmettert, beginnen die Gänse aufs Neue zu schnattern, und die Tauben fliegen auf.

»Was für ein Radau!«

»Da siehst du, wie wir leben«, sagt Stella seufzend. »Während andere Paare sich über Partys und ihre Freunde unterhalten, hören wir zwei den Tieren, den Bäumen und dem Wind zu.«

»Du würdest so ein Sozialistenleben gar nicht wollen!«

»Das heißt Sozialleben, nicht Sozialistenleben.«

»Dann würdest du eben so ein Sozialleben nicht wollen …«

»Ich könnte schöne Kleider anziehen und dich vor Eifersucht rasend machen.«

»Versuch es doch, ich garantiere dir, ich bleibe kühl wie ein Eisblock!«

»Das werden wir ja sehen! Rühr dich nicht vom Fleck. Mach die Augen zu und warte, bis ich wieder da bin. Versprochen?«

»Versprochen?«

Er zündet sich eine Zigarette an, streckt sich und kratzt sich am Brustkorb.

Sie windet sich aus seinen Armen, springt aus dem Bett und huscht ins Bad.

Durch das Fenster sieht sie den Mond. Rund, weiß und grau. Er strahlt wie ein trächtiges Weibchen. Es sieht fast so aus, als würde er mich beobachten und mich beschützen. Sie fühlt sich leicht und feminin.

Adrian. Sein grauer Blick, seine Haut, die so zart ist wie die einer Frau, sein schmales Lächeln, das sich so gut wie nie zeigt. Ein honigfarbener Krieger, so groß, dass er sie überragt.

Er spielt Verstecken mit Ray Valenti. Ray will ihm an den Kragen. Er will, dass Adrian von zwei Gendarmen abgeführt wird, die ihn zur Grenze zurückbringen. Raus mit dem Illegalen! Stellas Geliebter, der erste Mann, der ihr nach dem nächtlichen Messer im Bauch wieder nahegekommen ist. Der Mann, der sie zum Lachen bringt und sie durch die Küche tanzen lässt, *»once I had a love and it was a gas, soon turned out had a heart of glass …«* Für den sie ein schönes Kleid anzieht, sich an einen Tisch mit einem gebratenen Hühnchen und Kerzen setzt, die nur für sie allein brennen, für ihre von schwarzen Wimpern umrahmten Schlittenhundaugen und das verwuschelte babyblonde Haar auf ihrem Kopf.

Er war ihr auf dem Schrottplatz sofort aufgefallen.

Eines frühen Morgens stand er plötzlich da, mit seinem Bündel in der Hand, in einem zerrissenen T-Shirt und einer schmutzigen Jacke. Unrasiert und mit ungewaschenem Haar, das ihm in der Stirn klebte, hatte er ein paar Worte auf Englisch gebrummt. Julie hatte ihn in ihr Büro geholt und als Metallsortierer eingestellt. Er arbeitete hart und drückte sich vor keiner Aufgabe. Von Weitem beobachtete Stella, wie er Stahlträger anhob, ohne auch nur eine Miene zu verziehen. Und immer dieses leise Lächeln, als dächte er, leicht, total leicht, seine geschickten Hände in den dicken Handschuhen, der Schweiß, der ihm über das von Staub und Ruß geschwärzte Gesicht lief. Er redete mit Maurice, Houcine und Boubou, die ihm Französisch beibrachten. Er lernte schnell. Sie tat, als sähe sie ihn nicht, und schaute doch immer wieder zu ihm hin. Er richtete sich auf, fing ihren Blick auf. Sie wandte den Kopf ab.

Wochenlang hatte dieses wortlose Zwiegespräch gedauert. Er arbeitete stumm, schwitzte, schlief in einer Ecke der Halle, duschte zusammen mit den anderen, aß mit ihnen, las in einer alten Französischgrammatik, die Boubou ihm mitgebracht hatte. Sie fuhr mit ihrem Laster herum, im Schutz der Fahrerkabine, der blonden Haare, die ihr ins Gesicht fielen, und ihrer Männerklamotten.

Als sie eines Tages mit Boubou und Houcine ihren Laster entlud, wartete Adrian, bis sie mit dem Sortieren und Wegschaffen fertig waren und die beiden anderen die Halle verlassen hatten. Dann versetzte er dem Tor einen Stoß, woraufhin es über die Schiene im Boden rollte und zufiel. Breitbeinig versperrte er ihr den Weg.

Sie erstarrte.

»Was willst du?«, fragte sie.

»Dasselbe wie du.«

Sie war so verwirrt, dass sie ihm den Rücken zukehrte und die kleine Treppe hinauf verschwand, die zu Jérômes Büro führte.

»Seit wann nimmst du jetzt diesen Weg nach draußen?«, fragte Jérôme belustigt.

»Das geht dich nichts an!«, versetzte sie wütend.

Am nächsten Morgen begann das Zwiegespräch aufs Neue. Ihre Blicke suchten einander, wichen aus, kehrten zurück, glitten ab, flohen. Stella schlug die Lkw-Tür zu und fuhr los. Maurice, Boubou und Houcine lachten.

»Den beiden sollte vielleicht mal jemand helfen!«

Und eines Abends schlossen sie das Hallentor, als die beiden noch drin waren. Schoben die Riegel vor und schalteten die Alarmanlage ein.

»Gute Nacht, ihr Süßen!«, riefen sie im Davongehen.

Das war ihre erste Nacht. Auf Adrians Lager in einer Ecke der Halle. Unbeholfen, schweigend. Es ging zu schnell, als dass ihnen hätte kalt werden können. Ihre Hände näherten sich einander, und Funken stoben auf. Ihre Lippen näherten sich einander, und wieder stoben Funken. Mit der Hand wedelten sie die Luft weg, die um sie herum knisterte.

Und plötzlich endete das Knistern, und er stürzte sich auf sie.

»Langsam«, flüsterte sie.

»Ich weiß …«, antwortete er und streichelte ihr Haar.

»Du weißt gar nichts.«

Sie wollte ihn wegstoßen. Dann an sich ziehen. Dann wieder wegstoßen.

»Ich weiß alles über dich, ich beobachte dich seit Wochen. Ich kenne deine Geheimnisse. Verrate sie mir nicht.«

Sie ließ zu, dass er eine Hand auf sie legte.

Dann seinen Mund …

Sie waren vorsichtig. Redeten auf dem Schrottplatz nicht miteinander. Verabredeten sich flüsternd, wenn sie aneinander vorbeigingen, den Mund im Pulloverärmel verborgen.

Stella hatte Adrian den Eingang zu dem unterirdischen Gang gezeigt, sie fuhren niemals zusammen zum Bauernhof zurück.

Und dann, eines Tages, begegnete sie Ray.

Sie ging die Hauptstraße von Saint-Chaland entlang, tänzelte auf den Zehenspitzen, schwang ihre Handtasche, zwinkerte sich in den Schaufenstern und Spiegeln zu. Du bist hübsch, meine Liebe, sehr hübsch sogar, und du hast einen Freund! Und heute Abend feiert ihr euer »Sechsmonatiges«. Sie öffnete die Tür der Weinhandlung Nicolas und beugte sich über die aktuellen Angebote, als sie plötzlich einen Blick spürte. Sie drehte sich nicht um, sondern bewegte sich zur Seite, bis sie vor einem Spiegel stand.

Und da entdeckte sie Ray, direkt vor dem Schaufenster. Er wartete draußen auf der Straße auf sie. Ist er mir gefolgt? Verfolgt er mich etwa schon lange?, fragte sie sich, während sie das Etikett einer Flasche 1998er Saint-Julien studierte.

Ihr Herz raste. Sie würde ihn überlisten müssen.

Er kann nichts von uns wissen, das ist unmöglich. Wir zeigen uns nie zusammen in der Öffentlichkeit, und weder Maurice noch Boubou, Houcine oder Jérôme würde uns verraten.

Sie verwickelte einen Verkäufer in ein Gespräch, und dieser nahm sie mit ins Lager, um ihr weitere Weine zu zeigen. Sie fragte ihn, ob es einen Notausgang gebe, den sie benutzen könne, um zu ihrem Lkw zu gelangen, den sie in einer angrenzenden Straße abgestellt habe, und schon war sie draußen.

An diesem Tag hatte sie ihn abgeschüttelt.

Aber sie hatte sich verraten. Sie war geflohen.

»Von jetzt an müssen wir noch vorsichtiger sein«, erklärte sie Adrian. »Er ahnt etwas.«

»Wer ist dieser Mann? Und warum hat er es auf dich abgesehen?«

»Das erzähle ich dir irgendwann.«

»Wenn er dir zu nahe kommt, poliere ich ihm die Fresse.«

»Tolle Idee! Er ist der Held der Stadt, und du bist der illegale Einwanderer. Was glaubst du, was passiert, wenn du ihn vermöbelst … Denk doch mal nach.«

»Ich mag es nicht, wenn du so mit mir redest.«

Ray Valenti schickte Turquet und Gerson zum Schrottplatz. Sie sollten ihm anschließend Bericht erstatten. Es gibt da tatsächlich einen Neuen, Ray, so einen blonden Cowboy, ziemlich gut aussehender Typ mit echten Killerpranken, aber er redet nicht. Schleppt den ganzen Tag lang Gusseisen durch die Gegend. Keiner weiß etwas über ihn. Wir sind nicht mal sicher, ob er wirklich auf dem Schrottplatz arbeitet. Er schläft da, das schon, er duscht da, isst mit den anderen, hilft ihnen ab und zu, aber er hält sich immer abseits. Du kennst doch Julie, die liest jeden Zigeuner und Landstreicher von der Straße auf …

Ray schäumte vor Wut. Doch, doch, guckt euch die Kleine nur mal an, die hat sich verändert, sie läuft total entspannt herum, wackelt mit dem Hintern, tänzelt, lacht und fährt mit hoch erhobener Nase durch die Gegend, ich sag euch, da steckt ein Kerl dahinter. Ein Kerl, der sie scharfmacht. Das ist so klar wie Kloßbrühe. Wo habt ihr denn eure Augen?

Und er schickte sie zurück auf den Schrottplatz.

»Wo kommt dieser Kerl denn her?«, fragten Gerson und Turquet.

»Keine Ahnung«, antworteten Jérôme, Houcine, Boubou und Maurice. »Er stand eines Tages auf dem Hof, und Julie hat ihn unter ihre Fittiche genommen. Ihr wisst doch, wie sie ist, immer vorneweg, wenn es darum geht, den Armen und Notleidenden zu helfen. Fragt doch sie, wenn ihr etwas wissen wollt.«

»Heißt das, er arbeitet hier? Das ist aber nicht legal … Der hat doch sicher keine Papiere.«

»Wir haben ihn nicht nach seinem Ausweis gefragt.«

Julie beobachtete sie von ihrem Büro aus. Sie kamen nie zu ihr herauf, um sie auszufragen.

Gerson versuchte, Jérôme auf ihre Seite zu ziehen.

»Na, komm schon, Alter, raus mit der Sprache! Ich schieb dir auch ein paar schöne Autowracks zu, dann kannst du dir was Nettes nebenbei verdienen!«

»Wenn ich's dir doch sage, ich habe keine Ahnung«, wiederholte Jérôme.

Und wieder zogen sie unverrichteter Dinge ab.

Sie hatten nicht einmal gemerkt, dass sie schwanger war. Aber das sah man ihr auch kaum an bei einem Meter achtzig, ihren knabenhaften Hüften und der weiten Latzhose. Das Baby war ihnen durch die Maschen gegangen.

Und Ray musste ihnen ordentlich den Kopf gewaschen haben.

Nach Toms Geburt war Ray ins Krankenhaus gekommen. Mit einem Blumenstrauß in der Hand.

»Ich komme meine Tochter und meinen Enkel besuchen«, hatte er zu der Krankenschwester gesagt, die gerade aus Stellas Zimmer kam.

»Na, dann gehen Sie mal rein, Monsieur Valenti. Stella, Sie haben Besuch! Soll ich Ihnen eine Vase für die Blumen bringen?«

»Nicht nötig.«

»Wie Sie wollen«, entgegnete die Schwester verwundert. »So

ein schöner Strauß. Der passt aber bestimmt nicht ins Zahnputzglas!«

Stella verzog das Gesicht. Sie richtete sich in ihrem Wochenbett auf. Zog die Wiege ihres Sohnes zu sich heran und hielt sie mit einer Hand fest, bereit, sofort aus dem Bett zu springen, sollte Ray sich ihm nähern.

»Sieht süß aus, dein Kleiner«, sagte Ray und trat einen Schritt näher.

»Bleib, wo du bist, oder ich schlag dich zu Brei.«

Ray zeigte ihr die Blumen, die er in der Hand hielt.

»Du irrst dich, Stella. Ich bin hier, um Frieden zu schließen.«

»Steck dir deinen Frieden sonst wohin und verschwinde.«

Und als Ray Anstalten machte, sich über die Wiege zu beugen, fing sie wie von Sinnen an zu schreien: »Mach, dass du hier rauskommst. Los, verschwinde, oder ich prügle dich aus dem Zimmer. Die Zeiten, in denen du mir Angst machen konntest, sind vorbei. Und eine Schlägerei im Krankenhaus wäre doch verdammt peinlich, oder?«

Ray erstarrte mit seinem Blumenstrauß in der Hand.

Dann ging er um das Bett herum, ohne der Wiege des Kleinen zu nahe zu kommen, trat zu Stella, musterte sie mit einem spöttischen Lächeln und sagte: »Du willst Krieg? Den kannst du haben. Und zwar schlimmer, als du es dir vorstellen kannst. Deinen Lover mach ich fertig. So oder so, ich mach ihn fertig. Bis er angekrochen kommt und meinen haarigen Arsch leckt!«

Stellas Arm auf der Wiege ihres Sohnes zitterte nicht. Genauso wenig wie ihre Lippen. Sie sah ihm unverwandt in die Augen, und er wich zurück. Warf die Blumen auf die Kommode.

Ich lasse mich nicht unterkriegen!, dachte sie unwillkürlich.

Als die Schwester später mit einer Vase zurückkam, entdeckte sie den Strauß kopfüber im Mülleimer, zusammen mit den fleckigen Verbänden, den von Desinfektionsmittel gelb verfärbten Wattebäuschen und den zerknüllten Papiertaschentüchern.

Achselzuckend ging sie wieder hinaus. Meine Güte, so ein

schöner Strauß! So eine Verschwendung! Dieses Mädchen ist genauso plemplem wie seine Mutter.

Am nächsten Tag verließ Stella die Entbindungsstation.

Sie sucht in ihrem Schrank nach dem Kleid, das sie anziehen wird. Nimmt eines heraus, dann ein anderes. Sie besitzt nur zwei Kleider, aber sie gibt sich gern der Illusion hin, sie hätte eine riesige Auswahl. Sie fährt mit dem Finger über den einen weichen, geschmeidigen Stoff, dann über den zweiten, er glänzt und fühlt sich ein wenig rau an.

Sie weiß nicht viel über Adrians Vergangenheit. Das wenige, was sie weiß, hat sie ihm an einem Abend entlockt, als sie beide ein bisschen zu viel getrunken hatten. Er stammt aus Russland, so viel ist sicher. Aus Aramil, einer kleinen Stadt im Ural. Wenn er darüber spricht, scheint er sich von ihr zu entfernen. Als reise er weit weg, in eine Welt aus alten Fabrikschloten, Strommasten, Holzbaracken und Straßen, die von heruntergekommenen Plattenbauten gesäumt sind. Sein Gesicht verschließt sich, sein grauer Blick nimmt die Farbe von schmutzigem Schnee an. Beinahe macht er ihr Angst. Dreizehntausend Einwohner, die um den Bahnhof gedrängt leben. Sie warten auf einen Zug. Einen Zug, der sie irgendwohin bringen wird. Sie wissen nicht, wohin. Sie wissen nicht, wie. Weiter als Jekaterinburg jedenfalls, die Hauptstadt der Oblast, ihres Bezirks, die etwa dreißig Kilometer entfernt liegt. In der kleinen Stadt Aramil sind über sechzig Prozent der Bevölkerung Rentner, und fünfzig Prozent der jungen Leute sind arbeitslos. Zur Zeit der Sowjetunion gaben zwei Nahrungsmittelfabriken der ganzen Stadt Arbeit. Die Löhne waren anständig, es gab Werksunterkünfte für die Angestellten und Gratiszugfahrkarten, damit sie sich ein paar Tage in Moldawien oder Georgien am Schwarzen Meer erholen konnten. Man ermunterte die Frauen, Kinder zu bekommen, Schulen und Kindertagesstätten wurden gebaut, große, lang gezogene Wohnblocks und in Jekaterinburg Universitäten. Die Regierung bezahlte alles.

Doch dann war die UdSSR untergegangen. Die Fabriken wurden geschlossen, und die Bevölkerung blieb dem tristen Schicksal überlassen, bei Schnee und stürmischem Wind unter freiem Himmel auf den Tod zu warten. Die Jungen waren zu Untätigkeit und Alkohol verdammt. In Aramil gab es nichts mehr zu tun, außer den stets grauen Himmel zu betrachten, die schneebedeckten Straßen, die schwarzen Bretterzäune, die verfallenden Gebäude und die Menschen, die immer mehr verkümmerten, während sie über die alten Zeiten und den Glanz der kommunistischen Partei redeten. Ihre einzige Hoffnung bestand darin, sich am Bahnhof in einen Güterwaggon zu schmuggeln und ins Ausland zu gehen. Nach Amerika, Deutschland, Italien, Frankreich. Ohne Geld oder Schulabschluss, allein mit der Kraft ihrer Hände, die sich an die Türen eines Zuges nach Moskau klammerten und später an einen der Lkw, die sich in Richtung Europa in Bewegung setzten, zu einem Hafen oder Flughafen.

Versteckt und von gestohlenen Brotkanten lebend, hatte Adrian Russland und einen Teil Europas durchquert, er hatte in seinen schmutzigen Kleidern vor Kälte gezittert und sich mit anderen ausgehungerten Flüchtlingen geprügelt, die es auf seinen Platz hinten auf dem Lkw abgesehen hatten.

Eines Nachts hatte er sich auf einem Autobahnparkplatz bei Frankfurt in den Anhänger eines Fernlasters geschlichen und mehrere Stunden zwischen Kisten Tiefkühlfisch und Surimi geschlafen, bevor er in Sens heimlich wieder ausgestiegen war.

Er stank nach Fisch.

Warum Sens?, fragte Stella sich immer.

Wenn sie glücklich und unbeschwert war, sagte sie sich: Weil wir einander begegnen sollten. Er ist ein Geschenk des Himmels. Sie schaute zum Himmel auf, noch weiter hinauf als zum Himmel, und sagte Danke.

Danke, lieber Gott, fügte sie hinzu.

»Du glaubst an Gott?«, fragte Adrian mit seinem schmalen, verschlossenen Lächeln.

»Ja.«

»Du glaubst wirklich an Gott?«

»Ja«, wiederholte Stella so ernst wie eine alte Nonne. »Weil er dich zu mir geschickt hat. Niemand außer ihm konnte wissen, dass ich auf dich wartete. Ich sah dich im Dunkeln vor mir, und jeden Abend sagte ich zu ihm dort oben im Himmel, zu ihm, dessen Namen ich nicht kenne, schick ihn zu mir, bitte. Er soll groß sein und blond, mit grauen Augen und einem unendlich gütigen Herzen unter dem stählernen Panzer.«

Adrian sagte, sie sei verrückt, schloss sie ganz fest in die Arme und sagte dann, ja, es sei ein Wunder, dass sie sich begegnet seien, er, der Heimatlose aus Aramil, und sie, die Prinzessin aus Saint-Chaland.

Was hat er gemacht, als wir einander noch nicht kannten? Mit wem schaute er zum weiß-grauen Mond auf? Hielt er eine Frau in den Armen, dort in Aramil?

Ihr Finger hält inne, zögert, streichelt das weiße Kleid. Ließ er beim Schlafen das Fenster offen? Zuckte er zusammen, wenn er einen Baumstamm knirschen hörte wie die Bremse eines alten verrosteten Fahrrads?

Die Fragen kreisen in ihrem Kopf. Sie verzieht das Gesicht. Lässt die Grübelei sein und entscheidet sich für das weiße Kleid, das wie das Gewand einer unschuldigen Jungfrau um ihren Körper fällt.

Mein Mann.

Wenn er fort ist, gibt sie sich kämpferisch, bereit, es mit jedem aufzunehmen, aber wenn er bei ihr ist, breitet sie die Arme aus, wird sanft und anschmiegsam. Ein Mann gibt, eine Frau empfängt, sagt Adrian. Sie liebt seine Worte. Sie liebt seine Furchtlosigkeit. Dass er alles über sie weiß, ohne jemals etwas zu fragen. Er liest die Geschichte ihres Lebens von ihrer Haut ab, entschlüsselt sie wie ein Buch.

Sie hatten im Verborgenen gelebt. Waren einander auf dem Schrottplatz aus dem Weg gegangen. Stella führte die Leute hinters Licht, indem sie Arm in Arm mit Julie durch die Stadt spazierte. Oder mit einer anderen Frau.

Die ist 'ne Lesbe, ist doch klar, spotteten Turquet, Gerson oder Lancenny. Du hast ihr die Kerle ein für alle Mal verleidet! Sie hat sich einen geschnappt, damit er ihr ein Balg macht, und dann hat sie ihn eiskalt vor die Tür gesetzt!

Ray zuckte nicht mal mit der Wimper. Unmöglich, grübelte er, ich rieche Ärger. Die versucht mich zu verarschen. Und keiner verarscht Ray Valenti!

Doch dann passierte die Geschichte mit der Schule und lenkte seine Aufmerksamkeit von ihnen ab.

Im April 2005 betrat ein Mann die Grundschule von Saint-Chaland und nahm eine Klasse mit vierzig Schülern als Geiseln. Der ehemalige Angestellte einer Papierfabrik war nach der Schließung des Unternehmens entlassen worden. Die Gendarmerie, eine Antiterroreinheit, der Bürgermeister und der Präfekt rückten an. Die Polizei sperrte die Umgebung ab. Stunden vergingen, und der Mann verbarrikadierte sich noch immer in der Schule. Er verlangte Geld, ein Auto und ein Flugticket nach Caracas. Erster Klasse. Und gleich darauf behauptete er, für die Würde der sozialen Verlierer zu kämpfen, der einfachen Leute, die von niemandem beachtet wurden. Eine Waffe auf Madame Grampion, eine der Lehrerinnen, richtend, kam er heraus auf den Pausenhof. Stieß Drohungen aus. Verlangte Wasser und Brot für die Schüler, die Belagerung werde lange dauern, er werde sich nicht ergeben.

Da trat Ray Valenti vor. Mit erhobenen Händen und ohne Waffe ging er auf den Mann zu, der sich hinter der Glastür verschanzte, und bot sich als Geisel an. Lass zehn Kinder frei, und wir beide unterhalten uns. Ich verstehe dich, ich weiß, wie du dich fühlst, wir sind zusammen zur Schule gegangen, die Lehrer mochten dich, wir finden schon einen neuen Job für dich, du hast mein Wort.

Ray redete und redete, der Mann rieb sich die Augen, schien ihm zuzuhören. Nach einer Weile nahm er die Waffe herunter und beratschlagte mit der Lehrerin, die zehn Kinder auswählte. Die Jüngsten, die weinten und nach ihrer Mutter riefen.

Ray ging zu dem Wahnsinnigen in das Schulgebäude, und nach und nach kamen immer mehr Gruppen von Schülern heraus.

Abends befanden sich in der Schule nur noch Ray, zwei Lehrerinnen und der Direktor, der in seinem Büro eingesperrt war und das Telefon nicht aus der Hand legte.

Im Morgengrauen des nächsten Tages, dem 6. April, ergab sich der Mann der Polizei.

Ray Valenti hatte es wieder auf die Titelseiten der Zeitungen und in die Fernsehnachrichten geschafft und teilweise sogar den Tod von Fürst Rainier von Monaco aus den Schlagzeilen verdrängt.

Endlich war er wieder ein Held. Und was für einer!

Alle suchten seine Nähe und wollten ihm gratulieren. Die Eltern legten Blumen, Champagnerflaschen und Dankesbriefe vor seiner Wohnungstür ab.

Die Kinder der Grundschule komponierten zu Ehren von Ray Valenti ein Lied, das die Blaskapelle der Feuerwehr an dem Tag spielte, als die überdachte Pausenhalle nach ihm benannt wurde.

Er war Ehrengast bei Banketten, führte den Vorsitz bei den Versammlungen der Feuerwehr, bekam Telegramme von Ministern und Prominenten. Er wurde im Elysée-Palast vom Präsidenten Jacques Chirac empfangen.

Nach dieser Heldentat schlug ihm ein Verleger vor, ein Buch zu veröffentlichen. Das Angebot war begleitet von einem sehr guten Vertrag und einem üppigen Scheck. Ray hatte noch nie so viele Nullen hintereinander gesehen! Der Verleger schickte einen Journalisten zu ihm, der die Schilderung jener angstvollen Stunden zu Papier bringen sollte, in denen nicht nur die Eltern, sondern alle Einwohner von Saint-Chaland, ja ganz Frankreich gebangt hatten.

Er wurde fotografiert, war überall ein begehrter Gast, hielt Vorträge und beriet die Antiterroreinheit der Gendarmerie. Er bekam den Orden der Ehrenlegion. Hielt eine Rede. Er war völlig aus dem Häuschen. Mit über fünfzig eröffnete sich ihm eine neue Karriere: die eines berühmten Mannes.

Er vergaß Adrian und Stella.

Seine Mutter schnitt in ihrem Bett die Zeitungsartikel aus, läutete mit ihrer Glocke, befahl Léonie, Kaffee zu kochen, die Damen und Herren Journalisten zu bedienen und einen guten Eindruck zu machen.

»Und zieh ein anderes Kleid an! Du siehst ja aus wie Aschenputtel!«

Léonie fiel es nicht schwer, ihre Rolle zu spielen: Ray hatte jegliches Interesse an ihr verloren. Ein paar Monate lang ließ er sie in Frieden, und die Ruhe hielt an, als er kreuz und quer durchs Land zu reisen begann, um all die Einladungen wahrzunehmen, die ihn erreichten: die Eröffnung eines Schwimmbades oder einer Sporthalle, eine Kranzniederlegung an einem Gefallenendenkmal, der große Rindermarkt, die Wahl der Miss Sens und der Miss Auxerre. Er besuchte Schulen, wo er den jungen Leuten Lebensweisheiten vermittelte: die Älteren zu achten, seinen Mitmenschen zu helfen, die Schwächsten zu beschützen und seine Instinkte zu beherrschen, um stark zu sein und ein Vorbild zu werden.

Sein Buch, *Dieser Mann, dieser Held*, war kein großer Erfolg, was ihn sehr aufbrachte, aber er wurde in zahlreiche Talkshows eingeladen. Man bat ihn um Rat, man hörte ihm zu, man betonte seinen außergewöhnlichen Mut, er konnte gar nicht genug davon bekommen. Der Videorekorder der Valentis lief rund um die Uhr. Da der Mann eine attraktive Erscheinung war, sah man ihn oft im Fernsehen.

Doch mit der Zeit flaute die Aufmerksamkeit ab. Ein anderer Unbekannter vollbrachte eine Heldentat. Die Leute vergaßen Ray Valenti.

Da setzte er es sich in den Kopf, ein weiteres Buch zu schreiben. Dass das erste sich nicht verkauft hatte, lag bloß an diesem dämlichen Journalisten, dieser Pfeife, der nicht fähig war, Worte zu finden, die die Menschen träumen ließen und in ihnen den Wunsch weckten, über sich selbst hinauszuwachsen. Heldentum, das hat man einfach im Leib, knurrte er, und ich muss es wissen, ich bin schließlich Profi! Er würde ihnen zeigen, wozu er fähig war. Ihm war ein Titel eingefallen, auf den er sehr stolz war. *Der Held, der in uns schlummert.*

Er schrieb ihn dick und fett auf einen Aktendeckel.

Doch über den Titel kam er nicht hinaus.

Seine Glanzzeit war vorüber.

Davon erholte er sich nie.

Eines Dezembertages begegnete er Stella, Adrian und Tom in der Apotheke. Der Junge saß auf den Schultern seines Vaters und blies in eine Mundharmonika. Die gerührte Apothekerin hatte ihn gebeten, ein Weihnachtslied für sie zu spielen, und er hatte mit den Schultern gezuckt und erklärt, nur Babys glaubten noch an den Weihnachtsmann.

»Ach, ist der süß!«, hatte die Apothekerin gerufen. »Und was für ein selbstbewusstes kleines Kerlchen!«

Rays ganze Wut, sein ganzer Frust richteten sich nun gegen Adrian und Stella. Mit welchem Recht waren diese beiden glücklich?

Er beschloss, einmal hart zuzuschlagen.

Und zeigte Adrian an.

Daraufhin erschienen Gendarmen auf dem Schrottplatz. Sie verlangten von Julie Einsicht in ihre Lohn- und Personalunterlagen und drohten ihr mit Bußgeld und Gefängnis, falls sich herausstellen sollte, dass sie einen Illegalen beschäftigte. Julie ließ sich nicht einschüchtern und erklärte, ihre Unterlagen seien in Ordnung, aber sie ahnte, dass ihr bald die Argumente ausgehen würden.

Es gelang ihr, sie noch ein paar Monate an der Nase herumzuführen.

Sie kamen immer wieder. Zwar wagten sie nicht, energischer gegen sie vorzugehen, aus Angst, es sich mit ihrem Vater zu verderben, doch Ray saß ihnen unerbittlich im Nacken.

Eines Abends, als Tom schon im Bett lag und sie in der Küche zu Abend aßen, hatte Adrian verkündet: »Ich gehe weg, ich will nicht, dass Julie meinetwegen Ärger bekommt. Ich kenne ein Versteck, nicht weit von hier, wo sie mich nicht finden werden.«

Stella glättet ihr blondes Haar, trägt hellroten Lippenstift auf, legt ein Paar lange Ohrringe an, schlüpft in schwarze High Heels, die sie für sechs Euro auf einem Garagenflohmarkt erstanden hat, öffnet die Badezimmertür und geht ins Schlafzimmer.

Adrian erwartet sie, die Hände auf dem Bauch verschränkt. Das rot glühende Ende der Zigarette in seinen Fingern brennt ein Loch in die Nacht. Sie kann den Blick nicht davon abwenden und erstarrt. Sie hat Gänsehaut.

»Beweg dich nicht«, sagt er mit rauer Stimme, »ich will dich anschauen.«

Sie erschauert, schlingt die Arme um ihren Körper.

»Du bist so schön, Prinzessin.«

Er packt ein Kissen, drückt es mit einer Hand zusammen.

»Komm her …«

Sie wartet, bis er die Aufforderung wiederholt, bis seine Stimme stockt.

Langsam geht sie auf ihn zu, ihre Hand schiebt den Träger ihres Kleids hoch, sie stellt sich ans Fußende des Bettes, wartet darauf, dass er auf sie zukriecht.

Er drückt die Zigarette im Aschenbecher aus.

Der rote Punkt ist erloschen. Unwillkürlich seufzt sie auf.

Er stützt sich auf den Ellbogen ab, schiebt sich über die Decken auf sie zu, richtet sich auf, packt sie mit einer Hand. Gräbt seine Daumen in ihren Bauch. In ihre Leistenbeugen.

Presst sie an sich. Fährt ihr mit der Hand durchs Haar. Seine Hand legt sich in ihren Nacken, schiebt die blonden Strähnen hoch, wandert vor zu ihrer Stirn. Breit, warm und rau scheint sie einen Abdruck von ihrem Schädel zu nehmen.

Stella schließt die Augen, bereit zu einer neuen Reise.

Er sieht sie an, und es sind nicht länger zwei Augen, sondern zwei vor Verlangen brennende Schlitze.

Nimm mich, mach mit mir, was du willst, denkt sie, doch kein Wort kommt über ihre versiegelten Lippen.

Streuner und Sky schnarchen hinter der Tür.

Sie rollen über das Bett, Adrian legt sich auf sie, küsst sie, hält inne und liebkost sie langsam mit seinem Blick.

Sie lauert, wendet den Kopf ab, tut, als schaue sie anderswohin. Adrians Lippen streifen sie, gleiten an ihrem Hals hinab, noch weiter hinunter.

Sie hört, wie der Heizkessel anspringt, wie zwei Katzen sich draußen im Hof streiten. Gerade noch kommt ihr der Gedanke, dass Ray Valenti mit seinen Bemühungen, sie auseinanderzutreiben, das Band zwischen ihnen nur noch verstärkt hat. Dank ihm gibt es zwischen ihnen keinen Alltag, keine Routine, er hat Schreie entfacht, Münder, die nicht voneinander lassen können, eine Leidenschaft, ein Feuer, das jedes Mal wieder aufs Neue entflammt.

Und dann denkt sie nichts mehr, sie hört nichts mehr, berauscht von Lust lässt sie sich von einer Welle mitreißen, die so stark ist, dass es scheint, als vibriere ihr ganzer Körper, als knacke er, schwinge im Gleichklang mit den Bäumen und den Rufen des Waldes.

Stella hat das Buch von Joséphine Cortès ins Krankenhaus mitgenommen.

Jeden Abend beginnt sie mit einem neuen Kapitel. Léonie lauscht so aufmerksam, als müsste sie den Text auswendig lernen.

»Du brauchst dir nicht alles zu merken, Maman! Es ist doch nur eine Geschichte, zerbrich dir nicht den Kopf darüber.«

»Ja, aber es kommt mir so vor, als wäre sie nur für mich geschrieben worden.«

Es ist die Geschichte eines linkischen, unsicheren Jungen, der Cary Grant begegnet und sich in ihn verliebt. Der Roman verbindet die kurze Freundschaft der beiden Männer im Paris der Sechzigerjahre mit einer Schilderung des gesamten Lebens des Schauspielers, seiner Karriere und seiner Beziehungen.

»Manchmal«, fährt Léonie fort und lebt bei dieser Erinnerung regelrecht auf, »liefen abends im Fernsehen Filme mit Cary Grant. Fernande mochte diese alten Filme. Sie mochte sie so gern, dass sie gar nicht mehr auf mich achtete, und ich machte mich in meiner Ecke ganz klein. Ich tat so, als würde ich stricken, aber in Wirklichkeit schaute ich den Film. Cary Grant war so ein schöner Mann, weißt du. Und ein sehr guter Schauspieler.«

»Möglich«, antwortet Stella, die nie einen Film mit Cary Grant gesehen hat.

»Lies mir noch einmal die Passage von gestern Abend vor ...«

»Ach, Maman, du lässt mich doch jetzt hoffentlich nicht schon wieder jeden Tag das Gleiche vorlesen!«

»Nur ein einziges Mal.«

Stella seufzt und blättert zurück.

»In dem Tempo kommen wir nie zum Ende!«

»Wir haben Zeit, Liebes, das hat mir Doktor Duré heute erst wieder gesagt.«

»Und du nutzt das schamlos aus. Du hast nur noch Sonderwünsche, pass bloß auf!«

Léonie lacht belustigt auf, als passe das Wort »Wünsche« nicht zu ihr. Als wäre es wie ein weicher Kaschmirpullover, der über ihre Schultern gleitet, der die Haut liebkost, das Leben mit Sonnenschein erfüllt und sie wie eine edle, schöne Dame aussehen lässt. Stella ist so glücklich darüber, sie zum ersten Mal seit Langem wieder lachen zu hören, dass sie die Passage ohne weiteren Protest vorliest:

»Cary sagt, dass wir oft Menschen heiraten, die unseren Eltern ähnlich sind, aber dass man das auf keinen Fall tun dürfe, weil sich die Geschichte sonst endlos wiederholt.

Er hat mir auch von seinen ersten Jahren in New York erzählt, als er vor Hunger fast umkam und keine Freunde hatte.

Eines Tages traf er einen Bekannten, dem er sein Herz ausschüttete. Dieser Freund, er hieß Fred, führte ihn auf die Spitze eines Wolkenkratzers. Es war ein regnerischer, kalter Tag, und man konnte dort oben keine zehn Meter weit sehen. Fred erklärte ihm, dass hinter diesem Nebel ganz sicher eine wunderbare Landschaft liege, und nur weil sie sie nicht sähen, bedeute das nicht, dass sie nicht existiere. Dem Leben zu vertrauen, fügte er hinzu, bedeutet, ganz fest daran zu glauben, dass irgendwo hinter dem Nebel ein Platz für dich bestimmt ist. Im Moment fühlst du dich ganz klein, zerbrochen und bedeutungslos, aber irgendwo hinter all dem Grau ist ein Platz für dich reserviert, ein Platz, an dem du glücklich sein wirst … Also beurteile dein Leben nicht danach, was du heute bist, beurteile es mit dem Gedanken an diesen Platz, den du irgendwann einnehmen wirst, wenn du nur ernsthaft und aufrichtig danach suchst.

Er hat gesagt, das solle ich mir gut merken.«

Léonie, deren Hals immer noch in einer Halskrause steckt, runzelt die Stirn.

»Glaubst du, für mich gibt es auch einen Platz hinter dem Nebel?«, fragt sie.

»Ja, das glaube ich. Und weißt du auch, warum? Weil du allmählich wieder zu Kräften kommst. Und ich bin nicht die Einzige, die das denkt …«

»Aha …«

»Neulich Abend bin ich von hier aus noch zu Julie gefahren. Sie saß gerade mit ihrem Vater in der Küche beim Essen. Wir haben natürlich über dich geredet, und weißt du, was Monsieur Courtois gesagt hat?«

»Edmond?«, fragt Léonie erschauernd. »Edmond hat mit dir über mich gesprochen?« Sie krümmt sich in dem rosa-weißen Bettjäckchen zusammen, das Stella ihr gekauft hat, damit ihr nicht kalt wird. »Was hat er denn gesagt?«, fragt sie und reckt das Kinn aus ihrer Krause, als könnte sie die Antwort kaum erwarten.

»Wir haben über dich gesprochen, über Kirschtupfer, über das Metronom und das Klavier, ich habe ihnen erzählt, wie es dir geht, und er hat wortwörtlich gesagt: Sie wird es schaffen, glaub mir. Bald wird das alles nur noch eine böse Erinnerung sein.«

»Das hat er gesagt? Das hat Edmond gesagt?«

»Und er schien es wirklich ernst zu meinen. Er hat das nicht nur gesagt, um mir eine Freude zu machen.«

Léonie denkt einen Moment nach.

»Dann hat er mir die Partituren und das Metronom vorbeigebracht … Es kann nur er gewesen sein.«

»Was meinst du damit?«

»Amina hat sie mir heute Morgen gegeben. Sie hat gesagt, ein Mann, sie wisse nicht, wer, habe am Empfang ein Paket für mich abgegeben.«

»Und davon hast du mir nichts erzählt?«

»Das wollte ich, aber dann habe ich es wieder vergessen. Wegen des Buchs. Und außerdem bin ich immer noch so müde.«

»Wo hast du sie hingelegt?«

»Unters Bett. Gut versteckt. Ich habe Angst, dass jemand sie mir wieder wegnimmt.«

»Maman!«, schimpft Stella. »Niemand wird herkommen und sie dir wegnehmen. Du bist hier in Sicherheit.«

»Ja, schon … aber nur für den Fall …«

»Er wird nicht kommen, Maman.«

»Wie kannst du dir da so sicher sein, Liebes?«

Sie lässt sich auf das Kissen zurücksinken und seufzt.

»Wenn er mich zurückholt, überlebe ich das nicht, Stella.«

»Sag das nicht!«, befiehlt Stella mit Tränen in den Augen. »Bitte.«

»Mein kleiner Liebling … nicht weinen. Es tut schon so gut, dass ich dich wiederhabe.«

Sie streckt eine Hand nach ihrer Tochter aus. Stella ergreift und küsst sie.

»Du schaffst das, das verspreche ich dir. Du bist nicht mehr allein. Du hast jetzt andere Menschen um dich herum. Doktor Duré, Amina, Monsieur Courtois, Julie. Sie alle wollen dich da rausholen.«

»Ich weiß, ich weiß …«

Aber sie glaubt nicht daran. Stella spürt, wie die Hand ihrer Mutter schlaff und reglos wird. Wie die Hand einer Schiffbrüchigen, die sich nicht länger ans Leben klammert.

»Gib nicht auf, Maman, ich flehe dich an. Soll ich Tom zu dir schicken? Dann siehst du ihn endlich einmal aus der Nähe. Ich erzähle ihm oft von dir.«

Sie und Tom fuhren oft an dem Haus in der Rue des Éperviers 42 vorbei, und wenn sie Léonie hinter dem Fenster entdeckten, winkten sie und warfen ihr Kusshände zu. Tom stellte sich auf die Motorhaube des Lasters, damit sie ihn von Kopf bis Fuß betrachten konnte und sah, dass er schon wieder gewachsen war.

Einmal hatte er sogar Anlauf genommen, war auf den Balkon geklettert und hatte ihr einen Kuss gegeben.

»Bist du das, Tom?«, hatte sie immer wieder gefragt. »Bist du es wirklich? Du bist so ein hübscher kleiner Junge, und du scheinst mutig und stark zu sein.«

»Mach dir keine Sorgen, Oma«, hatte Tom zu ihr gesagt, »wir kommen und retten dich.«

Hastig war Léonie wieder in die Wohnung zurückgegangen.

»Wir müssen Oma retten«, hatte Tom im Lkw immer wieder gesagt, »wir müssen Oma retten. Ich habe Freunde, weißt du, wir könnten ein Befreiungskommando starten.«

»Das hier ist kein Film, mein Schatz. So helfen wir ihr ganz bestimmt nicht.«

»Aber indem wir nichts tun, auch nicht …«

Stella hatte nicht gewusst, was sie darauf erwidern sollte. Wenn es eine Lösung gäbe, hätte sie sie längst gefunden.

»Sag, Stella, hat Ray Valenti dir auch wehgetan?«

»Stell doch mal den Spiegel auf deiner Seite höher, ich kann nicht richtig sehen.«

Er hatte gehorcht und gleich darauf seine Frage wiederholt.

»Hat er dir auch wehgetan? Du kannst es mir ruhig sagen, ich bin jetzt groß.«

Da muss er neun Jahre alt gewesen sein. Er trug ein ausgewaschenes blaues T-Shirt, aus dem seine dünnen Ärmchen herausschauten, und eine beigefarbene Jeans, die sie beim Discounter gekauft hatte. Er hatte den Ellbogen auf die Tür gelegt und sie unverwandt angesehen.

Sie hatte geschwiegen. Sie hatte nicht die Kraft gehabt, ihn anzulügen. Aber auch nicht, ihm die Wahrheit zu sagen.

»Wenn du nichts sagst, dann heißt das Ja. Du spielst einfach nur die Starke. Das kannst du ja gut, die Starke spielen.«

Danach hatte er nichts mehr gesagt und seine Mundharmonika herausgeholt.

»Ja, ich würde ihn sehr gerne sehen«, sagt Léonie seufzend.

»Dann arrangiere ich das.«

»Glaubst du denn, das wäre möglich?«

»Jetzt ist alles möglich, Maman. Vertrau mir.«

Léonie bleibt nachdenklich. Sie bewegt ihre mageren Finger. Sie sehen aus wie Libellenbeine.

»Edmond Courtois … Wir standen uns einmal sehr nahe. Sonst hat er dir nichts erzählt, Liebes?«

»Er redet nicht viel. Er wirkt wie ein Mann mit Verbrennungen dritten Grades. Ich weiß nicht, was er erlebt hat, aber sein ganzes Fleisch liegt bloß. Wie er die Leute ansieht, das ist wie in einem Stummfilm. Ich wusste immer, dass ich ihm vertrauen kann. Und gleichzeitig hatte ich immer Angst, mich zu irren …«

»Er ist ein wunderbarer Mann, Stella. Glaub mir.«

Stella sieht sie an und erkennt, dass es noch vieles gibt, was sie nicht weiß.

»Du tust ja geheimnisvoll, Maman! Verrätst du es mir vielleicht irgendwann …«

»Sollen wir weiterlesen? Ich werde müde, wenn ich zu viel rede.«

»Gut aus der Affäre gezogen!«, entgegnet Stella lächelnd. »Du findest auch immer eine Ausrede, um nicht auf Fragen zu antworten.«

Edmond Courtois, Kirschtupfer … Léonie wirft kleine Kiesel hinter sich. Und auf dem Weg liegt ein weiterer Stein, schwarz und drohend, und Stella würde ihn am liebsten zerschlagen: Wer ist mein Vater? Stimmt es, was Ray gesagt hat? Ich bin nicht dein Vater, brauchst du eine schriftliche Erklärung? Sie wagt nicht, ihre Mutter danach zu fragen. Denn dann hätte sie auch über das Schweigen ihrer Mutter sprechen müssen, nachts, wenn Ray in ihr Zimmer kam. Je länger sie diesen Stein herumrollt, desto größer wird er. Ein Felsbrocken, der ihr die Sicht versperrt, auf ihrer Brust lastet und ihr den Atem raubt. Immer wieder läuft sie dagegen an.

»Stella!«, schreit Léonie auf.

»Ja, Maman.«

»Schau mich nicht so an. Du machst mir Angst.«

»Tut mir leid. Ich war in Gedanken.«

Und was hätte sie denn schon tun können?, fährt Stella im Stillen fort. Vielleicht hat sie uns durch ihr Schweigen beide gerettet. Vielleicht hatte sie auch einfach keine Kraft mehr, um dazwischenzugehen? Und wieder hat sie das Gefühl, in einem Labyrinth gefangen zu sein, sie sucht den Faden, der sie zum Ausgang führt. Den Schlüssel zu dem Geheimnis.

Die Gelegenheit ist günstig, da ist sie sich sicher. Aber sie muss vorsichtig sein. Sich langsam vorantasten. Ihre Mutter nicht verschrecken, sie könnte sie zerbrechen.

Sie wird Tom in die Rue des Éperviers schicken. Sie wird ihm sagen, er solle unter dem Spülbecken nachsehen und den roten Plüschbären holen, sie wird ihn in die verbrauchten Hände ihrer Mutter legen, und vielleicht wird Léonie ihr dann eines ihrer Geheimnisse anvertrauen.

Stella nimmt das Buch wieder zur Hand, sucht die Stelle, an der sie aufgehört hat, und entdeckt einen Satz, der oben auf eine Seite gekritzelt wurde.

»Du Schöne, mir verloren, durch deren Blick ich jählings neu geboren, dein Ziel ist mir und dir das meine unbekannt.«

Sie liest ihn laut vor.

»Ist das aus dem Buch?«, fragt Léonie.

»Nein, das hat jemand oben an den Rand geschrieben.«

»Julie?«

»Es ist nicht ihre Schrift.«

»Wer war es dann?«

»Das weiß ich nicht, Maman.«

Léonie bewegt sich unruhig in ihrem Bett. Sie legt eine Hand auf ihr Herz.

»Das ist eine verschlüsselte Botschaft, ich bin mir ganz sicher. Der Satz hat eine geheime Bedeutung. Auf diese Weise erteilte Ray seine Befehle und traf Verabredungen. Das hatte Edmond ihm beigebracht …«

»Aber Ray liest doch keine Romane! Jedenfalls nicht den. Das Buch gehört Julie.«

»Wenn ich es dir doch sage … Er kritzelte etwas an den Rand einer Zeitung und ließ sie dann im Hinterzimmer von Gérards Kneipe liegen. Irgendwelche Sätze, die überhaupt keinen Sinn ergaben …«

»Aber das hier ergibt doch einen Sinn! Es klingt wie Zeilen aus einem Gedicht …«

»Er versteckte ein wichtiges Wort zwischen vielen anderen, und das gab dann einen Satz wie dieses Zitat. Und niemandem fiel etwas auf.«

»Ich kann mir einfach nicht vorstellen, wie Ray in einem Zitatenlexikon blättert! Das passt doch nicht zu ihm.«

»Da täuschst du dich! Es war ein Code, den er, Turquet, Gerson und Lancenny verwendeten, so besiegelten sie das Schicksal eines armen Kerls, der eine Anweisung missachtet oder sich ihnen widersetzt hatte. Ich habe Angst, Stella, ich habe Angst. Mit diesem Satz wollte er irgendetwas sagen!«

»Aber das ist nicht sein Buch! Es gehört Julie.«

»Trotzdem! Er hat sicher einen Komplizen.«

»Er hat das nicht geschrieben!«

Léonie rutscht hin und her, wackelt mit dem Kopf, blinzelt.

»Beruhige dich, Maman. Ich bin bei dir. Du bist nicht mehr allein.«

»Doch«, erwidert Léonie verstockt. »Er ist stärker als du.«

»Sag das nicht!«, protestiert Stella.

»Doch, mein Liebes. Es ist so.«

Noch ein Geheimnis, seufzt Stella. Jérôme kann es nicht gewesen sein. Es sei denn … Weiß man alles über die Menschen, mit denen man jeden Tag zu tun hat?

Sie findet ihre Seite wieder und liest ihrer Mutter vor, bis es Zeit wird, zum Hof zurückzufahren, zu Tom, Suzon, Georges, den Hunden, den Tieren und den Geräuschen der Nacht.

Suzon ist in der Küche und bereitet ein Kartoffelgratin für das Abendessen vor. Tom schält die Kartoffeln. Er ist mit seinen Hausaufgaben fertig und hat Tintenflecke an den Fingern.

»Sind die Schalen gut so?«

»Perfekt, mein Kleiner.«

»Und darf ich am Ende den Gruyère drüberstreuen?«

»Ja. Und die Butter auch. Und die Milch.«

»Ist das ein teures Essen?«

»O nein! Das ist ein Gericht für arme Leute. Kartoffeln, Kartoffeln und noch mehr Kartoffeln!«

»Sind wir arm?«

»Na … sagen wir, weder arm noch reich, wir schwimmen nicht im Geld.«

»Wenn du Geld hättest, was würdest du dann essen?«

»Gebratenen Lachs. Jeden Tag.«

»Magst du das so gern?«

»Da könnte ich mich reinsetzen!«

»Schmeckt das so wie Hühnchen?«

»Nein, Dummerchen … es ist doch Fisch.«

»Ist Stella reich?«

»Ich glaube nicht. Sie hätte reich sein können …«

»Und Léonie?«

»Sie wäre es auch fast gewesen. Dein Urgroßvater, Jules de Bourrachard, der hatte ein Schloss, Bauernhöfe, Geld, Tausende Hektar gutes Land. Aber er hat nach und nach alles verkauft. Und was noch übrig war, ging an Léonie, also an Ray.«

»Und Ray hat alles für sich genommen.«

»Ja, der teilt nicht gern.«

»Warum haben alle Leute Angst vor ihm?«

»Weil er ihnen ständig Ärger macht. Es scheint, als könnte er es nicht ertragen, andere glücklich zu sehen.«

»Gibt es denn niemanden, den er mag?«

»Ich glaube nicht. Zumindest nicht, dass ich wüsste.«

Sie fettet die Auflaufform mit Butter aus, legt eine erste Schicht dünner Kartoffelscheiben hinein, fügt Butter, Salz, Pfeffer, ein bisschen Muskatnuss und geriebenen Gruyère hinzu und kratzt sich dann nachdenklich an der Nase.

»Doch. Er liebt seine Mutter, Fernande.«

»Das ist normal«, sagt Tom. »Sie ist ja auch seine Mutter.«

»Sie vergöttert ihn, und er kann ohne sie nicht leben. Du hättest sehen sollen, wie die beiden in der Küche aneinanderklebten, als sie damals noch im Schloss arbeitete.«

»Dann hast du die beiden gut gekannt?«

»Wir waren die Hausmädchen. Ich war fest angestellt, und sie kam als Aushilfe. Wir verstanden uns gut, sie war keine Hinterhältige oder eine, die den Kopf in den Wolken hatte. Und sie konnte gut anpacken. Manchmal schüttete sie mir ihr Herz aus. Dann saßen wir zusammen am Tisch, knabberten ein Stück Speck, und sie erzählte mir das eine oder andere.«

»Hat Ray je seinen Vater kennengelernt?«

»Nein.«

»Und du, kanntest du ihn?«

»Er war ein Wanderarbeiter. Ein sehr schöner Mann mit Armen wie Eisenbahnschwellen, der sich nicht vor der Arbeit drückte. Fernande war zwar noch ein junges Ding, aber hässlich wie ein verkohltes Huhn. Ich weiß nicht, was in ihn gefahren ist, mit ihr ins Bett zu steigen. Er muss an dem Abend betrunken gewesen sein.«

»Und was ist mit dir? Hattest du nie einen Freund?«

»Ich hatte keine Zeit, auch nur daran zu denken. Ich bin mit sechzehn aufs Schloss gekommen, und jetzt bin ich siebenundsiebzig, alt und verbraucht.«

»Und wo hast du gewohnt?«

»In einem kleinen Haus am Eingang des Schlossgeländes. Zusammen mit Georges. Direkt neben dem Hühnerhof. Es war das Torwächterhaus.«

»Und wie alt war Léonie, als du angefangen hast, bei ihnen zu arbeiten?«

»Sie war gerade erst auf die Welt gekommen. Ich habe sie aufgezogen. Sie ist für mich wie meine eigene Tochter. Stella meine Enkelin und du mein Urenkel! Ich hatte keinen Liebsten, aber ich habe eine Familie. Kannst du mir das erklären, du kleiner Alleswisser?«

Sie schmiert ihm mit der Messerspitze ein wenig Butter auf die Nase, und er verzieht das Gesicht.

»Warum besuchst du sie denn nicht im Krankenhaus, wenn sie für dich wie eine Tochter ist?«

Suzon antwortet nicht. Sie läuft durch die Küche und tut, als suche sie etwas.

»Weil du Angst hast. Hab ich recht? Hast du Angst vor Ray Valenti?«

»Hast du meinen Kartoffelschäler gesehen? Ich hatte ihn auf den Tisch gelegt. Du hast ihn doch hoffentlich nicht wieder mit den Kartoffelschalen weggeworfen wie beim letzten Mal?«

»Wir müssen Léonie retten, Nannie.«

»Ach, mein Kleiner, wenn das so einfach wäre!«

»Sie stirbt sonst!«

»Was weißt du denn davon?«

»Ich habe Augen, ich habe Ohren, ich bin nicht blöd.«

»Na los … deck den Tisch. Dann ist alles fertig, wenn deine Mutter kommt. Und danach holen wir die Eier, sehen nach, ob die Esel genug Wasser haben, bringen ihnen Brot und pflücken einen Salat.«

»Zu Léonie sagt Stella Maman, aber Ray nennt sie immer Ray Valenti. Warum?«

»Ja, sag mal … du schnappst aber auch wirklich alles auf! Was willst du noch wissen?«

»Lionel Trouillet aus meiner Klasse sagt, die Leute hätten Ray Valenti früher Hohlsack genannt. War das, weil er keine Kinder machen konnte?«

»Oh, là, là, mein Bürschchen! Worauf willst du denn jetzt hinaus? Deck den Tisch. Und nimm die tiefen Teller. Es gibt heute Abend Suppe.«

»Schon wieder! Ich mag Kartoffelgratin lieber.«

»Tja, erst das eine, dann das andere.«

»So was Blödes!« Er seufzt. »Niemand antwortet mir, wenn ich etwas frage.«

»Warum fragst du solche Sachen auch nicht deine Mutter?«

»Weil ich ihr keinen Kummer machen möchte.«

»Ach, und bei mir ist dir das egal, oder wie?.«

»Das ist etwas anderes. Dir hat Ray Valenti nie etwas getan.«

»Das stimmt.«

»Ich bin mir sicher, dass er Stella verprügelt hat. Hey, du hattest gesagt, ich dürfte das Gratin fertig machen. Ich streue ganz viel Käse oben drauf, dann wird es auch schön braun.«

»Aber vergiss nicht die Crème fraîche, den Muskat und die Milch«, ruft Suzon, hocherfreut über den Themenwechsel.

»Keine Angst«, antwortet Tom, der sich gerade darauf konzentriert, die Muskatnuss zu reiben, ohne dabei seine Finger zu verletzen.

Woher weiß er das alles?, fragt sich Suzon. Kinder überraschen einen doch immer wieder. Vor allem in Toms Alter. Später, als Jugendliche, verwandeln sie sich in Ochsen. Nicht besonders helle, dickköpfig, schmutzig und schwerfällig. Sie protestieren, wenn sie sich bewegen sollen. Man muss sie mit dem Stock antreiben. Und das ist es, was André gefehlt hat. Ein paar ordentliche Stockhiebe. Und die Liebe einer Mutter. Dass er von Eva keinerlei Aufmerksamkeit, Zärtlichkeit und liebevolle Zuwendung bekommen hat, hat ihn verbittert. Und der kleine Raymond war kein Stück besser. Man hatte ihn bei den Hörnern packen müssen, um ihn zu operieren. Sie erinnert sich noch sehr gut daran. Fernande hatte ihr davon erzählt. »Je länger wir warten, desto größer ist das Risiko, dass er zeugungsunfähig wird, aber er will nichts davon hören. Seine kleinen Murmeln liegen immer noch schön warm in seinem Bauch, und davon werden sie steril.« Mit fünfzehn Jahren hatte man ihn beinahe mit Gewalt auf den Operationstisch gelegt. Der Vater von Doktor Duré hat ihn damals operiert. In der Familie wird der Arzttitel auch von einer Generation auf die andere vererbt! Der alte Duré hatte Fernande erklärt, dass ihr Sohn mit 99,9-prozentiger Sicherheit niemals Kinder haben würde, man hätte ihn viel früher operieren müssen, und der armen Fernande war deswegen angst und bange geworden. Sie fürchtete, die anderen würden sich über ihren Jungen lustig machen.

Und deshalb hatte sie sich bei Suzon alles von der Seele geredet. Am nächsten Morgen hätte sie ihre Worte am liebsten wieder zurückgenommen, aber es war zu spät. Da hatte Suzon begriffen, dass man niemals zuhören darf, wenn jemand einem sein Herz ausschüttet. Das zerschneidet das Band zwischen zwei Menschen unwiderruflicher als jeder Streit. Im Moment selbst hatte sie sich geschmeichelt gefühlt, dass Fernande sie als Vertraute ausgewählt hatte, sie hatte sogar gedacht, dass sie beide Freundinnen werden könnten, doch genau das Gegenteil war passiert: Fernande hatte nie wieder ein Wort mit ihr gesprochen. Das hatte die Arbeit nicht leichter gemacht, so viel war sicher. Genauso sicher wie die Tatsache, dass Stella höchstwahrscheinlich nicht Ray Valentis Tochter war.

Was für eine üble Sache, wenn das jemals rauskäme: Nach Stellas Geburt hat Ray seine Süße überall herumgezeigt, sie war der Beweis für seine Männlichkeit. Allen hat er sie unter die Nase gehalten, guckt euch bloß ihre Stirn an, ihre Augen, ihr Kinn, es fehlte nicht viel, und er hätte behauptet, den Schlitz zwischen ihren Beinen hätte sie auch noch von ihm! Er spielte sich auf wie ein Zirkusdirektor mit seiner Kleinen unter dem Arm und ließ die Peitsche in den Sägespänen knallen. Er war überhaupt nicht mehr zu bremsen.

Und genauso sicher ist, dass der kleine Tom nicht auf den Kopf gefallen ist.

»Bist du fertig?«

Tom nickt.

»Gut, dann kannst du die Form in den Ofen stellen, wenn sie nicht zu schwer für dich ist …«

Tom schiebt das Gratin in den Ofen. Stellt die Zeitschaltuhr auf fünfundvierzig Minuten ein, die Temperatur auf zweihundert Grad. Leckt sich ein Stück Gruyère von den Fingerspitzen.

»Kann ich die Eier holen?«

»Ich habe dir doch gesagt, dass wir das zusammen machen.«

»Darf ich nicht alleine gehen?«

»Nein. Warte auf mich.«

Sie gehen hinaus. Suzon stützt sich auf Toms Schulter ab.

Das habe ich auch Stella zu verdanken, denkt Tom. Sie hat

immer Angst, mir könnte etwas passieren. Dabei könnte Suzon mich sowieso nicht beschützen, sie kann ja kaum noch allein stehen.

Aber er sagt nichts und legt einen Arm um sie, als müsste er sie tragen.

»Du bist groß, Nannie. Du musst früher eine schöne Frau gewesen sein!«

»Na warte, du kleiner Frechdachs, ein bisschen mehr Respekt, wenn ich bitten darf!«, antwortet sie und pustet ihm auf den Kopf.

»Aber … das war ein Kompliment.«

»Ich weiß, mein Kleiner, ich weiß. Wenn ich gerührt bin, reagiere ich immer mit Ohrfeigen!«

Tom ist die Geheimnisse leid, die um ihn herumschwirren wie ein Schwarm Bienen. Er ist es leid, zu spüren, wie seine Mutter immer auf der Hut ist, immer nach Gefahren Ausschau hält, und er ist es leid, dass er nicht an der Hand seines Vaters die Hauptstraße von Saint-Chaland entlanggehen kann. Dass er nicht einfach seine Großmutter besuchen, mit ihr Karten spielen, Kuchen essen und ein Radler trinken kann. Beim Abschied würde sie ihm eine Münze zustecken, und er würde davon *Star-Wars*-Sammelbilder oder Süßigkeiten kaufen.

Und sie hätte Haare am Kinn.

Das erzählen die anderen Kinder in der Schule. Großmütter pieken, und sie riechen nicht gut.

Warum kommt sein Vater immer nur nachts? Warum kommt er durch den unterirdischen Gang? Warum muss er schweigen und darf in der Schule nie etwas erzählen?

Am Vatertag zum Beispiel. Alle seine Freunde basteln etwas, einen Aschenbecher, einen Schlüsselanhänger, ein Bild, sie schreiben ein Gedicht, lesen es laut vor, und die Lehrerin korrigiert es. Während er mit verschränkten Armen auf seinem Platz sitzen bleibt und »Arschloch, Arschloch« vor sich hin brummt. Das ist sein Gedicht.

So ist es nun mal, sagt seine Mutter, du hast ein Geheimnis, du bist anders als die anderen, darauf musst du stolz sein.

Aber er ist nicht stolz darauf. Es macht ihn einsam. Er kann keine richtigen Freunde haben. Richtigen Freunden sagt man alles. Früher wusste er nicht, was Einsamkeit ist. Nur ein Wort, das er in Gedichten las, zusammen mit »Kälte«, »Schnee«, »Widrigkeit« und »Herzeleid«. Früher war das Leben einfach. Da gab es den Bauernhof, die Tiere, seinen Vater, seine Mutter, Suzon und Georges, und jeder von ihnen hatte seinen Platz.

Jetzt hat er das Gefühl, dass nichts von dem, was ihm passiert, wirklich echt ist. Dass er es nicht greifen kann. Wenn man über etwas nicht reden kann, dann existiert es doch auch nicht, oder?

Er kann lesen, in der Schule lernt er jeden Tag etwas Neues, er schreibt gute Noten, aber er weiß nichts über die Geheimnisse seiner Mutter, seines Vaters, über die von Georges und von Suzon. Sie sagen, dafür sei er noch zu jung, und das macht ihn rasend.

Deshalb prügelt er sich. Egal, mit wem. Er ist es leid, immer zu schweigen, dann fühlt es sich an, als wäre da ein Bogen in seinem Inneren, der sich immer weiter anspannt, und er prügelt sich, um die Anspannung zu lösen. Wie ein Pfeil fliegt es dann los. Er kann nichts dagegen tun.

Auf dem Pausenhof oder nach der Schule. Am liebsten sucht er sich ältere Jungen aus, denn bei denen kann er mit aller Kraft zuschlagen. Wenn er nach Hause kommt, sind seine Knie blutig und seine Kleider zerrissen. Suzon tröstet ihn und macht sich Sorgen, Georges sagt ihm, das sei gut so, er solle ruhig zurückschlagen, so werde man ein Mann. Seine Mutter sieht ihn traurig an und schüttelt den Kopf, als würde er irgendwann im Gefängnis enden.

Und schon spannt sich der Bogen erneut, drückt seine Brust zusammen. Er sucht etwas, worauf er einschlagen kann.

Dann geht er mit den Hunden in den Wald, er rennt, tritt um sich, greift sich einen Zweig, peitscht damit durch das Gras entlang des Weges, klettert auf Bäume, ganz nach oben und brüllt, dass er alles kurz und klein schlagen werde, dass er alles erzählen werde, nur um diese Last auf seinem Herzen loszuwerden. Und auf seinem Kopf. Er hat Angst, das Geheimnis könne ihn so stark niederdrücken, dass er nicht mehr weiterwächst.

Was würde passieren, wenn er in der Schule ein Gedicht schreiben würde, in dem er sich bei seinem Vater für die Mundharmonika bedankt? Oder wenn er von dem unterirdischen Gang erzählen würde?

Vielleicht würde dann diese Blase aus lauter Geheimnissen platzen, es gäbe einen Riesenknall, und danach wäre alles friedlich und still.

Und das Leben würde wieder so werden wie früher. Als sie noch alle drei zusammen die Hauptstraße von Saint-Chaland entlangschlenderten und dabei Croissants aßen …

Wenn Amina morgens ins Zimmer kommt, bittet Léonie sie, ihr die unter dem Bett versteckten Partituren und das Metronom zu geben. Und abends, sie wieder zurückzulegen.

Amina versichert ihr, dass sie nichts zu befürchten habe, man passe hier gut auf sie auf, niemand werde kommen und sie ihr stehlen, aber Léonie besteht darauf: Sie will kein Risiko eingehen. Wenn Sie wüssten, möchte sie Amina am liebsten sagen, wenn Sie wüssten, was es mir bedeutet, mein Metronom hier bei mir zu haben, es in Gang zu setzen und mit dem Blick dem Hin und Her des Pendels zu folgen. Wegen der Halskrause kann ich den Kopf nicht bewegen, nur meine Augen wandern von rechts nach links, von links nach rechts. Das fegt meinen Kopf sauber. Wie Scheibenwischer. Ein Großreinemachen. Nach einer Weile steigen alte Bilder auf. Manchmal blitzen sie nur kurz auf, manchmal sind es ganze Szenen. Wellen von Erinnerungen, die mit unvorstellbarer Wucht über mich hereinbrechen. Es kommen sogar Erlebnisse wieder hoch, die ich vollkommen vergessen hatte, das ist doch verrückt, oder?

Aber all das kann sie Amina nicht sagen, sonst würde die denken, sie wäre plemplem.

Also schweigt sie und wartet, bis Amina sie versorgt hat, ehe sie das Metronom auf das kleine Tischchen stellt, das über ihr Bett geschoben ist. Sie öffnet die pyramidenförmige schwarze Schachtel, wählt das Tempo *andante*, zieht mit dem kleinen Schlüssel an der Seite den Mechanismus auf und betrachtet die lange, schmale silberne Nadel.

Sie macht einen furchtbaren Lärm, ein dumpfes, metallisches Klacken, aber ihr Zimmer liegt am Ende des Ganges, da stört sie niemanden.

Sie konzentriert sich auf das Metronom und entspannt sich.

Sie wartet.

Manchmal geschieht nichts. Dann bleibt sie mit weit geöffneten Augen sitzen und starrt auf das schwarze Kästchen mit der Skala darin. *Presto*, *allegro*, *moderato*, *andante*, *adagio*, *larghetto*, *largo*.

Und manchmal strömen die Erinnerungen ohne Vorwarnung in ihren Kopf. Kurze Sequenzen, wie Fragmente eines Filmstreifens, die wahllos aus einem Ganzen herausgeschnitten wurden. Manche erkennt sie wieder, andere entdeckt sie neu. Sie sitzt vor einer weißen Leinwand, auf die ihr Leben projiziert wird.

Oft lösen die kleinen Filmfetzen wahre Tränenfluten aus. Vor lauter Schluchzen sieht sie das Pendel nicht mehr. Nach einer Weile beruhigt sie sich. Trocknet ihre Augen. Schnäuzt sich. Konzentriert sich wieder auf das Hin und Her.

Sie wendet den Blick nicht von ihrem Metronom. Sie hat Schweißausbrüche. Oder Magenkrämpfe. Oder ihr wird übel. Aber beharrlich schaut sie weiter auf das Pendel und unternimmt nichts, um diesem Rhythmus zu entfliehen, der sie durchschüttelt, sie aufweckt, sie weit zurück in die Vergangenheit trägt.

Manchmal hat sie nachts Albträume. Dann wacht sie schreiend auf. Sie schlägt um sich, weigert sich jedoch, das Beruhigungsmittel zu nehmen, das die Nachtschwester ihr reicht. Sie fürchtet, es könnte die Erinnerungen fernhalten.

Denn es kommt ihr so vor, als stiegen sie wieder an die Oberfläche, um sie zu heilen.

Das ist das wundersame Werk des Metronoms: Es gleitet über die beschädigten Rillen ihrer Erinnerungen, reinigt sie und bessert sie aus, sodass die Schallplatte wieder funktioniert. Und danach ist sie wieder wie neu.

»Ich werde Ihnen eine kleine Alarmklingel in die Nachttischschublade legen, Léonie, und wenn Sie sich bedroht fühlen, dann drücken Sie einfach drauf.«

»Danke, Amina.«

»Ich kümmere mich gleich morgen darum.«

»Sie sind so nett …«

»Und haben Sie keine Angst um Ihr Metronom. Außer Ihnen weiß kaum jemand, wozu es dient!«

»Es tut mir gut«, stammelt Léonie und wagt nicht, mehr zu verraten.

»Es erinnert Sie an die Zeit, als Sie noch Klavier gespielt haben, nicht wahr?«

Beim ersten Mal, als es geschah, saß sie gemütlich angelehnt in ihrem Bett und las in einer Partitur. Dem *Türkischen Marsch* von Mozart. Mit ihrer freien Hand spielte sie die Melodie auf dem kleinen Tischchen nach, während ihr Blick auf dem Metronom ruhte. Ihre Finger glitten im Takt über die Tischplatte. Sie sang die Noten vor sich hin, voller Glück darüber, dass sie sie nicht vergessen hatte.

Er hatte ihr Klavier verkauft, um sie zu bestrafen. Ein hübsches Gaveau-Pianino, das sie mit in die Ehe gebracht hatte. Das muss etwa drei Monate nach ihrer Hochzeit gewesen sein. Sie ist sich nicht ganz sicher, aber es war noch am Anfang ihres gemeinsamen Lebens mit Fernande in der Dreizimmerwohnung, die ihm als Feuerwehrmann in der Rue des Éperviers 42 zur Verfügung gestellt wurde.

Dieses Klavier war ihr Ein und Alles. Es erinnerte sie an ein anderes Mädchen, das Léonie hieß und den Schlossmauern entfloh, um durch den Wald zu rennen, sein Spiegelbild im Bach zu betrachten, morgens den Tau unter seinen Füßen zu spüren und nachts die grünen Lichtpunkte der Glühwürmchen zu zählen. Ein Mädchen, das hübsch gerade auf dem Klavierhocker saß, sich zum Klang der Musik vorbeugte und wieder aufrichtete, das leichtfüßig wie eine Tänzerin auf einem hoch in der Luft gespannten Seil Arpeggios erklingen ließ, eine Tänzerin mit einem zarten Sonnenschirm, die in ihren geschnürten Ballettschuhen hochsprang, auf das Seil zurücksank, auf den Spitzen tanzte und geschmeidig durch die Vorzeichen wirbelte. Auf ihrem Seil konnte sie niemand einfangen. Sie war frei.

Sie wusste nicht, weswegen er sie bestrafte, aber das war egal, sie wollte ihr Klavier behalten.

»Ich flehe dich an«, hatte sie gesagt, »lass mir mein Klavier. Ich tue es auch nie wieder, nie wieder. Verzeih mir. Ich weiß nicht, was mir in den Sinn gekommen ist. Ich bin schlecht, du tust gut daran, mich zu bestrafen, aber nicht das Klavier, bitte nicht das Klavier. Schlag mich, wenn du willst, schlag mich, so fest du kannst, aber lass es mich behalten.«

Sie fiel vor ihm auf die Knie, faltete die Hände, wiederholte: Schlag mich, schlag mich, aber verkauf es nicht.

Er rührte sich nicht.

Sie beugte sich vor, küsste seine Schuhe, schlug mit aller Kraft ihre Stirn gegen den Boden. Bis ihr so schwindlig wurde, dass sie sich wieder auf den Stuhl setzen musste.

Er musterte sie angewidert und ging aus dem Haus, ohne sie anzurühren.

Ich habe gewonnen, sagte sie sich, ich darf es behalten. Sie hielt den Atem an. Schlich auf Zehenspitzen an den Wänden entlang, drückte die Hände in ihre Kittelschürze.

Und dann waren drei Männer in Latzhosen gekommen, um das Klavier abzuholen, und sie hatte geschrien, als risse man ihr die Eingeweide aus dem Leib.

An diesem Abend hatte er sie verprügelt, dass die Haut an ihrem Kopf, ihrem Rücken, ihren Beinen aufplatzte. Es war ihm egal, dass die Spuren zu sehen waren. Er würde sie in der Wohnung einsperren, bis sie wieder vorzeigbar war.

»Wie stand ich denn vor den Leuten da? Hast du daran auch nur einen Gedanken verschwendet? Nein, hast du nicht.«

Und er schlug und schlug.

Sie ließ ihn gewähren. Sie hatte keinen Grund mehr, sich zu wehren. Sollte er doch mit ihr machen, was er wollte.

Fernande beobachtete sie zufrieden.

»Gut so, mein Sohn. Du hast einen guten Fang gemacht, und jetzt musst du sie erziehen. Keine Gnade! Wie bei der Schnepfe, die einem in die Schlinge geht. Demütige sie, lass sie bezahlen für dein Begehren, denn du wirst sie wieder begehren, nicht wahr? Diese Art Mädchen muss man sich unterwerfen. Schlag zu, schlag zu. Schlag weiter, auch wenn sie nicht weiß, wieso, schlag härter zu, dann hast du sie in der Hand. Diese hochwohlgeborenen Dinger sind hart im Nehmen, man muss sie brechen, um sie nach unserer Fasson zu formen. Und da helfen nur Schläge. Sorg dafür, dass sie nicht mehr weiß, wo vorn und hinten ist. Dann wird sie sich beugen und dir für immer gehorchen, und falls du es vergisst, werde ich da sein, um dich daran zu erinnern.«

Sie wischte sich mit ihrem Taschentuch über den Mund. Die Worte trieben ihr den Speichel auf die Lippen, sie schluckte und fuhr fort: »Sie wird Wachs in deinen Händen sein. Nichts wird sie mehr tun können, ohne zu dir aufzuschauen. Sie wird nie wieder Mademoiselle de Bourrachard sein, sondern die Frau von Ray Valenti, dem Bastard, der von ihrem Vater und ihrem Bruder gedemütigt wurde. Du prügelst ihr das Hirn aus dem Leib. Und sie wird Angst haben. Glaub mir … ich habe lange genug gesehen, wie die uns behandelt haben. Von denen haben wir nichts zu erwarten. Erinnerst du dich an die Artischockenblätter? Vergiss sie nie, mein Sohn, niemals!«

Und wie in einem infernalischen Tanz schlug der Sohn zu, während die Mutter ihn anfeuerte. Ihre Worte gaben den Takt vor für seine Schläge.

Damals versuchte Léonie noch zu begreifen, was mit ihr geschah. Später hatte sie sich gesagt, dass es ihre Schuld sein müsse, dass irgendetwas Schlechtes in ihr sei, etwas, was nur er allein sah und was er ihr austreiben wollte. Vielleicht könnten sie darüber reden, und sie würde versuchen, sich zu bessern. Und er würde wieder zu dem liebenswürdigen Ray werden, den sie bis zu ihrer Hochzeit gekannt hatte. Der Mann, der sie mit dem Motorrad abholte und sie aufforderte, sich in den Kurven ganz fest an ihn zu klammern. Der sie ins Kino einlud, mit ihr *Love Story* schaute und sie auf den Nacken küsste. Sie lachte, wand sich, und er sagte immer wieder: Wie schön du bist! Er schenkte ihr Ohrringe, Armreife, zwei Kugeln Eis in der Waffel, breitete die Arme nach ihr aus, küsste sie, nannte sie »mein Täubchen«. War es möglich, dass dieser Mann niemals existiert hatte? Oder dass sie ihn nur erfunden hatte, weil sie zu viele jener Romane gelesen hatte, die Suzon ihr lieh?

Oder, sagte sie sich, vielleicht bin ich ja wirklich plemplem. Ich habe keine Ahnung von gar nichts. Eine dumme Gans, die nicht weiß, dass das Dach der Welt Himalaya heißt. Papa und André hatten recht, und es war nett von Ray, mich trotzdem zu heiraten.

Das waren die ersten Zeiten mit dem Metronom. Die Erinnerungen stiegen hoch, aber sie hatte sie noch unter Kontrolle.

Jetzt hingegen …

Jetzt hat sie nichts mehr unter Kontrolle. Sie fallen über sie her und richten sie zugrunde.

Eines Tages schlug ihr eine Szene mitten ins Gesicht. Als sei ihr ein Champagnerkorken ins Auge geflogen. Dann noch eine und noch eine. Fetzen einer Vergangenheit, die wie Peitschenhiebe knallten.

Der Tag ihrer Hochzeit im Rathaus. Ein Samstag im Oktober. Sie ist gerade einundzwanzig geworden. Ray, so attraktiv in seinem dunkelblauen Anzug mit gelbem Einstecktuch und blauer Krawatte. Hinter ihm Fernande, von Kopf bis Fuß schwarz gekleidet. Sie trägt ein kleines Hütchen mit schwarzem Schleier, dasselbe, das sie auch zu Beerdigungen aufsetzt.

Ray, der mit lauter Stimme JA sagt, sie selbst hört man kaum.

Ihr Vater ist nicht gekommen. Ihre Mutter ist nie zurückgekehrt. In der letzten Reihe sitzen Georges und Suzon. Sie halten sich abseits, wie auf dem Schauplatz eines Verbrechens.

Ray steckt ihr den Ring an den Finger und zwinkert seinen Freunden zu.

Sie dreht sich um, und ihr Blick sucht Georges und Suzon.

Bitte, haltet das auf, möchte sie sagen, ich will das nicht.

Aber sie schweigt.

Das Pendel schwingt unentwegt hin und her.

Vom Rathaus aus waren sie in die Kneipe von Gérards Vater gegangen. Monsieur Lancenny hatte an der Jukebox eine Platte ausgewählt und sie zum Tanzen aufgefordert. »L'avventura« von Stone et Charden. Ihre Schuhe drückten, und die Polsterung ihres BH-Körbchens hatte sich gelöst. Sie hoffte inständig, sie würde nicht herausfallen.

»Du siehst sehr hübsch aus, Léonie«, hatte Monsieur Lancenny ihr zugeflüstert. Sie hatte verlegen gelächelt. Ray bestellte an der Theke seinen dritten Pastis und warf Darts auf ein an die Wand gepinntes Playmate.

Das Lied war zu Ende. Sie setzte sich wieder neben Fernande. Sie wusste nicht, wie sie sie ansprechen sollte. Sie wollte sie nicht Maman oder Mutter nennen. Sie wartete und wand sich auf ihrem Stuhl, um das BH-Körbchen wieder zurechtzuziehen.

Georges und Suzon unterhielten sich mit Monsieur Lancenny über die immer weiter steigenden Lebenshaltungskosten, über den Preis für ein Päckchen Gauloises, einen Franc fünfzig, und das Baguette für sechzig Centimes. Das kann doch keiner mehr bezahlen, sagten sie seufzend auf der Bank in der Kneipe.

Monsieur Lancenny hatte eine neue Platte aufgelegt und sie erneut zum Tanzen aufgefordert. Es war »Mourir d'aimer«, und beim Refrain hätte sie am liebsten jedes Mal geweint. Er hatte gelacht und gesagt: Aber das ist doch nur ein Lied, Léonie, nimm dir das nicht so zu Herzen! Glaubst du etwa, Aznavour heult, wenn er das singt? Sie hatte die Nase an seiner Schulter vergraben, um ihre Tränen zurückzudrängen.

An der Theke veranstaltete Ray ein Pastis-Wetttrinken mit Gerson. Er war schon bei sechs Gläsern, Gerson bei vier. Gewonnen, brüllte er, ich hab gewonnen. Gerson meinte, die Runde sei noch nicht beendet.

Turquet hatte eine Münze in die Jukebox geworfen. *»J'ai bien mangé, j'ai bien bu«*, er sang mit Patrick Topaloff im Chor. Er drehte sich um, rülpste und zog den Reißverschluss an seinem Hosenschlitz hoch.

Dann wäre er beinahe hingefallen, hatte sich gerade noch an der Jukebox festhalten können, und alle hatten sich über ihn lustig gemacht.

»Hey, seht euch den an! Der Shrimp verträgt nichts!«

»Hast du Clairval nicht eingeladen?«, hatte Gerson gefragt.

»Nein«, hatte Ray geantwortet, »das blöde Arschloch.«

Abends hatten sie in einem kleinen Hotel gegenüber dem Bahnhof von Sens gegessen, wo sie auch ihre Hochzeitsnacht verbringen würden.

Ray hatte einen Tisch reserviert. Jeder bezahlt selbst, hatte er die anderen vorgewarnt. Léonie unterhielt sich mit Georges und

Suzon. Sie wusste noch immer nicht, wie sie Fernande ansprechen sollte. Der Kellner hatte ihnen ein Menü zu dreiundzwanzig Francs fünfzig vorgeschlagen, alles inklusive.

Die Jungs stritten herum, weil Ray vergessen hatte, Gérards R4 wieder vollzutanken, nachdem er ihn sich ausgeliehen hatte.

»Einen Franc zwanzig der Liter, du spinnst ja wohl!«, brüllte Gégé. »Ich bin doch kein Millionär. Um das wiedergutzumachen, bezahlst du gefälligst mein Essen.«

»Ist ja schon gut, von mir aus kannst du deine Schrottkarre behalten!«

Fast hätten sie sich geprügelt.

Nach dem Essen standen Georges und Suzon auf, es ist spät, wir müssen nach Hause, wir haben noch einen weiten Weg vor uns. Léonie begleitete sie nach draußen. Lasst mich nicht allein, hätte sie am liebsten gesagt, ich habe Angst, ich weiß nicht, was heute Nacht passieren wird.

Sie stiegen in ihr altes Auto. Georges hatte Mühe, den Motor anzulassen.

»Ich glaube, ich habe zu viel getrunken«, sagte er.

Dann fuhren sie weg. Sie winkte ihnen nach.

Und da fiel ihr Blick auf die drei Finger an ihrer rechten Hand. Sie taten immer noch weh.

Sie weiß nicht, wieso, aber die brutalsten Erinnerungen kommen im Präsens wieder.

Als gehörten sie nicht nur in die Vergangenheit.

Als könnte es heute, morgen schon wieder losgehen, als wären sie immer noch aktuell.

Das Bett ist groß. Es quietscht fürchterlich. Die Tagesdecke ist kariert. Wie die Vorhänge. In der Ecke hängt ein Waschbecken und gleich darunter ein Bidet. Ray pinkelt ins Becken. Sie sieht seinen Rücken. Ihr wird bewusst, dass sie noch nie das Geschlechtsteil eines Mannes gesehen hat. In Suzons Büchern haben die Männer kein Geschlechtsteil. Die Frauen auch nicht. Sie flüstern einander Liebesworte zu, ihre Lippen berühren sich, und ein unbeschreibliches Glück durchströmt sie.

Draußen auf dem Flur hat sie ein Bad gesehen. Sie wird sich dort waschen. Nicht am Becken.

Ray zieht sich aus. Sie wendet den Blick ab. Er legt sich ins Bett und zündet sich eine Zigarette an. Mit nacktem Oberkörper liegt er da, das Laken über die Hüften hochgezogen. Sein Mund ist trocken, er hat Mühe beim Schlucken. Er wischt sich über die Mundwinkel und verzieht das Gesicht.

»Besorg mir einen Aschenbecher«, sagt er.

Sie entdeckt einen auf dem Nachttisch und gibt ihn ihm.

Er klopft auf die Matratze und sagt: »Komm ins Bett.«

Sie zieht ihre Schuhe aus. Legt sich vollständig bekleidet unter die Decke.

Er lacht schallend auf.

»Zieh dich aus! Das ist deine Hochzeitsnacht, mein Schatz.«

Sie lächelt. Rutscht ein Stück zur Seite, um ihr weißes Kleid aufzuknöpfen. Streift ihre Nylonstrümpfe ab. Ihren BH. Ihre Unterhose. Zitternd flüchtet sie unter die Laken, wobei sie mit beiden Händen ihre Brüste bedeckt.

»Mach das Licht aus«, befiehlt er.

Die kleine Lampe mit dem karierten Schirm steht auf seiner Seite.

»Aber … das kannst du doch machen«, antwortet sie verwundert.

»Mach das Licht aus. Ich sag das nicht noch mal!«

Sie streckt den Arm nach der Lampe aus. Streift dabei Rays Gesicht.

»Was ist das denn? Hast du dich unter den Achseln nicht rasiert?«

»Doch, natürlich.«

»Nein. Da sind noch Haare. So was will ich nie wieder sehen, kapiert?«

»Ich dachte …«

»Was dachtest du?«

Seine Stimme klingt aggressiv. Genau wie an dem Tag, als er die Autotür zugeschlagen und ihre Finger eingeklemmt hat. Léonie spürt ein Unheil, das sie nicht begreift. Was hat sie denn falsch gemacht? Niemand hat ihr gesagt, dass man sich als Braut unter den Achseln rasieren soll. Niemand hat ihr überhaupt irgendwas zu ihrer Hochzeitsnacht gesagt.

Sie legt die Hände wieder auf ihre Brüste und rückt so weit wie möglich von ihm ab.

»Du bist schmutzig … du riechst nach ungewaschenem Mädchen.«

Und er dreht sich von ihr weg. Sie sieht nur noch seinen Rücken.

»Tut mir leid«, sagt sie, »ich wusste nicht …«

»Was hat man dir in deinem Schloss eigentlich beigebracht?« Und mit einem hämischen Lachen fügt er hinzu: »Ich bin die Mühe wohl nicht wert?«

»O nein …«

Sie würde ihm gern so vieles sagen. Es ist das erste Mal, dass ich einen Mann liebe. Es ist das erste Mal, dass ich nackt und allein mit einem Mann zusammen bin. Es ist das erste Mal, dass ich einem Mann alles schenken möchte.

»Soll ich mich waschen gehen?«

»Das wäre das Mindeste …«

Sie steht auf und hält nach etwas Ausschau, das sie sich umlegen kann, um nicht splitternackt ins Bad zu gehen. Sie zieht ihr weißes Kleid wieder an. Nimmt ihren Kulturbeutel und geht hinaus auf den Flur.

»Nimm meinen Beutel auch mit!«, hört sie ihn hinter sich her brüllen. »Dann brauche ich das nicht zu machen, wenn ich morgen früh duschen will.«

Sie macht kehrt und nimmt seinen Beutel. Achtet darauf, dass nichts herausfällt.

Am liebsten würde sie weglaufen.

Aber es ist zu spät. Sie ist verheiratet. Madame Ray Valenti. Sie schuldet ihm Gehorsam, bis dass der Tod sie scheidet.

Sie öffnet die Tür zum Badezimmer. Es gibt ein Waschbecken und eine Dusche. Eine Neonröhre über dem Becken spuckt bleiches Licht. Ein Handtuch hängt an einem Haken an der Wand. Sie fragt sich, ob es frisch ist oder schon benutzt wurde.

Sie stellt die beiden Kulturbeutel auf den Rand des Waschbeckens. Lehnt den von Ray sorgsam gegen die gekachelte Wand.

Bemerkt in einer Ecke einen grünen Behälter mit Ameisengift. Das schwarze Pulver bildet einen schmutzigen Kranz auf dem Boden.

Sie zieht sich aus. Versucht, das Wasser aufzudrehen. Steht zitternd und nackt auf den weißen Fliesen und starrt töricht zu dem Duschkopf hoch, aus dem kein Tropfen Wasser kommt.

Sie weiß nicht, wie es funktioniert.

Es ist nicht das gleiche System wie bei ihnen im Schloss.

Sie lässt sich auf die Fliesen fallen und bricht in Tränen aus.

Sie ist müde. Sie hat das Gefühl, vollkommen ahnungslos zu sein. Sie kommt sich so dumm vor. Ich will zu Suzon, flüstert sie, und ihr Mund ist voller Tränen.

Sie hört Schritte im Flur. Er kommt herein und baut sich vor ihr auf.

»Was ist denn jetzt schon wieder?«

»Ich weiß nicht, wie die Dusche funktioniert. Das ist nicht so wie zu Hause.«

»Bist du bescheuert oder was?«

»Ich weiß nicht, wie …«

Genervt streckt er den Arm aus, fasst mit einer Hand hinter den Hahn, lässt ein Hebelchen einrasten, und das Wasser beginnt zu sprudeln. Es läuft über sie. Ihre Haare werden nass. Sie wollte sie noch hübsch frisiert lassen für den nächsten Tag. Corinne, die junge Friseurin in Saint-Chaland, hat ihr diesen schönen Zopf mit Perlen und rosa und weißen Plastikblumen geflochten. Als sie ihren Salon verließ, sah sie aus, als würde sie zur Erstkommunion gehen.

»Das ist kalt«, sagt sie.

Er sieht sie wütend an und hebt einen Arm, um sie zu schlagen.

Sie schützt sich mit dem erhobenen Ellbogen. Er hält inne und sagt: »Du bist echt zu blöd!«

Er stellt die Wassertemperatur ein, und sie schöpft neue Hoffnung.

Mit dem kläglichen Lächeln einer reuigen Sünderin sieht sie vom Boden der Dusche aus zu ihm auf, die nackten Arme um ihre nackten Beine geschlungen.

Dieses entschuldigende Lächeln scheint seinen Zorn wieder anzufachen.

Ein böses Funkeln leuchtet in seinem Blick auf und wandelt sich von Gereiztheit über Verwunderung, dann Befriedigung zu genießerischer Freude. Zuletzt erkennt sie in seinen schwarzen Augen ein triumphierendes Leuchten. Als dächte er, na, so was, das habe ich bei ihr ja noch nie probiert…

Er hebt erneut den Arm, und sie krümmt sich unter dem zu heißen Wasser, das ihr die Haut verbrüht.

Sie verspürt einen heftigen Schmerz an der Schläfe.

Da weiß sie, dass er sie geschlagen hat.

So schnell, dass sie den Schlag nicht einmal hat kommen sehen.

Sie versteht nicht, wieso. Sie hebt den Kopf und starrt ihn entgeistert an.

Und wieder sieht sie seinen Blick.

Überraschung liegt darin. Und Faszination. Als entdecke er an sich unversehens magische Kräfte. Ich habe noch nie eine Frau geschlagen, noch dazu eine nackte Frau, die zu meinen Füßen liegt, eine Frau, die mir gehört und die genau das von mir erwartet, so, wie sie mich ansieht. Eine Frau, die sich dagegen wappnet, einen Arm hebt, jetzt schon zittert. Ich sollte es ausprobieren … Wenn ich mir Respekt verschaffen will, wenn ich will, dass sie mir gehorcht, ist das ein ziemlich einfaches Mittel, um ihr zu zeigen, wer der Herr im Haus ist. Einmal hart zuschlagen, um danach meine Ruhe zu haben.

All das liest sie in seinen Augen. Sie gehen gemeinsam denselben Weg, Hand in Hand wie zwei Komplizen. Beide werden sich gleichzeitig der Heftigkeit des Schlags bewusst.

»Warum hast du mich geschlagen?«, fragt sie tapfer.

»Das weißt du nicht?«

»Wegen des Wasserhahns?«

»Der Wasserhahn ist mir doch scheißegal.«

»Aber …«

»Soll ich dich noch einmal schlagen, damit es dir wieder einfällt?«

Sie schüttelt den Kopf. Und im gleichen Moment weiß sie, dass sie einen großen Fehler gemacht hat. Sie hat sich auf seine Argumentation eingelassen.

»Glaubst du, ich hätte nicht gesehen, wie du mit dem alten Lancenny getanzt hast?«

»Aber er hat mich aufgefordert, und ich dachte, dass …«

»Dass du vor meiner Nase mit dem Arsch wackeln könntest? Für wen hältst du mich? Wir sind kaum verheiratet, da willst du mir schon Hörner aufsetzen. Und zu allem Überfluss machst du mich vor meinen ganzen Freunden lächerlich.«

»Nein, du irrst dich!«

»Red nicht so mit mir! Du machst es dir zu einfach. Du benimmst dich wie ein Flittchen, und alle werden sagen, das sei meine Schuld!«

Flittchen. Das hat noch nie jemand zu ihr gesagt. Hat sie sich etwa danebenbenommen, indem sie mit dem alten Lancenny getanzt hat? Sie dachte, das gehöre sich so als Braut: Man tanzt mit seinen Gästen. Vielleicht hat sie ihn, ohne es zu wollen, gekränkt.

»Und versuch ja nicht, mich anzulügen! Ich hab genau gesehen, dass dich die Möse gejuckt hat!«

Noch ein Wort, das sie nie zuvor gehört hat. Sie wagt nichts mehr zu sagen, sie wagt nicht aufzustehen, sie rollt sich zusammen, zieht den Kopf ein, betet, dass er sie kein zweites Mal zuschlägt.

Ein Hammer dröhnt in ihrem Kopf, lässt ihren Schädel zerspringen, das heiße Wasser fließt auf sie herab, bildet rote Fäden in der Duschwanne. Sie hebt eine Hand an ihre Schläfe, sie hat eine dicke Beule, und ihre Augenbraue ist aufgeplatzt. Sie beginnt zu weinen und schmeckt die salzigen Tränen auf ihrem Gesicht.

»Warum hast du das getan?«, wiederholt sie verwundert. »Du warst früher so lieb …«

»Weil ich bescheuert war. Ich wusste ja nicht, dass ich eine Nutte heiraten würde.«

Drohend steht er über ihr. Sie wagt nichts mehr zu sagen. Ihre Finger streicheln ihre Wunde. Sie rührt sich nicht. Sie spürt das zu heiße Wasser nicht mehr, sie spürt gar nichts mehr. Sie sitzt einfach nur da, wie betäubt. Sie wünschte, er würde gehen, sie will allein sein, um wieder zur Besinnung zu kommen.

Sein Blick gleitet von ihr ab. Sie fragt sich, ob er sie wieder schlagen wird.

»Du sagst ja gar nichts mehr«, bemerkt er höhnisch. »Gut so. Du siehst ein, was du falsch gemacht hast … Ist es das, was sie dir im Schloss beigebracht haben? Mit dem Arsch zu wackeln, wenn ein Mann in deine Nähe kommt?«

Sein Redefluss gerät ins Stocken. Er beginnt sich zu wiederholen. Scheint etwas zu suchen. Sein Blick wandert durch das kleine Bad.

Da entdeckt er den grünen Behälter mit dem Ameisengift und greift danach.

Öffnet ihn, riecht daran, liest das Etikett.

Richtet den Blick wieder auf sie.

Seine Züge entspannen sich. Er lächelt. Ein breites, gütiges Lächeln. Wie damals, wenn er an der Bushaltestelle auf sie wartete und ihre Bücher und Hefte trug.

Sie erwidert sein Lächeln.

Es liegt sicher daran, dass er zu viel getrunken hat. Er weiß nicht mehr, was er sagt. Nachher wird er sie in die Arme nehmen und sie um Verzeihung bitten. Sie wird ihn versprechen lassen, nie wieder so viel zu trinken. Sie wird ihn streicheln und hinzufügen: Das bekommt dir nicht. Und bald wird das alles nur noch eine böse Erinnerung sein. Sie wird darauf achten, nie wieder mit einem anderen Mann zu tanzen, ja, sich nicht einmal mehr von einem anderen Mann ansprechen zu lassen.

Er kann so lieb sein, wenn er will.

Sie lächelt erneut. Bittet ihn, ihr die Seife zu geben, die sie in ihrem Kulturbeutel auf dem Beckenrand gelassen hat.

»Aber sicher doch«, sagt er, »kein Problem.«

Er rührt sich nicht. Er hält den grünen Behälter in der Hand, sieht sie unverwandt an, und sein Lächeln wird wieder gemein.

Dann schüttet er den Behälter über ihr aus.

Kippt das schwarze Pulver auf ihre Haare, ihre Brüste, ihre Arme, ihre Beine. Packt ihren Kopf, zieht ihn nach hinten und schüttet ihr den letzten Rest in die Augen und den Mund.

»Das ist zur Erinnerung an deinen Bruder! Weißt du noch?«

Sie hustet, bekommt keine Luft mehr, spuckt. Sie reibt sich die Augen, und es brennt noch mehr. Schwarze Schlieren ziehen sich über ihren Körper.

»So, und jetzt wasch dich. Wenigstens weißt du jetzt, wieso!«

Sie schaut furchtsam zu ihm auf.

»Guck nicht so ängstlich! Ich verzeihe dir. Für dieses Mal.«

Er dreht sich auf dem Absatz um und verlässt das Bad.

Sie steht auf und holt ihr Seifenstück. »Sanette, die Seife für die adrette Frau.« Was hätte ich denn tun sollen, wenn André ihn piesackte?, fragt sie sich, während sie ihren Körper einseift. Und das mit dem alten Lancenny? Woher hätte ich das wissen sollen?

Ich habe ihn vor seinen Freunden blamiert.

Er ist nicht so. Er ist schön, tapfer, stark, zärtlich. Er hat mich gebeten, ihn zu heiraten. Alle Mädchen träumen davon, seine

Frau zu sein, und er hat sich für mich entschieden, für mich. Ich muss lernen, ihm zu gefallen, ich will, dass er stolz auf mich ist. Ich mache einfach nur alles falsch, kein Wunder, dass er sich aufregt, aber ich werde es schon lernen.

Ihr Blick fällt auf Rays Rasierer, der aus seinem Kulturbeutel herausschaut. Sie nimmt ihn und rasiert sich unter den Achseln.

Zieht ihr weißes Kleid wieder an, kämmt ihr Haar, versucht, die Plastikblumen und die Perlen wieder hineinzustecken, und kehrt zurück zu ihm in das große Bett.

»Kommt das auch nie wieder vor?«, fragt er zärtlich, während er ihr das Kleid auszieht.

»Nein, das verspreche ich dir.«

»Du wirst immer sauber und glatt sein, wenn ich Lust auf dich habe?«

»Ja …«

Er streckt den Arm aus und befiehlt: »Leg dich neben mich …«

Zögernd rutscht sie näher. Hat sie sich auch überall gründlich genug gewaschen?

»Es ist das erste Mal, weißt du …«, flüstert sie.

»Sei still! Lass mich machen! Ich bin dein Mann, oder?«

»Ja.«

»Wenn ich dich so behandle, wenn ich ein bisschen grob zu dir bin … dann ist das nur zu deinem Besten. Haben deine Eltern dir denn gar nichts beigebracht?«

»…«

»Ich sehe schon, die haben dir nichts beigebracht. Na, großartig! Man braucht sich wirklich nicht für was Besseres zu halten, wenn man nicht mal fähig ist, ein Mädchen ordentlich zu erziehen. Dann werd ich dich eben abrichten. Aber als Erstes fress ich dich mit Haut und Haar, mein kleines Täubchen.«

Sein Atem riecht nach Alkohol. Sie wagt nicht, den Kopf abzuwenden. Er bewegt sich unbeholfen. Fährt immer wieder mit einer Hand zwischen seinen Beinen hin und her. Sie fragt sich, wieso.

»Jetzt hilf mir doch!«, brüllt er.

»Ich … ich verstehe nicht.«

»Verdammt, so eine blöde Kuh! So eine selten blöde Kuh!«

Er lässt sich zurück auf die Matratze fallen und schlägt sich gegen den Kopf.

»Wie konnte ich mir bloß so eine blöde Kuh andrehen lassen! Das ist doch nicht zu fassen! Das ist einfach nicht möglich!«

Mit einem Tritt befördert er sie aus dem Bett.

Und sie verbringt ihre Hochzeitsnacht auf dem Bettvorleger, zitternd unter dem weißen Kleid, das sie über sich gezogen hat.

Am nächsten Morgen steigt er über sie hinweg, um ins Bad zu gehen.

Der Fußboden bebt unter seinen Schritten. Sie streckt die Hand aus, spürt den groben Stoff des Bettvorlegers, den beißenden Staubgeruch in ihrem Mund, ihr Gehirn schläft noch, sie fragt sich, wieso sie auf dem Boden geschlafen hat, ihr ist kalt, sie zieht die Beine an, ihr Brautkleid rutscht hoch, sie hat weder Laken noch Decke, sie öffnet die Augen, ihr Gehirn wacht allmählich auf und signalisiert ihr, dass etwas nicht stimmt. Sie weiß noch nicht, was nicht stimmt, doch eine fürchterliche Ahnung lähmt sie. Angst ergreift von ihr Besitz. Sie hat vergessen, was es war, aber sie ist sich sicher, dass es ein Problem gibt. Ein großes Problem. Eine Bedrohung liegt in der Luft. Am liebsten würde sie sich nie wieder erinnern. Einfach wieder einschlafen. Im Schlaf verschwinden. Das Nicht-Erinnern an diese furchtbare Sache, die sie vernichten wird, andauern lassen. Sie zieht die Knie an und rollt sich zu einer Kugel zusammen, um die Erinnerung vorbeiziehen zu lassen, fragt sich, ob sie vielleicht krank ist, ihr Gehirn grübelt, grübelt, da wird ihr bewusst, dass sie auf dem Boden liegt, auf dem Bettvorleger. Und plötzlich fällt ihr alles wieder ein.

Am liebsten würde sie einfach verschwinden. Sie verbirgt den Kopf zwischen ihren Händen, um den Bettvorleger nicht zu sehen, den Boden, die gelben Fußleisten.

Brüllend kommt er zurück.

»Hast du meinen Rasierer gesehen? Was hast du mit meinem Rasierer gemacht, verdammt noch mal?«

Er schwenkt ihn in der erhobenen Hand, in seinen Augen lodert ein schrecklicher Zorn.

»Der ist ja voller Haare! Du hast ihn total versaut!«

Und diesmal prügelt er mit den Armen auf sie ein, mit den Fäusten, mit den Füßen. Sie kann ihm nicht entkommen, sie liegt am Boden, zu einer Kugel zusammengerollt, reglos.

Als das Metronom anhält, kommt Léonie wieder zu sich.

Sie erinnert sich an diese Nacht und an das Erwachen am frühen Morgen.

Sie hatte so große Angst, dass sie ihr letztes bisschen Selbstachtung verlor. Nur noch eines wusste sie gewiss: Sie würde niemals etwas richtig machen.

Und sie begriff, dass sie die Welt der anderen verlassen hatte. Innerhalb einer Nacht war ihr Horizont auf eine enge Zelle zusammengeschrumpft: Fernande, Ray und sie. Sie war in eine Falle getappt. Gefangen.

Sie zog ihr weißes Kleid wieder an, versteckte die blau geschlagenen Augen hinter einer Sonnenbrille – er hatte ihr eine Ray-Ban geschenkt, als er noch »lieb« war –, und ging hinaus. Die Luft wog schwer und schien an ihren Schultern zu kleben.

Ray saß auf der Hotelterrasse vor einem Glas Weißwein.

Es war einer dieser herrlichen Oktobermorgen. Der Hotelbesitzer hatte ein paar Tische hinausgestellt, um die letzten Sonnenstrahlen auszunutzen.

»Da kommt ja mein kleines Frauchen!«, rief Ray in die Runde. »Ist sie nicht wunderschön?«

Und die anderen Gäste lächelten ihr freundlich zu.

»Sie haben Glück, einen so liebevollen Mann zu haben«, sagte die Hotelbesitzerin. »Das muss eine schöne Nacht gewesen sein!«

Und sie brach in ein heiseres, anzügliches Lachen aus. Die anderen stimmten spöttisch ein und prosteten ihr zu.

Er bedeutete ihr, sich neben ihn zu setzen.

Legte einen Arm um ihre Schultern.

Küsste sie auf die rote, geschwollene Wange.

»Alles in Ordnung, mein Kätzchen?«

Sie erzählt Stella nichts von dem Metronom.

Sie schämt sich für die junge Frau, die sie gewesen ist.

Sie hört, wie ihre Tochter ihr vorliest, doch die Worte dringen nicht zu ihr durch. Sie schließt die Augen, als nehme die Geschichte sie so gefangen, dass sie nichts davon verpassen wolle.

Stella genießt es, ihr eine Freude zu machen, und lächelt.

Sie blättert die Seiten um und erreicht schließlich das letzte Kapitel.

»Wir sind fast durch, Maman. Dann muss ich ein anderes Buch für dich finden. Hat dir das hier gefallen?«

»Ja, sehr.«

»Morgen lesen wir das Ende. Aber erst habe ich noch eine Überraschung für dich. Mach die Augen zu und streck die Hand aus.«

Léonie gehorcht und fühlt einen weichen, flauschigen, leichten Gegenstand auf ihrer Hand. Streichelt ihn. Dreht ihn um. Öffnet die Augen.

»Kirschtupfer!«

Sie bricht in krampfhaftes Schluchzen aus.

Sie ist bloß noch ein hilfloser, von Tränen geschüttelter Körper.

Stella nimmt sie in die Arme, wiegt sie, trocknet ihr das Gesicht, spricht beruhigend auf sie ein … na, na … nicht weinen, es ist alles gut, du hast ihn wieder, er ist hier, Tom hat ihn für dich geholt, er ist auf den Balkon geklettert, das Fenster stand offen, er hat sich in die Küche geschlichen, hat das Schränkchen unter dem Spülbecken geöffnet und hat ihn genau da gefunden, wo du ihn versteckt hattest. Niemand hat ihn gesehen, und die Alte hat nichts gehört, das verspreche ich dir, hab keine Angst, meine süße, meine schöne, meine liebe kleine Maman. Du bist jetzt außer Gefahr.

Léonie weint und knetet ihren roten Plüschbären.

Sie reinigt ihr Herz von einem schwarzen, zähen Schlamm aus überschüssigem Leid. Ein Ölteppich zieht sich zurück und lässt den nackten, glatten, weißen Sand zurück.

Ihre Brust hebt sich, durchströmt von grenzenloser Hoffnung. Sie ist erschöpft und fühlt sich wie zerschlagen, doch ihr scheint, als trete sie aus einem Käfig heraus. Sie hat einen ersten Schritt in die Freiheit getan.

Ray war bei ihm.

Eines Abends wartete er in seinem Büro. Saß in seinem Schreibtischstuhl und spielte mit seiner Sonnenbrille, einer schwarzen Ray-Ban, seinem Markenzeichen. Er ließ sie in der Hand kreisen, setzte sie sich auf den Kopf oder vorn auf die Nasenspitze, musterte den Rezeptblock, die gestapelten Akten, die an den Wänden hängenden Röntgenaufnahmen der Patienten, die geöffnete Post. Spielte mit dem goldenen Namensschild mit dem Schriftzug DOKTOR BERNARD DURÉ, das ihm sein Vater zum Examen geschenkt hatte. Zusammen mit dem Gedicht »Wenn …« von Rudyard Kipling, eingerahmt hinter Glas.

Wenn du den Kopf bewahrst, da rings die Massen
längst kopflos sind und geben dir die Schuld,
dir treu sein kannst, wenn alle dich verlassen,
und siehst ihr Zweifeln dennoch mit Geduld;

Kannst warten du und langes Warten tragen,
lässt dich mit Lügnern nie auf Lügen ein,
kannst du dem Hasser deinen Hass versagen
und doch dem Unrecht unversöhnlich sein

Wie ging es weiter? Er hatte es vergessen. Er sollte es wieder neu auswendig lernen. Um zu versuchen, der Mann aus dem Gedicht zu sein.

Er stand im Flur und wollte gerade seinen weißen Kittel ausziehen, als er ihn sah.

Was zum Teufel wollte er bei ihm?

Die Angst fuhr ihm in die Eingeweide. Flucht. Verstecken. Ray würde ihn wieder mit der Nase in seine eigene Scheiße stoßen.

Ray wusste Bescheid.

Seine Assistenten und die Schwestern, die wussten es auch. Aber sie schwiegen. Zwangsläufig.

Ray hatte ihm zu verstehen gegeben, dass er nichts verraten würde, wenn …

Und es kamen immer neue Forderungen.

Er lehnte sich gegen die Flurwand. Alles in Ordnung, Doktor?, fragte ein junger Student. Es war neunzehn Uhr dreißig. Sein Arbeitstag war zu Ende. Er hätte nicht mehr in sein Büro gehen müssen, aber er hatte seinen Autoschlüssel dort liegen lassen. Den Schlüssel für den schönen Audi Q5, den er gerade erst gekauft hatte.

Er zögerte. Dachte an Léonie, die sich in dem kleinen Zimmer nebenan ausruhte. Sah wieder den zerschmetterten Körper vor sich, der einen Monat zuvor abends auf einer Bahre eingeliefert worden war. Aber mehr noch als der blutüberströmte, zerschundene Körper hatte ihn der resignierte Ausdruck in ihrem Gesicht erschauern lassen. Trübsinnig lag sie da, ungerührt, gleichgültig gegenüber ihrem Schicksal. Ihre Haut war violett und rot angeschwollen und gleichzeitig blass, beinahe durchscheinend. Sie rührte sich nicht mehr, schien auf den Tod zu warten. Und der Blick, mit dem sie ihn angesehen hatte: Ich flehe Sie an, schien er zu sagen, erlösen Sie mich. Bitte, retten Sie mich nicht. Bitte nicht.

Er hatte ihre Hand genommen, um sie zu beruhigen, und sie hatte vor Schmerz das Gesicht verzerrt.

Ohne zu wissen, wieso, machte er einen Schritt nach vorn. So kann das nicht weitergehen, er wird mich nicht bis ans Ende meiner Tage terrorisieren, in zwei Jahren gehe ich in Rente, soll er doch machen, was er will, ich bin es leid. Leid, mich vor Ray Valenti zu fürchten. Edmond Courtois hat recht: Ich beende mein Leben als Feigling.

Er öffnete die Tür zu seinem Büro.

»Machst du Überstunden?«, fragte Ray Valenti.

»Für heute bin ich fertig.«

Ray setzte die schwarze Ray-Ban wieder auf. Streckte die Beine aus. Reckte sich in dem ausladenden Schreibtischstuhl. Verschränkte die Arme hinter dem Nacken. Und taxierte ihn.

»Gib sie mir zurück.«

»Sie ist noch nicht so weit.«

»Gib sie mir zurück.«

»Das dauert noch gut zwei Monate. Sie ist vom Fuß bis zur rechten Hüfte eingegipst. Sämtliche Knochen sind gebrochen. Sie hat ein großes Hämatom im Kopf, das sich nicht zurückbildet, sie darf sich nicht bewegen.«

»Das behauptest du. Ich will eine zweite Meinung. Ich bringe sie zu einem anderen Arzt, der soll sie untersuchen.«

»Sie wird dieses Krankenhaus nicht verlassen.«

»Oh, doch, das wird sie. Und weißt du auch, warum?«

Er begleitete diese Worte mit einem sanften, einschmeichelnden Lächeln. Wie ein Vater, der sich zu seinem Kind vorbeugt und ihm zuflüstert: Das schaffst du schon, du kannst das, hab Vertrauen.

Bernard Duré verzog keine Miene. Er wappnete sich gegen

den Schlag. Er stand aufrecht da und bemühte sich, langsam zu atmen, um seinen rasenden Herzschlag unter Kontrolle zu bringen.

»Mach, was du willst. Ich lasse sie hier nicht raus.«

»Meinetwegen. Dann erzähle ich alles den Bullen. Du weißt ja, das sind meine Freunde.«

»Diese armseligen Gestalten!«

»Spiel dich nicht so auf. Ich habe einen langen Arm.«

»Tu, was du nicht lassen kannst. Das ist mir egal. Verschwinde aus meinem Büro.«

Verunsichert nahm Ray Valenti seine Sonnenbrille ab. Bernard Duré gab nicht nach. Bernard Duré zitterte nicht länger vor ihm. Bernard Duré bot ihm die Stirn. Bernard Duré forderte ihn auf, von seinem Stuhl aufzustehen, denn es sei SEIN Stuhl, in SEINEM Büro.

Ray Valenti zog die Beine wieder an. Stützte sich mit beiden Händen auf die Schreibtischplatte. Stand auf. Und sackte wieder zurück.

»Verdammt, Duré«, rief er, »das kannst du mir nicht antun! Ich hab die Nase voll davon, zu Hause den Sklaven zu spielen. Alles muss ich jetzt selber machen: einkaufen, putzen, kochen, spülen, meine Mutter von ihrem Bett zum Sessel tragen, ihr den Fernseher einschalten, sie aufs Scheißhaus setzen, ihr den Arsch abwischen, das ist doch nicht mein Job, verdammt!«

»Beantrage eine Haushaltshilfe. Oder stell eine Haushälterin ein.«

»Ich hatte eine Haushälterin. Und zwar gratis! Gib sie mir zurück.«

Mit einem Mal verwandelte sich Ray Valenti in eine mitleiderregende Gestalt. Sein Mut, sein schneidiges Auftreten waren verschwunden.

Bernard Duré spürte, wie ihn eine Woge des Glücks durchströmte. Er versuchte zu begreifen, woher diese überwältigenden Emotionen kamen, die ihn aus einem langjährigen finsteren, stinkenden Verlies befreiten. Lauerte auf ein Zittern, eine diffuse Angst, die ihn wie üblich erstarren lassen würde, aber nichts geschah. Da verstand er, und eine zweite freudige Woge weitete seine Brust: Er hatte keine Angst mehr. Er zögerte noch, aus Furcht, dieses neue, berauschende Gefühl könnte genauso schnell verfliegen, wie es aufgetaucht war, doch stattdessen stellte er fest, dass es sich ausbreitete, anschwoll, sein Innerstes wärmte, sein Herz und seinen Kopf, und er sah Ray direkt in die Augen.

»Dann hättest du sie nicht so zurichten sollen.«

»Das war ich nicht. Das war Turquet.«

Und dann verpfiff er auch noch seinen Komplizen.

»Soll ich dir was sagen, Ray? Das ist mir scheißegal. Sieh zu, wie du zurechtkommst.«

Ray Valenti hatte sich wieder gefangen und setzte die Sonnenbrille auf.

»Gut. Du lässt mir keine andere Wahl. Ich gehe zu den Bullen. Und dann erzähle ich denen, wie du völlig betrunken ankommst, wenn man dich zu Autounfällen ruft. Wie du schon zweimal das arme Schwein, das dir in die Hände gefallen ist, am Straßenrand hast verrecken lassen. Und wie ich dich aus der Affäre gezogen habe, indem ich den Bericht habe verschwinden lassen, weil ich dich für einen so großartigen Chirurgen gehalten habe ...«

Er betonte »großartiger Chirurg«. Wie um sich dafür zu rechtfertigen, dass er ihn nicht angezeigt hatte. Einem herausragenden Mann kann man schon mal einen Fehler verzeihen.

»Dass du manchmal stockbesoffen operierst und keiner etwas sagt, weil du der Sohn des großen Paul Duré bist. Ein untadeliger, aufopferungsvoller Arzt war das, anspruchsvoll und streng vielleicht, aber aufrecht, ehrlich und nüchtern.«

Der Verweis auf seinen Vater verunsicherte Bernard Duré. Er stellte ihn sich vor, wie er ihm gegenübersäße und in Ray Valentis Beschuldigungen einstimmte. Er schämte sich. Seine Hände begannen zu zittern. Er brauchte ein Glas. Er senkte den Kopf.

»Soll ich das alles den Bullen sagen? Na? Wie alt ist dein

Vater jetzt? Um die fünfundachtzig, stimmt's? Das wird ein harter Schlag für ihn … Der Name der Familie beschmutzt. Und deine Frau? Deine Töchter?«

Ray betrachtete ihn mit dem Mitgefühl des Henkers, der darauf wartet, dass sein Opfer, das für einen Moment aufbegehrt hat, wieder fügsam wird. Er war bereit, ihm zu verzeihen.

»Gib sie mir zurück, das macht es für dich leichter. Und für mich.«

Er lachte kurz, als er »Und für mich« sagte. Ein kurzes Lachen, das Bernard Duré ein weiteres Mal zu seinem Komplizen machen sollte.

Es war dieses Lachen, das Duré die letzten Strophen von Kiplings Gedicht wieder in Erinnerung rief.

Kannst du zum Volke ohne Plumpheit sprechen,
und im Verkehr mit Großen bleibst du schlicht;
lässt du dich nicht von Freund noch Feind bestechen,
schätzt du den Menschen, überschätzt ihn nicht;

Füllst jede unerbittliche Minute
mit sechzig sinnvollen Sekunden an:
Dein ist die Erde dann mit allem Gute,
und was noch mehr, mein Sohn: Du bist ein Mann!

Bernard Duré hob den Kopf und sagte mit dumpfer Stimme: »Raus aus meinem Büro, Ray, und lass dich hier nicht mehr blicken. Ich will dich nicht mehr sehen. Und halte dich von deiner Frau fern. Du wirst nie wieder auch nur in ihre Nähe kommen. Hast du mich verstanden?«

Er sprach mit gleichmütiger, ruhiger Stimme, der Stimme eines Arztes, der seiner Sekretärin einen Bericht diktiert.

Ray Valenti sah ihn an, machtlos und voller Hass.

Ohne große Gesten, ohne zu schreien oder zu zittern, hatte Bernard Duré ihre Rollen vertauscht.

Im ersten Stock des Krankenhauses hat sich eine stille Verschwörung um Léonies Zimmer gebildet. Ohne sich miteinander abgesprochen zu haben, halten die Assistenzärzte und Krankenschwestern Wache und achten darauf, dass niemand die friedliche, beinahe besinnliche Atmosphäre des Zimmers 144 stört. Das mag der Wagen sein, den eine Schwester mit einer Hand festhält, damit nichts klappert und er geräuschlos über den Boden gleitet, oder die Tür, die ein junger Arzt ganz leise nur einen Spalt weit öffnet, um einen Blick hineinzuwerfen und sich zu vergewissern, dass Léonie ruhig schläft. Sie alle sind von einer Art Zauber gefangen: der Unschuld, die diese im Bett liegende Gestalt mit dem Metronom in ihren Händen ausstrahlt. Die den Blick nicht von dem Pendel wendet und darin ihr Schicksal zu lesen scheint wie eine Hellseherin, die den Kaffeesatz auf dem Boden einer angeschlagenen Tasse studiert.

Doch es ist nicht die Zukunft, die diese hochgewachsene, schmale, blonde Frau sieht. Sondern ihre Vergangenheit.

Verwundert entdeckt sie sie neu, als wäre alles, was sie erlebt hat, bloß ein Traum gewesen. Als hätte nichts davon ihr jemals wirklich gehört.

Es steigen nicht nur schwarze Blasen auf. Auch schöne Erinnerungen kommen wieder. Schwaden von Glück, die aus einem Flakon entweichen.

An solchen Tagen weint sie sanfte, beinahe bonbonsaure Tränen. Sie lächelt, wenn sie sie fließen spürt, fängt sie mit der Zungenspitze auf, schmeckt sie wie Perlen eines wiedergefundenen Glücks.

Das Baby liegt im Wohnzimmer in seiner Wiege.

Es ist ein kleines Mädchen. Stella. Sie hat die blauen Augen von Léonie und Eva de Bourrachard. Blaue Wölfinnenaugen, die das ganze Gesicht überstrahlen.

Léonie weiß nicht so recht, wie sie sich um ihr Baby kümmern soll.

Sie lässt ihre Hände, ihre Arme, ihre Wange, ihren Mund einfach machen. Bezaubert streichelt sie den kleinen Körper.

Spricht halblaut mit ihr. Baby, mein Baby, mein Licht, meine Schöne. Mein Baby mit dem perfekten Körper, mit kleinen rosigen, perlmuttschimmernden Füßchen, mit einer Nase wie eine Südseemuschel, mit den makellosen Lippen, mit Händen, die sich an mir festklammern, eins, zwei, drei, du lässt meinen Finger los und gibst mich frei, um herauszufinden, ob das Band zwischen uns bereits fester wird, eins, zwei, drei, ich hauche einen Kuss auf deinen Finger, der darauf wartet, dass ich ihn wieder greife. Du öffnest die Augen einen Spalt, deine Lippen deuten ein vages Lächeln an, dein Finger verstärkt den Griff, der unser Abkommen besiegelt, und eine wilde Hoffnung entspringt in meinem Herzen. Es ist so lange her, mein Baby, dass ich zuletzt Hoffnung verspürte, und, weißt du, mein Baby, Hoffnungslosigkeit macht einen Menschen sehr viel mehr zum Gefangenen als Schläge oder Schreie.

Weder Ray noch Fernande interessieren sich für Stella. Sie dulden sie. Ray heftet sie sich wie einen Sheriffstern an seine Weste.

Wenn das Baby nachts weint, knurrt er. Er stößt Léonie aus dem Bett, deine Tochter schreit, sorg dafür, dass sie die Klappe hält!

Sie steht auf. Sie nimmt Stella auf den Arm, legt sie an ihre Brust, breitet ein kleines weißes Tuch über ihre Schulter, falls etwas von der Milch zurückkommen sollte, geht mit ihr im Wohnzimmer auf und ab und redet leise auf sie ein. Sch … Sch … ich bin da, deine Mama ist da, deine Mama, die dich über alles liebt, du bist meine Tochter, mein kleiner Stern, mein funkelnder Schatz. Sie legt eine Hand auf den Rücken des Babys, klopft behutsam, und Stella hört mit einem verwunderten Stocken auf zu weinen. Sie versucht, den Kopf zu heben, hört zu, schluchzt noch ein paarmal zufrieden vor sich hin und ist still. Léonie pustet sacht auf ihre Augen, betrachtet die winzigen, verklebten Wimpern, küsst sie, drückt den kleinen warmen Körper an sich, ganz leicht nur, ohne ihn einzusperren, damit Stella sich frei fühlt, frei, weiterzuweinen oder aufzuhören, und Léonie spricht flüsternd weiter. Du bist stark, du bist schön, du bist groß, du bist Fleisch von meinem Fleisch, und ich liebe dich wie wahnsinnig.

Sie singt die Worte vor sich hin, während sie im Zimmer umhergeht und das Kind an ihrer Brust wiegt, sie wiederholt sie so lange, bis das Baby in ihren Armen schwer wird und einschläft.

Sie fühlt sich stark, wenn sie Stella in den Armen hält.

Am liebsten würde sie die ganze Nacht von ihrer Liebe zu ihr singen.

Sie setzt sich in einen Sessel, wiegt ihr Kind.

Manchmal steht Ray auf und brüllt: Was treibst du da? Hast du deiner Tochter nicht langsam genug dummes Zeug erzählt? Komm endlich ins Bett.

Psst, sagt sie dann, psst, und legt die Hand über Stellas Ohren, damit sie ihn nicht hört.

Sie hat keine Angst, wenn sie das Gewicht des Babys in ihren Armen spürt. Sie weiß, dass er Stella nicht anrühren wird. Er ist zu stolz auf sie. Er spaziert mit ihr durch Saint-Chaland, grüßt die Passanten, zeigt ihnen das erste Zähnchen.

Dann fährt sich Ray mit einer Hand durch das Haar und geht zurück ins Schlafzimmer.

Sie legt das Baby in die Wiege, legt sich selbst auf den Boden daneben. Leise singt sie kurze Wiegenlieder, Liedfetzen, die sie durch »lalala« ergänzt, wenn sie den Text nicht mehr weiß. »*Ma petite est comme l'eau, elle est comme l'eau vive, elle court comme un ruisseau que les enfants poursuivent. Courez, courez, vite si vous le pouvez, jamais, jamais vous ne la rattraperez …*«

Es sind glückliche Nächte, wenn das Baby weint.

Adrian rennt durch den unterirdischen Gang. Er hat eine Grubenlampe auf der Stirn, ein Lichtstrahl tanzt vor ihm her, dem er folgt. Er kennt den Weg auswendig, kennt alle Hindernisse, die Löcher im Boden, das Geröll, die Steine, auf denen man sich die Knöchel vertritt, die geschwärzten Bretter mit den verrosteten Nägeln, die Pfützen und den Schlamm, der einem bis zu den Waden hochspritzt.

Er rennt zum Ausgang.

Er fände den Weg mit geschlossenen Augen. Mittlerweile mag er diesen vom heiseren Fiepen der Spitzmäuse begleiteten Lauf durch die Dunkelheit sogar. Er mag ihn auf dem Hinweg, aber er hasst ihn, wenn er flieht.

Er sieht Bruchstücke der vergangenen Nacht vor sich, lauscht auf Toms Atem, wenn er schläft, spürt den Abdruck seiner Finger in seinem Nacken, versteht endlich die Bedeutung eines Blickes, eines Schweigens von Stella. Er begreift manchmal so langsam. Ganz anders als sie. Er hat Angst vor Missverständnissen.

Am Ausgang wartet sein Auto auf ihn. Versteckt im hohen Gras eines brachliegenden Feldes. Hat es früher Jules de Bourrachard gehört?, fragt er sich, während er sein Tempo beschleunigt. Wie kann man so viel Land, Bauernhöfe und Wälder besitzen und alles verlieren?

Jedes Mal, wenn er durch den unterirdischen Gang rennt, denkt er an diesen Mann, der nicht die Kraft hatte, sein Leben selbst in die Hand zu nehmen, und stattdessen lieber zusammengekauert im Schatten seiner Ahnen lebte. Man muss schon sehr wenig Selbstachtung haben, um den ganzen Platz seinen Vorfahren zu überlassen.

Ein Wort kommt ihm in den Sinn: »dahinvegetieren«. Ob man in einem französischen Schloss dahinvegetiert oder im tristen Alltag von Aramil, es ist das gleiche Schicksal, zeugt vom gleichen Mangel an Selbstliebe.

Boubou hat ihm die Geschichte der Familie Bourrachard erzählt. Er hat von Jules und seinem Sohn André gesprochen, hat ihm erklärt, dass sie reich waren, adlig, anders als die Leute aus der Stadt. Adrian hatte ihn gefragt, was »adlig« bedeute.

Er hatte in Boubous Grammatik einen Satz gelesen: Von Adel

zu sein ist immer von Vorteil, man lebt in einem Schloss und hat einen wohlklingenden Namen.

Darüber hatten sie beide lachen müssen.

Und bei der Gelegenheit waren sie auf den alten Bourrachard zu sprechen gekommen. Boubou kannte seine Geschichte. Kurz nach seiner Ankunft in Saint-Chaland war er ihm begegnet. Ein Jahr vor seinem Tod war der illustre Adlige auf den Schrottplatz gekommen, weil er ein Ersatzteil für eine seiner Empire-Uhren gesucht hatte. Den ganzen Nachmittag über hatte er in den Kisten herumgewühlt, in denen die seltenen Stücke aufbewahrt wurden. Aber er hatte nichts gefunden. Als er wieder gegangen war, hatte er sie alle gegrüßt. Indem er mit schwungvoller Geste den Hut gezogen hatte, als befände er sich in vornehmer Gesellschaft.

»Ich war damals zwanzig Jahre alt«, erzählte Boubou, »und ich dachte mir, dass diesen Leuten alles so gleichgültig war, dass sie auf andere arrogant wirken konnten. Aber das war er nicht. Ihm war nur einfach alles egal. Es erfordert große Kraft, an nichts in seinem Leben zu hängen.«

»Ich bin mir nicht sicher«, hatte Adrian erwidert. »In meiner Heimat sind die Leute gleichgültig, weil sie ausgelaugt sind von einem Unglück, für das sie nichts können. Sie haben nicht einmal mehr genug Kraft, um zu lieben. Sie ernähren sich von den Resten des Lebens, wie streunende Katzen, die sich ihr Futter aus Mülltonnen holen. Sie schlingen sie hinunter, ohne überhaupt zu wissen, was sie schlucken. Es ist ihnen egal geworden.«

»Klingt ja nicht gerade angenehm, deine Heimat.«

»Frankreich ist jetzt meine Heimat.«

»Du bist ja großzügig… Die geben dir doch nicht mal Papiere!«

»Das hat nichts mit Papieren zu tun. Deine wahre Heimat ist das Land, in dem man dich zum ersten Mal mit Respekt behandelt, in dem man dir zu verstehen gibt, dass du etwas taugst, dass du es mit deinem Kopf und deinen Händen zu etwas bringen kannst. Meine Heimat, das ist Julie, das ist Monsieur Courtois, das ist Stella. In der Reihenfolge, in denen ich ihnen begegnet bin, natürlich.«

Boubou hatte ihn mit dem Ellbogen in die Seite geknufft und ihm eine Zigarette angeboten.

»Sie sind alle drei Franzosen, und sie verkörpern die drei Farben der französischen Flagge: Julie ist Blau, Monsieur Courtois ist Weiß, und Stella ist Rot.«

»So habe ich das noch nie gesehen.«

»Es steht ja auch nicht alles in deiner Grammatik. Darin findest du nur die Regeln, nicht die Gedanken.«

»Und hast du viele solcher Gedanken?«

»Das kommt davon, wenn man allein lebt. Da hat man viel Zeit zum Nachdenken.«

Während er durch den unterirdischen Gang rennt, denkt er bei sich, dass er immer allein gelebt hat. Er wurde in einer Stadt geboren, die unter freiem Himmel im Sterben lag. Sein Vater war fortgegangen, um anderswo Arbeit zu suchen, und niemals zurückgekommen. Seine Mutter hatte vor lauter Warten und Weinen die Farbe der Erde angenommen. Sie hieß Natalya. Wenn sie ihn ansah, schien sie sich darüber zu wundern, dass er da war. Sie hatte zwei Söhne verloren, die vor ihm geboren waren. Sie war sich nicht mehr sicher, wie er hieß. Vassili?, fragte sie. Sergei? Und er antwortete: Nein, ich bin Adrian. Er brachte es nicht über sich, sie Mama zu nennen.

Die Leute waren zu erschöpft, um zu träumen. Ihnen blieben nur Geld und das Fernsehen als winzige Hoffnungsschimmer.

Und in Aramil war das Geld rar.

Genau wie die Sonne.

Eines Tages hatte der Grundschullehrer gesagt: Heute Abend gibt es Kino. Adrian hatte erst gedacht, er würde Bonbons verteilen, Würstchen oder Kartoffeln. Aber abends hatte der Lehrer ein großes weißes Tuch entfaltet, darum gebeten, das Licht auszuschalten, eine Kurbel betätigt, und Bilder und Worte waren auf das weiße Tuch gesprungen, hatten sich darauf ausgebreitet, hatten getanzt, waren zu anderen Worten, anderen Bildern geworden, und mittendrin war ein kleines blondes Mädchen aufgetaucht. Sein fast weißes Haar war glatt und wurde von einem Band zusammengehalten. Adrian hatte noch nie so sauberes, geschmeidiges Haar gesehen. Das kleine Mädchen war so schön, dass er den Finger aus der Nase gezogen hatte. Er sah riesige Kühe, die eimerweise Milch gaben, und als das kleine Mädchen lächelte, entblößte es weiße, leicht auseinanderstehende Zähne. Es lief zu seiner Mutter, reichte ihr den Milcheimer, seine Mutter gab ihm einen Becher davon, und das kleine Mädchen lachte fröhlich und trank.

Sein Großvater hatte ihn begleitet, der Vater seines Vaters. Irgendwie hatte er es geschafft, sich das Filmplakat zu besorgen. Vielleicht hatte er es gestohlen? Und dann hatte er Adrian üben lassen, in das Plakat hineinzuspringen, zu dem kleinen Mädchen mit dem weißblonden Haar. Er hatte ihm beigebracht, mit ihr zu reden, guten Tag, mein Fräulein, wie heißen Sie? Ich heiße Adrian. Hatte ihm beigebracht, sie zu grüßen, weit ausholend, mit einem imaginären Umhang.

»Mit einem Umhang, bist du sicher, Großvater?«

Er war ganz sicher.

»So spricht man mit zarten, blonden Mädchen. Bis du sie irgendwann findest, wird sie zu einer hübschen jungen Frau herangewachsen sein, und du wirst sie wiedererkennen. Aber du wirst weit, weit fortgehen müssen, um sie zu finden, mein Sohn.«

Er nannte ihn immer »mein Sohn«.

»Von jetzt an springst du jeden Abend vor dem Einschlafen in das Plakat, und eines Tages wirst du in einen Zug springen und dann in einen anderen und wieder einen anderen, und irgendwann stehst du dann vor dem blonden jungen Mädchen. Wie durch Zauberei. Versuch nicht, es zu verstehen. Man kann im Leben nicht alles verstehen, und die besten Dinge sind immer die, mit denen man nicht gerechnet hat. An diesem Tag wirst du an mich denken und mir ein kleines Zeichen schicken, um mir zu sagen, dass du es geschafft hast, dass du gut angekommen bist und die Hand des blonden Mädchens hältst. Dann kann ich sterben.«

Zur Vorbereitung schlief Adrian auf dem nackten Fußboden, er lag auf dem Plakat, neben dem kleinen blonden Mädchen. Das jagte elektrische Schläge durch seinen Körper. Er streichelte ihr Gesicht. Er redete mit ihr, sagte ihr andere Worte als die seines Großvaters, drückte seine Lippen auf den Plakatmund, und der schmeckte nach nassem Papier. Ein bisschen wie die Weizenkaugummis, die er aus den Ähren herstellte, die er auf den Feldern abriss.

Er hatte Tausende Kilometer in Lkw-Laderäumen zurücklegen müssen, um das blonde junge Mädchen zu finden. Die Haut an seinen Fingern war abgeschürft, und manchmal konnte er sie kaum noch beugen.

Eines Tages hatte er auf einem Flohmarkt in Sens eine Postkarte entdeckt. Sie zeigte das Plakat zu dem Film *The Deep End* mit Tilda Swinton. Stella ähnelte dieser großen, blonden Schauspielerin, der eine Haarsträhne ins Gesicht fiel. Mit Filzstift hatte er ihr zwei große blaue Augen gemalt, den Mund rot nachgezeichnet und die Karte seinem Großvater nach Aramil geschickt.

Stella. Sie ist in sein Leben getreten und hat ihn überwältigt.

Dass sie sich von ihm berühren lässt, dass sie ihm ihren Körper, ihren Kopf und ihr Haus öffnet, macht ihn verrückt. Und stumm.

Wenn sie einander wiedersehen …

Diese Erschütterung in seinem Inneren …

Er erkundet sie, er hört ihr zu, er legt sein Herz auf ihr Herz, damit sie ohne Dolmetscher miteinander reden können. In ihrer Umarmung verbindet sie Vergangenheit und Gegenwart, Atem und Seele. Ihre beiden Seelen schwingen sich gemeinsam auf. Seine Seele sei von fern gekommen, sagt sie, um ihre Seele zu berühren. Sie verspürt den Drang, ihm das zu sagen, flüstert es ihm ins Ohr. Und er möchte ihr alles erzählen, vom Grau in Aramil, von der Sonne, die niemals scheint, von seiner Mutter, die so viel geweint hat, dass sie ihn nicht mehr erkennt, von den trinkenden Männern und den fluchenden Frauen, die jeden Tag dicker und derber werden, von der Liebe, die hastig hinter einem Bretterzaun vollzogen wird. Von dem Schlamm, der allem die Farbe raubt.

Und von all den Farben, die sie erstrahlen ließ, indem sie auf ihn zukam.

Er sagt es ihr nicht mit Worten, die findet er nie, außer wenn sie fein säuberlich aneinandergereiht in Boubous Grammatik stehen, sondern mit seinem Körper, mit seinen Händen, mit jedem Quadratzentimeter seiner Haut. Denn sie ist die einzige Frau, die er jemals so berührt hat, wie man eine Frau berühren sollte.

Er schreibt seine Geschichte auf ihre Haut. Er pustet darauf und haucht ihr so Leben ein. Jetzt weißt du alles, sagt er. Und sie lacht und sagt: Ich habe nichts verstanden, fang noch einmal von vorn an ... Sie sagt es voller Güte und Großzügigkeit, frei von Hinterlist, ohne ihm auf seiner Haut eine Falle zu stellen. Und er fühlt sich schön, stark und mutig.

Sie ist schön wie eine Unbekannte.

Am liebsten würde er für jedes Mal einen neuen Namen erfinden. Weil sie jedes Mal wieder bei null anfangen.

Sie bohrt ihren blauen Blick tief in den seinen, und ihre Augen werden milchig, sie schlingt sich um ihn, so fest wie eine Liane, dass er keine Luft mehr bekommt, und sagt: Am liebsten würde ich dich fesseln, damit du mich nie wieder verlässt.

Er seufzt und entgegnet, dass er nicht mehr weggehen will. Dass er nicht mehr durch den unterirdischen Gang voller Löcher, Buckel und Spitzmäuse gehen wird. Da wird sie ernst und erklärt streng: Aber das musst du.

Das weiß er, auch wenn nicht sie es war, die ihn als Erste gewarnt hat, sondern Monsieur Courtois: Nimm dich in Acht, Adrian, nimm dich in Acht vor Ray Valenti ...

Er sah ihn manchmal in den Straßen von Saint-Chaland, wenn er mit Stella spazieren ging. Ihre Hand wurde starr, winzig, kalt, wand sich wie eine Schlange. Sie wollte sich von ihm lösen, aber er hielt sie fest. Hielt ihre Hand mit aller Kraft. Und als der Mann vorbeigegangen war, zischte sie: Tu das nie wieder, nie wieder, hörst du! Halt mich nie wieder mit Gewalt fest, ich hasse das.

Ihre Augen wurden schwarz und füllten sich mit Schlamm.

Doch wenn sie später wieder zu Hause waren, wenn sie auf dem großen Bett lagen, sagte sie: Danke. Dieses schlichte Wort, in das er andere Worte goss: Danke, dass du nicht weggehst, danke, dass du dich nicht von der Gewalt abschrecken lässt, die manchmal in mir aufbrandet, danke, dass du die Angst des Tieres erkannt hast, das vor dem Herrn zurückschreckt, der es quält. Ich habe immer noch Angst davor, dass er kommt und mich zurückholt, immer noch, auch wenn ich mich nach außen hin stark gebe und die Zähne zeige.

Und dann schlief sie ein, und ihre Worte verhedderten sich wie ihre langen Wimpern.

Er kann in ihren Augen lesen.

Sie brauchen nicht miteinander zu reden.

Zu wissen, wann man näher kommen oder loslassen muss, dieses Geheimnis der Liebe lehrt einen kein Buch.

Zu wissen, welche Frage er stellen darf. Welche Antwort er erraten muss. Er würde ihr gern sagen: Vergiss deine Mutter, lass uns drei zusammen von hier fortgehen. Wir fangen irgendwo ein neues Leben an. Er liest in ihren Augen, dass das unmöglich ist. Also schweigt er lieber. Er hätte das Gefühl, in sie einzubrechen. Sie auszurauben.

Wie weit reicht der Arm dieses Mannes?, fragt er sich manchmal. Ist er wirklich so mächtig?

Monsieur Courtois behauptet Ja, er sagt, dass Adrian ständig auf der Hut sein müsse und es noch zu früh sei, um aufzubegehren …

Er hätte nie gedacht, dass er einmal eine Frau und ein Kind haben würde. In Aramil zeugte man keine Kinder mehr. Ein Kind ist ein Versprechen an die Zeit. Ein Zukunftsprojekt.

Er hat einen Sohn. Als Tom noch ein Baby war, trug er ihn unter seiner Jacke spazieren. Später brachte er ihm bei, seinen Fuß auf die richtigen Steine zu setzen, um einen Fluss zu überqueren, vom Himmel abzulesen, wie das Wetter wird, eine schmelzende Schneeflocke auf seinem Finger zu beobachten, den Eseln keine giftigen Pflanzen wie Buchsbaum, Oleander oder Thuja zu geben. Tom war noch ein kleiner Junge, aber er hörte ihm zu wie ein Erwachsener. Als wüsste er, dass das wichtig ist. Dass er keine Zeit zu verlieren hat.

»Kaufst du mir irgendwann ein Gewehr?«, hatte er gefragt, als er sechs war. Er hockte auf einem dicken Felsbrocken in einem Bach, der durch ein Feld floss.

»Ich glaube nicht, Tom.«

»Irgendwann bin ich derjenige, der Maman beschützt.«

»Und wo bin ich dann?«, hatte er lächelnd gefragt, um das Kind aufzuheitern.

»Du bist dann weg. Ich meine endgültig weg. Dann bin ich mit ihr allein.«

»Und warum sollte ich irgendwann weggehen?«

»Weil ich das weiß.«

»Du hast mich nie etwas gefragt …«

»Du bist mein Vater. Du musst wissen, was ich dich fragen will.«

Also hatte Adrian ihm von Aramil erzählt, von seinem Vater und seiner Mutter, von seinem Großvater, dem Grundschullehrer und dem Kino. Aber alles andere hatte er verschwiegen. Darüber durfte sein Sohn in der Schule nicht reden.

Mit düsterer Miene hatte Tom sich auf seinem Stein mitten im Bach aufgerichtet.

»Siehst du, du erzählst mir überhaupt nichts«, hatte er resigniert gesagt. »Irgendwann ist es so weit, dann muss ich Stella beschützen.«

Von dem Tag an hatte er sie nicht mehr Maman genannt.

Suzon mag ihn.

Sie setzen sich nebeneinander auf die Steinbank. Suzon bessert eine seiner Jacken oder Hosen aus, und während sie mit Nadel und Faden hantiert, berichtet sie ihm von Toms neuesten Großtaten. Von seiner Wut, seinen zerrissenen Kleidern, von den Schlägen, den blauen Flecken, den Pflastern. Doch sobald er sie nach Léonie oder Ray fragt, verstummt sie.

Georges mag ihn nicht besonders. Er weiß nicht, warum. Aber wenn er ehrlich ist, muss er zugeben, dass er ihn auch nicht besonders mag. Er fragt sich, wieso Georges dieses ganze Unglück zugelassen hat. Wieso hat er nie etwas gesagt? Was ist das bloß für ein Mann? Er gleicht den Männern von Aramil. Jeglicher Widerspruchsgeist ist erloschen. Man weiß nicht mehr, auf wessen Seite er steht.

Während er durch den unterirdischen Gang rennt, schwirren all diese Fragen um ihn herum wie die Fledermäuse, die er aufweckt, wenn er zu dicht an ihnen vorbeiläuft.

Und dann stößt er eine alte Holztür auf, drückt das hohe Gras zur Seite, tritt hinaus an die frische Luft, atmet tief ein und kriecht zu seinem Auto, bevor er den Motor anlässt und davonfährt, tief über das Steuer gebeugt, damit niemand sein Gesicht sieht.

Richtung Paris. Seine Berge, wie er es nennt. Paris ist genauso hoch, genauso groß und genauso grausam wie ein Berg. Er lebt am Hang von Montmartre, dem höchsten Hügel von Paris.

Edmond Courtois hat ihm dieses Versteck besorgt. Er hat eine Adresse auf einen Zettel gekritzelt, eine kurze Nachricht geschrieben, sie in einen Umschlag gesteckt und gesagt: »Sie werden dir sagen, was du tun sollst, ihnen kannst du vertrauen. Sprich mit niemandem, Adrian. Und achte darauf, dass du nicht auffällst. Keine Prügelei, keine Frauen, keine Saufereien.«

Stella darf nicht wissen, dass er in Paris wohnt.

Ray darf seine Adresse nicht aus ihr herauspressen.

Er will nicht, dass irgendwann frühmorgens die Bullen vor seiner Tür stehen. Ihn nach Aramil zurückschicken, zu dem Schlamm, den Bretterzäunen, der grauen Sonne.

Dann würde er den ganzen Weg noch einmal zurücklegen müssen.

Und er weiß nicht, ob er dazu die Kraft hätte.

Andere Erinnerungen kommen ganz beiläufig daher. Ganz unauffällig. Es gibt keine Schreie, keine Schläge. Und doch sind sie manchmal grausamer als die anderen.

Léonie entziffert sie mit der düsteren Gier eines Detektivs, der sich auf der richtigen Spur weiß.

Das Pendel des Metronoms zerschneidet die Luft, rechts-links, links-rechts. Sie hofft inständig, niemand möge jetzt ihr Zimmer betreten. Ihre Finger verkrampfen sich um das hölzerne Gehäuse, vor dem die Nadel hin und her schwingt. Um nichts in der Welt würde sie es loslassen.

Sie spürt, dass ihr Schicksal davon abhängt, dass in diesem Moment die Weichen für einen Teil ihres Lebens gestellt wurden.

Eva de Bourrachard ist in ihrem Zimmer im ersten Stock des Schlosses. Die Kinder haben sich in einer Ecke neben der Frisierkommode zusammengekauert und beobachten sie, ohne sich zu rühren. Léonie muss etwa sieben Jahre alt sein, André zwölf. Ihr Haar wird von einer rot-blauen Spange zusammengehalten, und sie trägt weiße Sandalen. Ein offener Koffer liegt auf dem Bett. Ihre Mutter wirft wahllos Kleidungsstücke hinein, als wäre sie auf der Flucht, als würde sie verfolgt. Sie gerät in Panik, regt sich auf, dann lässt sie sich auf die Tagesdecke fallen und hält sich den Kopf.

Steht wieder auf, hastet erneut kopflos durch das Zimmer.

Suzon versucht, Ordnung zu schaffen. Sie faltet ein Kleid, eine Kostümjacke, einen Rock und Unterwäsche, die André ab und zu mit rascher Geste wegnimmt und in seine Tasche steckt. Léonie sieht ihn, und er wirft ihr einen drohenden Blick zu, damit sie stillhält.

»Fahren Sie schon wieder weg, Madame?«, fragt Suzon, während sie den Kragen einer weißen Bluse glatt streicht. »Wann kommen Sie denn zurück?«

»Ich weiß es nicht, Suzon, frag mich nicht danach. Ich habe keine Kraft, auf deine Fragen zu antworten. Hast du meine Haarbürste gesehen, die mit dem Perlmuttrücken?«

»Sie muss auf Ihrer Frisierkommode liegen …«

»Da ist sie nicht mehr. Mein Gott, ich verliere alles, ich bin zu nichts nütze! Such sie für mich, Suzon, ich mag sie so gern.«

Suzon lässt für einen Moment von dem Koffer ab, geht ins Badezimmer und kommt mit der Bürste in der Hand zurück.

»Sie hatten sie auf dem Waschbecken liegen lassen.«

»Siehst du, ich bin zu nichts nütze«, wiederholt sie, während sie nach der Bürste greift. »Und meine weiße Perlenkette, wo ist die?«

»In der Schmuckschatulle, Madame.«

»Bist du sicher?«

»Ja, Madame.«

André und Léonie beobachten, wie sich ihre Mutter einmal im Kreis dreht, plötzlich erstarrt und die Hände an ihre Schläfen hebt. Sie blickt auf und bemerkt sie.

»Was macht ihr denn da, Kinder? Bleibt nicht hier. Geht raus, spielt woanders …«

André macht einen Schritt auf sie zu und steckt die Hände in die Taschen seiner kurzen Hose. Es ist Sommer. Er trägt ein kurzärmeliges Hemd und Espadrilles. Léonie steht hinter ihm. Sie wartet darauf, dass er etwas sagt. Dass er die drei Worte sagt, die sie aufhalten könnten. Sie ist bereit, sie ihm ins Ohr zu flüstern, wenn er nicht selbst darauf kommt.

»Fahr nicht weg, Maman. Fahr nicht weg.«

»Du bist lieb, mein Schatz. Du solltest aufhören, dich wie ein kleiner Junge anzuziehen, dafür bist du mittlerweile zu alt. Das sieht lächerlich aus.«

»Fahr nicht weg.«

Suzon hört, was André sagt, und faltet die Hände vor ihrem üppigen Busen. Sie rührt sich nicht mehr, atmet nicht mehr. Nichts soll das Flehen des Jungen unterbrechen.

»Suzon«, sagt Eva de Bourrachard, »denk daran, ihm Kleider zu kaufen, die seinem Alter entsprechen. Er ist jetzt zwölf, er kann lange Hosen tragen.«

»Die Hosen sind mir so was von egal. Ich will, dass du hierbleibst«, schimpft André und stampft mit dem Fuß auf.

»Ist er nicht süß, wenn er wütend wird?«, ruft seine Mutter lachend. »Er will Angst machen, so wie alle hilflosen Männer.«

»Hören Sie auf ihn, Madame«, fleht Suzon. »Die Kinder brauchen Sie.«

»Niemand braucht mich, Suzon. Ob ich da bin oder nicht, ist vollkommen einerlei. Sie werden mich vergessen. Wie sagt mein Mann doch immer?«

Sie versucht sich die Worte ihres Gatten in Erinnerung zu rufen. Legt einen Finger an ihre Lippen, damit die anderen still bleiben, zieht die Nase kraus, runzelt die Stirn und ruft schließlich: »Eva-siv! Ich bin evasiv. Ausweichend, flüchtend. Weißt du, Suzon, er hat recht.«

»Aber Ihre Kinder, Madame, sie sind doch noch klein.«

»Ohne mich werden sie ein besseres Leben haben. Sieh sie dir doch an. Nicht einmal sie habe ich ordentlich hingekriegt! Dich, André, kann man kaum als Jungen bezeichnen, und dich, Léonie, kaum als ein Mädchen. Meine armen Kleinen, irgendwann werdet ihr es verstehen, alles, was ich anfasse, verkümmert.«

»Oh, Madame!«, ruft Suzon. »So etwas dürfen Sie nicht sagen.«

»Es ist die Wahrheit. Und wieso sind sie überhaupt hier? Sie haben in meinem Zimmer nichts zu suchen. Los, geht anderswo spielen. Los …«

Mit einem Wink scheucht sie sie fort, dann dreht sie sich zu Suzon um und betrachtet ihren Koffer.

»Und meine Tagescreme?«

»In Ihrem Beautycase.«

»Mein Eau de Cologne?«

»Auch da.«

»Danke, Suzon. Was soll ich nur ohne dich machen?«

Da hört Léonie, wie eine Tür zuschlägt.

Es ist André, der das Zimmer verlassen hat. Der Knall hallt wie ein Donnerschlag durch die Schlossflure. Die Mauern erzittern, und die Stiche scheinen aus ihren Rahmen zu gleiten.

Léonie bleibt im Zimmer, wie eine Bettlerin wartet sie auf eine zärtliche Geste, senkt den Kopf, damit eine liebevolle Hand sich darauflegen kann.

Die Tür wird erneut geöffnet, und ihr Vater erscheint auf der Schwelle. Im Hausrock. Einem granatroten Samtrock mit goldenen Knöpfen. Er trägt ein seidenes Halstuch und hat eine gefaltete Zeitung unter dem Arm.

»Was ist denn hier schon wieder los? Wer hat da mit der Tür geknallt?«

»Das war ein Luftzug …«, antwortet Suzon.

Ihr Vater bemerkt den Koffer auf dem Bett.

»Ach! Sie verreisen wieder, meine Liebe. Das ist ganz offensichtlich eine Manie von Ihnen. Einfach un-fass-bar! Sie halten es nie lange an einem Ort aus. Léonie, was machst du hier? Geh in dein Zimmer und spiel da. Diese Kinder sind ganz offensichtlich nicht erzogen. Suzon, sagen Sie mir Bescheid, wenn das Abendessen serviert ist, ich bin in der Bibliothek.«

Léonie hört, wie sich die Schritte ihres Vaters durch den Flur entfernen, ihr Blick richtet sich wieder auf ihre Mutter, die wie benommen ihren Koffer schließt, ihr Beautycase und ihre Handschuhe nimmt und Suzon bittet, Georges auszurichten, er solle das Auto für sie bereithalten, ihr Zug gehe um achtzehn Uhr fünfzig vom Bahnhof in Sens.

Stella parkt ihren Lkw vor dem Tor zum Schrottplatz. So braucht sie nicht zu wenden und kann sofort losfahren, um irgendwo neue Ware abzuholen. Sie weist die Hunde an, auf der Ladefläche zu warten. Sie hat sich verspätet. Tom ist wieder eingeschlafen, nachdem sie ihn geweckt hatte, und konnte nicht einmal mehr frühstücken, bevor sie ihn zur Schule fahren musste. Als sie sich vorbeugt, um ihren Helm und die Arbeitshandschuhe aus dem Fußraum zu nehmen, bemerkt sie Turquet und Jérôme, die am Schalter der Warenannahme in ein lebhaftes Gespräch verwickelt sind. Turquet lehnt mit beiden Ellbogen auf dem Betonsims vor der Scheibe, und Jérôme beugt sich zu ihm vor wie ein Kirchgänger bei der Beichte.

Es ist halb neun. Die Waage ist leer. Julie ist sicher in ihrem Büro und legt die Tagespreise für die verschiedenen Sorten Altmetall fest: Kupfer, Warmwasserbereiter, Offsetplatten, Messing, Bronze, Aluspäne, Blei, Zink, Edelstahl, Alukabel, Kupferkabel, Batterien, Katalysatoren, gusseiserne Motoren … Jeden Morgen muss sie die Tarife anpassen.

Houcine und Boubou sind in der Halle. Sie sortieren und schreddern.

Stella bleibt hinter dem Steuer geduckt sitzen und beobachtet die beiden Männer. Sie wagt nicht, sich zu rühren oder ihr Fernglas zu nehmen. Turquet bewegt kaum die Lippen, und Jérômes Mund sieht sie nur von der Seite. Sie versucht, von ihren Lippen abzulesen, was sie sagen, aber sie ist zu weit weg und erkennt nur einzelne Satzfetzen.

Ray hat gesagt …

Glaubst du wirklich …

Schöne …

Das macht ihn wahnsinnig.

Keine Ahnung, wo er sich versteckt …

Weißt du nicht …

Hätte ihm helfen können …

Ehrensache …

Wenn alle mithelfen …

Bestimmt in Paris.

Langer Arm.

Obwohl sie sich konzentriert und alles andere ausblendet, gelingt es ihr nicht, ganze Sätze zu rekonstruieren.

Sie beschließt auszusteigen, packt ihren Helm und ihre Arbeitshandschuhe und geht auf die beiden Männer zu. Wie lautete noch mal der Satz, den jemand in Julies Buch geschrieben hatte? »Du Schöne, mir verloren, durch deren Blick ich jählings neu geboren, dein Ziel ist mir und dir das meine unbekannt.« War das womöglich eine verschlüsselte Nachricht von Jérôme? Für wen war sie bestimmt? Weil ich alles und jeden verdächtige, galoppieren Bisons kreuz und quer durch meinen Kopf.

Jérôme bemerkt sie, winkt ihr zu und lächelt. Er wirkt aufrichtig. Turquet wendet ihr demonstrativ den Rücken zu.

»Gibt's ein Problem, Turquet?«, fragt Stella und stellt sich direkt hinter ihn.

»Nein. Alles in Ordnung«, antwortet Jérôme. »Er hat mir gerade erzählt, dass bei der Bahn Metall gestohlen worden ist und die Gendarmen hier vorbeischauen werden.«

»Zu freundlich von ihm!«, spottet Stella. »Und er will uns warnen. Das ist ja was ganz Neues! Hat dich irgendwas gestochen, Shrimp?«

»Leck mich, Stella!«, knurrt Turquet, ohne sich umzudrehen.

»Sieh zu, dass du verschwindest.«

»Du solltest lieber gehen«, mischt sich Jérôme, an Turquet gewandt, ein.

»Sieht nicht gut aus für dich, Shrimp«, fährt Stella fort. »An deiner Stelle würde ich mir Sorgen machen …«

»Willst du mir drohen?«, erwidert er, dreht sich um und richtet einen Finger auf sie.

»Ganz genau. Soll ich deiner Erinnerung auf die Sprünge helfen? ›100% Turquet.‹ Sagt dir das nichts?«

»Blöde Schlampe!«

»Tolles Argument! Ich habe gegen dich noch mehr in der Hand. Du wirst dafür bezahlen, und zwar nicht zu knapp. Und jetzt hau ab.«

»Verpiss dich. Ich unterhalte mich gerade mit meinem Kumpel.«

»Ach, das ist dein Kumpel?«, wendet sich Stella an Jérôme.

Jérôme lächelt verlegen und wiegt den Kopf hin und her, um anzudeuten, dass er nichts sagen könne.

»Ich zähle bis drei«, sagt Stella, »und wenn du dann nicht weg bist, hetze ich meine Hunde auf dich. Du weißt doch noch, wie die sich freuen, dich zu sehen?«

Turquet zuckt mit den Achseln.

»Das war das letzte Mal, du blöde Schlampe«, knurrt er, dann wirft er Jérôme noch einen Blick zu und macht sich davon.

»Dein Kumpel hat ja eine Ausdrucksweise«, sagt Stella.

»Er ist nicht mein Kumpel …«, verteidigt sich Jérôme.

»Was wollte er dann hier? Hat er mit dir geflirtet?«

»Nein, das habe ich dir doch schon gesagt. Er war hier, um mir wegen des Diebstahls Bescheid zu sagen.«

»Dafür saht ihr aber ziemlich innig aus.«

»Ich konnte ihn ja schlecht vom Hof jagen.«

»Doch, das konntest du. Ich will ihn hier nicht sehen.«

»Hör auf, Stella. Du übertreibst.«

»Ich übertreibe nicht, Jérôme, er hat meine Mutter halb tot geprügelt.«

»Schon gut, schon gut … Er kommt nicht mehr her, versprochen.«

Stella schaut ihn an und fragt sich erneut, auf welcher Seite er steht.

Sie geht hoch in Julies Büro.

Julie hebt den Kopf von ihren Unterlagen und streckt sich.

»Alles klar?«

»Geht so«, antwortet Stella. »Ich bin unten Turquet begegnet.«

»Was wollte der denn hier?«

»Er und Jérôme haben die Köpfe zusammengesteckt. Anscheinend ist bei der Bahn Metall gestohlen worden, und die Gendarmen wollen bei dir vorbeischauen.«

»Ich weiß. Die kommen mittlerweile jeden Tag! Demnächst verbringe ich noch meine komplette Arbeitszeit damit, aufzupassen, dass mir nicht jemand heimlich eine geklaute Schiene untergejubelt! Ich habe langsam echt die Nase voll.«

»Ich will nicht, dass er hier rumlungert, Julie. Das ertrage ich nicht. Das geht über meine Kräfte.«

»Vielleicht haben die ihn vom Rathaus aus hergeschickt …«

»Das ist mir egal. Sag Jérôme, er soll ihn wegschicken, wenn er noch mal hier auftaucht. Sonst bringe ich ihn um …«

Stella ballt die Fäuste und zittert vor Wut.

»Ich rede mit ihm, Stella. Nicht weinen.«

»Ich weine nicht, ich habe Angst, dass ich mich nicht beherrschen kann. Wer soll sich dann um Tom kümmern?«

»Hör auf, Stella, hör auf!«

Stella wischt sich mit dem Ärmel über die Augen.

»Was gibt es heute zu tun?«

»Du musst eine Ladung Autobahnleitplanken abholen. Ich habe die Herkunft überprüft, alles in Ordnung. Die verkaufen sie, weil sie fehlerhaft sind. Aber kontrolliere lieber trotzdem noch mal nach. Es fehlte gerade noch, dass man uns wegen Handels mit gestohlenen Leitplanken drankriegt! Darauf wartet Ray ja nur!«

»Okay. Wo muss ich hin.«

»Geht es wieder? Bist du sicher?«, fragt Julie, während sie die Adresse auf einen Zettel schreibt. »Bist du eigentlich mit meinem Buch durch?«

»Heute Abend. Wir sind fast am Ende. Morgen bringe ich es dir zurück …«

»Nicht, dass ich dir nicht vertrauen würde, aber …«, sagt Julie errötend.

»Ich weiß.«

Stella will sie schon nach dem rätselhaften Satz fragen, doch dann überlegt sie es sich anders, verlässt das Büro, setzt ihren Helm auf und zieht die Handschuhe wieder an. Julie achtet streng auf die Einhaltung der Sicherheitsvorschriften: Niemand darf sich ohne Helm auf dem Gelände bewegen, und seien es nur zehn Meter.

»Stella!«, ruft Julie hinter ihr her, als Stella schon die Treppe hinabrennt.

»Was ist?«, fragt Stella und bleibt stehen.

»Fast hätte ich es vergessen: Violette ist wieder da!«

Stella macht kehrt und öffnet die Tür zu Julies Büro.

»Violette Maupuis?«

»Ja. Sie hat mich gestern Abend angerufen. Sie wollte mir nicht sagen, warum sie zurückgekommen ist, aber ich habe mit Bruno gesprochen, du weißt schon, dem Bahnhofsvorsteher, wegen dieser Sache mit dem geklauten Metall … Anscheinend hatte sie so viel Gepäck dabei, dass sie es kaum tragen konnte. Er hat noch nie jemanden mit so vielen Koffern gesehen.«

»Das heißt, sie zieht wieder her?«, fragt Stella. »Als ihre Eltern gestorben sind, ist sie nicht mal vierundzwanzig Stunden geblieben, und jetzt kommt sie zurück? Für immer?«

»Möglich. Mir gegenüber hat sie jedenfalls das Gegenteil behauptet. Sie hat geschworen, dass sie nicht die Absicht hätte, hier in diesem Kaff zu versauern.«

»Sie ist in Paris kein Star geworden. Weißt du noch? Das hatte sie uns doch angekündigt.«

»Ja, sie hat sogar gesagt, dass wir nur den Fernseher einzuschalten bräuchten, wenn wir wissen wollten, wie es ihr geht.«

»Tja, und dann ist sie doch nicht berühmt geworden. Das muss man heutzutage erst mal schaffen.«

Die beiden jungen Frauen lächeln, und ihre Blicke werden wärmer.

Julie greift nach einer großen silbernen Schraubenmutter und lässt sie in ihrer Hand hüpfen. Stella erstarrt: Wenn Julie mit Metallteilen spielt, heißt das, sie ist nervös. Will nicht mit der Sprache heraus.

»Da ist nur etwas komisch, Stella ...«

»Was?«

Verlegen senkt Julie den Kopf.

»Ich weiß nicht, ob ich dir das überhaupt erzählen soll ...«

»Mach schon, ich bin auf alles gefasst.«

»Ray hat sie vom Bahnhof abgeholt.«

»Ray?«

»Ja. Anscheinend hat er ihr komplettes Gepäck geschleppt. Und dann ist sie in sein Auto gestiegen ...«

Geistesabwesend liest Stella ihrer Mutter abends das Ende des Buches von Joséphine Cortès vor. Die Geschichte von *My little boy* ist ihr herzlich egal, sie sieht wieder Turquet und Jérôme vor sich, wie sie auf dem Schrottplatz die Köpfe zusammenstecken, denkt an Violette und Ray. Trotzdem bemüht sie sich, nicht allzu monoton zu lesen. Der Junge hat seine große Liebe verloren, Cary Grant ist nach Amerika zurückgeflogen und hat ihm einen Abschiedsbrief dagelassen. Er hatte nicht den Mut, ihm ins Gesicht zu sagen, dass er abreisen würde. Dem Jungen zerreißt es das Herz. Ziellos läuft er durch die Straßen. Sein ganzes Wesen gleicht einem Arm, der sich nach einem unsichtbaren Mann streckt. Einem Mann, der ihn vergessen hat.

Léonie seufzt.

»Er also auch ...«

»Er auch was?«, fragt Stella und hebt den Kopf von der letzten Seite. »Warum bist du so unruhig, Maman?«

»Er wurde auch verlassen ...«

»So ist das Leben, Maman, das kommt vor.«

»Ich weiß. Aber es ist trotzdem traurig.«

Sie wirkt genauso verzweifelt und verloren wie die Figur in dem Buch.

»Das ist nur ein Roman«, beharrt Stella, »eine erfundene Geschichte.«

»Eine Geschichte wie im echten Leben. Das Buch hat mir gut gefallen. Ist es schon zu Ende?«

»Ja. Jetzt fehlt nur noch die Danksagung der Autorin. Aber die können wir vielleicht weglassen ...«

Sie möchte so schnell wie möglich zurück zu Tom. Nicht dass Turquet auf die Idee kommt, einen Abstecher zum Bauernhof zu machen. Sie hat die Hunde dort gelassen, das beruhigt sie ein wenig.

»Nein, lies sie mir vor. Vielleicht schreibt sie ja noch, was danach aus dem Jungen geworden ist ... Manchmal erzählen Autoren, was aus den realen Vorbildern wurde, die sie zu ihren Figuren inspiriert haben.«

Stella nimmt das Buch wieder auf und liest:

»Ich widme dieses Buch meinem Vater, Lucien Plissonnier. Er starb am 13. Juli 1977, während im ganzen Land Knallfrösche und Feuerwerke gezündet wurden. Da war er vierzig Jahre alt. Er war ein guter, zärtlicher, aufrechter und großzügiger Mann, er war mein Papa, und ich liebte ihn. Er hat mir die Kraft geschenkt zu leben, die Kraft, alle Hindernisse zu überwinden, die Kraft zu schreiben, die Kraft, der Mensch zu werden, der ich heute bin. Ich war erst zehn Jahre alt, als er starb, aber er hat mich für immer geprägt.

Außerdem danke ich ...«

Stella wird von einem Schluchzen unterbrochen, einem entsetzlichen, herzzerreißenden Klagelaut. Léonie hat die Arme um ihren Oberkörper geschlungen und weint.

»Lucien«, keucht sie, »Lucien, Lucien.«

Stella lässt das Buch sinken und sieht sie verblüfft an.

»Kanntest du ihn?«

»Oh, mein Liebes, mein Liebes ...«

»Du kanntest ihn.«

»Es tut weh. Es tut so weh. Ich wusste nicht, dass es immer noch so wehtun kann …«

»Aber du hast mir nie von ihm erzählt. Niemals.«

»Das konnte ich nicht … Oh, es tut so weh! Ich will auch sterben.«

Sie schlägt auf ihren Gips ein, stößt die Tischplatte weg. Wirft ein Bein aus dem Bett, versucht aufzustehen. Stella hält sie fest, zwingt sie, sich wieder hinzulegen, und zieht Laken und Decke über sie. Sie legt ihr das heruntergerutschte rosa-weiße Bettjäckchen um die Schultern und nimmt sie fest in die Arme.

»Was ist zwischen dir und diesem Mann vorgefallen, Maman?«

Léonie antwortet nicht. Sie ist in sich zusammengesunken, weint still in sich hinein, und ihre Finger umklammern den Saum ihres Jäckchens.

»Du kannst mir alles sagen, Maman, alles.«

»Oh, Stella …«

»Erzähl mir davon.«

»Er war so gut, so sanft, und ich habe mich immer gefragt, warum er … Dieses Schweigen passte gar nicht zu ihm, und es hat so furchtbar wehgetan.«

»Dann hast du ihn also gekannt? War er ein wichtiger Mensch in deinem Leben?«

»Ja.«

Léonie wagt kaum zu sprechen. Sie blickt zur Zimmertür, als würde Ray sie jeden Moment aufreißen und sich auf sie stürzen. Zitternd weicht sie dem Blick ihrer Tochter aus.

»Wart ihr befreundet?«

»Ja.«

»Ein bisschen mehr als nur Freunde?«

Léonie nickt.

»Ein Liebespaar?«

Léonie hüstelt. Ihr Gesicht läuft rot an, und sie wendet sich ab. Und in ihrem Hals erklingt wieder das leise Geräusch rasselnder Knöchelchen.

»Hattest du einen Liebhaber, Maman?«

Stella lässt ihre Mutter nicht aus den Augen, und in ihrem Kopf überstürzen sich die Worte: Maman, ein Liebhaber, ein Liebhaber, Maman! Sie fasst sich wieder, schluckt, nimmt die Hände ihrer Mutter in ihre eigenen und befragt sie geduldig.

»Wann war das?«

»…«

»Sag es mir, Maman, erzähl mir davon. Und senk nicht den Blick. Das ist keine Schande.«

»…«

»Sag es mir. Das ist wichtig.«

Léonie starrt auf einen Punkt am Boden. Sie kann nicht zu Stella sprechen. Sie spricht zu einem Fleck auf dem Fußboden. Einem schwarzen Striemen, den ein Absatz auf dem gelben Bodenbelag zurückgelassen hat.

»Ray war nach Spanien geflogen«, sagt sie mit der schuldbewussten Stimme eines kleinen Mädchens, »in die Region von Alicante, um der spanischen Feuerwehr bei der Bekämpfung von Waldbränden zu helfen. Er hatte sich freiwillig dafür gemeldet. Ursprünglich sollte er zwei Wochen weg sein. Doch dann ist er zweieinhalb Monate geblieben.«

Sie verstummt erschöpft. Atmet tief durch. Ihr Blick konzentriert sich sofort wieder auf den Fleck.

»Du warst allein«, fährt Stella fort, »und du bist ihm begegnet. Du bist ihm zufällig begegnet, und dann habt ihr euch wiedergesehen …«

»Ja«, flüstert Léonie.

»Anfangs hat es euch gereicht, miteinander zu reden. Ihr habt nichts anderes gemacht, und dann … seid ihr euch nähergekommen.«

»Ja, wir sind uns nähergekommen.«

»Und eines Tages verspürtet ihr den Wunsch, euch zu küssen. Und ohne zu wissen, wie es kam, habt ihr euch geküsst …«

»Es war abends. Fernande hatte mich zum Supermarkt geschickt, um Milch und Speckwürfel zu kaufen. Sie wollte eine Quiche backen. Ich musste rennen, weil der Laden gleich zumachen würde, und da war er. Ich bin mit voller Wucht in ihn hineingelaufen. Wie bei einem Unfall …«

»Und nach diesem ersten Kuss habt ihr euch wiedergesehen …«

»Später haben wir uns immer verabredet.«

»Und was war mit Fernande? Ließ sie dich einfach so gehen?«

Da huscht ein schlaues Lächeln über Léonies Gesicht, das Lächeln einer verliebten Frau, die tausend Wege ersinnt und nicht vor Lügen und Ausflüchten zurückschreckt, um zu ihrem Geliebten zu gelangen. Das Lächeln einer jungen Frau, das sich über das faltige Gesicht legt und dort Erinnerungen heraufbeschwört, wie bebende Ahnungen von Jugend.

»Du hast ihn wiedergesehen, und ihr habt euch geliebt?«

Léonie hebt den Kopf. Ihr Gesicht erstrahlt in einem alten Glück, das zurück an die Oberfläche drängt.

»Oh, ja! Wir haben uns geliebt.«

»Und zum ersten Mal in deinem Leben warst du glücklich.«

»Ich schaute zum Himmel auf und sagte Danke. Danke.«

Léonie lächelt immer noch. Mit der freien Hand streicht sie sich kokett eine weiße Strähne hinters Ohr, und ihre blauen Augen wirken, erfüllt von diesem glücklichen Leuchten, noch größer als sonst.

»Lies mir noch einmal die Stelle vor, an der sie über Lucien redet«, bittet sie.

Stella nimmt das Buch wieder in die Hand, liest die Passage ein weiteres Mal. »Noch einmal«, flüstert Léonie, »noch einmal.« Stella gehorcht.

»13. Juli«, wiederholt Léonie mehrmals, »13. Juli, 13. Juli, also darum ist er …«

»Hat er dir Kirschtupfer geschenkt?«

»Ja.«

»Wann war das, Maman?«

»1977. Mai, Juni 1977.«

»Du warst seit sechs Jahren verheiratet«, sagt Stella, und ihre Stimme klingt mit einem Mal sehr nüchtern.

Ein Gedanke regt sich in ihrem Kopf. Sie schluckt, und der Gedanke wird konkreter.

»Du warst seit sechs Jahren verheiratet, und du hattest noch immer kein Kind …«

Ray Valentis Worte in dieser ersten, grauenvollen Nacht. Ray Valentis verzerrter Mund, der ihr zuzischte: Ich bin nicht dein Vater, so! Hast du's endlich kapiert, oder brauchst du eine schriftliche Erklärung? Das letzte Puzzleteil schiebt sich in die Lücke. Passt. Klack. Das Offensichtliche ist nicht mehr zu übersehen. Und der Schmerz zerreißt ihren Bauch. Beim nächsten Mal ziehst du ein hübsches Nachthemd an, okay? Ich kaufe dir eins. Ein hübsches Nachthemd, damit Ray seinen Spaß mit dir haben kann. Wollen wir nicht ein wenig Spaß miteinander haben? Ich kenne unglaublich lustige Spiele. Ich bin überhaupt nicht dein Vater. Also darf ich auch mal ran …

Ich bin nicht dein Vater. Ich bin nicht dein Vater.

Ihre Augen verdunkeln sich in altem Zorn. Am liebsten hätte sie ihre Mutter angeschrien: Und du hast mich nicht beschützt! Du hast mich nicht beschützt! Sie zieht ihre Hände zurück und steht auf. Tritt ans Fenster, schaut hinunter auf den Parkplatz. Sie hat vergessen, das Fenster auf der Fahrerseite hochzukurbeln. Jemand könnte sich in die Kabine beugen und ihr Fernglas stehlen. Die Papiere aus dem Handschuhfach. Sogar den ganzen Lkw, wenn er möchte … Die Messerstiche in ihrem Bauch, ihre Mutter, die alles geschehen lässt, ihre Mutter, die morgens beim Frühstück den Blick senkt, Ray Valenti, der nachts in ihr Zimmer kommt, sooft ihm die Lust in den Unterleib fährt. Ihre Mutter wusste Bescheid. Sie wusste Bescheid, und sie hat sie nicht beschützt.

Sie schlingt die Arme um ihren Oberkörper und wiegt das kleine Mädchen jener Nächte. Am liebsten würde sie alles hinter sich lassen, ihre Mutter, dieses ganze Elend. Einfach weggehen.

»Nicht, Liebes!«

Léonie schreit, um ihre Tochter am Denken zu hindern. Sie will etwas sagen, als Stella ihr mit tonloser Stimme zuvorkommt: »Ich bin 1978 geboren. Im März 1978. Und wenn ich richtig rechne …«

Ihre Mutter nickt.

»Hast du ihn wenigstens geliebt? War es eine richtige Liebesgeschichte?«

»Ja«, sagt Léonie leise.

»Dann … ist er mein Vater?«

»…«

»Er ist mein Vater. Ich weiß es. Aber ich möchte es einmal, ein einziges Mal aus deinem Mund hören. Ich möchte Worte hören, die etwas aussagen, und nicht Worte, die Dinge verschleiern. Davon verschwimmt alles. Und ich bin diesen Nebel leid.«

Was bringt es, Worte auszusprechen, um doch nichts zu sagen? Man kann ganze Leben verschwinden lassen, indem man die nötigen Worte nicht sagt. Worte, die wir zurückhalten, fesseln uns, aber die, die wir laut aussprechen, machen uns frei. Und stark. Ich kämpfe gegen Geister, die die Stille bevölkern. Ich will sie einfangen, und jedes Mal entwischen sie mir und schnüren die Fesseln um meine Füße noch enger.

»Ja. Es ist Lucien Plissonnier.«

»Dann habe ich einen Vater. Einen richtigen.«

Ich habe einen Vater, wiederholt Stella, ich habe einen Vater. Und es ist nicht Ray Valenti. Mit dem habe ich nichts zu schaffen. Mein Vater heißt Lucien Plissonnier. Dieser Mann, den ich nicht kenne, hat mich erlöst.

Und mit einem Mal fällt der Zorn von ihr ab. Oder, besser gesagt, sie lässt ihn fallen wie ein altes, verschlissenes Kleidungsstück. Sie dreht sich um und betrachtet die weiße Gestalt auf dem

Bett. Die Halskrause, das gebrochene, eingegipste Bein, die violetten Adern unter der Haut, die Blutergüsse, die allmählich verblassen und blaugraue Flecken bilden, die knochigen Mumienhände. Was hätte sie schon tun können? Was hätte sie denn gegen Rays Gewalt ausrichten können?

Und wieder spürt sie, wie eine ungeheure Zärtlichkeit sie durchströmt.

»Maman, du ahnst ja nicht …«

Léonie hebt den Kopf und sieht ihre Tochter an.

Stella streckt die Hand nach ihr aus. Léonie ergreift sie und drückt sie mit der ganzen Kraft der Genesenden.

»Er war ein wunderbarer Mann, Stella. Dein Vater war ein wunderbarer Mann.«

»Ich habe einen Vater. Ich habe einen Vater.«

Dann runzelt Stella die Stirn.

»Weiß Ray Valenti Bescheid?«

»Ja, er weiß, dass du nicht seine Tochter bist, aber ich habe ihm nie gesagt, wer es war. Ich habe behauptet, er sei gestorben. Dass ich es aus der Zeitung erfahren hätte. Aus der Zeitung?, hat er gebrüllt. Was hatte der Kerl in der Zeitung zu suchen? War er so was Besonderes? Er war der Einzige, der das Recht hatte, seinen Namen in der Zeitung zu lesen.« Sie seufzt. »Ich habe gesagt, ich hätte die Todesanzeige im *Figaro* gesehen. In einer alten Ausgabe, die ich zum Kartoffelschälen genommen hätte.«

»Und er war damit einverstanden, dass du mich behältst?«

»Er war heilfroh darüber, dass ich schwanger war. Er selbst konnte keine Kinder zeugen. In Saint-Chaland nannten ihn die Leute hinter seinem Rücken Hohlsack. Das war ihre Rache. Sie rächten sich an ihm, und sie rächten sich für ihre eigene Schwäche.«

»Ich weiß. Ich weiß das alles schon lange. Es erstickt mich. Ich glaube, ich brauche frische Luft.«

Stellas Seufzen endet in einem langen Gähnen. Sie hat keine Kraft mehr.

»Tom wartet auf mich. Kann ich dich allein lassen? Wird es gehen?«

Léonie nickt schweigend.

»Kann ich das Buch noch ein bisschen behalten?«

»Ja«, sagt Stella, »wenn du willst.«

Léonie dreht es um und betrachtet das Gesicht von Joséphine Cortès. Liest den Text auf der Rückseite. Denkt einen Moment nach und sagt dann mit leiser, brüchiger Stimme: »Das ist deine Schwester. Deine Halbschwester …«

»Ja«, wiederholt Stella, als beträfe sie das noch nicht.

»Er hatte mir gesagt, dass er nicht frei sei. Er wollte mich nicht anlügen. Er hatte auch gesagt, dass er eines Tages frei sein würde, und dann … Wir hatten nicht genug Zeit. Das Leben wollte nicht, dass es geschieht. Ich habe auf ihn gewartet. Das hat mich aufrecht gehalten. Die Hoffnung, dass er irgendwann zurückkommen würde. Und du … Ich habe immer davon geträumt, dass wir eines Tages alle drei zusammen sein würden.«

Sie ist wieder kurz davor, in Tränen auszubrechen. Stella steht auf.

»Ich muss gehen. Ich komme morgen wieder. Hast du deine Schlaftabletten genommen?«

»Ich nehme sie gleich. Geh nur … Lass mich. Ich muss jetzt auch allein sein.«

Verwundert sehen sie sich an. Mit einem scharfen Schnitt haben sie sich voneinander gelöst. Wie siamesische Zwillinge, die von einem geschickt geführten Skalpell getrennt wurden. Nun muss jede von ihnen ihren eigenen Platz finden.

Sie schweigen. Lächeln sich zärtlich an.

Und dieses Lächeln treibt sie weiter auseinander.

Sie werden nie wieder dieselben sein.

Sie haben über die Missgunst triumphiert.

Auf dem Parkplatz scheint alles Leben stillzustehen.

Kein Fußgänger, kein Auto, das mit einer schwarzen Auspuffwolke einparkt oder losfährt, nicht der geringste Windhauch. Die Tage werden länger, und die Sonne scheint noch, halb verborgen hinter den hohen Mauern des Krankenhauses. Man sieht nur ihre Strahlen, die wie die roten Arme einer Vogelscheuche dahinter hervorkommen.

Ein Hauch von Unbeschwertheit liegt in der Luft, ein zarter, duftender Vorgeschmack auf den Frühling.

Stella setzt sich auf ein Betonmäuerchen und wartet auf die Dunkelheit, die bald anbrechen wird. Mühsam entziffert sie die Uhrzeit an ihrem Handgelenk. Schon wieder zu spät. Tom hat sicher schon gegessen, und Suzon hat ihn ins Bett gebracht. Er hat ein eigenes Zimmer bei den beiden. Über dem Wohnzimmer. Vielleicht sitzt er aber auch noch auf dem Sofa, und sie schauen zu dritt *Thalassa*. Freitags ist *Thalassa*-Abend.

Sie muss nachdenken. Muss sich das Gespräch mit ihrer Mutter Wort für Wort in Erinnerung rufen und es dann beiseiteschieben.

Gleichzeitig verspürt sie das dringende Bedürfnis, sich alles von der Seele zu reden, jemandem von dieser unglaublichen Neuigkeit zu erzählen. Sie hat einen Vater, und er heißt nicht Ray Valenti. Sein Name ist Lucien Plissonnier. Vater von Joséphine Cortès, dieser Schriftstellerin, deren Bücher zu Tausenden verkauft werden und auf den Bestsellerlisten stehen. Meine Schwester, besinnt sich Stella. Ich habe eine Schwester. Eine halbe Schwester, aber immerhin eine Schwester. Vielleicht hat diese halbe Schwester ja auch Kinder … und Tom Cousins und Cousinen.

Sie ist Teil einer Familie, und diese Vorstellung lässt sie vor Zärtlichkeit erschauern. Und vor Angst. Diese Frau, ihre halbe Schwester … Der Erfolg hat sie sicher hochnäsig und reserviert werden lassen. Oder doch großzügig und offen für andere? Auf dem Buch sieht man nur ihr Lächeln, ein bescheidenes, sanftes Gesicht, das im Betrachter den Wunsch weckt, mit ihr zu reden.

Meine halbe Schwester.

Eine Familie.

Sie mustert ihre orangefarbene Latzhose, betastet den dicken dunkelblauen Pullover, lässt ihre Arbeitsschuhe kreisen, schiebt ihren Hut zurück und fährt sich mit einer Hand durch das blonde Haar. Sie nimmt die Beine zusammen und setzt sich hin wie eine Frau von Welt, gerader Rücken, die Ellbogen ordentlich am Körper angelegt. Und es kommt ihr vor, als ließe man sie plötzlich neue Kleider anziehen, als brächte man ihr eine neue Sprache bei, eine neue Weise, sich bei Tisch zu benehmen, ihre Gabel zu halten. Sie fühlt sich linkisch, hilflos und im nächsten Augenblick euphorisch und leicht.

Lucien Plissonnier und Léonie haben sich geliebt. Und ich bin das Ergebnis dieser Liebe. Ich wurde nicht von einem brutalen Kerl gezeugt, der meine Mutter vergewaltigte, wenn ihn die Lust überkam, sondern von einem zärtlichen Mann, der sie liebte, sie respektierte, der ihr im Dunkeln sanfte Koseworte zuflüsterte. Der liebevoll den Leberfleck auf ihrer rechten Schulter küsste. Unsinnige Worte sagte. Liebesworte, die Léonie nicht kannte. Meine kleine Frau, meine süße Verlobte, warte auf mich, ich komme zurück. Das sagen alle Männer, die nicht frei sind. Und ihre Mutter weinte, wenn im Radio Hugues Aufrays Lied lief: »*Dis-moi, Céline, qu'est-il donc devenu, ce gentil fiancé qu'on n'a jamais revu?*«

Sie hatte ihn nie mehr wiedergesehen.

Und er hat nie erfahren, dass er eine Tochter hatte. Wenn er es gewusst hätte …

Sie seufzt, wird unsicher, dann reißt sie sich zusammen. Es bringt nichts, sich zu quälen.

Sie ist nicht Ray Valentis Tochter.

Wenn das kein Befreiungsschlag ist.

Einen Moment lang blinken noch kleine Lichtpunkte am Horizont, dann sieht man nichts mehr auf dem Parkplatz. Die Nacht senkt sich langsam herab, lässt Himmel und Erde verschmelzen.

Es wird kühl, und sie erschauert. Sie steht auf und geht zu ihrem Laster, erst schreitend wie eine elegante Dame, dann entspannt sie sich und kickt mit der Schuhspitze ein Steinchen weg.

Ich habe einen Vater, einen Vater, der nicht mehr da ist, aber auf den ich stolz sein kann.

Und das ändert alles.

Sie öffnet die Lkw-Tür, stellt schwungvoll einen Fuß auf das Trittbrett und bemerkt im Halbdunkel einen Mann auf dem Beifahrersitz. Sie schreckt zurück, dann erkennt sie Edmond Courtois. Er trägt einen grauen Anzug und ein weißes Hemd, dessen oberster Knopf offen steht. Seine Krawatte hängt schief. Er lächelt.

»Keine Angst«, sagt er leise.

Stella zuckt mit den Schultern und setzt sich hinters Steuer.

Sie dreht sich zu ihm um. Wartet darauf, dass er als Erster spricht.

Sie hat für heute Abend genug geredet.

»Du hattest das Fenster offen gelassen …«

»Ich weiß.«

»Ich habe dich gesucht, und da habe ich deinen Lkw auf dem Parkplatz gesehen. Ich dachte mir schon, dass du im Krankenhaus sein würdest.«

Sie legt die Hände aufs Steuer, streckt sich, und ihre Stirn sinkt langsam auf die Hupe hinab.

»Ich bin müde.«

Er begreift, dass sie ihm den Einstieg nicht erleichtern wird. Unruhig rutscht er in seinem grauen Anzug auf dem Sitz herum, die zu enge Weste zwängt seine Körperfülle ein, er spielt mit dem Ende seiner Krawatte.

»Ich muss nach Hause, Monsieur Courtois.«

Er zögert. Rollt die Krawatte zwischen seinen Fingern zusammen.

»Ich war vorhin bei Gerson in der Werkstatt«, setzt er endlich an. »Normalerweise fahre ich nicht dorthin, aber ich musste tanken. Gerson hat sich mit jemandem unterhalten. Darum habe ich selbst getankt. Ich stand also mit dem Rücken zu ihnen und wartete, bis der Tank voll war. Sie haben mich nicht gleich erkannt. Sie sprachen über Ray und deine Mutter. Es war nicht sehr deutlich, aber ich habe sie trotzdem verstanden.«

Er macht eine Pause, damit Stella eine Frage einwerfen kann. Oder sich zumindest aufrichtet und ihn anschaut. Aber sie bewegt sich nicht und wartet reglos ab. Edmond Courtois führt sie zurück in eine Vergangenheit, in die sie keinen Fuß mehr setzen will. Diese Vergangenheit ist widerlich. Sie ist ekelhaft, sie verstümmelt, sie zerstört, und unablässig bemüht sich Stella, ihr Leben wiederaufzubauen, um nicht unter ihr begraben zu werden. Aber der Treibsand verschlingt sie jedes Mal aufs Neue. Sie verlangt vom Leben doch nicht mehr, als dass es sie noch ein paar Minuten glücklich und ruhig hier sitzen lässt. Damit sie sich im Halbdunkel das Gesicht, die Silhouette ihres Vaters vorstellen kann. Und sich Gedanken darüber macht, wie die Geschichte weitergehen soll. Vielleicht macht sie sich auf die Suche nach ihrer halben Schwester. Sie besitzt nicht mehr als ein Bild von ihrem Gesicht. Ein Lächeln auf Glanzpapier. Aber das ist der erste Zipfel eines möglichen Glücks. Wir alle haben irgendwann in unserem Leben das Privileg, den ersten Zipfel des Glücks zu erhaschen. Und wir alle wollen es vorsichtig einfangen und es so lange wie möglich andauern lassen. Denn das ist das Schwierigste daran. Das Glück andauern zu lassen.

»Gerson sagte zu dem Mann, dass Ray stinksauer sei. Duré will Léonie nicht aus dem Krankenhaus entlassen, und Ray hat die Nase voll davon, zu Hause rumzusitzen und den Krankenpfleger zu spielen. Also hat Gerson zu dem anderen gesagt: ›Er will sie entführen, keine Ahnung, wie er das anstellen will, aber er holt sie da raus. Sie liegt schon fast zwei Monate da drin auf der faulen Haut, mittlerweile muss es ihr doch wieder besser gehen, das ist doch alles Quatsch, was die erzählen.‹ Das waren seine Worte, Stella.«

Ich kann nicht mehr, denkt sie, während ihre Stirn immer schwerer auf dem Steuer lastet, sehen Sie nicht, dass ich nicht mehr kann? Was soll ich alleine denn gegen die ausrichten? Jetzt sind Sie mal an der Reihe. Kümmern Sie sich darum. Sie haben jahrelang geschwiegen, also kommen Sie jetzt gefälligst aus der Deckung!

»Da hat der andere Mann gesagt: ›Dann packen wir doch einfach mit an und bringen sie ihm zurück. Wir warten bis heute Nacht und schleichen uns ins Krankenhaus. Keiner kriegt was mit. Weißt du, in welchem Zimmer sie liegt?‹ Gerson hat nicht sofort geantwortet, wahrscheinlich hat er sich zu dem Mann hinübergebeugt, jedenfalls habe ich nichts mehr gehört.«

Stella richtet sich auf, atmet tief aus, umklammert das Steuer und sieht starr geradeaus.

»Und ich will auch nichts mehr davon hören, Monsieur Courtois. Ich will einfach nur zu meinem Sohn und schlafen.«

Vergessen. Mich in dichte Watte flüchten. Die Welt interessiert mich nicht mehr. Sie läuft verkehrt. Ich will mich nicht mehr anziehen, nicht mehr den Lkw beladen, nicht mehr morgens aufstehen, nicht mehr die Tiere füttern, nicht mehr Tom wecken, nicht mehr reden, niemanden mehr sehen, keinen Fuß mehr vor den anderen setzen, nicht mehr die Zähne zusammenbeißen. Nichts mehr tun und einfach abwarten, bis die Welt wieder in ihren Tritt kommt. Ganz egal, wie, Hauptsache, es ergibt einen Sinn. Ich will wissen, in welche Richtung ich gehen soll, will mir sagen können, dass am Ende des Tunnels ein Licht wartet. Ein winzig kleiner Lichtschein.

Langsam dreht sie sich zu Edmond Courtois um und sagt ohne Einleitung: »Ich habe einen Vater, Monsieur Courtois. Ich habe es gerade erfahren. Von meiner Mutter. Er heißt Lucien Plissonnier. Ray Valenti ist nicht mein Vater.«

»Lucien Plissonnier«, sagt Edmond Courtois und spielt noch immer mit dem Ende seiner Krawatte.

»Kannten Sie ihn? Noch etwas, wovon Sie mir nie ein Wort

gesagt haben, obwohl Sie es wussten? Wann hört das denn endlich auf mit all diesen Geheimnissen?«

»…«

»Und in der ganzen Zeit, in der Sie geschwiegen haben, musste ich einstecken. Allein. Mutterseelenallein. Finden Sie das gerecht?«

»Nein. Da hast du recht.«

»Also entweder reden Sie jetzt mit mir, und zwar so, dass ich Sie verstehe, oder Sie steigen aus meinem Laster und halten heute Nacht vor ihrem Zimmer Wache. Erster Stock. Zimmer 144.«

Schweigend zerknautscht er weiter seine Krawatte. Am liebsten würde sie sie ihm aus den Händen reißen und ihm sagen, er solle sie gefälligst ansehen.

»Ich weiß nicht, welche Rolle Sie in der ganzen Sache gespielt haben, ich weiß nur, dass Sie mit Ray Valenti befreundet waren und ihm eines Tages eine heftige Tracht Prügel verpasst haben. Dafür müssen Sie einen guten Grund gehabt haben … Und jetzt ist es an Ihnen, die Geschichte zu Ende zu erzählen.«

Edmond Courtois rollt immer noch das Ende seiner Krawatte zwischen seinen Fingern und scheint nachzudenken. Er hat den Blick gesenkt. Stella steckt den Schlüssel ins Zündschloss.

»Aber Sie haben nicht viel Zeit«, verkündet sie. »Ich muss nach Hause.«

»Gut, ich werde dir alles erzählen. Bist du sicher, dass du es hören willst?«

Sie weiß nicht, ob sie wirklich noch mehr erfahren will, und seufzt.

»Heute ist eindeutig mein Glückstag … Los, raus damit.«

»Einverstanden.«

Er lehnt sich gegen den Sitz, lässt den Kopf nach hinten sinken und spricht mit leiser Stimme, wie bei einer Beichte. Stella sieht den Ehering an seiner linken Hand. Ihr kommt der Gedanke, dass seine Frau Solange auch ein Teil der Geschichte ist, die Edmond Courtois ihr erzählen wird. Sie hat sich immer gefragt, warum er sie geheiratet hat.

»Ja, ich war mit Ray Valenti befreundet. Ich war sein dunkler Spiritus rector. Und ja, ich bin schuld. Was wäre aus ihm geworden, wenn der junge Mann, der ich damals war, ihn nicht ermutigt hätte? Ich weiß es nicht. Aber ich war von seinem Auftreten und seiner Schönheit geblendet.«

»Das ist ein billiges Argument …«

»Doch, Stella, ich scheue mich nicht, es zu sagen. Ray Valenti war ein wundervolles Tier, das alle begehrten, ohne es sich einzugestehen. Wir alle haben dazu beigetragen, diesen verabscheuenswürdigen Mann aus ihm zu machen. Nur wenige konnten ihm widerstehen. Zu seiner Clique zu gehören gab unserem Dasein einen Sinn. Anfangs war er sich dessen gar nicht bewusst. Ich glaube sogar, dass er eine ganze Menge Komplexe hatte. Dein Onkel André hatte ihn systematisch erniedrigt. Er hatte aus ihm den Fußabstreifer gemacht, an dem er sich die Schuhe abwischte. Ray ist mit Demütigungen aufgewachsen. Seine Mutter war Dienstmädchen, sie hatte kein Geld und kratzte jeden Centime zusammen, um sich und ihren Sohn ernähren zu können. Im Winter zitterte er vor Kälte, zog an den Ärmeln seines Pullovers, riss sich die kranken Zähne selbst mit dem Taschenmesser heraus. Irgendwann kam er von einem Tag auf den anderen nicht mehr zur Schule. Er war zum Prügelknaben der Lehrer geworden. Als er dann ein Mann wurde, änderte sich alles. Er spürte das unterwürfige, dunkle Begehren und hat es für sich genutzt und ausgenutzt. Er trieb es immer weiter auf die Spitze, und niemand hielt ihn auf. Ich wollte auf Abstand zu ihm gehen, aber da war es schon zu spät. Denn in der Zwischenzeit war etwas passiert, womit ich nicht gerechnet hatte. Ich hatte mich unsterblich in deine Mutter verliebt. Ich traf mich weiter mit Ray und seiner Clique, um in ihrer Nähe zu sein, mich von ihrer Schönheit wärmen zu lassen. Sie war ätherisch, anmutig, leuchtend. Mich selbst fand ich hässlich und plump. Ich machte mir keine Illusionen. Sie hatte nur Augen für Ray, und selbst als sie während ihres Studiums von anderen Jungen umschwärmt wurde, gab es für sie nur ihn. Sie beeilte sich, nach den Vorlesungen ihren Bus zu erwischen und nach Saint-Chaland zurückzukommen. Sie heirateten, und ich verlor sie aus den Augen. Ich baute mir eine Existenz auf, reiste viel. Ich lebte allein, als Gefangener in meinem eigenen Hamsterrad: Ich wollte um jeden Preis Erfolg haben. Meiner einfachen, provinziellen Herkunft entfliehen, ein Unternehmer werden. Das war das große Ding damals. Schließlich kaufte ich den Schrotthandel und ließ mich in Saint-Chaland nieder. Meine Mutter wurde alt. Ich vergötterte sie. Sie hatte mir so viel Liebe gegeben. Ich fristete mein Dasein zwischen der kleinen Wohnung, die ich in Sens gemietet hatte – nicht zu weit von Saint-Chaland entfernt, um ein Auge auf sie zu haben –, und dem Schrotthandel, den ich ausbauen wollte. Und dann war da noch Léonie. Ich hatte noch nicht alle Hoffnung begraben, auch wenn ich das Gegenteil behauptete. Ich träumte von einer gemeinsamen Zukunft. Sie würde Ray verlassen und zu mir ziehen. Ich wollte mit aller Macht daran glauben. Ich war dumm. Ich war siebenundzwanzig Jahre alt und Junggeselle, aß Brot und Käse auf der Wachstuchdecke des Küchentischs, brachte meine schmutzige Wäsche zu meiner Mutter, arbeitete mich ins Altmetallgeschäft ein und begründete das, was später meinen Erfolg ausgemacht hat. Ich hatte keinen Kontakt zu anderen Leuten, abgesehen von meiner Mutter, meiner Tante, meiner Großmutter und den Leuten auf dem Schrottplatz. Es musste etwa sechs Jahre her sein, seit Ray und Léonie geheiratet hatten, ich lief ihnen ab und zu über den Weg und sah natürlich, wie Léonie immer mehr verkümmerte. Sie war nur noch ein Schatten ihrer selbst, aber ich wollte es nicht wissen. Ich liebte sie noch. Sie anzusehen tat mir weh.«

Er macht eine Pause, lässt seine Krawatte los, legt die beiden großen Hände auf seine Oberschenkel, als müsse er sich abstützen, und sagt: »Und wenn ich ehrlich bin, ich liebe sie immer noch. Wo wir nun mal beschlossen haben, einander die Wahrheit zu sagen …«

»Kommen Sie auf den Punkt, sonst fahre ich …«

»Bitte, dräng mich nicht, Stella. Ich kann nicht gut mit Worten umgehen. Das hier kostet mich große Überwindung.«

Stella schweigt, zieht ein Bein an und stellt den Fuß auf die Sitzbank. Legt das Kinn auf ihr Knie und sagt: »Okay, ich höre.«

»Es war abends. Ein Abend wie heute. Ich hatte gegessen, kam gerade aus der Dusche. Da klingelte es an der Tür. Ich fragte: Wer ist da? Ich dachte, jemand hätte sich in der Tür geirrt, ich war fix und fertig, wollte schlafen …«

»Ich bin's, Ray.«

»Ray? Was willst du hier?«

»Mach auf.«

Das war ein Befehl, und ich gehorchte.

Ich hätte die Tür niemals öffnen sollen. Denn von diesem Tag an kam Ray Valenti einen Monat lang jeden Abend nach Einbruch der Dunkelheit, wenn alle Rollläden der Stadt geschlossen waren, zu mir.

Als er damals meine Wohnung betrat, war er nicht allein. Deine Mutter stand neben ihm. Mit gesenktem Blick, die Arme um den Körper geschlungen. Ich weiß noch, dass sie an diesem ersten Abend ein rosa Kleid trug, und darüber eine kurze, graue Leinenjacke. Ihre Lippen waren geschminkt. Das musste sein Werk gewesen sein, denn der Lippenstift war rings um ihren Mund verschmiert. Sie sah aus, als hätte ein Kind seine Puppe verschönert. Um den Hals trug sie ein schmales lavendelblaues Tuch. Das sollte wohl die blauen Flecken verstecken, denn als ich es ihr später abnahm, sah ich die Spuren von Schlägen.

Er schubste sie nach vorn und erklärte ohne weitere Einleitung: »Mach ihr ein Kind. Jetzt. Sofort. Ich habe es ausgerechnet. Heute ist der richtige Tag.«

In Wahrheit hatte nicht er es ausgerechnet, sondern seine

Mutter. Die führte über alles Buch. Brot, Fleisch, Obst, Gemüse, Nudeln und Reis, Tomatensoße, Briefmarken, Gas und Strom. Sie sparte sogar am Toilettenpapier. Alles verzeichnete sie in einem Rechnungsbuch. Sie hatte notiert, wann ihre Schwiegertochter ihre Periode hatte, und das Datum des Eisprungs berechnet.

Ich schaute ihn sprachlos an. Dann sah ich zu deiner Mutter.

Sie senkte den Blick und starrte auf ihre Füße. Sie trug goldene Ballerinas. Und eine Strumpfhose mit einer Laufmasche.

»Hast du mich verstanden? Mach ihr ein Kind. Ich krieg's nicht hin, und das kotzt mich an. Irgendwann glauben diese Dreckskerle noch das ganze Gerede, und ich will ihnen ein für alle Mal das Maul stopfen.«

»Aber, Ray«, stotterte ich, »das geht nicht.« Dann muss ich noch etwas hinzugefügt haben wie: »So funktioniert das doch nicht …«, aber er fiel mir ins Wort.

»Mach ihr ein Kind, oder ich prügle sie windelweich«, sagte er und kniff deine Mutter dabei in den Arm.

Sie stöhnte auf und sah mich verzweifelt an. Dieser Blick, Stella! So etwas habe ich nie wieder gesehen. Es war das einzige Mal, dass ich solche Verzweiflung in einem Blick gesehen habe.

Ich schluckte.

»Wie soll ich das machen?«, fragte ich, und er lachte schallend auf.

»Wie du das machen sollst? Ist das ein Witz? Hast du ein Bett? Hast du einen Schwanz? Dann leg sie aufs Bett und schieb ihr deinen Schwanz rein. Meine Güte, was für ein Idiot!«

Da sagte ich nichts mehr. Ich nahm deine Mutter bei der Hand und ging mit ihr zu meinem Schlafzimmer. Kurz bevor wir es erreicht hatten, rief er hinter mir her: »Ich warte hier auf euch. Hast du Bier im Kühlschrank?«

Ich nickte. Ich brachte kein Wort heraus.

»Und mach mir den Fernseher an. Dreh die Lautstärke auf. Ich habe keine Lust, mir eure Schweinereien anzuhören.«

Ich ging zurück ins Wohnzimmer, schaltete den Fernseher ein, nahm deine Mutter wieder bei der Hand, und wir gingen in mein Schlafzimmer.

Stella hält sich die Ohren zu und schüttelt den Kopf, um nichts mehr zu hören.

»Soll ich aufhören?«, fragt Courtois.

»Nein. Ich will es wissen. Ich will alles wissen. Das ist ekelhaft. Ihr seid alle ekelhaft.«

Léonie stand mit hängenden Armen neben meinem Bett. Ich legte sie vorsichtig hin. Dann legte ich mich neben sie, wobei ich darauf achtete, sie nicht zu berühren. So lagen wir beide auf der Tagesdecke aus weißer Chenille.

»Wir sollten uns vielleicht unter die Decke legen«, sagte sie.

Also legten wir uns vollständig bekleidet unter die Decke. Immer noch mit einem großen Abstand zwischen uns.

»Wir sollten uns vielleicht ausziehen«, sagte sie.

Also zogen wir uns aus. Und vermieden es auch weiterhin, einander anzusehen. Schweigend lagen wir da, jeder auf seiner Seite.

»Wir sollten so tun, als ob …«, sagte sie.

Und sie nahm meinen Arm und zog mich zu sich rüber. Wieder warteten wir ab, ohne uns zu rühren, ohne ein Wort zu sagen. Ich hörte den Fernseher im Zimmer nebenan. An diesem Abend gab es ein Fußballspiel. Die zweite Halbzeit. Das war damals die große Zeit von Saint-Étienne, Platini und so. Ray saß brüllend vor dem Apparat.

»Vielleicht sollten wir auch ein paar Geräusche machen«, sagte sie.

Also wickelte ich mich in das Laken und legte mich auf sie, und dann habe ich so getan, als würde ich mich vor- und zurückbewegen. Dadurch stieß das Bett gegen die Wand, und wenn er das auf der anderen Seite hörte, würde er zufrieden sein.

Ich vergrub meinen Mund in ihrem Haar.

»Hab keine Angst«, flüsterte ich, »ich werde dir nichts tun. Schlaf ein wenig, wenn du magst.«

Nach einer Weile klopfte er an die Tür.

»So, das reicht«, brüllte er. »Seid ihr fertig?«

Wir antworteten nicht.

Da kam er ins Zimmer. Riss das Laken weg. Schaute uns an. Und brach in schallendes Gelächter aus.

»Meine Güte, ihr seid ja wirklich kein schöner Anblick!«

Dann wandte er sich an Léonie.

»Los! Zieh dich an! Wir verschwinden.«

Und sie sind wieder gegangen.

Am nächsten Abend kamen sie wieder. Um die gleiche Zeit. Diesmal sagte er nur: »Los, mach's noch mal, falls es nicht geklappt hat…«

Er holte sich ein Bier. Schaltete den Fernseher ein. Und sah uns nicht einmal nach, als wir das Wohnzimmer verließen und ins Schlafzimmer gingen.

Wir zogen uns aus, ich legte mich auf sie, und wir brachten das Bett zum Wackeln. Ich legte meine Hände neben ihren Kopf, und sie stöhnte auf.

»Tue ich dir weh?«, fragte ich.

»Ja«, antwortete sie, »nicht die Ohren, nicht die Ohren.«

Als die Sendung vorbei war, gingen sie wieder.

Das ging ungefähr drei Wochen so. Jeden Abend. Er wollte »keine halben Sachen machen« und ganz sicher sein, dass es auch funktionierte.

Ich ging abends nicht mehr weg. Ich wartete auf sie. Ich stellte eine kleine Vase mit Blumen neben das Bett, ich versprühte Raumduft, ich räumte das Schlafzimmer auf, ich ließ nichts herumliegen.

Bevor sie am letzten Abend zur Tür hinausgingen, rief er mir zu: »Wehe, es hat nicht geklappt!«

Und dann brach er in sein teuflisches Lachen aus.

»Aber es hat nicht geklappt?«, fragt Stella und beißt sich in die Fingerknöchel.

»Nein«, antwortet Edmond und greift wieder nach dem Ende seiner Krawatte.

Es konnte nicht klappen. Weil ich mich jeden Abend in das Laken wickelte, bevor ich mich auf sie legte. Ich nahm sie in die Arme, ich atmete ihren Duft ein, ich sprach ganz leise auf sie ein, ich sagte ihr, dass sie von mir nichts zu befürchten habe, dass ich wolle, dass sie glücklich und frei sei, dass ich sie zu nichts zwingen würde.

»Doch«, sagte sie, »doch … sonst bringt er mich um.«

Ich antwortete, dass er keine Gelegenheit haben würde, sie anzurühren, weil ich sie entführen und in Sicherheit bringen würde. Sie lächelte.

»Das ist unmöglich«, sagte sie, »aber trotzdem, du bist lieb.«

Ich war nicht lieb, ich war unsterblich verliebt.

Ich hatte einen Plan ausgearbeitet. Ich würde eine Wohnung in Paris mieten und sie eines Abends entführen, während er mit Gérard und Gerson in der Kneipe saß und Fernande schlief.

Ich fuhr nach Paris. Und ich mietete eine kleine Wohnung in der Rue de l'Assomption, einem ruhigen Viertel. Als ich zurückkam, war Ray zu einem Einsatz nach Spanien gefahren.

Und Léonie war verschwunden!

Ich suchte sie überall. Ich wagte nicht, nach ihr zu fragen, aus Angst, Aufmerksamkeit zu erregen. Ich malte mir aus, er hätte sie vor seiner Abreise umgebracht. Sie war nicht schwanger geworden, also hatte er sie aus dem Weg geräumt.

Und dann, eines Tages, sah ich sie bei Carrefour.

Sie nahm ihre Einkäufe vom Laufband an der Kasse. Ich begleitete sie zu ihrem Auto. Sie bedankte sich bei mir und fügte hinzu, dass wir uns nicht mehr sehen dürften.

Fast schon kokett.

Da war etwas Leichtes, Fröhliches in ihrer Art. Sie hatte sich verändert. Ihr Lippenstift war sorgfältig aufgetragen, sie hatte sich einen Pony geschnitten, trug einen lustigen kleinen Ohrring im rechten Ohr.

Ich sagte ihr, dass ich eine Wohnung in Paris gefunden hätte. Dass wir Rays Abwesenheit nutzen sollten, um zusammen zu fliehen. Ich fügte hinzu, dass ich keinerlei Gegenleistung von ihr erwartete, dass sie frei über die Wohnung verfügen könne. Ich würde alles bezahlen, sie brauche sich keine Sorgen zu machen. Aber sie wiederholte, nein, Edmond, dräng mich nicht, lass mich. Als … als wäre ich ihr plötzlich lästig geworden. Sie legte eine Hand auf die meine und sagte sehr freundlich: »Das ist nicht mehr nötig. Vergiss mich. Es geht mir sehr gut.«

Das war ein Schock. Ich stand da wie ein Idiot mit meinem Wohnungsschlüssel in der Tasche.

Also habe ich mich umgedreht und bin gegangen.

An diesem Tag, auf dem Carrefour-Parkplatz, da habe ich sie verflucht.

Kurz danach habe ich erfahren, dass sie schwanger war.

Ich bin durchgedreht. Ray hatte es geschafft. Er würde Vater werden. Er hatte schon wieder gewonnen, er gewann immer. Und ich war ein armseliger Wicht.

Da habe ich rotgesehen. Das war der Anlass für unsere Prügelei.

Am nächsten Tag habe ich auf dem Bahnsteig Solange kennengelernt. Wir nahmen denselben Zug nach Paris. Ich habe ihr geholfen, ihre Koffer ins Gepäcknetz zu heben. Drei Monate später habe ich sie geheiratet. Und ein Jahr darauf kam Julie zur Welt.

So, jetzt weißt du alles.

»Sie müssen sehr gelitten haben«, sagt Stella. »Alle leiden in dieser Geschichte.«

»Ich wollte nichts mehr von ihnen wissen. Ich ging ihnen aus dem Weg, ich hielt mir die Ohren zu. Ich wollte nicht mehr dieser jämmerliche Hampelmann sein, den sie zum Narren gehalten hatten. Sie hätte sich mir anvertrauen können. Sie wusste, dass ich sie liebte.«

»Sie hat diesen Mann kennengelernt. Und in ihm ihre Rettung gesehen. Die Ernüchterung muss grausam gewesen sein.«

»So ein Mistkerl. Eine Frau wie deine Mutter verlässt man nicht!«

»Er hatte sie nicht angelogen. Er hatte sie gebeten, auf ihn zu warten. Ob er es ernst meinte, wird sich wohl nicht mehr klären lassen. Zwei Wochen nachdem er sie verlassen hat, ist er gestorben. Er hat nie erfahren, dass sie schwanger war.«

»Ach ...«

Er wirkt überrascht.

»Zwei Wochen später ... wirklich? Woher weißt du das?«

»Das steht in dem Buch, das ich Léonie vorgelesen habe. Die Autorin ist Lucien Plissonniers Tochter. Am Ende widmet sie es ihrem Vater, der am 13. Juli 1977 gestorben ist.«

»Bist du sicher?«

»Ja.«

»Er ist am 13. Juli gestorben!«, sagt er noch einmal, als könne er es nicht glauben. »Am 13. Juli. Das ist doch nicht möglich!«

Er räuspert sich, streicht seine Hose glatt, weiß nicht mehr, was er mit seinen Händen anfangen soll, diesen unbeholfenen, dicken Marionetten.

»Als ich noch klein war, mochte ich die Art, wie Sie mich anschauten ...«, fährt Stella fort.

Edmond Courtois sitzt zusammengesunken neben ihr, und seine Augen scheinen den Parkplatz nach einem Punkt abzusuchen, an dem sie sich festhalten können.

»Hören Sie, was ich sage?«

Er zuckt zusammen und sieht sie verstört an. Kommt langsam wieder zu sich.

»Ja, ich höre dich.«

»Aber gleichzeitig war ich wütend auf Sie. Sie waren genau wie alle anderen …«

»Du bist ein gutes Mädchen, Stella.«

Sie dreht den Zündschlüssel. Der Motor springt zitternd an.

»Ich werde heute Abend vor ihrem Zimmer Wache halten«, sagt Courtois. »Und morgen sehen wir weiter. Wir dürfen sie nicht allein lassen. Wir müssen endlich aufhören mit diesem Blödsinn!«

Er steigt aus dem Lkw und winkt ihr zum Abschied zu.

»Erster Stock, Zimmer 144, stimmt das?«, fragt er. Sie nickt. Und fährt los.

Sie hat nur noch einen Wunsch: schlafen.

Morgen wird sie über alles nachdenken.

Mit dreißig Stundenkilometern folgt sie dem schwarzen Band der Straße, die Hände fest um das Steuer geschlossen. Ihre Augen blinzeln im Scheinwerferlicht, wenn ihr ein Wagen entgegenkommt. Sie beginnt laut zu singen, um nicht einzuschlafen. Ein altes Lied von Cindy Lauper, das sie jedes Mal wieder aufweckt. »*She bop, he bop, we bop, I bop, you bop, they bop*«, grölt sie und spuckt jede Silbe aus. Dann kehren ihre Gedanken zurück zu Lucien Plissonnier, und sie singt sehr laut und mit fester Stimme zur gleichen Melodie »Stel-la Plis-son-nier. Stel-la Plis-son-nier. Stel-la Plis-son-nier«. Immer lauter und lauter.

STELLA PLISSONNIER. STELLA PLISSONNIER.

Das laute Singen tut ihr gut, nachdem sie so viel Schweigen aufgebrochen hat.

Geräuschlos fährt der Lkw auf den Hof. Es ist eine dunkle Nacht. Mondlos. Bei Georges und Suzon brennt kein Licht mehr. Sie schimpft leise, weil sie nichts sieht. Sie hätten wenigstens eine Lampe im Hof für mich brennen lassen können. Das vergessen sie immer.

Sie parkt neben Georges' rotem Kangoo.

Schaltet den Motor aus, greift nach ihrer Umhängetasche.

Stella Plissonier, flüstert sie noch einmal. Nimmt den Hausschlüssel aus der Tasche.

Stella Plissonnier, ja, das bin ich.

Geht aufs Haus zu.

Stolpert über etwas Schweres, Weiches, das vor dem Kücheneingang liegt. Sie drückt mit der Schuhspitze dagegen. Das ist kein Holzscheit, kann sie gerade noch denken. Sie bückt sich. Ihre Hände treffen auf eine warme, reglose, klebrige Masse. Sie schreit auf. Sieht tausend rote Sterne kreisen.

Bei Georges und Suzon leuchtet ein Fenster auf.

Das Licht fällt hinaus in den Hof, wirft drohende Schatten.

Georges kommt angelaufen. Er ist im Schlafanzug und hat seine Lammfelljacke darübergezogen.

»Was ist los?«, schreit er. »Bist du das, Stella?«

Er rennt wie eine Ente, der man den Kopf abgeschlagen hat.

Sie lässt sich fallen, schmiegt sich an Schnuffels noch warmen Körper. An die durchgeschnittene Kehle, auf der das warme, klebrige Blut gerinnt. Nimmt den Leichnam in die Arme. Schüttelt ihn sanft, damit er wieder zum Leben erwacht. Vergräbt die Hände in seinem verklebten, noch warmen Fell. Streichelt ihn weinend. O mein Baby, mein Baby! Oh, nein! Nicht du! Nicht du! Schreit zum Himmel auf.

»Das ist doch bei Gott nicht möglich!«, murmelt Georges neben ihr und schnauft wie ein Tier in seinem Käfig.

Neben Schnuffel liegt eine mit einem dicken Stein beschwerte Nachricht.

Sie nimmt sie, liest die fetten, hohen Druckbuchstaben: »100% Turquet.« Die gleiche Schrift wie bei der ersten Nachricht.

Stella reicht Georges den Zettel.

»Es kann nicht Turquet gewesen sein«, sagt er. »Der ist bei einem Boule-Turnier in Dijon.«

»Dann war es eben Ray. Oder Gerson. Oder Lancenny.«

»Auch nicht. Die sind alle heute Abend gegen acht mit großem Getöse losgefahren. Sie wollen in Dijon übernachten, um morgen frisch zu sein. Sie spielen für die Mannschaft von Saint-Chaland. Und um die Zeit war Schnuffel noch bei uns. Er wollte raus, als die Sendung anfing. Gegen fünf nach halb neun habe ich ihm die Tür aufgemacht und mich wieder vor den Fernseher gesetzt.«

»Du konntest Schnuffel noch nie leiden. Er ging dir auf die Nerven. Die ganze Zeit klebt er an dir, hast du gesagt.«

Georges reibt sich die Wange, sein Blick sinkt herab, schwer, müde.

»Hast du ihn vielleicht absichtlich rausgeschickt?«, fragt Stella und sucht seinen Blick.

»Na los, tu dir keinen Zwang an! Sag schon, dass du glaubst, ich hätte ihn umgebracht!«

Er hat die Stimme erhoben, und ihr Streit macht die Nacht noch dunkler, noch bedrohlicher.

Schritte hallen auf den Steinplatten im Hof. Leichte, schnelle, eilige Schritte.

Stella dreht den Kopf und sieht, wie Tom angerannt kommt.

Er hat Georges' Jagdgewehr in den Händen.

Nachwort der Autorin und Dank

Es war im Juni 2010, an einem schwülwarmen Tag.

In dem kleinen Städtchen Plaisance-du-Gers.

Nicht weit von Lourdes entfernt.

Ich saß auf der Terrasse eines Cafés.

Es war so heiß, dass sich niemand ohne zwingenden Grund vor die Tür wagte.

Ich bestellte ein Radler und schlug die Zeitung auf.

Ein Paar kam auf die Terrasse. Ein Mann in Flipflops, weitem Unterhemd und kurzen blauen Nylonshorts. Ein Hänfling mit einem schmalen blonden Kotelettenbart. Und eine Frau. Brigitte Bardot mit der braunen Perücke von Camille aus *Die Verachtung* und einer großen, dunklen Sonnenbrille.

So schön, dass mir die Kohlensäure in die Nase stieg.

Dazu zwei kleine Jungen. Ungefähr acht und zehn Jahre alt.

Das Paar setzte sich ein Stück von mir entfernt an einen Tisch.

Nach einer langen Debatte bestellten sie.

Ich las mit einem Auge meine Zeitung und beobachtete mit dem anderen diese Familie.

Der Mann sprach leise, ganz leise auf die Frau ein.

Er schimpfte. Sie verzog keine Miene und schaute unverwandt geradeaus.

Sie war schwanger, im vierten Monat, vielleicht auch im fünften.

Und dann …

Dann hob der Mann die Hand und schlug mehrmals zu.

Das Gesicht der Frau prallte gegen einen steinernen Pfeiler. Und wieder davon ab.

Sie hat nicht einmal aufgeschrien.

Nur ihre Sonnenbrille wieder zurechtgerückt.

Die kleinen Jungen riefen: »Was hat Maman denn getan?«

Und der Hänfling antwortete: »Wenn ihr es nicht wisst, sie weiß es.«

Der Kellner brachte die Getränke. Sie nahmen ihre Strohhalme und tranken.

Als die Frau später auf die Toilette ging, bin ich ihr gefolgt.

Der Mann kam mir hinterher und drückte mich gegen die Wand.

»Verschwinde oder ich prügle sie windelweich«, hat er gesagt.

Und sie hat mich angesehen.

Diesen Blick werde ich niemals vergessen.

Sie flehte mich an, nichts zu sagen.

Und bedeutete mir mit einem Wink, ich solle gehen.

Ich bin gegangen.

Und ich habe nichts mehr gesehen.

Es hat lange gedauert, bis ich wieder etwas sehen konnte.

Bis ich beschloss, darüber zu schreiben.

Das Schreiben hilft einem dabei, zu sehen, was man gerne vergessen möchte.

Ich hatte kaum damit begonnen, als ich unversehens Hortenses Stimme hörte. Wie ein Gegengewicht. Und Gary. Und Joséphine, Shirley, Zoé, Philippe. Plötzlich waren sie alle wieder da. Sie drängten sich um mich und erzählten mir, wie es ihnen ging.

Sie mischten sich in die Geschichte von Léonie und Stella, von Ray, Adrian, Georges und Suzon, Julie und all den anderen Figuren.

Ich möchte diesen Roman der Frau aus dem Café in Plaisance-du-Gers widmen.

Ihr und all den Frauen, die ich für dieses Buch befragt habe. Geschlagene, vergewaltigte, misshandelte Frauen. Sie hatten den Mut, mit mir zu reden, und dafür danke ich ihnen.

Danke allen, die mich begleitet haben:

Nadine, die mich auf ihrem Bauernhof aufgenommen hat, bei den Eseln, den Hunden, den Katzen, den Gänsen, dem Schwein und dem Papagei!

Gloria, die mir die Tore ihres Schrottplatzes geöffnet hat.

Jérôme, mein medizinischer Berater.

Martine de Rabaudy, meine Musikexpertin.

Didier Rolland, Feuerwehrmann.

Michèle Benveniti vom französischen Konsulat in Edinburgh.

Danke auch:

Octavie Dirheimer

Charlotte de Champfleury

Sophie Montgermont

Thierry Perret
Coco-Schatz
Sarah Maeght
Alain Castoriano live aus Miami, Sophie Legrand in England.
Dom Dom, Patricia, Lilo, Marianne, Maggy, Gilbert, Christophe.

Weiter gilt mein Dank:
Chiara Frugoni, *Das Mittelalter auf der Nase*, aus dem Italienischen von Verena Listl, München 2003.
Margery Williams, *Das Samtkaninchen oder das Wunder der Verwandlung* (1922), übersetzt von Carsten Mayer, München 1997.
Peter Linehan, *Les Dames de Zamora*, Paris 1998.
Inès de la Fressange, *Pariser Chic: der Style-Guide*, übersetzt von Ursula Held und Elsbeth Ranke, München 2011.
Bruno Monsaingeon, *Mademoiselle. Entretiens avec Nadia Boulanger*, Luynes 1980.
Georges Duby, Michelle Perrot (Hgg.), *Geschichte der Frauen*, Bd. 2: *Mittelalter*, aus dem Französischen von Eva Moldenhauer, aus dem Italienischen von Gesa Schröder, Frankfurt/Main 1993.

Danke auch all jenen, deren Worte mich inspiriert haben, allen, die mich mit Details gefüttert haben, den »göttlichen Details«!
Gemma, Béatrice A. und Béatrice B.D., Inès de la Fressange, Marie-Louise de Clermont-Tonnerre, Jean-Jacques Picart, Franck Della Valle, Élise, Willy le Devin, Aurélie Raya, Carine Bizet, Michel, Guillemette Faure, David Larousserie, Anne Cécile Baudoin, Adèle Van Reeth, Philippe Petit.
Und das drei Bände lang!

Danke und immer wieder danke, Charlotte und Clément, meine wunderbaren Kinder.

Danke, Romain. Jean-Marie, *of course*. Danke, dass ihr immer da seid.

Wie es weitergeht:

Kopfüber ins Leben

Die Abenteuer der Muchachas gehen weiter: Die junge, ambitionierte Hortense lebt mit ihrem Freund in New York. Bei der Modekette Gap hat sie gekündigt, denn sie möchte ein eigenes Label gründen. Mit ihrem Freund Gary streitet sie sich nun häufig – sodass er sich mehr und mehr um die Musikerin Calypso kümmert, die aus Miami stammt und mit der er gemeinsam musiziert.

Katherine Pancol erzählt den Lesern auch, wie es Hortenses Schwester Zoe geht und deren Mutter Joséphine, die seit einiger Zeit von einem unbekannten Mann verfolgt wird.

Lebenspall, warmherzig, klug und voller überraschender Wendungen – der hinreißende zweite Streich der Bestseller-Trilogie.

Katherine Pancol
Muchachas – Kopfüber ins Leben
Roman · 352 Seiten
Deutsch von Nathalie Lemmens

Nur ein Schritt zum Glück

Im abschließenden dritten Band erfahren wir endlich, wie die Schicksale von Joséphine und Stella zusammenhängen. Wie Léonie damals mit Lucien fast glücklich geworden wäre und nun endlich Frieden findet.

Stella, Léonie, Joséphine, Hortense, Zoé, Shirley und nicht zu vergessen Calypso – die Schicksale und Geschichten dieser großartigen Frauen, der Muchachas, wachsen einem beim Lesen ans Herz, sodass sie einen noch lange nach der Lektüre begleiten.

So lebensklug, liebevoll und verführerisch leicht kann nur eine Bestsellerautorin wie Katherine Pancol erzählen.

Katherine Pancol
Muchachas – Nur ein Schritt zum Glück
Roman · 512 Seiten
Deutsch von Nathalie Lemmens